한국 추리 스릴러 단편선

한국
추리 스릴러
단편선

최혁곤 외 9인

황금가지

| 차례 |

푸코의 일생 ... 9

알리바바의 알리바이와 불가사의한 불가사리 ... 69

암살 ... 109

싱크홀 ... 177

안녕, 나의 별 ... 223

거짓말 ... 277

불의 살인 ... 305

일곱 번째 정류장 ... 341

피가 땅에서부터 호소하리니 ... 377

오리엔트 히트 ... 409

한국 추리 스릴러 소설의 계보 −박광규(추리소설 평론가) ... 448

한국 추리 스릴러 단편선 서평 −김성곤(문학 평론가) ... 459

- 이 책에 쓰인 본문 종이 E-light는 국내 기술로 개발된 최신 종이로, 기존에 쓰이던 모조지나 서적지보다 더욱 가볍고 안전하며 눈의 피로를 덜게끔 한 단계 품질을 높인 고급지입니다.
- 본문 중 한 행 비움과 두 행 비움은 각기 원서의 장면·시간·상황 및 장 구분에 따라 사용되었습니다.

난로 속에서 석탄이 활활 타고 있다.
창 너머로 백양나무 그늘이 석 자쯤이나 길어지고 있었다.
날이 저물어 가는 연말의 거리는
인생에게 어떤 범죄를 다시 제공할 것인가?

－김내성(金來成, 1909~1957)의 「타원형 거울」(1935) 중에서

푸코의 일생

최혁곤

1970년 출생. 2003년 《계간 미스터리》를 통해 데뷔하였다. 이후 여러 편의 단편 추리소설을 꾸준히 발표해 왔다. 2006년 장편소설 『B컷』을 발표하며 한국에 본격 스릴러 소설의 태동을 알렸다. 이 작품은 한국 추리 작가 협회 신예상을 수상했으며, 현재 영화화 준비 중이다. 한국 추리 작가 협회 회원이며, 한국 미스터리 작가 모임에서 활동하고 있다.

여름

어둠이 깔리는 항구에 후텁지근한 바닷바람이 불어왔다. 정각 8시. 토마스 호가 출항 사이렌을 울렸다. 부산 국제 여객 터미널을 출발, 일본 후쿠오카와 가고시마를 3박 4일간 순회하는 2만 5000톤급 크루즈 유람선은 서서히 남동쪽 바다를 가르며 나아갔다.

나는 6층 데크의 625호 객실에서 조금씩 멀어지는 대도시의 야경을 바라보았다. 4평 남짓한 객실에 있자니 이내 갑갑증이 몰려왔다. 시원한 바람을 쐬고 싶었지만 동그란 현창은 고정된 채 열리지 않았다.

바지 뒷주머니에서 휴대폰이 요란하게 울어댔다. 손목시계를 들여다보니 8시 10분. 약속된 시간보다 5분이 빨랐다. 굵직하고 느릿한 중년 남성의 목소리가 들렸다.

"윤 선생? 나 박이오. 배에 잘 탔으리라 생각합니다. 곧 공해로 빠질 테니 마지막 연락이라 생각하고 들으십시오."

나는 마른침을 꿀꺽 삼켰다.

"지금 전망대에 올라가면 이쪽에서 보낸 여자가 있습니다. 붉은 옷을 걸치고 검은색 가방을 들고 있을 겁니다. 앞으로 일은 그녀와 상의하십시오. 물건은 가고시마에서 부산으로 돌아오는 날, 그러니까 사흘 뒤가 되겠지요. 배 안에서 넘겨주면 됩니다."

"잔금은 어떻게 치르실 겁니까?"

잠시 뜸을 들이다 내가 물었다.

"허허, 그 문제는 걱정 마시오. 결과만 확인되면 바로 입금될 테니. 그런 돈 떼먹을 만큼 나 쫀쫀한 사람 아니오. 다른 질문은?"

"……."

달칵하는 소리와 함께 전화는 끊어졌다.

객실을 나와 엘리베이터를 타고 전망대 갑판으로 올라갔다. 아파트 13층 높이에 길이가 200미터가 넘는 배는 길을 헤맬 정도로 컸다. 휴가철 피크가 막 지난 8월 중순이지만 황톳빛 갑판은 짐을 풀고 나온 피서객들로 북적였다. 가족 단위 관광객이 대부분이고 커플룩을 입은 젊은 남녀도 더러 보였다.

여자를 찾는 건 어려운 일이 아니었다. 그녀는 배 후미에 서서 스크루가 갈라놓은 하얀 뱃길을 내려다보고 있었다. 진홍색 민소매 원피스가 늘씬한 몸매를 더 돋보이게 했다. 긴 생머리가 바람을 타고 허공에 풀풀 날렸다.

나는 여자 옆으로 다가서며 헛기침을 한번 뱉었다. 그녀는 눈빛을 맞추기가 부담스러운지 인기척을 느꼈음에도 고개를 돌리지 않았다.

"윤 선생님?"

여자가 먼저 입을 열었다. 감정을 죽인 건조한 말투. 알이 큰 갈색 선글라스에 얼굴이 가려 정확하진 않지만 20대 후반으로 보였다. 도톰한 붉은 입술과 오똑 솟은 코가 도발적이다.

나는 대답 대신 말보로를 하나 빼물었다.

"가네다 다쓰오는 내일 저녁 후쿠오카에서 승선합니다. 예약된 방은 732호. 동행은 없습니다. 모레 가고시마에선 활화산 관광과 시내 투어가 예정돼 있습니다. 그리고 그 다음 날 부산에 들어옵니다. 반드시 입국 전에 처리해야 합니다. 다시 말하면, 기회는 모레 하루밖에 없다는 얘깁니다. 길어야 반나절 정도. 만약 실패하는 경우엔……"

"실패는 없소."

나는 단호하게 여자의 말허리를 잘랐다. 의도적으로 코웃음을 날리고 담배를 길게 빨았다. 연기는 바람을 타고 옆으로 흘러갔다. 여자가 이맛살을 찌푸렸다.

나 또한 침묵이 불편해 시선을 먼 바다로 가져갔다. 사위는 그새 짙은 어둠이 내려앉았다. 수평선에 집어등을 환하게 밝힌 오징어잡이 배들이 둥둥 떠다니고 있었다.

"촉박해. 아무리 생각해도 너무 촉박하단 말이야. 이런 일일수록 시간이 필요한 법이거늘. 쯧쯧."

나는 곁눈질로 여자를 살피며 중얼거렸다.

"그 부분에 대해선 미리 얘기가 됐을 텐데요?"

여자는 고개를 갸웃거리며 피곤하다는 표정을 지었다.
"큰 걸로 한 장이면 적은 돈이 아닙니다. 느긋한 일이었다면 아마 우리 쪽에서 해결했을 겁니다. 윤 선생님이 소문대로 유능한 해결사라면 그 정도 핸디캡은 감수해야죠."
할 말이 없어졌다. 그녀는 검정색 프라다 숄더백에서 갈색 봉투를 하나 꺼내 내밀었다.
"보신 후 태워 버리십시오. 엉뚱한 사람한테 칼질 않도록 얼굴 잘 기억해 두시고. 좀 된 사진들이라 흐릿합니다만."
여자는 선실 쪽을 향해 천천히 걸어갔다. 또각또각 일정한 간격의 하이힐 소리. 물끄러미 그녀의 뒷모습을 바라보았다. 좀 안 어울린다 싶었다. 크루즈를 탄 붉은 하이힐의 여인이라…….

객실로 돌아오자마자 침대에 엎드려 봉투를 뜯었다.
클립에 꽂혀 있는 사진은 모두 네 장. 가네다의 첫 인상은 뭐랄까 우둔하면서도 간살스럽다고 해야 할까. 허옇고 둥근 얼굴, 탈모가 진행되는 이마. 눈매는 약간 치켜 올라갔다. 두툼한 볼 위에는 금테 안경이 걸려 있었다. 몸집은 통통했는데 그다지 커 보이지는 않았다. 사진이 낡긴 했지만 신체적 특징은 금방 파악됐다.
A4용지 한 장이 추가로 흘러나왔다. 가네다 이력이 비교적 자세하게 정리돼 있었다.
42세. 오사카 출생. 사기와 폭력, 소매치기 절도로 세 차례 투옥. 3년 전 출소 후 현재 후쿠오카의 히라오역 인근에서 세탁소 운영. 고등학교를 중퇴하고…….

"뭐야, 이 새끼. 완전 잔챙이잖아."

나도 모르게 탄식했다. 자존심이 상했다. 난 일류라고 자부한다. 지금까지 다섯을 해치웠는데 모두 이름 깨나 알려진 얼굴들. 작년 봄 세상을 떠들썩하게 했던 미스코리아 출신 아나운서 C의 실종도 실은 내 솜씨다. 스포츠 신문에서 아직도 행방불명으로 보도하고 있지만 그녀는 지금 지리산 기슭에서 썩어가고 있다.

그런 나에게 아무리 외국인이라지만 가네다는 시시한 존재였다. 야쿠자의 중간 보스 정도는 돼야 쑤실 맛이 날 텐데 겨우 좀스런 소매치기라니. 거액의 돈이 걸려 있는 걸로 자위할 수밖에.

A4 용지를 계속 읽어 내려갔다.

부인과는 8년 전 이혼. 자식은 없고 혼자서 생활. 쾌활한 성격이지만 이웃과는 왕래 없음. 술을 즐기고 담배는 안 피움. 취미는 파친코. 20대 때 잠시 폭력 조직에 몸담았고…….

불쑥 궁금증이 고개를 들었다. 아무리 촉박한 일이라 해도 박이란 작자는 왜 1억이나 베팅한 걸까. 산업 스파이와는 거리가 있어 보이고 마약 밀수 따위와 연관된 것 같지도 않다. 머리를 굴려 봐도 딱히 잡히는 것은 없었다.

전화가 걸려온 것은 지난 화요일. 곽 사장이었다. 진짜 곽 씨인지 알 수는 없지만 다들 그렇게 불렀다. 나 또한 그의 얼굴을 본적이 없다. 그렇지만 우리는 수년째 믿을 만한 거래를 해왔다.

곽은 불륜을 캐거나 떼인 돈 받아주는 흥신소와는 차원이 다른, 그야말로 로열패밀리들만 상대하는 사무실을 운영했다. 그가 일감을 물어오면 실력 있는 해결사 몇몇이 처리하는 시스템이었다. 내가 그의 눈에 든 것은 일종의 행운이었다.

"윤 선생요, 사람 하나 잡읍시데이. 쪽발이 새낀데 이건 그냥 푹 쑤시면 되는기야. 시일이 촉박하고 일본 원정이라 부담스럽다 케도 보수가 아주 괜찮아. 윤 선생 실력이면 거저먹기요. 여행 경비도 그쪽 부담이고. 게다가 선금으로 현금……."

경상도 사투리가 심한 곽은 말을 빙빙 돌리다 마지막에 속내를 드러냈다.

"수수료로 4할은 떼 주소. 이건 일정에 비해 덩어리가 워낙 크잖은교."

나는 말 없이 수화기를 내려놓았다. 대답이 없으면 예스라는 사실을 곽은 잘 알고 있다.

사실 선택의 여지가 없었다. 대통령 암살만 아니라면 뛰어들어야 할 형편이었다. 청부살인은 1년에 몇 탕씩 뛸 수 있는 일이 아니다. 나는 넉 달째 놀고 있었고 게다가 주가 폭락으로 모아둔 돈의 절반을 날린 상태였다. 마음 같아서는 집 앞 증권사 투자 상담사 새끼부터 조져버리고 싶었다.

의뢰인이 누구인지, 왜 죽여야 하는지에 대해서는 따로 고민해본 적 없다. 알아도 그만 몰라도 그만이었다. 단지, 돈이 필요했고 이번 일도 그 상황에 딱 맞았을 뿐이다.

침대에 누워 낡은 사진을 뚫어져라 올려봤다. 그리고 망막에 가네다의 얼굴을 확실히 저장시켰다. 출퇴근길 종각 지하철역에서 만나도 바로 알아볼 자신이 있었다. 문제는 촉박한 시간.

A4용지와 사진을 갈기갈기 찢어 욕실 변기에 흘려보냈다.

바람이 강해지니 갑판 출입을 자제해 달라는 안내방송이 영어, 일본어, 한국어 순서로 흘러나왔다.

새 담배에 불을 붙이다 엉뚱한 궁금증이 생겼다. 곽 사장은 '검은 유령'이란 작자에게는 어떤 일을 맡길까. 그는 이 바닥 최고 실력자로 소문이 자자하다. 신분은 철저하게 베일에 가려져 있다. 그림자처럼 다가가, 흔적 없이 끝낸다는데 과연 그게 가능할까. 질투심인지 모르겠지만 분명 거품이 섞였다고 나는 확신한다.

얼마 전 국내의 유명 포털 CEO가 새벽 등반 중 절벽에서 떨어져 사망했다. 적대적 M&A설이 떠돌아 민감한 시기였다. 타살 의혹을 타블로이드판 시사주간지에서 제기했으나 물증은 완벽하리만큼 없었다. 결국 실족사로 처리됐다.

나는 그 기사를 읽으며 '검은 유령'의 솜씨가 아닐까 상상해봤다.

창밖을 내다보았다.

아침 항구에는 부슬부슬 비가 내리고 있었다. 부산을 떠난 토마스 호는 밤새 항해를 해 후쿠오카의 하카다 항에 입항했다. 선착장에는 전세버스가 줄지어 대기해 있고 우산을 쓴 승객들은 관광을 위해 하선을 서둘렀다.

나는 매일 아침 객실로 배달되는 소식지 《네비게이터》를 들여다보았다. 기항지 날씨와 여행 정보가 꼼꼼하게 담겨 있었다. 오늘 밤 늦게까지 많은 비가 올 예정이다.

텅 빈 배에 남아 침대를 뒹구는 일은 무료했다. TV 채널을 돌려봐도 영어로 떠드는 뉴스 아니면 철 지난 한국 드라마가 전부였다. 한숨 자두고 싶었지만 작업을 앞두고는 예민해져 그럴 수 없었다. 게다가 배 안이라는 특수성 때문인지 지겨움이 계속 압박해 왔다. 어차피 가네다는 오늘 저녁에야 배에 오르는데 시내 관광이라도 따라갈 걸 그랬나.

오늘 다자이후덴만구 신사를 둘러본다고 했다.《네비게이터》에는 컬러 사진과 함께 봄마다 신사를 뒤덮는 벚꽃이 장관이라고 적혀 있었다. 하지만 지금은 한여름이다. 군내 나는 노인네들과 함께 가이드의 노란 깃발을 쫓아다니기도 쪽팔렸다. 게다가 녹차와 먹는 모찌 맛이 일품이라고 했지만 나는 절대 모찌를 먹지 않는다.

고아원을 나오던 해였으니 아마 열세 살 때였을 게다. 동네 구멍가게에서 훔친 모찌를 감나무 뒤에 숨어서 먹다 급체했다. 원장한테 끌려가 밤새 두들겨 맞았다. 그 원장이란 인간은 지금 국회의원이다. 부모 없는 원생들한테는 개밥 같은 식사 먹이고 정부 보조금 착복해서 명사가 됐다. 재작년이던가, 그가 「100분 토론」에 나와서 사회복지 정책에 대해 떠벌리는데 주둥아리를 그냥 재봉틀로 박아버리고 싶었다. 돈이 지배하는 세상임을 그때 확실히 깨달았다.

참을 수 없는 지루함은 계속 괴롭혔고 결국 오후에 갱웨이를 걸어 나오고 말았다. 바람 쐰다는 기분으로 가까운 시내나 둘러볼 요량이었다. 그리고 챙겨야 할 물건이 있었다.

부두 2층에 위치한 입국심사대에 갔다. 단체 관광객이 빠져나가서인지 한산했다. 콧수염을 기른 심사관이 여권사진과 내 얼굴을 번갈아보더니 입술을 비틀고 씩 웃었다. 한국인을 무시한다는 인상을 받았다.

"Do I have any problem with immigration?"

(입국에 무슨 문제라도 있습니까?)

나도 입술을 비틀며 아주 빠른 영어로 물었다. 콧수염 얼굴이 바로 굳어지더니 대꾸 한마디 없이 스탬프를 쾅쾅 찍었다.

전문 브로커를 통해 만든 여권은 완벽하다. 실존 인물의 주민등록증을 정밀 위조했고, 그 주민등록증을 이용해 관청에서 정상 발급 받았다. 서류상 나는 완전히 그다. 사진을 떼고 붙인 위조 여권과는 애초 수준부터 다르다. 나와 서른여섯 동갑인 진짜 주인은 식물인간이다. 세상과 단절된 시골 외딴집에서 무의미한 시간을 살고 있다.

택시를 잡아탔다. 빗줄기는 굵어졌다. 차창 밖으로 한국과 비슷한 거리 풍경이 이어졌다. 멀리 보이는 나지막한 야산, 오밀조밀 들어선 주택들. 교복치마 입은 소녀 둘이 자전거를 타고 스쳐갔다. 시내 중심부에 들어서자 명동이나 신촌처럼 차와 인파로 붐볐다. 생경함이라면 히라가나 간판과 택시 핸들이 오른쪽에 달려 있다는 것 정도.

지붕개폐식 야구장 후쿠오카돔을 둘러보고 캐널 시티에 있는 서점에서 성인 잡지를 두 권 샀다. 삼대째 영업한다는 우동집에서 배를 채우고 가와바타 상점가를 어슬렁거렸다. 천장을 투명한 지붕으로 덮어 산뜻한 느낌을 주는 거리였다. 수백 개의 점포가 양쪽에 늘어선 모습이 세운상가를 연상시켰다.

'COMBAT'이라고 걸린 영어 간판이 보였다. 점포는 지하철역으로 빠지는 오른쪽 코너에 있었다. 밀리터리 마니아들을 상대로 세계 각국의 군복이나 군화 따위를 파는 곳이었다. 진열장 안에는 여러 종류의 단검이 놓여 있었는데 그중 하나가 눈길을 끌었다. 6밀리미터 스테인리스강으로 만들었다는 날은 투명하리만큼 맑았다. 마호가니 손잡이가 손바닥에 착 감겨 왔다.
귀걸이를 한 노랑머리 남자 점원이 뭐라고 떠드는데 영화 「람보」에 사용된 것이라고 말하는 것 같았다.
"이쿠라데스까?"
나는 일본말로 값을 물었다. 계산은 현금으로 했다.

7시. 일본인 관광객들의 승선이 끝나자 토마스 호는 남쪽으로 항로를 잡았다. 후쿠오카를 떠나 밤바다를 헤치고 가고시마로 향한다.
전망대 출입을 금지한다는 안내 방송이 반복해 흘러나왔다. 규슈 동쪽으로 북상하는 B급 태풍의 간접 영향권이라고 했다. 바람을 머금은 빗줄기는 갑판을 무섭게 후려쳤다. 이따금씩 번개의 섬광이 검은 하늘을 두 쪽으로 갈라놓았다. 배의 바닥이 한 쪽으로 쏠릴 때마다 묘한 공포심이 일었다.
뷔페 식당에서 가볍게 저녁을 먹고 가네다를 찾아 나섰다. 객실만 600개가 넘는 대형 선박이지만 그를 찾아내는 건 의외로 간단했다.
732호 객실은 불이 꺼져 있었다. 그렇다면 홀로 온 중년 남자가 즐길 만한 것은 술 아니면 도박밖에 더 있을까. 게다가 지금은 기상 악화로 선실 밖 출입도 통제돼 있다.
카지노를 둘러봐도 그는 보이지 않았다. 전망대 뒤편에 위치한 칵테일 바 '캣츠'를 찾아갔다. 창가 테이블에 혼자 앉아 술잔을 홀짝이는 통통한 사내가 보였다. 짧은 목, 벗겨진 이마, 금테 안경……. 빙고! 봉투 속의 사진과 일치.

나는 입구에서 서성이다 한번 부딪쳐 보기로 했다. 가까이서 관찰하는 것도 나쁘지 않을 것 같았다.

옆 테이블에 자리를 잡고 마티니를 주문했다. 천천히 홀 안을 살폈다. 날씨 탓인지 자리는 많이 비었다. 정면 무대에서 중년의 여가수가 피아노를 치며 재즈를 불렀다. 웨이브 굵은 파마와 가무잡잡한 피부와 튀어나온 광대뼈로 봤을 때 필리피노가 확실하다. 나이트클럽의 러시아 댄스 걸, 식당 주방의 조선족 여인처럼, 중소 호텔 라이브 클럽에서 꼭 만나는 필리핀 가수들. 노래 실력은 상당했다. 「Misty」의 음울한 선율이 허스키한 목소리에 실려 어스레한 홀 안에서 흐느적거렸다.

눈을 감고 잠시 음악에 집중하려는데 불쑥 못난이 푸코가 떠올랐다. 푸코는 내가 기르는 아메리카 코카스파니엘 종의 새까만 개 이름.

작년 봄, 아나운서 C를 묻고 운전해 오는 밤이었다. 놈이 갑자기 도로에 뛰어드는 바람에 차 앞바퀴에 깔려 죽을 뻔했다. 복잡한 기분 탓이었을까. 나는 털 빠지고 노린내 나는 유기견을 기꺼이 집으로 데려왔다. 다음날 애완견 미용실을 찾았다가 놈이 듣지도, 짖지도 못한다는 사실을 알았다. 가슴이 먹먹했다. 그 자리에서 다짐했다. 네놈이 죽을 때까지 지켜주겠노라. '버려졌다'라는 말에서 놈과 나의 공통점을 찾는다면 너무 비약일까.

그때였다. 낯선 목소리가 나를 다시 현실로 끌어냈다. 누군가가 한국어로 말을 걸어 왔다.
"혹시, 부산에서 오셨습니까?"
나는 천천히 눈을 떴다. 바로 앞에 한 사내가 망령처럼 서 있었다. 순간 머리가 복잡해졌다. 이 상황을 어떻게 해석해야 할까. 금세 판단이 서질 않는다. 사내는 바로 가네다였다.
뜨악한 내 표정을 보고 그는 재빨리 뒷말을 이었다.
"저, 동행이 없다면 술친구나 할까 해서. 전부들 짝짝이라. 하하."
피할 수 없는 대면이었다. 나는 고개를 두 번 끄덕였다. 사내는 마주앉으며 오른손을 내밀었다.
"반갑습니다. 김용식입니다."
이건 또 뭔 소린가. 나는 눈을 홉뜨고 다시 사내를 보았다. 분명, 사람을 잘못 보지 않았다.
"재일교포죠. 일본 이름은 가네다입니다. 가네다 다쓰오. 고향은 오사카고 지금은 후쿠오카에 살고 있습니다. 그냥 편하게 김(金)상이라고 부르십시오."
나는 짧은 숨을 내뱉었다. 의혹이 한 꺼풀 풀린 셈이지만 뭐가 뭔지 더 꼬이는 듯했다.
"저는 윤(尹)이라고 합니다. ……한데 한국말이 유창하십니다."
"그렇습니까? 흐흣. 감사합니다."
"혼자서 오신 모양이죠?"
"그렇게 됐습니다. 여행도 즐기고 부산에 볼일도 있고 해서 겸사겸사."
가네다는 아래위 이빨을 다 드러내며 웃었다.

"윤 선생도 혼자십니까? 이런 배 여행에는 여자가 껴야 제 맛인데. 안 그렇습니까?"

나는 소리 없이 따라 웃었다. 가네다는 기분이 좋은지 자신이 사겠다며 양주를 주문했다.

나는 서울에서 조그만 여행사를 경영한다고 했다. 크루즈 상품을 전문적으로 취급해 보려고 견학중이라고 했다. 가네다는 그제야 알겠다는 듯 고개를 주억거렸다.

검정 보타이를 맨 키 작은 종업원이 발렌타인 한 병과 얼음통을 가져와 잠시 대화가 끊어졌다. 나는 슬쩍 가네다를 떠보고 싶어졌다.

"그런데 부산에는 무슨 일로?"

"그게 참……, 말하기는 뭣한데……."

가네다는 바지주머니를 뒤져 담배를 빼물었다. 이야기를 해야 할지 말아야 할지 판단할 수 없다는 듯 한동안 뜸을 들였다. 그러다 술잔으로 입술을 축이고는 입을 열었다.

"보름 전인가. 부산에 사시는 백부가 돌아가셨다는 연락을 받았습니다. 사실 저는 그 영감 얼굴도 모릅니다. 제 선친과는 배다른 형제고 일본에서 한국으로 돌아가신 후 30년 이상을 연락 없이 지냈으니까요. 근데, 그 영감이 죽을 때가 되니까 조센징 소리 들으며 고생하는 조카 놈이 안쓰러워 보였던 모양입니다. 내 앞으로 유산을 좀 남겼답니다. 생전에 부동산 사업해서 큰돈을 모았다고 듣긴 했습니다만……. 해운대나 광안리 이런 곳에 땅값 엄청 올랐다면서요? 뜻밖의 복이라 당황스럽긴 하지만 여하튼 가봐야죠. 급한 일은 아니더라도 돈이 걸려 있다는데. 흐흣. 영감이 노망나서 헛소리 지껄인 게 아니길 바랄뿐입니다."

매듭이 또 하나 풀리는 기분이었다.

"후쿠오카에서 부산가는 쾌속선 타면 세 시간이면 충분할 텐데. 이런 느려빠진 배를 다 타시고. 하하."

"아, 내일 사쿠라지마에 가보려고요. 2주 전에 이 배 예약했습니다. 생각이 좀 많아서요. 과연 그걸 받아야하나, 부담스럽기도 하고 좀 수상한 구석도 있고. 혹시 뒤탈 나는 돈은 아닌지 조용히 따져봐야 할 것 같습니다."

"사쿠라지마? 활화산 말인가요?"

"세계적으로 다섯 손가락 안에 꼽히는 곳이죠. 흰 연기를 풀풀 내뿜으며 살아 꿈틀대는 모습이 장관입니다. 예전부터 보고 싶었는데 그동안 통 기회가 없어서. 흐흣."

"그렇군요……."

나는 오른손으로 지포라이터를 만지작거리며 머릿속으로 대충 밑그림을 그려보았다.

박이라는 남자는 죽은 부산 땅 부자의 아들일 가능성이 크다. 그렇다면 가네다와는 사촌지간? 무리해서 제거하려는 걸 보면 유산 덩어리가 꽤 큰 모양이다. 하긴 10원이든 10억이든 두 눈 빤히 뜬 채 생판 얼굴도 모르는 인간한테 뜯긴다면 속이 뒤집히겠지. 붉은 옷의 여자는 나이로 봤을 때 박의 마누라는 아닐 것이고 정부쯤 되지 않을까. 뭐 추측이 맞든 틀리든 상관없다. 스쳐가는 호기심일 뿐이다. 맡은 일만 하면 된다. 그렇지만 막상 전후 사정을 알고 가네다 얼굴을 보고 있자니 입 안이 쏩쏠해졌다. 결국, 복이 화를 부르는구나.

성량이 풍부한 필리피노는 프랭크 시나트라의 곡을 부르고 있었다. 귀에 익숙한 멜로디인데 제목은 가물가물하다. 우리는 스트레이트 잔을 가볍게 부딪쳤다. 그리고 동시에 입 속에 털어 넣었다.

가네다는 겉보기와 달리 말이 많은 사내였다. 취기가 오르자 쓸데없는 이야기들을 주절주절 풀어내는데 하품이 나오려고 했다. 스물여덟에 술집 나가는 일본 여자를 만나 반년을 살았다고 했다. 사기죄로 들어간 감방에서 한국인 소매치기 고수한테서 면도날 따기 비법을 전수 받았다나. 동족의 피가 통했는지 자기한테만 특별히 가르쳐줬다고 자랑스러워했다. 술병이 바닥을 드러낼 즈음에는 재일교포가 일본에서 살아가기가 얼마나 서러운 줄 당신이 알기나 해, 하면서 시비 걸 듯 눈을 부라렸다. 역시 사내들은 술을 먹어봐야 성깔을 안다. 동정심은 한순간에 사라졌다.

가네다가 비틀거리며 바를 나섰다. 시간은 어느새 자정을 지났다. 뒤쫓아 가서 두 다리를 번쩍 들어 밤바다에 밀쳐버리고 싶은 마음이 굴뚝같았다. 갑판 통제만 없었다면 가능도 했을 것이다. 하지만 나는 안다. 충동적인 행동에는 늘 허점이 따른다는 사실을. 게다가 오늘은 이미 여러 사람들 시선에 노출됐다. 그리고 사방의 감시 카메라.

계획대로 하면 된다. 조급함이 화를 부른다. 계획대로 하면 된다. 나는 마지막 술잔을 높이 들었다가 입 안에 털어 넣으며 스스로를 타일렀다.

바를 나와 계단을 내려가는데 뒤에서 낯선 시선이 느껴졌다. 고개를 홱 돌리자 그림자 하나가 잽싸게 사라졌다. 아니나 다를까 객실로 돌아오기 무섭게 전화 내선이 울렸다. 박이 보낸 붉은 옷의 여자였다.
"무슨 이야기했죠? 가네다와."
나는 잠시 침묵하다가 입을 열었다.
"글쎄, 뭔 얘길 했을까. 후훗."
"내 명령 없이 함부로 움직이지 마세요!"
여자 목소리가 돌연 신경질적으로 변했다.
나는 천천히 그리고 능글맞게 대꾸했다.
"명령? 이봐 아가씨, 난 내 방식대로 일한다고."
"계약이 깨지는 수가 있습니다."
"화살이 손에서 떠났다는 건 그쪽이 더 잘 알 텐데."
"이봐요, 당신은 고용된 사람입니다. 맡은 일만 제대로 하면 된다고요."
"내가 언제 일 안 한다고 그랬소. 술 한 잔 얻어먹었기로서니 그게 뭔 큰일이라도 된다는 거요? 그렇다면 가네다가 재일교포란 얘긴 왜 안하셨나?"
기습 공격 한 방에 여자는 금방 기세가 꺾였다.
"그야, 굳이……."
"오호라, 그래서 잡다한 정보만 너절하게 적어 놓으셨나. 하긴 내가 가네다를 만나리라고는 상상도 못하셨겠지. 안 그래?"
여자는 아무 말 하지 않았다.
"이봐, 예쁜 아가씨. 걱정은 그만 접어두고 스파나 받으셔. 나는 실수 안 해. 그리고 가네다가 줄담배를 피웠소. 당신이 건넨 정보는 믿을 게 못 된다고!"
수화기를 거칠게 내려놓는 순간 바닥이 흔들렸다. 휘청거리며 손으로 벽을 짚었다. 파도가 거칠어져 배가 앞뒤로 기우는 피칭 현상이 심해졌다.

　망할! 아무리 큰 배도 어쩔 수 없구나.

　바이킹을 탄 것처럼 몸이 공중에서 부유하는 느낌. 머리가 멍해지면서 속이 메슥거렸다. 불면의 밤이었다.

　결전의 날이다.

　지금 시각은 정확히 오후 3시 16분. 나는 가고시마 덴몬칸 거리에 서 있다. 초록색 전철이 덜커덩거리며 눈앞을 스쳐간다. '동양의 나폴리'라고 불리는 이 도시는 현대식 빌딩이 즐비한 중심가를 아직도 노면 전차가 질주하고 있었다. 태풍이 비껴갔다지만 비는 가늘게 계속해서 내렸다.

　나는 공중전화 부스 옆에서 가네다를 기다렸다. 그는 조금 전 길 건너편 문어빵을 구워 파는 가게에 들어갔다.

　그의 뒤를 밟은 지 벌써 다섯 시간째.

　화산재 풀풀 날리는 활화산 사쿠라지마를 돌아, 17세기에 이 지역을 통치한 시마즈 가문의 별장인 이소 정원을 거쳐, 쇼핑을 위해 덴몬칸 거리로 들어온 시간이 3시였다.

　동행한 관광객이 많고 야외인 까닭에 기회 잡기가 쉽지 않았다. 6시까지 토마스 호로 돌아가려면 시간이 빠듯했다. 우려했던 일이 현실로 나타나고 있는 셈. 지금 기회를 놓치면 그의 부산 입국을 막을 길은 없다.

　조급증이 몰려왔다. 작업을 하면서 이렇게 초조해하기는 처음이다. 입고 있는 반팔 사파리는 비와 땀에 절어 눅눅했고 담배를 쥔 오른손이 가늘게 떨렸다.
　가게 문을 밀고 나오는 가네다가 보였다. 그는 우산을 받쳐 들고 상점가 쪽으로 천천히 발걸음을 옮겼다. 다행히 일행들과는 떨어져 혼자였다. 나는 손가락으로 담배를 퉁겨 끈 다음 갈색 벙거지를 눌러쓰고 도로를 가로질러 달렸다.
　가네다가 미쓰코시 백화점 안으로 들어갔다.
　나는 감시카메라 위치를 신경 쓰며 고개를 숙인 채 따라붙었다. 평일이라 매장은 한산했다. 그가 잡화코너 이곳저곳을 기웃거리다 화장실이 있는 2층 비상계단 쪽으로 걸어간 것은 10분쯤 뒤였다.
　나는 메고 있던 가방에서 얇은 가죽 장갑을 꺼내서 꼈다. 그리고 기도하는 심정으로 뒤를 따랐다.
　내가 화장실에 들어섰을 때 가네다는 변기 앞에서 바지 지퍼를 내리고 있었다. 운이 좋았다. 안에는 그 혼자뿐이었다.
　"어이, 윤 선생, 여기서 또 만나는군요."
　가네다는 눈을 동그랗게 뜨며 반가움과 놀라움이 교차하는 표정을 지었다.
　"그래, 어디어디를 둘러 보셨나. 물론 사쿠라지마는 보셨겠지요?"
　그는 요란하게 소변을 갈기며 웃었다.
　나는 옆에 서서 바지춤을 풀었다.
　"살아서 움직인다는 건 행복한 일이죠."
　가네다는 말뜻을 이해 못했다는 표정으로 눈을 껌뻑였다.

나는 느릿하게 덧붙였다.

"사쿠라지마 말입니다."

"아암……, 그야 그렇죠."

가네다는 거무스레한 성기를 털다가 문득 내 가죽 장갑을 빤히 바라보았다. 그리고 동시에 나와 눈이 마주쳤다. 믿거나 말거나, 그도 한때 조직의 밥을 먹었다. 그제야 불길한 예감이 뇌리에 꽂힌 모양. 얼굴이 순식간에 굳어지더니 본능적으로 두 팔을 올려 방어 자세를 취했다. 그러나 이미 늦었다.

단검은 벌써 가네다 옆 가슴에 박혔다. 찰나의 일이라 그는 윽, 하는 신음조차 제대로 뱉지 못했다. 다리가 풀리면서 상체가 내 품으로 안겨 왔다. 나는 굵은 어깨로 그의 몸무게를 지탱하며 칼의 가드가 뱃살에 걸릴 때까지 한 번 더 쑤셔 넣었다. 그리고 잠시 그대로 서 있었다. 아이보리 점퍼에 검붉은 액체가 서서히 번져 나갔다.

나는 타일 바닥에 피가 떨어지기 전에 가네다를 맨 끝 변기실로 밀고 들어갔다. 좌변기에 앉히고는 문고리를 걸었다. 천천히 단검을 뽑았다. 피가 확 솟구쳤다. 상의와 바지주머니를 뒤져 소지품을 가방에 쓸어 담았다. 손이 많이 가는 작업이지만 서두르지 않았다.

여권과 지갑만 없애도 경찰은 신원 파악에 애를 먹을 것이다. 신원을 알아내도 관광객을 노린 단순 강도 살인으로 종결될 것이다. 일본 경찰이 조선인 전과자의 죽음에 얼마나 성의 있는 수사를 할까. 회의적이다. 토마스 호와의 관계를 찾는다 해도 나와 연결고리 찾기란 또 쉽지 않을 것이다. 그리고 결정적으로 나는 내

일이면 부산에 가 있다.

그때였다. 갑자기 가네다가 눈을 부릅뜨더니 두 손으로 내 사파리 깃을 움켜잡았다. 마지막 발악이 이런 것일까. 손아귀 힘은 상상을 초월했다. 피가 역류할 정도의 섬뜩함에 고통을 느낄 겨를도 없었다. 내가 팔꿈치로 가슴팍을 내려찍은 건 본능이었다.

가네다는 한 손을 아래로 떨구고 다른 손은 점퍼 주머니에 넣은 채 움직이지 않았다. 입술이 뒤틀려 있었다. 고통에 질린 것 같기도 하고 미소를 띤 것 같기도 한 얄궂은 표정이었다.

나는 팔등으로 이마의 땀을 훔치며 거친 숨을 몰아쉬었다.

서둘러야 했다. 시체의 두 발을 문 앞까지 뻗쳐 놓았다. 피는 좌변기 속으로 흘러내리도록 조치했다. 그러고는 좌변기를 밟고 올라가 천장과 칸막이 사이의 틈으로 빠져 나왔다.

세면대에서 피 묻은 장갑을 벗고 손을 씻다가 거울에 어른거리는 나를 보았다. 지친 표정으로 서 있는 서른여섯의 사내. 얼굴은 땀으로 번질거리고 충혈 된 눈동자는 쫓기듯이 움직였다. 실핏줄은 조그만 충격에도 톡 터져버릴 것처럼 부풀어 올랐다.

밖에서 사람소리가 들렸다. 나는 서둘러 가네다의 우산과 쇼핑백을 챙겨들었다. 화장실을 막 나오는데 까까머리 중학생 둘과 맞닥뜨렸다. 나는 그들의 시선을 무시한 채 거리로 달려 나왔다.

토마스 호로 돌아오자마자 샤워부터 했다. 찬 물줄기 아래서 냉정하게 조금 전 상황을 되돌아봤다. 실수한 기억은 없다. 경직된 근육이 풀리면서 긴장도 함께 씻겨 내려갔다. 기분이 좋아졌다.

냉장고에서 캔 맥주를 꺼내 마시며 전화내선을 돌렸다. 박의 여자는 첫 신호가 울리기 무섭게 반응을 보였다.
"어떻게 됐죠?"

5분쯤 뒤 노크 소리가 들렸다. 여자는 하늘색 체크무늬 남방을 입고 긴 생머리를 뒤로 묶은 채 복도에 서 있었다. 선글라스를 벗은 얼굴은 확실히 미인이었다. 그녀는 천천히 실내를 훑어보며 의자에 앉았다.
"안전을 위해 방으로 불렀소. 밖에는 시선들이 많으니까."
나는 탁자 위에 널브러져 있는 성인 잡지를 치우며 말했다.
"상관없어요."
"마시겠소?"
캔 맥주를 권하자 여자는 고개를 저었다. 여전히 경계를 풀지 않은 눈초리.
나는 침대 모서리에 걸터앉아 가네다의 여권을 손가락 사이에 끼워 흔들어 보였다.
"말했지? 실패는 없다고."
나는 빼기듯이 말했다. 여자의 눈동자는 계속 여권을 따라 움직였다.
"일처리는 틀림없겠죠?"
그녀는 들을 사람이 없는데도 작은 목소리로 말했다.
나는 대답 대신 말보로에 불을 붙였다. 담배 연기를 일부러 그녀 얼굴을 향해 내뿜었다. 여자는 첫 만남 때와 달리 양미간을 찌푸리지 않았다. 내가 한 대를 다 피울 때까지 인내를 가지고 지켜보았다.

"돈은 언제 입금되지?"

나는 언제부터인가 반말을 내뱉고 있었다.

"기다리세요. 한국에 연락해 보죠. 내일 중에는 가능할 겁니다."

"흐흐, 지금 바로 확인해 줄 수 있을 텐데."

"무슨 말이죠?"

"당신이 모시는 박이라는 남자, 지금 이 배에 타고 있지 않나? 프런트에서 당신 방 체크해 보니 동행이 있더구먼. 그저께 칵테일 바 구석에서 날 노려보고 있더라고. 검은 줄무늬 남방에 곱슬머리 맞지? 여기서 국제전화 한 통 때리면 바로 송금될 텐데."

여자의 눈동자가 갑자기 커졌다. 당황하는 빛이 역력했다.

"후후, 너무 겁먹지 마. 난 돈 이외에는 관심 없소. 고객과는 신뢰가 생명이지."

나는 여권을 탁자 위에 던졌다. 여자는 재빨리 그것을 쓸어 담았다.

"증거물은 그걸로 충분할 거야. 나머지 것들은 안전을 위해서 내가 처분했어. 이제 돈만 입금되면 서로 볼일 없겠군."

나는 손깍지를 끼고 조금 진지하게 이야기했다. 가네다에게서 들은 유산 이야기가 입 끝에서 맴돌았지만 묻어두기로 했다. 어차피 지금에야 아무 의미도 없는 얘기들. 서로의 목적이 충족됐다면 그걸로 족한 것 아닌가.

TV 위에 걸린 벽시계를 봤다. 출항 예정 시각인 6시에서 10분이 지났건만 토마스 호는 스탠바이 신호만 계속 내보내고 있다. 아마도 시내 구경 나간 가네다가 돌아오지 않아서겠지. 하지만 배는 곧 미나미 부두를 떠날 것이다. 700여 명의 승객들은 다들 스케줄이 있다. 부산으로 떼밀이 관광을 떠나는 이들을 실망시킬 순 없다.

가는 빗줄기가 안개처럼 자욱하게 깔린 밤이다. 전망대가 있는 갑판을 거닐고 있자니 꿈길인 듯 몽롱하다.

배 난간에 나가 가죽집에서 단검을 뽑아들었다. 이젠 용도를 잃어버린 물건. 앞으로도 쓸 일은 없겠지. 칼날 길이가 15센티미터 이상이면 어차피 국내 반입도 할 수 없다.

날 끝을 잡고 허공을 향해 던졌다. 단검은 수십 번을 회전하다 검은 바다에 빠졌다. 쇼핑백도 함께 던졌다. 가슴 깊숙한 곳에서 편안함과 공허함이 묘하게 뒤섞이며 소용돌이쳤다.

24시간 개방하는 인터넷 바를 찾아갔다. 망망대해 한가운데서 구글을 검색할 수 있다는 건 놀라운 경험. 카운터의 가무잡잡한 여승무원이 어색한 한국말로 GPS위성을 이용한 것이라고 일러주었다.

거래 은행 사이트를 찾아 잔고를 확인했다. 박은 믿을 만한 고객이었다. 내 계좌에는 이미 동그라미 8개가 붙은 돈이 들어와 있었다. 모든 것이 홀가분해졌다. 곽 사장 몫을 전하는 일만 남았다. 부산에 도착하는 즉시 송금해 줄 생각이다. 늘 사소한 욕심이 화를 부른다는 걸 나는 잘 알고 있다.

오락거리를 찾아 크루즈 내를 샅샅이 훑었다. 사우나에서 땀을 빼고 한 시간에 걸쳐 타이 마사지를 받았다. 쇼룸에서 보드카를 마시며 러시아 무희들이 펼치는 스트립쇼를 보았다. 탱탱한 젖통을 보자 잠시 잊었던 성욕이 솟구쳤다. 필리피노가 노래하는 카페에서 한잔 더하고 갑판 농구장에 뒹구는 공을 발끝으로 툭툭 건드려도 보았다. 그렇게 마음껏 휘젓고 다니다 새벽녘에 잠들었다.

안내 방송에 늦잠을 깼다.
스피커에서 영국인 선장의 딱딱한 목소리가 흘러나왔다. 한국어와 일본어 통역이 이어졌다. 배는 예정 시간에 맞춰 부산항에 도착한다고 했다.
오른쪽 머리가 쿡쿡 쑤시고 뱃속이 쓰렸다. 기분에 들떠 밤새 마신 술이 과했다. 생수병을 입에 물고는 커튼을 열어 젖혔다. 강한 햇살이 객실 깊숙한 곳까지 파고들었다. 크고 작은 섬들이 하나 둘 스쳐갔다.
갑판 야외 카페에 올라가 진한 커피를 주문했다. 폭풍이 지나간 바다는 평온했다. 나흘 만에 만나는 태양이 눈부시고 쪽빛 물결을 타고 불어오는 바람은 상쾌했다. 관광엽서에서나 볼 수 있는 아름다운 풍경이었다.
날씨의 변화는 사람들을 생기 넘치게 만들었다. 이들이 모두 한 배를 탔었나 싶을 정도로 많은 사람들이 갑판에 몰려 나왔다. 어린애들은 연신 풀 속으로 뛰어들고 수십 개의 선베드는 대담한 수영복 차림의 젊은 여자들이 차지했다. 대형 스피커에서 흐르는 레게 음악이 흥을 돋웠다.

혹시나 해서 주위를 둘러보았지만 긴 머리 여자를 발견할 수 없었다. 지난밤 너무 겁을 먹였나 싶어 살짝 후회가 됐다.

객실로 돌아와 짐을 챙기는데 성인 잡지가 바닥에 툭 떨어졌다. 입술을 가늘게 벌린 금발의 백인 여자는 장미 문신이 박힌 엉덩이를 뒤로 쭉 내밀고 있었다.

불쑥, 부산에 머물고 싶다는 생각이 들었다. 따지고 보면 서둘러 집으로 돌아갈 이유가 없었다. 지금 사는 일산 오피스텔이라고 무더위를 피해 갈수는 없다. 콘크리트가 달아올라 푹푹 찔 것이다. 일은 잘 풀렸고 보수는 다 받았다. 해운대가 내려다보이는 특급호텔에 방을 잡아놓고 한 며칠 즐긴들 어떠랴.

여자가 필요했다. 꺼두었던 휴대폰의 파워 버튼을 눌렀다. 액정 화면에는 통화 가능 표시를 알리는 막대가 여섯 개나 떴다. 확실히 배는 육지에 가까워지고 있었다.

제니는 여전히 애교 넘치는 목소리였다. 그녀는 부산에 내려올 때마다 들르는 클럽의 여자. 성은 모르겠고 그냥 다들 제니라고 불렀다. 썩 미인은 아니지만 큰 가슴과 쭉 뻗은 다리가 쓸만했다. 무엇보다 섹스를 잘했다. 가슴에 수표 몇 장 꽂아주면 뒤탈 낼 여자는 아니었다.

마지막으로 사파리를 걸쳐 입고 창가에 걸터앉아 담배를 물었다. 한 모금 한 모금 빨 때마다 푸근함이 몰려왔다. 석양을 벗 삼아 집으로 돌아가는 만선 어부의 마음이 이러하지 않을까.

드디어 부산항이 보였다. 배는 선수를 크게 좌현으로 틀더니 최대한 속도를 늦추며 접안을 시도했다.

카드 키를 프런트에 반납하고 갱웨이를 걸어 나오는데 승무원들이 양옆에 도열해 환송해 주었다. 태국 마사지사도, 러시아 스트립 걸도, 필리핀 여가수도 보였다. 나는 일일이 눈을 찡긋했다. 그녀들이 날 기억하든 못하든 상관없다. 그냥 기분이 좋아서였다. 여객 터미널을 향해 걷다 정박해 있는 토마스 호를 잠시 뒤돌아보았다. 3박 4일은 짧은 여정. 하지만 가슴 졸인 나에게는 인생보다 길게 느껴지는 시간이었다. 언젠가는 푸코를 안고 느긋하게 알래스카나 지중해로 크루즈 여행을 다녀오리라.

희한하게도 일은 늘 예기치 못한 지점에서 꼬인다. 문제는 입국심사대 앞에서 벌어졌다. 응당 안주머니에 있어야 할 여권이 보이지 않았다. 바지와 가방을 뒤져봐도 찾을 수 없었다. 불길한 예감이 뭉글뭉글 피어올라 머릿속에서 번져나갔다. 어떻게 된 걸까. 뭔가에 단단히 홀린 기분이었다.
나는 필름을 빠른 속도로 되돌리다가 미쓰코시 백화점의 화장실에서 재생 버튼을 눌렀다. 얄궂은 표정의 시체가 한 구 보였다. 마지막에 가네다가 내 옷깃을 잡았던가.
그와 동시에 떠오르는 한 컷. 애써 부정하려 하면 할수록 그 장면은 더 선명해졌다. 내 안주머니에 들어가 있는 가네다의 오른손이 클로즈업됐다. 그리고 소매치기 솜씨를 뽐내던 가네다의 술 취한 목소리가 귓전에 울려 퍼졌다.
그, 그걸······.
나도 모르게 비명이 터졌다. 얼마나 치명적인 실수를 했는지는 몸이 더 민감하게 반응했다. 입 안의 모든 물기가 증발하면서 심한 갈증이 몰려왔다.

감색 정복을 입은 나이 든 입국심사관이 미소를 지으며 여권을 요구했다.

어떡해야 하나. 어떡해야 하나. 머릿속이 새하얗다. 현기증이 일면서 다리가 후들거렸다. 빙그르르 도는 바닥 위에 그대로 주저앉을 것만 같았다.

심사대 저편에 짙은 화장을 한 제니의 얼굴이 보였다. 그녀는 지금의 내 심정을 아는지 모르는지 이쪽을 향해 손을 높이 흔들었다.

겨울

사방은 이미 설국이다.

그런데도 시커먼 하늘이 또 눈을 뿌리기 시작했다. 일본 아오모리 국제공항에서 출발한 25인승 온천 셔틀버스가 기차역에 들러 가족 관광객들을 태우고 시 외곽의 삼나무 숲길로 접어들 무렵이었다.

눈발은 모든 풍경을 지워버릴 듯 세찼다. 시야는 흑백 사진처럼 희뿌옇게 변해 한치 앞도 안보일 지경이었다.

뒷자리에 앉아 좌우로 요동치는 와이퍼를 쳐다보고 있자니 약간 겁이 났다. 이가타와 니가타, 아오모리 같은 일본 본토 서북쪽 도시들이 원래 폭설로 유명하다지만 이렇게 큰 눈은 직접 본적도 없거니와 또 이 상황에서 산길을 달려야 한다는 게 영 불안했다. 길섶에 담벼락처럼 쌓인 눈 무더기가 무너져 덮칠 것만 같았다.

지붕만 드러낸 폐가옥과 기울어진 전봇대가 드문드문 스쳐갔다. 짐승 울음소리마저 숨죽일 것 같은 적막한 풍경. 지금의 눈은 낭만적 소품이 아니라 두려움의 대상이었다.

그러나 새치가 희끗희끗한 감색 제복의 운전기사는 좁고 경사진 도로를 용케 잘 달렸다. 뭐랄까, 길을 훤히 꿴 듯 적당한 속도와 부드러운 코너링, 그리고 묵직한 승차감까지. 우스꽝스럽게도 일본인의 장인 정신이니 무사 정신이니 하는 단어들이 떠올랐다. 10분쯤 더 달리자 그의 운전 솜씨를 완전히 신뢰하게 됐고 버스 안의 공기가 처음으로 편안하게 느껴졌다. 특수재질의 고무 타이어를 장착했다는 사실은 나중에야 알았다.

마음 졸이기는 앞자리의 가족 여행객들도 마찬가지였던 모양. 여우털 모자를 쓴 노파는 그제야 가슴에 품고 있던 배낭을 바닥에 내려놓고 상기된 목소리로 운전사와 잡담을 주고받았다. 도쿄, 신칸센, 이치지칸, 유키, 온센······. 몇몇 알아들을 수 있는 일본어를 조합해 봤을 때, 그들은 도쿄에서 왔고 온천까지 한 시간은 더 가야 한다는 말 같았다.

여유가 생기자 내 눈길은 자연스레 통로 건너 옆자리에 앉은 단발머리 여자에게 쏠렸다. 그녀는 블랙코트에 와인 색 머플러를 두른 채 조용히 창밖만 응시했다. 갓 서른이 넘었을까. 글래머러스한 몸매에 비해 얼굴은 태양빛이라곤 못 쬔 양 새하얗다. 그래서인지 섹시미와 지성미가 섞인 묘한 인상을 풍겼다. 향수 냄새가 살살 날아와 내 코끝을 간질이는 것만 같았다.

그녀는 아오모리 공항에서 같이 버스에 올랐다. 그때 도착한 비행기는 대한항공 KE767편 뿐. 그건 그녀도 인천공항에서 출발했다는 얘기고, 곧 그녀는 한국인일 가능성이 높다는 뜻이다. 그런 결론에 이르자 호기심이 거품처럼 부풀어 올랐다.

사실, 원시림으로 뒤덮인 아오모리는 한국으로 치자면 강원도 휴양지 같은 곳이다. 거기에서 또 한 시간 떨어진 산골짝 온천장을 홀로 찾아드는 여자라면 어떤 연유일까. 화가나 소설가라서 창작의 영감을 얻으려는 걸까. 아니면 중병을 앓아 요양이 필요한 걸까. 혹, 실연의 상처를 품고 자살이라도?

무슨 사연이 있음은 분명해 보였다. 그러나 나의 일과 상관없었으면 좋겠다. 세상사 죽어 마땅하다 생각되는 인간들이 널렸지만 아름다운 여자를 다치게 하는 일은 가슴 아프다.

그때였다. 회오리 바람이 불었는지 자작나무 위에 쌓였던 눈덩이가 버스 천장에 폭탄처럼 쿵, 쿵, 떨어졌다. 모두 화들짝 놀랐으나 나는 그냥 무덤덤했다. 되레 여기 온 목적을 다시금 깨닫게 했다. 분명, 감상적인 기분은 털고 일에 집중하라는 경고였다. 지금은 눈이나 여자 따위에 신경 쓸 상황이 아니다.

곽 사장 전화가 걸려온 건 지난 주말. 작년 여름 이후 처음이었다. 그때 나는 푸코를 데리고 산책 나가려던 참이라 패딩 조끼를 걸치고 벙어리장갑을 낀 채 서서 전화를 받았다. 애써 태연한 척 했지만 속마음은 반갑기도 하고, 서운하기도 하고 그랬다.

"윤 선생요, 온천장에 갈 수 있겠소? 이번 일의 수입은 5대5로 합시다. 몬간다 카면 다른 사람 보낼 거요. 일할 사람이야 널렸으니까. 흠흠."

곽은 겨우 아물어가는 내 상처를 들쑤시려고 작정한 듯 쌀쌀맞았다. 생명의 은인인양 위세가 대단했다. 투박한 사투리는 부탁이 아니라 명령처럼 들렸다. 그럴수록 지난여름 가고시마에서의 악몽이 뇌리에 착 달라붙어 괴롭혔다. 원래, 잊고 싶은 일일수록 더 안 잊히는 법이다.

부산 여객 터미널 검색대 앞에서 휴대폰 붙잡고 애걸복걸하던 신세. 구해 주시오. 은혜는 꼭 갚겠습니다. 겁먹은 내 목소리는 파르르 떨렸고 궁극에는 이성을 잃고 협박까지 했던 것 같다. 만약 이대로 놔두면 경찰에 다 까발릴 거야! 당신이 유령처럼 일한다고 해도 설마 못 찾아내겠어! 난 당신 목소리 똑똑히 기억하고 있어. 씨팔, 우린 같이 죽는 거야!

목숨이 왔다갔다하는 순간이었다. 자존심도, 신의도 잊었다. 비굴한 말투는 내 귀에 더 더욱 비굴하게 들렸다. 그때 상황만 생각하면 절로 얼굴이 화끈거린다. 그 지랄 같은 순간은, 후텁지근한 공기의 감촉까지, 절대 잊혀 지지 않았다.

어쨌든 나는 살아남았다. 그러나 많은 것을 잃었다.

넋 나간 상태로 집에 돌아왔을 때, 주변 상황은 절망적이었다. 증권사 투자 상담사 놈의 꼬드김에 공격형 펀드인지 뭔가에 다 때려 넣은 돈은 반 토막에, 또 반 토막 났다.

그리고 소문이 돌았다. 이 바닥은 은밀하지만 워낙 좁아 소식이 빠르다. '그 새끼 완전히 맛 갔대. 프랑스 외인부대 출신이네, 어쩝네, 하면서 개 폼 다 잡더니만. 푸하핫.'

어느 어둑한 술집에서 나를 안주삼아 씹어대는 동종업계 인간들의 하얀 이빨이 눈에 선했다.

결정적으로 일거리가 끊어졌다. 곽 사장 눈 밖에 났다는 말은 앞으로 굵직한 건을 맡을 수 없다는 의미였다. 그는 그쪽 일 대부분을 독점하고 있었다. 어디서 그런 알짜만 물어오는 걸까. 그가 어떤 농간을 부렸는지 모르겠지만 부산 국제 터미널에서 나를 너무 쉽게 뒷문으로 빼돌렸다. 정재계 실력자들과 줄이 닿아 있다는 소문은 사실이었다. 상류층 인간일수록 비공식적으로 처리해야 할 지저분한 일이 많은 법이니까.

나는 벙어리장갑을 벗고 전화기를 두 손으로 받쳐 들었다. 냉정하게 판단했다. 목구멍까지 올라와 꿈틀대는 뭔가를 꿀꺽 삼켰다. 영원히 아웃되기 싫으면 재기의 기회를 주십사 빌어라. K-1 강타자들도 다들 한 번씩은 패한다. 만약 거절한다면 지방이나 돌면서 치정사건에 얽힌 인간들이나 손봐야 한다. 그건 상상만으로도 비참했다. 일본행이라는 사실이 좀 꺼림칙하지만 징크스 따위에 연연할 만큼 여유가 없잖은가. 내안의 나를 그렇게 설득시켰다.

대답 없이 전화를 끊었다. 곽은 알고 있다. 대답이 없으면 예스라는 사실을. 내 품에서 벗어난 푸코는 애끓는 주인 마음도 모른 채 현관문에 달라붙어 혀를 내밀고 헥헥거렸다.

온천 셔틀버스가 크르릉, 거친 엔진 소리를 한번 내더니 언덕에 올라섰다. 시야가 탁 트인 풍경이 나왔다. 맞은편 산등선이 하얀 병풍처럼 펼쳐졌다. 그 아래 기슭을 따라 깊은 계곡이 굽이쳐 흘렀다.

나는 아오모리 공항 인포메이션에서 들고 온 한국어판 관광지도를 펼쳤다. 꼬불꼬불하게 그려진 선 위에 '오이라세계류(娛入瀨溪流)'라고 표기돼 있었다. 산 정상 도와다 호수의 물이 흘러내려 겨울에도 얼지 않는 14킬로미터의 아름다운 계곡을 이룬다는 설명과 함께.

셔틀버스가 좀 더 달리자 ㅅ자 흑갈색 지붕을 얹은 호텔 두 동이 마치 동화처럼 숲 속에서 나타났다. 고풍스런 건물이었다. 오후 4시밖에 안 됐는데 주변은 벌써 어둑했고 창문에서 오렌지색 불빛이 흘러나왔다.

나는 약간 흥분했다. 차창을 살짝 밀자 좁은 틈으로 바람이 몰려들었다. 얼굴이 상쾌했다. 온몸의 혈류를 막고 있던 탁한 기운들이 한꺼번에 트이는 기분이었다. 동시에 조금 우울해졌다. 지금 이 순간, 나도 타인들처럼 낭만 여행객이었으면 얼마나 좋을까.

적막함이 무서운 밤.

하얀 눈과 검은 어둠이 만나 기묘한 모노톤의 그림을 만들었다. 눈은 그쳤지만 칼바람이 허공을 쌩쌩 가르며 날아다녔다. 온천장을 둘러싼 산들이 흉포한 거대 설인처럼 내려다보고 섰고, 계류의 세찬 물소리는 바위와 부딪치며 어둠 속에서 더 크게 울어댔다.

월요일이라 그런지 투숙객이 별로 없었다. 저녁 식사 때 만난 사람은 마흔 명 남짓. 그나마도 단체로 온 노인들 아니면 일가족이 대부분이었다. 규모가 큰 온천장이다 보니 널찍한 식당 방이 휑해 보였다. 버스에서 본 단발머리를 포함해 홀로 든 사람들이 간간이 섞여 있다는 게 그나마 위안이었다.

구레나룻을 기른 거구의 흑인 사내가 유독 눈에 띄었다. 오른팔에 깁스까지 했다. 그런 험상궂은 자와 에도 시대 무사들처럼 마주앉는다는 게 껄끄러워 음식 맛도 못 느꼈다.

담배를 한 대 피우고 B관 2층의 다다미방에 찾아드니 종업원들이 이미 두툼한 이불을 깔아놓았다. 초저녁이건만 빨리 주무세요, 라고 말하는 듯해 달갑지 않았다.

좌식 테이블 앞에 양반다리로 앉아 다기에 물을 부었다. 소형 스토브를 켜놓았으나 천장이 높고 외풍이 세 실내 공기는 코끝이 맹맹할 정도로 찼다. 게다가 궂은 날씨에 외딴 장소일수록 시간의 흐름에 둔해지기 마련. 겨우 8시인데 이미 밤의 한가운데 와 있는 기분이다. 망할, 도대체 이 한기는 뭘까. 몸도 마음도 서느런 느낌이다.

M은 내일 여기에 도착한다. 그는 40대 후반의 한국인. 작년 가을까지 국내 굴지의 조선회사에서 기술담당 상무로 일했다. 회사를 그만두면서 최첨단 LNG선의 설계도면을 훔쳐갖고 나와 해외에 팔아먹을 작정이었고 여기는 구매자와 접선하기로 한 장소였다. 곽 사장은 명확하게 지시했다. M을 제거하고 설계도를 빼앗아!

대충 감이 잡히는 시나리오였다. 곽은 국정원 산업 기밀 보호 센터에서 해야 할 일을 사비 털어 대신할 인간이 아니다. 중간에서 가로채 다른 곳에 넘기려는 수작이 분명했다. 희한하게도 그런 타산적이고 속물스러움이 되레 그를 신뢰하게 만들었다.

하여튼, 오늘 밤은 마음먹기에 따라 편히 쉴 수 있지만 낯선 공기가 두 어깨를 무겁게 짓눌렀다. 생각 끝에 신경통에 좋다는 유황천에 몸이라도 담그려고 초록색 유카타로 갈아입고 방을 나섰다. 건물 구조도 미리 체크해 볼 필요가 있었다.

1층 마사지 숍과 매점은 일찌감치 문을 닫았다. 일본 온천 랭킹에서 상위권을 유지한다는 이곳이지만 명성에 비해 시설은 낡았다. 여기저기 켜놓은 램프불만 몽환적인 분위기를 연출하며 타올랐다.

메인 로비와 남녀욕탕이 있는 A관으로 가려면 긴 복도를 통과해야 했다. A관과 B관은 계곡을 사이에 두고 통로 하나로 연결돼 있었다. 발 아래로 계류가 세차게 흘렀다. 사방이 벽으로 막혔어도 꼭 구름다리를 걷는 기분이었다.

이런 썅, 겉옷이라도 걸치고 나올 걸.

얼음장처럼 차가운 복도의 냉기가 피부에 닿는 순간, 절로 고통스런 비명이 터져 나왔다. 이빨이 부딪치며 딱딱 소리를 냈다. 팔짱을 끼고 종종걸음 쳤다.

탈의실에 들어서자마자 유카타를 벗어던지고 편백나무 욕조에 뛰어들었다. 피부를 감싼 냉기는 살얼음 녹듯 사라지고 은은한 목향이 긴장을 누그러트렸다.

몸 깊숙이 열기가 전해지자 노천탕으로 나갔다. 뜨거운 물과 찬 공기가 만나 뿌연 김이 무럭무럭 피어올랐다. 마치 드라이아이스가 뿌려진 연극무대 같았다.

머리만 물 위로 내밀고 바위에 기대앉아 잠시 '검은 유령'을 생각했다. 과연 어떤 작자일까. 나는 추락했지만 그는 여전히 건재하다. 질투심이 사무치게도 미션에 실패했다는 소문은 들리지 않았다. 곽 사장의 신뢰는 무한하고 긴요한 작업에만 투입된다고 들었다.

나는 솔직히 그 인간 자체보다 일하는 방식이 궁금했다. 나처럼 용병 출신일까. 총을 쓸까, 칼을 쓸까, 아니면 맨손?

예전부터 그와 겨뤄보는 상상을 했다. 보란 듯 뉘어 버리고 어깨를 으쓱거리고 싶었다. 자기보다 뛰어난 자와 공존하는 바닥은 불안하기 마련이다.
　미닫이문이 열렸다. 구레나룻 흑인이 타월로 아랫도리를 가린 채 탕 안으로 슬며시 들어왔다. 어둠 속에서 맨몸으로 마주앉게 되자 경계심에 숨이 멎었다. 하얀 이빨과 희번덕거리는 눈빛. 행여 깁스한 팔에 머리통이라도 맞으면 절명이다. 저 인간의 정체는 뭘까? 씹새끼, 인기척이라도 좀 내고 다니던지.
　단발머리 여자를 다시 본건 메인 로비에서였다.
　욕탕에서 몸을 충분히 덥힌 뒤라 갈증을 느꼈고 캔 맥주를 뽑으려고 자판기를 향해 걷는데 시야에 들어왔다. 그녀는 카페 통유리 창가의 벽돌난로 곁에서 책을 읽고 있었다. 모두들 똑같은 초록색 유카타를 입고 돌아다녀 구분하기가 쉽지 않았지만 흰 얼굴은 멀리서도 바로 띄었다. 나는 앞머리를 한 번 쓸어 넘긴 다음 캔 맥주를 하나 더 뽑았다.
　여자도 방금 탕에 다녀왔는지 얼굴은 홍조를 띠고 향긋한 비누 냄새를 풍겼다. 머리카락에는 물기가 남아 있고 몇 가닥은 실뱀처럼 볼에 달라붙었다.
　여자가 나를 올려보더니 귀에 꽂고 있던 이어폰을 빼며 약간 경직된 미소를 지었다.
　가까이서 보니 처음 버스에서 느꼈던 이미지와 많이 달랐다. 피부 때문에 여리게 보였을 뿐 표정은 빈틈없이 단단했다. 눈빛은 부드러우나 내면의 깊이를 가늠할 수 없었다.
　"한국 분 맞죠?"
　그녀가 먼저 말을 걸었다. 맑고 차가운 목소리였다. 나는 대답 없이 껄껄 웃었다. 그녀 또한 나를 의식하고 있었다는 사실이 내심 만족스러웠다.

"이 깊은 골짜기에 혼자 뭔 일로 오셨소?"

좀 교양 있게 묻고 싶었는데 주둥이는 경박하게도 따로 논다. 반말 비슷한 말투는 고치고 싶어도 정말 안 된다.

"글쎄요, 출장이라면 믿으실까. 하지만 사실이에요. 오기까지 많은 사연이 많았지만. 하하."

"사연?"

말장난은 내 스타일이 아니다. 나는 이름이 뭐냐고 대놓고 물었다. 그 다음은 직업, 그 다음은 나이.

여자는 자신을 한소영이라고 소개했다. 외국계 컨설팅 회사에서 대외업무를 담당하는데 구체적인 회사명을 밝히지는 않았다. 나이는 서른하나. 그러면서 약간 겁먹은 듯 눈썹을 찡그렸다.

"선생님은 무슨 일로?"

"나도 사업차. 사람을 만나러 왔소이다."

"여기서? 그래, 만났나요?"

나는 천천히 고개를 저었다.

"그렇군요……."

여자는 말끝을 흐렸다. 더 이상 나의 신상에 대해 캐묻지 않았다. 가벼운 이야기가 오고갔다. 그녀는 눈과 온천에 관련된 소설과 음악 이야기를 했고 나는 알지도 못하면서 대충 고개를 끄덕였다. 내가 프랑스에서의 생활을 약간 양념 쳐서 들려주자 여자는 와! 대단하세요, 라며 감탄했다. 물론 개 같은 군대 이야기는 빼고 낭만적인 부분만 간추려서.

"그건 그렇고 언제까지 여기 묵을 거요?"

내가 빈 맥주 캔을 우그러트리며 물었다.

"글쎄요. 일 끝나면 바로 떠나야겠죠. 선생님은?"

"마찬가지."

그 순간, 가벼운 현기증이 지나갔다. 혹시 우리는 같은 목적으로 온 게 아닐까. M의 접선자가 이 여자? 그녀는 당연히 나의 존재를 모른다. 그래서 별 의심 없이 자신의 업무를 오픈하는지도. 만약 사실이라면 슬펐다. 기도까지 했건만 이렇게 젊은 여자와 피 냄새나는 일에 엮이다니.

뒤쪽에서 웃음소리가 울려 퍼졌다. 유카타를 입은 다섯 노인이 수건 가방을 들고 일렬로 걸으며 차례차례 목례를 했다. 셔틀버스에서 만난 도쿄의 가족 관광객들. 그것도 인연이라고 예의를 다하는 그들의 국민성이 이럴 땐 거북하다.

밤은 깊어가고 적막한 공기가 로비를 채웠다. 어느새 주위에는 그녀와 나 둘뿐이었다. 나는 캔 맥주를 하나 더 비우고 창밖을 봤다. 검은 하늘을 배경으로 진눈깨비가 흩날리기 시작한다. 그러다가 한순간 퍼붓는다.

툭, 하는 소리에 돌아보니 책이 바닥에 떨어져 있다. 여자는 그새 고개를 살짝 튼 채 잠이 들었다. 새근새근 엷은 숨소리. 세상 아무 걱정 없는 자의 평화로운 얼굴이었다.

나는 책을 집어 들었다. 두툼한 시집이었다. 비슬라바 쉼보르스카의 『끝과 시작』. 책날개에 노벨문학상을 탄 폴란드 여류시인이라고 적혀있는데 듣도 보도 못한 이름이다. 아무 쪽이나 펼쳤다. 여자가 파란 볼펜으로 밑줄 그어놓은 구절이 보였다.

현실로부터 도망칠 수 있는 탈출구는 어디에도 없다.
매 순간 가는 곳마다 우리를 겹겹이 둘러싸고 있기에.
끊임없이 도망치는 우리의 피난길에서
현실은 매 정거장마다 먼저 와서 우리를 맞이한다.

이딴 말장난이 뭐가 좋아서 메모까지 해가며 읽는 걸까. 그렇게 비꼬면서도 기분이 야릇했다. 왠지 나의 진짜 직업이 들킬까 조바심이 났다. 물론 스스로 밝힐 이유야 없겠지만 여하튼 그랬다. 뭘까, 이 알 수 없는 들뜸은.

장작을 더 가져와 난로에 쑤셔 넣었다. 불길이 확 일더니 주위가 금방 훈훈해졌다. 천장에 길쭉한 종(鐘)처럼 생긴 환기구가 매달려 있어 연기를 빨아들였다. 나는 맥주를 더 마실까 갈등하다가 참았다. 일을 깔끔하게 마친 다음에 취하리라.

긴장감도, 그렇다고 편안함도 없는 밤. 이래저래 더디 흐르는 밤이다.

이튿날 저녁이 와도 M이 나타나지 않았다.

나는 셔틀버스 도착 시간마다 로비에서 읽지도 못하는 신문을 펴고 앉아 사람들 얼굴을 확인했다. 그러나 막차까지 곽 사장이 사진으로 보내준 목 짧은 한국인은 없었다. 홀로 왔나 싶어 주차장에 가 봐도 수상한 차량은 발견하지 못했다. 새로 주차된 파란색 혼다는 식당에서 일하는 노부부가 낮에 몰고 온 것이다.

프런트에 물어보고 싶었지만 참았다. 굳이 의심살 만한 행동을 할 필요가 없었다. 대신 로비 한 편에 마련된 한 대의 공용 컴퓨터 앞에 앉아 동전을 쑤셔 넣었다. 곽 사장이 보낸 메일은 없었다. 허탈감만 커져갔다.

냉기 가득한 어둑한 복도를 걸어오면서 창으로 하늘을 봤다. 눈은 멎었지만 먹빛 구름이 여전히 뒤덮여 있다. 태양은 영원히 안 나올 것만 같았다. 기분이 자꾸 가라앉아서일까, 햇살 화창한 날이 그리웠다.

다다미방에 돌아와 로밍해 온 휴대폰을 꺼냈다. 이번 작업에만 사용할 목적으로 가져온 대포폰. 증거를 남길 소지가 있는 물건들은 가급적 사용 않기로 했지만 상황이 어쩔 수 없었다.

곽 사장은 음, 하면서 짧은 신음을 토해냈으나 곧 대수롭잖게 여겼다.

"뭐, 일이란 게 원래 하루 이틀쯤 늦어질 수 있는 거 아잉교. 온천이나 하면서 기다려보소. 확실한 소식통이 준 정본데 틀릴 일은 없을 끼고……. 나도 다시 한 번 알아보겠소."

무책임한 말을 듣고 있자니 열이 확 치받았다. 그는 모른다. 긴장을 유지하면서 대기하는 일이 얼마나 고된지. 책상만 지키는 경찰 간부가 일선 형사의 고충을 모르듯이 말이다.

고작 일이 하루 늦어졌는데 조급증이 이는 건 왜일까. 지난번 실수 탓에 예민해져 있는 걸까. 오피스텔에 풀어놓고 온 푸코 때문은 아닐까. 귀찮더라도 동물병원에 맡기고 올 걸 그랬다. 나흘 동안 먹이가 나오도록 자동 급식기를 세팅해 놓았지만 일이 길어진다면 문제였다.

휴대폰을 든 김에 전화를 한 통 더 걸었다. 조용필 노랫소리가 사라지면서 굵직하고 느릿한 남자 목소리가 튀어나왔다.

"누구요?"

"회장님. 낯선 번호라 전화 안 받는 줄 알았습니다. 사정이 좀 있어서요. 저, 윤입니다. 흐흐."

상대는 대답 대신 긴 한숨부터 내쉬었다.

"사업은 잘 되시죠? 얼마 전 경제신문에 회장님 얼굴이랑 기사 대문짝만 하게 실린 거 봤습니다. 부도난 건설사 인수해 수도권 아파트 사업에 진출한다고 씌어 있던데. 회장님이 그렇게 유명하신 분인지 몰랐습니다. 정말로 부럽습니다요."

"이봐, 거래는 지난여름 끝났잖아. 일도 깔끔하게 처리 못한 주제에 이딴 식의 협박 전화나 해대면 예의가 아니지. 나는 지금도 그때 일 꼬리 잡힐까 불안해 미칠 지경이야."

박 회장은 신경질적으로 대꾸했다.

"뭐, 제가 실수한 건 인정합니다. 그렇다고 회장님이 얻을 이익에서 땡전 한 푼이라도 손해가 생겼습니까? 어쨌든 가네다는 입국 전에 제거됐습니다. 그리고 제 사정은 저번에 말씀드렸다시피 당분간만 봐달라는 거 아닙니까."

"더는 이런 식으로 끌려갈 순 없어. 곽 사장한테 따지겠어!"

"저라고 이러고 싶겠습니까. 그런데 어쩝니까. 굶어서 손가락 빨게 생겼는데. 일종의 스톡옵션 같은 걸로 생각해 주십쇼. 저 일 다시 시작했습니다. 봄까지만 부탁드립니다."

"허, 그 말을 믿으라고?"

"믿고 안 믿고는 전적으로 회장님 몫이죠. 하지만 한 가지 확실한 점은 저를 못 믿으신다면 이런 전화가 길어질 수 있다는 겁니다. 부디 현명하게 판단하십쇼."

"정말 저질이군. 호래자식 같은 새끼."

호래자식? 박 회장의 말이 심기를 건드렸다. 그럴수록 더 능글능글해지고 싶다.

"에휴, 그렇게 생각하신다면 굳이 변명할 생각은 없습니다요. 원래 태생이 그런 걸. 아, 그리고 그때 그 긴 머리 아가씨 잘 지내나 모르겠네. 회장님에 대한 충성심이 대단하던데. 부럽습니다. 그런 미인을 수족처럼 부린다니……. 으흐흐."

전화를 끊고 나니 착잡했다. 접대부 피 빨아먹는 기둥서방의 심정이랄까.

물론 처음부터 이럴 의도는 아니었다. 장난삼아 시작한 게 길어졌다. 박 회장의 존재를 알고 나자 이상하게 시샘이 생겼다. 유산으로 떵떵거리며 살 수 있다니……, 그런 인간이 돈 몇 푼 아까워 살인을 청부하고……. 그도 고아원 원장새끼와 다를 바 없는 종자였다. 원장은 내가 워낙 어릴 때라 끽소리 못했지만 박 회장이야 약점을 쥐고 있으니 못 먹는 밥에 재라도 뿌리고 싶었다. 잘난 인간들의 겁먹은 목소리는 야릇한 쾌감을 몇 배로 증폭시킨다.

또 하나, 재정적인 상황도 절박하긴 했다. 나는 일산 호수공원이 내려다보이는 오피스텔 꼭대기 층에 산다. 가진 돈을 다 털어 마련한 안식처였다. 그곳에선 타인의 간섭 없이 생생한 자유를 즐길 수 있다. 계절마다 바뀌는 호수의 빛깔은 예술이며 푸코와의 저녁 산책은 최고의 기쁨이다. 한 발짝만 움직이면 갖은 쾌락을 즐길 수 있다. 가족이, 친구가 없어도 외롭지 않았다. 이런 삶도 괜찮다고 자위했다.

그런데 지난여름 일을 망친데다 주식투자 실패로 큰 손해를 입었다. 수입원이 없어지면서 카드비와 관리비가 연체되기 시작했다. 가계가 기울었다고 씀씀이가 줄지는 않는다. 계속 이런 식이라면 오피스텔을 처분해야 할 판인데 굶어 죽는데도 그러긴 싫었다.

박 회장을 들쑤시게 된 건 이 두 가지 이유가 복합적으로 작용해서인데 그게 의외로 쉽게 먹혔다. 그는 지레 겁을 먹고 매달 돈을 보내왔다. 어느 TV 광고의 카페처럼 달콤한 악마의 유혹. 한 번 거기에 맛이 들리자 차마 떨치기가 힘들었다.

나는 왜 이렇게 추잡한 인간으로 추락했는가. 역시 지난 작업의 실패 탓인가. 이따금 서글퍼지기도 했지만 전화질을 그만둘 수 없었다. 어느 순간 자연스럽게 받아들이고 있었다. 스스로 합리화할 핑계만 찾으면 됐다. 그래, 나는 원래 그런 놈이었어.

사흘째 밤이다. M은 오늘도 오지 않았다. 머리가 복잡하다. 그냥 넘길 일이 아니다. 문제가 생겼음이 분명하다.

입 안이 바짝 말랐다. 어떻게 된 걸까. 곽 사장에게 다시 전화를 걸어보려다 멈췄다. 인내심 없는 놈이라고 욕할 것이다.

정말이지 병이 날 정도로 지겨움의 연속이다. 실버타운 같은 온천장의 하루는 늘어진 비디오테이프처럼 더디 흘러갔다. 다다미 위에서 얕은 잠을 자다가, 찌뿌듯하면 뜨뜻한 탕에 몸 담그고, 혹시나 싶어 로비를 서성이다, 시간 맞춰 밥 먹고, 카페 창가에서 눈 구경하고, 우산 쓰고 계곡에 나가 돌멩이 던져보고, 생맥주 마시고, 대소변 갈기고, 그래야 겨우 밤이다.

단발머리는 오늘밤에도 난로 곁에 앉아 있었다. 너무 반가워 큰 소리로 이름을 부를 뻔했다. 여전히 이름 긴 여류시인의 시집을 탐독했다. 나는 기쁜 마음으로 캔 맥주를 두 개 뽑았다.
 여자는 초롱한 눈빛으로 날 올려보더니 입술을 다물고 웃었다. 의미를 해석할 수 없는 야릇한 미소. 폐쇄된 공간에서 젊은 여자가 보내는 신호는 하나하나 다 의미 있게 다가오게 마련이다. 불온한 상상을 말아야 해. 그렇게 다짐하지만 투명한 얼굴 속으로 자꾸 빨려 들어갈 것만 같았다.
 여자가 책을 접고 허리를 펴며 물었다
 "오늘도 그분이 안 오셨나 봐요? 셔틀버스 자꾸 신경 쓰시기에. 저 보기보다 날카롭거든요."
 나는 뭔가 제대로 꼬인다는 표정으로 두 어깨를 올렸다.
 "사실은 여기가 지겨워지기 시작했어. 망할."
 "실은 저도 그래요. 약속이 펑크 나서 짜증나 죽겠어요."
 약속이 펑크? 머리끝까지 피가 쏠렸다. 의심이 확신으로 바뀌었다. 그녀도 M을 기다리고 있다. 그러지 않고서야 며칠째 여기 죽치고 있을 까닭이 없지 않은가. 넌지시 찔러 보았다.
 "대체 누구를 만나기로 하셨나? 비밀 연애라도 하는지 궁금하네."
 "아, 그건 회사일이라 말씀드릴 수가 없네요. 정말 비밀 연애라도 하면 기분 날아갈 텐데. 호호."
 여자는 한심하게도 상황의 심각성을 깨닫지 못하고 있었다. 상사가 선심 쓰듯 말했겠지. 온천장 가서 즐기다가 물건만 받아오면 된다고.
 여자는 맥주 캔을 따서 한 모금 마신 다음 다시 책읽기에 집중했다. 윗입술에 묻은 거품을 혀로 닦는 모습이 도발적이다.

나는 어제처럼 장작을 가져와 난로 깊숙이 쑤셔 넣었다. 타닥거리는 소리와 함께 기분 좋은 노근함이 몰려왔다. 팔짱을 낀 채 눈을 감았다. 예정에 없던 고민이 늘어났다. 이 여자를 어쩌나. M과 같이 날려버려야 하나. 그렇다고 살려두자니 위험부담이 컸다. 나와 전생에 무슨 악연이기에. 젠장, 차라리 안면이나 트지 말 것을.

한편으로는 옴짝달싹 못하는 지금의 처지가 답답했다. 시골길 한가운데서 엔진이 타버린 차에 앉아 있는 기분이다.

"선생님, 내일 아침 시간 어떠세요?"

나는 무슨 말인가 싶어 눈을 뜨면서 턱을 내밀었다.

"산꼭대기에 있는 호수 구경 안 가실래요? 혼자 가려니 좀 겁나서. 프런트에 물어봤는데 셔틀 신청해서 가면 20분도 안 걸린대요. 일도 중요하지만 여기까지 와서 볼 건 봐야죠. 그죠?"

느닷없는 청이었지만 나도 모르게 고개가 끄덕여졌다. 지금은 그럴 상황이 아님을 알면서도 거절할 수 없었다. 아니 반갑기까지 했다. 스스로에게 물었다. 진정 그녀에게 빠져들고 있는가?

차갑고 어둑한 긴 복도를 따라 방으로 돌아오는데 왠지 시야가 불편했다. 균형이 깨진 느낌이랄까. 가만히 보니 램프 하나의 불빛이 유독 약했다. 그 작은 불균형이 그림자 각도를 일그러뜨려 놓았다.

뭘까, 이 기분……. 온몸의 진이 다 빠져나가 발끝까지 나른해진다. 의식은 감기약에 취한 듯 몽롱하다. 보이지 않는 어떤 주술적 힘에 끌려 다니는 느낌.

머리를 세차게 흔들었다. 무력감에 빠지지 않으려고 방에 오자마자 창문을 열어젖히고 담배를 빼물었다. 눈은 여전히 퍼붓고 있었다. 눈송이 몇 개가 방 안에 날아 들어와 천천히 내려앉는다.

M이 빨리 왔으면 좋겠다. 최대한 빨리 여기를 뜨고 싶다. 그런데 내일이 될지, 모레가 될지. 그때까지 이 불편한 기분을 견딜 수 있을까. 여자를 관찰하면 M의 감시가 수월하다는 게 그나마 위안이다.

오피스텔의 푸코가 생각났다. 놈은 내일부터 꼼짝없이 굶어야 한다.

세전함에 동전을 넣고 밧줄을 당기자 천장에 달린 방울이 뎅그렁 울렸다. 그런 다음 단발머리는 박수를 두 번 짝짝 치고 손 모아 기도를 했다. 경건하고 진지했다.

"뭘 빌었소?"

나는 눈이 소복이 쌓인 신사 돌계단을 내려오는 여자에게 퉁명스럽게 물었다.

"이번 일 잘 풀리게 해달라고요. 여기가 에도 시대 때 영험 있는 기도처로 날렸던 곳이라네요."

"그래? 일본 잡신이 조선인 소원 따윌 들어줄까."

나는 비꼬듯 내뱉고 나서 금방 후회했다. 망할 놈의 주둥아리. 매사 왜 이리 삐딱할까. 다행히 여자는 기분 상한 표정은 아니다.

"뭐, 어차피 재미잖아요. 믿거나 말거나. 선생님도 한번 해보세요?"

"흐음, 뭘 기도하지. 앞으로 축구는 무조건 한국이 일본 이기게 해달라고 해야겠구먼. 아니면 삼성은 잘나가고 소니 폭삭 망하게 해달라든지. 잡신님이 당황해서 땀 깨나 흘리겠는 걸. 후후."

어설픈 농담에 여자가 두 손으로 입을 가리고 까르르거렸다. 허공에 퍼지는 맑은 웃음소리가 불편했다. 나의 존재를 알고 나면 저 웃음소리는 어떻게 바뀔까.

우리는 8세기에 지었다는 도와다 신사를 나와 선착장을 향해 걸었다. 오늘 아침, 여기를 다녀간 사람은 없었는지 눈이 두껍게 덮인 삼나무 길 위에는 우리 둘의 발자국만 나란히 찍혔다. 그녀의 어깨가 내 어깨를 스칠 때마다 가슴이 콩콩 뛰었다.

도와다 호수는 한없이 푸르다. 잿빛 하늘은 물빛을 선명하게 보여주었다. 이미 객실 TV로 아오모리 홍보물을 지겹도록 봐서 그 드넓고 고요함에 특별히 감탄하진 않았다.

시기가 어정쩡해서 그런지 호반은 스산했다. 호객꾼은 없었고 늘어선 단층 가게들은 찐 감자 같은 간단한 음식만 내놓고 팔았다.

온천장에서 배 시간을 확인하고 온 터라 우리는 바로 2층짜리 유람선에 오를 수 있었다. 승객이 몇 안 돼 한적하니 좋았다.

배는 거울 같은 수면 위를 미끄러지듯 나아갔다. 흔들림마저 없어 호수가 뒤로 스르르 밀려나는 느낌이었다. 눈을 덮어쓴 채 둥둥 떠 있는 섬과 섬 사이를 지나자 절벽에 숨어 있던 검은 새떼가 하늘을 향해 동시에 날아올랐다. 밤새 내리던 눈은 아침에 그쳤고 바람 한 점 없었다. 그래서인지 찬 날씨임에도 안온하게 느껴졌다. 후미 엔진에서 기름 냄새만 안 풍기면 진짜 꿈결로 착각했으리라.

빨간 비니를 쓴 여자는 투명한 눈을 크게 뜬 채 상기된 표정으로 "와!"를 연발했다. 입김이 보얗게 피어올랐다. 카메라를 들고 난간에 붙어 수면에 비치는 섬 그림자를 집요하게 찍어댔다.

그녀가 흥분할수록 나는 불편했다. 그녀의 존재를 알고부터 계속 고민이다. 어찌해야 하나. 나와 M이 꼬인 이상 그녀가 말려들지 않을 가능성은 확률 제로다. 단순 심부름꾼으로 왔다면 무슨 죄가 있나. 받아가야 할 물건이 무엇인지조차 모를 가능성이 크다. 곽 사장도 M만 날리라고 했지 접선자에 대한 언급은 없었다. 그렇다고 살려두자니 그것도 부담이다.

"아주 옛날, 이 도와다호 바닥에 용이 살고 있었대요."

내 마음도 모르고 여자는 한가한 얘기를 할 태세였다. 어디서 주워들었는지 호수의 전설에 대해 떠들었으나 귀에 들어오지 않았다. 나는 먼 하늘에 시선을 고정한 채 그렇군, 그렇군, 적당히 대꾸했다. 머릿속은 M을 해치울 방법만 그렸다 지웠다 반복했다. 만약 '검은 유령'이라면 이 상황을 어떤 식으로 처리했을까?

유람선 투어는 한 시간 만에 끝났고 우리는 호반 카페에서 커피를 한잔씩 마시고 서둘러 온천장으로 돌아왔다. 내가 자꾸 시계를 들여다보자 여자도 미안해하는 눈치였다.

A관 로비를 향해 걷는데 막 도착한 셔틀버스에서 사람들이 쏟아졌다. 그리고 한 사내가 꽂히듯이 시야에 들어왔다. 직감적으로 느꼈다. M이다! 드디어 그가 왔다. 선글라스를 끼고 있었지만 분명했다. 평온하던 가슴이 뜀박질을 시작했다. 마음이 바빠졌다.

M을 다시 본건 저녁식사 때였다. 아니다. 볼 수밖에 없었다. 밥 먹는 장소와 시간이 정해져 있어 굶지 않는다면 반드시 조우한다. 서른 명이 넘는 사람들이 새로 몰려드는 바람에 방 안은 어

제, 그제와 달리 떠들썩했다.

우연치곤 묘한 상황이 연출됐다. 나와 단발머리와 M과 구레나룻이 방 한구석에서 마주보며 식사를 하게 됐다. 홀로 묵는 외국인들을 위한 배려 같은데 그 모양새가 얄궂었다. 특히 M은 유카타로 갈아입지 않았고, 자라목의 대머리에다, 허리에 두툼한 색을 매 더 눈에 띄었다.

나는 여자 옆자리에서 젓가락을 놀리며 곁눈으로 살폈다. M은 고개를 푹 숙인 채 음식만 씹어댔다. 좀 긴장한 표정이었다. 색 안에는 배 설계도 CD가 들었을까. 나 또한 신경이 바짝 섰다. 이제부터 움직임을 하나도 놓쳐서는 안 된다.

붉은 기모노를 입은 여종업원이 무릎걸음으로 다가와 오차를 채워주고 후식을 내놓고 물러갔다. 접시에 담긴 것은 사과 두 쪽이었다.

"이 지역 특산품이래요. 왜 들어보셨죠? 아오리 사과. 그게 원래는 아오모리 사과래요."

여자가 얼굴을 살짝 붉히며 아는 체를 했다.

우리가 한국말로 속삭이자 M이 고개를 쳐들었다. 나와 눈이 마주치는 순간 심장이 멎는 줄 알았다. 어디서 본 듯한 기시감이 확 일었다. 곽 사장이 메일로 보내 준 사진을 너무 집중해 봐서일까.

M은 식사를 끝낼 때까지 침묵했다.

예상이 빗나갔다. 인내를 갖고 기다려온 시간이 허무할 정도로 그들의 접선이 빨랐다.

저녁을 먹고 화장실 변기에 엉덩이를 까고 앉아 생각에 잠겨 있을 때였다. 여전히 단발머리를 어떻게 처리할까 결론을 못 내린 상태였다.

그때 좌식 테이블 위 전화기가 울렸다. 화장실에서 어기적어기적 걸어 나와 수화기를 들자마자 여자가 다급하게 외쳤다.

"야외 노천탕으로 가요!"

그리고 내가 말할 틈도 없이 전화는 툭 끊어졌다.

뭐야? 나보고 어쩌라는 거야. 같이 야밤에 목욕이라도 하자는 거야.

원래 계획은 M을 밖으로 유인해서 해치운 다음 계곡에 묻어버린다. 그런 다음 그의 방에서 CD를 챙겨 새벽에 떠난다, 였다. 그런데 예상치 못한 전화 한 통이 혼란에 빠트린다.

설마 단발머리가 나의 존재를 눈치 챈 걸까. 아니면 일이 틀어져서 M에게 쫓기기라도 한다는 걸까. 갑자기 머리가 쭈뼛 섰다. 첫 번째 가정이 사실이라면 여자는 보통내기가 아니다. 이성적으로 느꼈던 관심은 대기 중의 알코올처럼 순식간에 증발했다.

누군가 객실 문을 쾅쾅 두드렸다. 동시에 도망치듯 멀어지는 발자국 소리. 문을 열어젖혔으나 역시, 복도에는 사람 그림자도 없었다.

나를 의식한 연이은 소동. 분명 무슨 일이 터졌다. 한가하게 머리 굴릴 여유가 없었다. 더 미적대다간 모든 일을 망치게 생겼다. 급히 유카타 위에 점퍼만 걸쳤다. 화장실 좌변기 저수조에서 녹슨 드라이버를 꺼내 품에 숨겼다. 그저께 별채에 붙은 창고에서 훔쳐다 놓은 것이다. 한 놈이든 두 놈이든 무기는 이걸로 충분하다.

장화를 신고 곧장 1층으로 내려왔다. 주위를 둘러봐도 특별한 움직임은 못 느꼈다. 노인네들만 무성영화의 한 장면처럼 느릿느릿 오고갔다. A관으로 가는 긴 복도에서 창밖을 살폈다. 산책로 쪽으로 걸어가는 사람이 있었다. 희미했지만 단번에 알아보았다. 단발머리.

나는 전속력으로 로비를 가로질러 뒷문으로 나왔다. 어둠이 내려앉았으나 다행히 산책로를 따라 가로등이 켜져 있었다. 눈 덮인 길이 은색 금속판처럼 차갑게 펼쳐지고 노란 등불은 허공에서 아른아른 반짝였다.

일단 걸음을 멈추고 시선을 정면에 집중했다. 여자는 150여 미터쯤 앞에서 걷고 있었다. 눈 위에 발자국이 선명해 놓칠 염려는 없었다. 그녀 말대로 야외 노천탕으로 가는 길이었다. '야에고고 노에노유'라고 불리는 그곳까지는 걸어서 10분 거리. 계곡 폭포를 바라보면서 목욕할 수 있다는데 나도 가보지는 못했다.

무작정 발자국을 쫓았다. 가로등은 밝지도, 어둡지도 않았다. 계곡의 급류는 어둠 속에 숨어 쏴아, 쏴아 소리로만 그 거친 존재감을 드러냈다.

남자 걸음이라 그런지 그녀와의 거리가 조금씩 좁혀졌다. 마침내 뒷모습이 선명하게 시야에 들어왔다.

"이봐, 멈춰!"

내가 큰 소리로 불렀다. 그 고함소리는 사방에서 쩌렁쩌렁 메아리쳤다. 그러나 여자는 떠다니는 혼령처럼 초록색 유카타 자락을 흔들며 휘이휘이 나아갔다. 나는 큰 한숨을 내쉬었다. 갈 때까지 가보는 수밖에 없었다. 수도사처럼 두 팔을 끼고 뚜벅뚜벅 뒤를 따랐다.
　완만하게 굽은 길을 돌자마자 노천탕이 모습을 드러냈다. 간이 탈의실 앞의 붉은 천막이 바람에 휘날렸다. 대나무를 엮어 만든 담장 위로 하얀 연기가 끓는 무쇠 솥처럼 피어올랐다. 벌어진 담 틈으로 탕 안을 살폈으나 사람은 아무도 없었다.
　어디로 사라진 걸까. 노천탕에 온 것이 아니었나.
　그때 2시 방향에서 어떤 움직임이 느껴졌다. 여자는 산책로를 벗어나 계곡을 가로지르는 흔들다리를 건너는 중이었다.
　"이봐, 멈추라고!"
　나는 두 손을 모아 입에 대고 불렀으나 반응이 없었다. 여자는 마치 정신을 놓은 사람처럼 계곡을 건너 검은 삼나무 숲으로 빨려 들어갔다.
　선택의 여지가 없었다. 본능적 판단에 따라 움직였다. 주저 없이 둑을 지나서 흔들다리에 올라섰다.
　문제는 추위였다. 시간이 지나자 발가락 끝에서부터 냉기가 올라왔다. 유카타 차림으로 따라나선 게 화근이었다. 바람은 허벅지를 타고 팬티 속까지 돌아다녔다. 성기가 쪼그라들어 얼어붙는 것만 같았다.
　제기랄! 너무 서둘렀어. 바지를 입고 나올 걸.
　어금니를 깨물고, 주먹을 쥐고, 복부에 힘을 싣고 기합을 넣었다. 죽지 않아! 죽지 않아! 힘차게 되뇌었다. 외인부대 시절, 태양빛이 이글이글 타는 아프리카 사막에서 한 달도 버텼다.
　계곡 반대편에 들어서자 불빛은 완전히 사라졌다. 숲길을 따라 계속 올라갔다. 정면에서 웅장한 물소리가 들렸다. 폭포였다. 거대한 흰 물줄기가 꼭대기에서 수직으로 낙하했다. 분무기를 뿌리듯이 얼굴에 물기가 튀었다.

여자는 폭포를 휘돌아 더 짙은 어둠 속으로 사라지려 했다. 다시 그녀를 불렀으나 그 외침은 낙수 소리에 잠겨 허공에서 부서졌다.

이제 눈빛에 의지해 걷는 수밖에 없었다. 길은 갈수록 가파르고 험했다. 가끔 발을 헛디뎌 허벅지까지 눈 속에 푹푹 빠졌다. 장화 속으로 눈이 무더기로 들어왔다. 발가락은 감각을 완전히 잃었다. 강풍이 표면을 쓸고 가면 눈가루가 얼굴에 달라붙었다.

대체 얼마나 걸어온 걸까. 뒤돌아 계곡 건너편을 보았다. 온천장은 시야에서 완전히 사라졌고 노천탕과 가로등 불빛만 하나의 선이 되어 옅게 비쳤다.

사람의 움직임을 발견한 것은 그때였다. 누군가가 노천탕 앞을 지나고 있었다. 이 밤에 예까지 걸어와 목욕하려는 인간이 아니라면 분명 M.

나는 중간에 낀 어정쩡한 신세가 됐다. 지금 상황은 단발머리와 M이 의도한 연출에 나도 모르게 유인되고 있음이 확실했다. 함정에 빠진 걸까. 불길한 예감이 등줄기를 타고 흘렀다. 나에 대한 정보가 샜고 그들은 물물교환에 앞서 방해꾼의 제거를 공동 목표로 세웠는지 모르겠다. 그렇다면 그들은 프로.

나쁜 년! 둔한 놈!

위선적인 여자의 태도에 화가 났고 그 여자에게 빠져든 나 자신에게 화가 났다. 돌이키기엔 늦었다. 이 상황에서 내릴 수 있는 결론은 뻔했다. 여자를 족치면 전모가 풀리리라. 각개격파. 한명씩 해치우는 일은 자신 있었다.

 나는 성큼성큼 눈밭을 헤쳐 삼나무 숲에 들어섰다. 잎이 하늘을 뒤덮어 마치 동굴 입구 같았다. 거기서 여자의 발자국이 사라졌다.

 나는 걸음을 멈춘 채 눈동자가 어둠에 익기를 기다렸다. 조급할 필요가 없었다. M이 쫓아오기까지 시간은 충분하다.

 두 다리를 벌리고 허리를 낮춘 채 가만히 귀 기울였다. 손은 드라이버를 움켜쥐었다. 공기 흐름조차 정지한 것 같은 무한고요가 잠시 머물렀다.

 유카타 소맷자락이 밑동이 굵은 삼나무 뒤에서 흔들리는 게 보였다.

 나는 한 발 다가섰다. 눈 밟는 발자국 소리가 크게 났다.

 옷자락이 다시 펄럭였다.

 다시 한 발 다가섰다. 거리는 대략 10미터.

 옷자락이 다시 펄럭였다.

 다시 다가서며 외쳤다.

 "뭔 수작이야!"

 여자는 몸을 감춘 채 침묵했다. 유카타 옷자락만 계속 나풀거렸다. 나는 드라이버를 오른손으로 옮겨 잡았다. 모든 신경세포가 일어나 꿈틀거렸다. 발가락 통증 따위는 잊었다.

 소맷자락 소리가 다시 들리는 순간, 나는 망설임 없이 들소처럼 돌진했다. 땅을 차며 뛰어올랐다. 동시에 오른팔을 크게 비틀며 드라이버로 나무 안쪽을 내리찍었다.

 악! 손끝에 전해오는 예상치 못한 감촉. 딱딱했다. 그 충격으로 팔이 쩌릿쩌릿 울렸다. 쇠꼬챙이는 옷자락을 꿰뚫고 나무에 박혔다. 여자는 없었다. 나뭇가지에 걸어놓는 초록색 유카타만 제멋대로 펄럭였다.

속았다고 깨닫는 순간, 주위의 공기가 부자연스럽게 흔들리는 것을 느꼈다. 등 뒤에서 여자가 유령처럼 스윽 나타났다. 그녀는 서두르지 않았다. 그냥 한 발짝 다가오는가 싶더니 내 목덜미를 향해 팔을 쭉 뻗었다. 침착하게 타이밍을 노리고 들어왔다. 나는 마취당한 환자처럼 빤히 알면서도 아무런 방어를 못했다. 날카로운 통증이 목덜미를 할퀴고 갔다.

'뭐, 뭐야! 이 거.'

판단할 틈도 없이 눈앞이 흐려졌다.

나는 숨을 몰아쉬며 힘겹게 뒤돌아섰다.

긴 외투를 걸친 단발머리가 게임 속 여전사처럼 팔짱을 끼고 당당하게 서 있었다. 예의 흰 얼굴은 어둠 속에서도 빛났다.

한참 서로의 얼굴을 노려봤다. 나는 두렵다기보다 지금 무슨 일이 있었는지 실감이 안 났다. 쌍욕이라도 뱉고 싶었으나 입 주위가 뻑뻑하게 굳기 시작했다.

상체가 흔들리면서 여자 모습이 겹쳐보였다. 무릎 관절이 저절로 꺾였다. 그 다음 허리가 내려앉고, 어깨가 넘어갔다.

알칼로이드 계열의 독침일까. 왜 이렇게 반응이 빠른 거지. 결국, 내 의지와 상관없이 그대로 드러눕고 말았다.

단발머리는 어리버리 회사원이 아니라 고도로 훈련된 프로였다. 고수끼리는 알아보는 법이다.

그녀가 내 발치에 다가섰다. 늘어진 외투 허리끈을 풀었다가 다시 조여 매면서 설교 투로 말했다.
"의뢰인과의 신뢰는 생명입니다. 윤 선생님의 최근 행동은 그런 신뢰에 어긋난다고 생각합니다. 약속된 질서를 어기는 사람, 저는 용서할 수 없습니다."
바람소리와 뒤섞인 그녀 목소리가 음울한 공명을 일으키며 불길함을 전했다.
나는 무슨 말인지 이해하지 못했다. 당신 대체 누구야, 라고 되묻고 싶었으나 혀까지 딱딱해졌다.
여자의 시선이 내 얼굴에 고정됐다. 소름끼치는 싸늘한 눈빛이었다.
"제 정체가 궁금하신가요?
그녀는 고개를 돌려 잠시 먼 곳을 봤다.
"주위에서 '검은 유령'이라고 부르더군요."
놀랍다. 그림자처럼 다가가 흔적 없이 끝낸다는 그가 여자라니. 그런데 왜 여기에 와 있나. 그리고 뭐가 신뢰에 어긋난다는 걸까.
눈꺼풀이 무겁다. 시야가 점점 좁아졌다. 눈을 크게 뜨려 했으나 소용없는 짓이었다. 몸이 아래로 푹 꺼지는 느낌이다.
인기척이 들렸다. 눈을 밟고 오는 발자국 소리가 조금씩 커지더니 그녀 옆에서 멈췄다. 강한 랜턴 불빛 때문에 얼굴을 확인할 수 없었으나 M이 분명했다.
나는 절망했다. 죽음이 원래 이렇게 갑작스럽고 허망한 것일까. 다시 일어설 수 없음을 깨닫자 많은 얼굴들이 떠올랐다. 고아원 원장, 아나운서 C, 클럽의 제니, 재일교포 가네다, 부산 졸부 박 회장, 홍신소 곽 사장. 곽 사장? 그러고 보니 그의 얼굴은 모른다.

한 번도 본적이 없다.

그때, 곽 사장 목소리가 들렸다. 틀림없었다. 특유의 거친 사투리. 꿈결인가 했다. 내가 혼을 놓아 저승에서 듣는 소린가 했다. 아니었다. 분명 현실의 목소리였다.

"아이고마 대충 틀어박혀서 살끼지 와 고객들 들쑤셔서 돈 뜯고 난리고. 미꾸라지 한 놈 때문에 사업 완전히 망가질 뻔했다 아이가. 내가 꼭 여까지 와야겠나. 네도 알잖아? 이 사업은 신용 깨지면 끝장이란 거. 이제사 말하는데, 도난당한 선박 설계도 따윈 없데이."

그런 거였나. 그림이 일목요연하게 그려졌다. 의뢰인은 박 회장. 작전은 곽 사장이 짰을 테고 해결사는 '검은 유령'. 이번 일은 단순히 나를 제거하기 위한 목적이었다. 곽은 VIP고객 관리 차원에서 몸소 나섰다.

탄식할 힘도 없었다. 의식이 점점 희미해진다. 수면아래로 아주 무겁게 가라앉는 느낌. 영원히 뜰 수 없을 것 같았다.

단 한번만이라도 확인하고 싶었다. '검은 유령'의 가식적인 표정 뒤에 숨은 진짜 얼굴은 어떤 모습일까? 그녀도 기쁨과 슬픔, 욕망과 절망을 느낄까?

남은 힘을 다해 눈꺼풀을 밀어 올렸다. 순간, 눈송이가 각막 위에 떨어졌다. 망할! 또 눈이었다. 어안 렌즈를 통해본 것처럼 그녀의 실루엣이 일그러졌다. 웃는지, 우는지, 인상을 쓰는지 확인할 수 없었다.

"그나저나 시체는 어짜꼬?"

M이 묻자 여자가 답했다.

"그냥 놔두시죠. 이 정도 눈이라면 30분 안에 시체를 뒤덮을 겁니다. 거기다 여기는 사람들 발길이 안 닿은 곳이라 5월까진 괜찮겠네요. 나중에 발견된다 해도 총자국도 칼자국도 없습니다. 길 잃은 한국인 사내, 심장마비로 사망. 뭐 그 정도로 판정되겠죠."

"완전범죄네. 푸하핫."

곽이 너털웃음을 터트렸다.

이제 의식은 끝에 다다랐다. 뇌리에 시커먼 먹구름이 집어 삼킬 듯 몰려온다.

시야를 상실했다. 얼굴은 축축하다. 입으로, 콧구멍으로 물이 흘러든다. 숨쉬기가 힘들다. 머릿속이 눅눅하다. 온몸이 납덩어리처럼 무겁다.

나는 천천히 죽어갈 것이다.

그리고, 듣지도 짖지도 못하는 푸코 또한 천천히 죽어갈 것이다.

알리바바의 알리바이와 불가사의한 불가사리

이대환

1980년 출생. 연세대 교육학과 졸업. 2007년 《계간 미스터리》 신인상을 수상하였다. 한국 미스터리 작가 모임 회원이며, 출판사에서 만화 편집 기자로 근무하고 있다.

문제편

 한밤중에 춤추는 타워 크레인, 냉동 수면 중인 열대어, 어떤 모양으로도 접을 수 있는 구체관절인형……. 당신의 수첩에는 이런 말들만 가득하다. 그도 그럴 것이 인간의 하루를 숫자로 환산한 24시간―1440분―8만 6400초에서 누락되거나 무리하게 반올림 되는 사실들 속에서 당신은 살고 있기 때문이다. 즉 누구도 관심 갖지 않는 일들, 굳이 당신의 말을 빌자면 정교하게 맞물려 움직이는 일상의 톱니바퀴들이 만들어낸 미미한 오차들의 합! 당신은 이런 일상의 부조화를 찬양한다.
 누가 뭐래도 당신은 시계에 관한, 절대적 정교함을 자랑하는 일본의 값싼 '쿼츠 무브먼트' 보다는 유럽의 '기계식 무브먼트'에 열광하는 고급 컬렉터일 것이다. 또한 항상 지진이 나기를 기다리는 지질학자처럼 당신의 삶이란 일상의 부조리, 부조화에 대한 예측과 설명에 바쳐져 왔을 것이다.
 이것이야말로 인간의 유구한 탐구행위가 아니었는가? 때문에 불가해한, 그래서 오히려 부조리한 우주의 시간(질서)에 대한 당신의 열정적 도전에 《괴인》 편집부 일동은 머리 숙여 경의를 표하는 바이다. 아울러 이번 신년호에서 준비한 문제는 바로 이런 '당신'에 대한 새로운 도전이 될 것으로 믿어 의심치 않는다.

57p
독자에의 도전
(2008년 1월 1일에 발행된 계간지 《괴인》 봄호)

지하 4층. 심하게 낡은 배선과 물이 스며든 천장, 거기에 불안정하게 매달려 느리게 점멸하는 전등. 이곳엔 아직 전산화 되지 못한 전 근대적 경찰 행정의 유물인 막대한 양의 서류박스가 A부터 Z 순으로 정리돼 있다. 지금 그 중 하나가 은빛 먼지를 토해내며 막 닫혔다. 유난히 무서움을 탄다는 기록 보관소의 여직원, 발발 떠는 구둣발 소리가 불규칙적으로 들리더니 무언가에 쫓기듯 황망히 사라져 갔다. 인간 세상의 격렬한 혼돈과 그것들이 낳은 처절한 비극이 이곳에 있어 지하 4층은 기록 보관소 직원들에게 지옥을 향해 내려가는 것과 같은 아찔함을 준다고 한다. 필시 어떤 육중한 침울함이 낮게 깔려 점점 침잠하기 때문일 테다.

아까 구둣발 소리와 함께 사라졌던 기록 보관소의 여직원, 그녀의 이름은 제니다. 제니는 계단 벽에서 1층 표시를 보고서야 한숨을 내쉬며 터벅터벅 걸어 올라가기 시작했다. 환한 조명이 보였으며 사람들의 웅성거림이 들려왔다. 몸을 짜르르하게 관통하는 희열에 마치 대단한 모험이라도 마친 것 같다. 제니는 2층에 있는 사무실에 올라가서 단짝 미니에게 으스대며 얘기할 생각을 했다. 그것은 물론 방금 지하실에 두고 온 사건파일에 대한 얘기다. 이탈리안 레스토랑의 런치 세트에 스타벅스 커피 한 잔까지는 얻어

먹을 수 있을 것이다. 기록3계의 유명한 수다꾼이자 추리소설가 지망생인 제니는 이제 기대 수준이 높아진 미니에게 사실보다 진실하게 얘기하기 위해 몇 가지 과장된 양념을 더하려고 한다. 제일 먼저 자기도 모르게 튀어나온 것은 엉뚱한 주문(呪文) 같은 말이었다.

알리바바의 알리바이…… 불가사의한 불가사리.

리드미컬하게 읽히는 이 구절은 뭔가 알쏭달쏭한 느낌을 준다. 정확하지는 않지만 여러 가지 해석의 여지를 주는 것이 이 이야기의 제목으로 제격이다. 동시에 아무 결론으로 귀결되지 않는다는 점도. 역전된 것이고 모순된 것이고 무의미한 것이고 부조리한 것……. 한 마디로 정신병자의 허무맹랑한 잠꼬대! 엉터리 같은 중얼거림! 이것이야 말로 이 사건의 핵심이기 때문이다.

"비보(悲報)—비보(悲報)—비보(悲報)—"
불길한 소식을 함축한, 괴상한 음역대의 소음이 옥죄는 밤. 그 밤의 절규. 여기에 밤을 덮고 있던 도시가 소스라치게 잠을 깬다. 그리고 인정사정없는 폭풍우가 타이밍을 조금 빗겨 내리기 시작한다.
무슨 일일까 창밖으로 고개를 내미는 구경꾼들. 그들의 머리를 스치는 오히려 경쾌한 울림의 반향. 물들이는 붉은색 광란의 사이키 조명에 혹시…… 살인? 이런다. 아니면 살인이어야 해라는 병적인 심심파적.

그래, 살인. 그것이 일어나자 얼마 후 그녀(피살자)의 그(목격자)가 신고를 했다. 그러자 10분 후엔 먹구름마냥 잔뜩 찌푸린 얼굴의 형사 둘이 신경질적인 초인종 소리로 등장을 예고했고, 무거운 현관문은 절망적으로 기울어지는 소리와 함께 디스토피아를 안내했다. 드라마틱한 몸짓과 함께 현관에 맨발로 뛰쳐나온 남자는 생애 최악의 표정을 짓고 있었다. 야구방망이를 놓친 오른 손으로 형사들의 멱살을 부여잡고 다짜고짜 꺼낸 말은 마음을 따라오지 못했다.

"아, 아, 아아, 아, ……내, 내내가!"

울부짖는 사내를 떼어놓고 땟국이 줄줄 흐르는 누비 점퍼를 입은 형사 둘은 203호 실내로 등장해 버렸다. 이들은 감정이 없는 기계처럼 감관(感官)만을 바짝 긴장시킨 채 어떤 분위기에 빠져 들어갔다. 브라이언 드 팔마의 범죄 스릴러같이 사람을 빨아들이는 분위기에 말이다. 「필사의 추적」(1981)에서 존 트라볼타가 막대형의 고성능 마이크를 들고 어둠의 성량을 체크하던 때의 긴장감을 안다면 '낸시 알렌'의 비명 소리가 금방이라도 끼어들 것만 같아 귀가 간지러운 이 느낌에 충분히 공감할 것이다. 사내가 부르짖는 아내는 왠지 낸시 알렌을 닮았을 것 같다. 그 죽음까지도.

문제의 현장인 방3(도면 참조)에서는 열린 창을 통해 들이치는 빗소리와 바람에 커튼이 나부끼고, 가벼운 물건들이 서로 휩쓸리는 소리가 막에 쌓인 것처럼 한 풀 꺾인 채 먹먹하게 울려왔다. 그 외에 정교한 틀로 견고하게 만들어진 수입 도어는 방음은 물론 방 안의 공기 분자 알갱이 하나 내보내지 않고 있었다.

방 안의 시끄러운 소동, 저 혼란이 낳는 소음 속에는 궁지에 몰린 살인범의 초조함과 섬뜩한 우발적 충동 같은 게 있을 것이다. 혀를 잔뜩 깨물고 절망적인 신음을 속으로 삼키고 있을 초라한 살인마가 상상이 되는가.

"선생님, 여기 방 열쇠 없습니까?"

발라스코가 문을 향해 다가가며 낮게 묻자 주인 남자는 다시 울 것 같은 표정으로 말했다.

"없어. 없다고. 저 서재방의 열쇠는 키 하나를 아내가 목에 걸고 있고 나머지 스페어 키는 모두 금고 안에 있다네. 게다가 저건 현관에 있는 방화문보다 2배는 더 단단해서 웬만해서는 쉽게 열 수 없지."

주인 남자는 서재 문 쪽으로 불안한 시선을 던졌다. 광택이 흐르는 수입 도어는 가공할 정도의 내구성을 감추려는 듯 화려한 장식이 붙어 있었고, 무거우면서도 품위 있어 보였다.

고개를 저으며 발라스코 형사는 권총을 다시 쥐어봤다.

"오! 부질없는 짓이야. 그 문은……."

발라스코는 바짓가랑이에 매달린 주인 남자를 밀어내고 골즈먼을 쳐다봤다. 그의 눈짓에 골즈먼 형사도 들고 있던 권총을 문의 손잡이 높이에 맞췄다. 하나, 둘, 세…!

이 말이 끝나기도 전에 골즈먼의 방아쇠가 먼저 당겨졌다.

"타아앙!"

수입 도어는 손잡이가 멀리 떨어져나갔다. 뒤이어 같은 곳에 몇 번의 집중적인 발사가 이어졌다. 그러나 결과적으론 몇 군데가

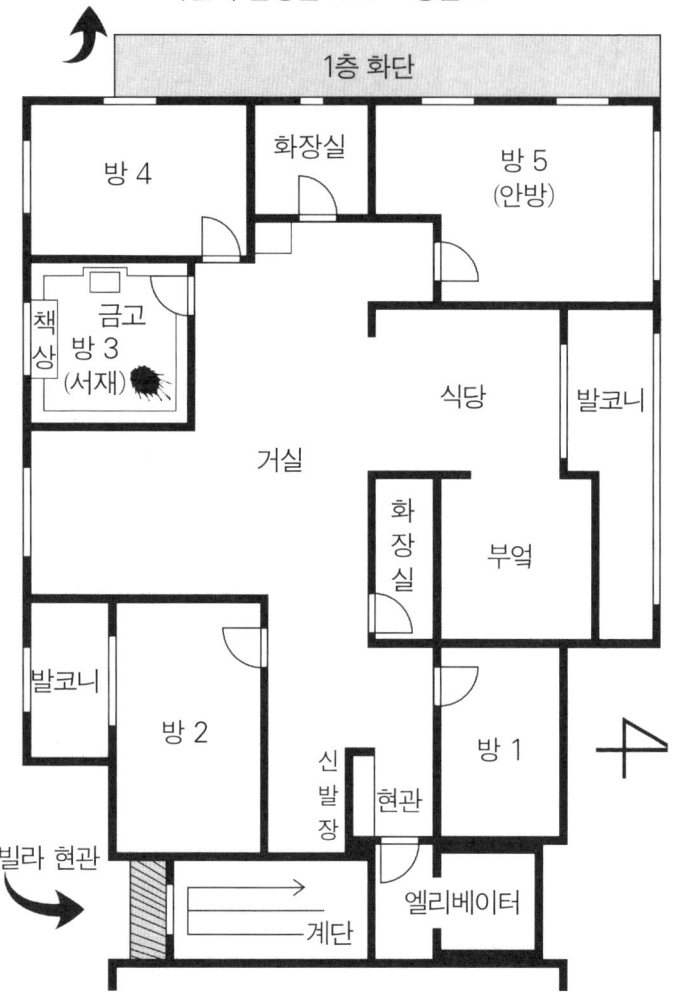

- 최근에 모든 창들마다에 견고한 방범창 설치.
- 서쪽 1층 화단 쪽 창들은 아직 방범창 설치가 완료되지 않았음(바로 경비실 옆이기 때문임.).
- 화단에는 높이 2~3m내외의 나무들이 심어져 있음.

움푹 들어가기만 했을 뿐 여전히 요지부동이었다. 발라스코, 골즈먼의 아연실색한 얼굴과 함께 수입 도어가 이렇게 강할 줄은 몰랐다는 주인 남자의 복잡한 표정이 문 앞으로 들이밀어졌다.

그때 수막(水幕)에 덮인 어떤 남자의 절규가 발라스코와 골즈먼의 고성능 감관에 감지되었다. 이 끔찍한 소리에 박제된 사람처럼 굳어 있던 주인 남자는 왜소한 몸을 둥글게 말며 땅으로 꺼져 들어갔다. 골즈먼 형사는 거의 반사적으로 권총의 총구를 다시 들이댔다.

"잠깐! 기다려!"

발라스코 형사의 큰 손이 갈고리처럼 골즈먼 형사의 어깨를 낚아챘다. 귀를 깨물 것처럼 이빨을 드러냈다.

"문은 꼼짝도 하지 않을 거야. 이렇게 된 이상 우리가 들어가지 못하는 만큼 녀석도 나오지 못하지 않겠나. 바깥 창문 쪽에도 이 빌라 경비원 1명을 세워뒀으니까 어차피 독 안에 든 쥐나 마찬가지야. 지원을 기다려보자고."

골즈먼과 발라스코는 일제히 주인 남자를 돌아봤다. 주인 남자는 초라한 등을 보인 채 떨고 있었다. 어깨 너머로 보이는 그의 오른손은 신고를 했던 자신의 최신형 핸드폰을 강박적으로 문지르고 또 문지르고 있었다.

"선생님, 괜찮으신 겁니까? 곧 저희가 해결하겠습니다."

다만 시간이 좀 필요하다는 말은 생략되었다.

"빌어먹을! 저 문은 왜 이리 무식하게 생겨먹은 겁니까?"

"그건 저 방에는 금고가 있소. 어떤 식으로든 안심할 수 있는 공간을 만들고 싶은 욕심에……. 다만 이런 식으로 이용될 줄은 꿈에도 몰랐지."

주인 남자는 머리를 쥐어뜯으며 처절한 몸부림을 보였다. 두 형사는 가슴 깊이 전해지는 안타까움과 자괴감을 외면하고 싶을 정도였다. 하지만 재차 지원을 독촉하며 그저 문 밖에서 문을 힘껏 두들기거나 꽥꽥 소리를 질러댈 수밖에 없었다.

"여기가 어디냐 하면 우체국 사거리에 큰 교회 있잖아. 그 교회 뒤에 있는 고급 빌라 단지야!"

문에 바싹 기대 방 안의 기척을 살피던 골즈먼은 고개를 돌려 낮게 말했다.

"발라스코 형사님, 너무 조용한데요."

그러자 갑자기 광풍이 불어와 커튼이 휘감기는 소리가 들렸다. 이어서.

"저리 꺼져! 꺼지란 말이야!"

바람과 비에 섞여 분명하지는 않지만 방금 전과 같은 말투, 젊은 남자의 목소리였다. 안에서 들려오는 목소리는 천장이 높은 이 집의 특성을 더해 더욱 울려왔다. 주인 남자는 아내를 꼼짝 못하게 했을 이 냉혹한 음성에 몸을 부르르 떨었다. 지원 팀은 5분 정도를 더 기다려야 했다.

5분! 범인을 차가운 철문 너머에 두고 영원할 것 같은 심리적 시간이 더디게 흘러갔다. 막에 쌓인 것처럼 아득한 빗줄기 소리에 무감각해졌을 무렵, 정확히 6분 후, 드디어 한 떼의 사람들이 들이닥쳐 문을 부쉈다. 용접기로 불꽃을 내고 푸닥거리를 하듯이 신명나게 때려 부쉈다. 신속한 문의 해체와 앞으로 이어질 범인 진압! 범인의 혼을 쏙 빼놓을 정도로 잘 훈련된 경찰 특공대의 작전이 펼쳐질 것이다. 뒤로 밀려난 나이든 형사들의 노회(老獪)한 눈에선 '이젠 다 끝났군.' 정도의 방관적인 분위기도 느껴졌다.

마침내 불이 꺼진 방3이 모습을 드러내자마자 곧 무수한 레이저 사이트가 교차하며 난무했다. 어지럽게 소리치며 방3을 제압한 경찰 특공대, 하지만 정작 방은 너무도 고요했다. 머쓱해진 그들은 방 중앙에 잠시 그렇게들 서 있었다.

"쏴아아아아아."

발라스코 형사의 안경 위로 환청마냥 빗소리가 떨어졌다. 몸을 누워 들이치는 빗줄기가 방 안을 몇 번이나 가득 매웠다. 바닥에 흥건한 물은 수채 구멍으로 꼴깍 넘어갔다. 그 성긴 이빨 사이로 엉킨 체모들이 끼어 있었다. 넘실거리는 검은 물결이 있어야 할 어떤 것을 막 싣고 사라져버렸다!

부르르르르. 아니, 여긴 화장실도 아니고 수채 구멍 같은 것도 없다!

장판을 때리는 물줄기가 골즈먼 형사의 머릿속을 똑같이 때렸다. 왜냐하면 방 중앙에는 늘어진 여자, 가슴에서 흘러내린 피를 장식 스카프처럼 달고 있는 시체와 목에서 떨어져나간 방 열쇠만이 있었기 때문이다.

무안해진 발라스코 형사의 얼굴에는 세월의 퇴층(堆層)들이 일으키는 균열이 일어났다. 허탈하게 걷던 골즈먼 형사는 흩날리는 커튼 자락에 와락 감싸 안겼다.

"누구 손전등 좀 가져와! 여기 전등이 나갔어!"

형사 하나가 벽에 붙은 스위치를 계속 눌러댔다.

이 희대의 밀실 사건!

비보(悲報), 아니 어쩌면 대중적인 낭보(朗報)일 이 사건은 유래 없는 밀실을 구성했으며 사건 자체는 미궁에 빠진 것이다. 미궁에 빠진 밀실이라.

'지난 밤 서울 한복판에서 빚어진 마술적 리얼리즘! 출입문 하나를 사이에 두고 있던 범인의 감쪽 같은 증발! 소위 본격 추리 소설조차 전무한 국내의 지적 추리 문화의 기갈(飢渴)을 풀어줄 소설 같은 극적인 사건 발생! 마니아들 감격의 눈물을 흘리다!'

회오리치는 조간신문 1면의 제목들이 골즈먼 형사의 상상 속에서 팡팡 터져 나왔다.

"제길! 어, 어디 간 거야? 공기 중으로 증발하기라도 했단 말이야?"

발라스코 형사는 달아오른 얼굴의 열기를 의식하며 지원 팀 동료에게 괜히 언성을 높였다.

"글쎄. 우리야 늦게 왔으니 알 수가 있어야지. 혹시 창문 같은 데로 뛰어 내린 건 아닐까?"

낙담한 표정의 골즈먼 형사는 이미 창문 밖으로 손 하나를 겨우 내밀고 있었다.

"그건 불가능합니다. 여기가 2층이라서 그런지 이렇게 두꺼운 방범 창살을 달고 있어요."

삼 면이 벽, 남은 한 면으로 난 문 너머에 발라스코와 골즈먼이 있었던 것이다. 발라스코 형사는 이제 새카맣게 타버린 얼굴색을 하고 있었다. 너무 시간을 지체했던 게 아닐까. 그렇지만 도대체 놈은 어디로 사라진 것일까?

"골즈먼 형사, 내가 잘못 알고 있는 거냐? 있었잖아? 너도 들었잖아."

"그, 그럼요."

대부분의 형사들은 이것저것 살펴보는 듯하더니 이내 둥글게 모여 '어렵다', '모르겠다'만을 주고받고 있었다. 어디 비빌 데라도 있어야 물고 늘어질 것인데 그들은 이 밀실 사건이 단지 훈련된 감각적 차원 이상의 문제인 것만을 어렴풋이 알아챌 수 있을 뿐이었다. 지문, 족적, 머리카락 등 증거 제일주의! 그러나 여기엔 증거가 하나도 없었다.

그래도 발라스코와 골즈먼은 이럴 때일수록 더 눈을 크게 뜨고 현장을 조사하라는, 어딘지 모르게 맹목적인 금언(金言) 속으로 빠져들었다.

방3은 주인 남자의 서재였다. 과연 부자들을 이렇게 많고 게다가 어려운 책들을 다 읽을까 하는 의문이 먼저 들게 하는 방이었다. 창가에 마주한 오래된 나무 책상을 중심으로 책장들이 죽 늘어서 있었다. 책장이 방 안을 빙 둘러 다시 만나는 곳에는 커다란 영화 포스터가 고급스런 액자에 걸려 있었고 그 밑에는 개인용 금고(8자리의 숫자 조합을 가졌다.)가 놓여 있었다. 발라스코는 영화 포스터 앞에서 우두커니 서 있었다.

"이거, 끝내주는데요. 어디 보자. ONE MILLION……
YEARS…… B.C? 이거 무슨 오래된 영화 같은데 뭐죠?"

"글쎄."

문가로 조금 걸음을 옮기자 책장 위에서 눈에 띄는 것이 있었다. 먼지가 엷게 앉은 CD 플레이어와 거기에 연결된 신형 스피커.

골즈먼의 생각에 이 정도 빌라에 사는 거면 고가의 HI-FI 시스템을 쓸 거라고 생각했는데 CD 플레이어라니 좀 의외였다. 아니나 다를까 한쪽 구석에 앰프와 장비가 있었지만 망가진 듯했다.

플레이어 안에 들어 있던 것은 클래식 CD였다. 「Essential Opera 2」. 플레이 버튼을 누르자 용케도 작동했다. 작은 LCD창에선 '09'라는, 발라스코와 골즈만에겐 그다지 의미 없는 트랙 넘버가 번쩍이며 디스크가 돌아갔다. 하지만 새로운 트랙이 시작되는지 잠시 윙윙거리더니 순간 귀가 찢어질 만큼의 소리가 뛰쳐나왔다. 발라스코는 놀라 스피커의 볼륨을 거의 끝까지 줄였다. 이젠 흥얼흥얼거리는 정도로 흘러나오는 어떤 노래.

"로시니! 좋은 노래지만 지금과는 너무 어울리지 않는군요. 저는 오페라 광이었습니다. 아내 역시 마찬가지였죠."

어수선한 분위기를 틈타 퀭한 눈을 한 주인 남자가 어느새 들어와 있었다. 그는 아내의 유품이 되어버린 그녀의 핸드폰을 금고 위에 천천히 내려놨다.

"요즘은 통 들을 기회가 없어서……. 아참, 제 것과 같이 사서 산 지 일주일도 안 된 건데. 너무도 빨리 주인을 잃어버렸습니다. 이 핸드폰 말입니다."

남자의 너무도 처연한 모습에 마음이 약해진 골즈먼이 머뭇거리며 말했다.

"아, 아직 들어오시면 안 됩니다. 이봐, 뭣들 하는 거야. 현장에 들어오시게 하면 안 되잖아."

주인 남자는 아내의 죽음을 불러온 금고를 향해 저린 손끝을 내밀다가 방 밖으로 밀려났다. 주인 남자가 나가자 발라스코와 골즈만은 막상 할 일이 없어진 것 같았다.

이를 테면 경험주의자인 형사들에게 눈앞의 범인이 사라졌다는, 범죄 사상 초유의 밀실 사건 증인이 됐다는 충격은 너무나 컸다. 모두 EMP(electromagnetic pulse, 전자기 펄스)를 맞은 로봇처럼 회로기판이 정지해 버렸다. 이건 사실 감각에 대한 신뢰의 문제며, 자신감과 긍지, 그것들로 지탱되어 온 알량한 형사 인생 전체에 대한 문제였다. 형사 모두는 스스로에게, 마주보고 있는 동료들에게 퇴물이라고, 이제 자리보전의 욕심을 버려야 한다고 속삭이는 것처럼 보였다.

그러나 아직 죽지 않았다는 듯이, 이렇게 논점을 일탈하고 있던 형사들 중 한 명의 머릿속에 별안간 벼락이 쳐들었다.

"놈이 흉기를 가지고 갔을까? 이 급박한 순간에? 나는 그렇게 생각하지 않아."

그는 적당하게 서두를 내고는 컴컴한 방으로 들어가 천장에 붙은 실내등의 아크릴 덮개를 비틀어 열었다. 과연 그 안에는 피 묻은 과도와 피 묻은 검은 캡이 있었다. 형사들의 이목이 일순간 집중되었다.

"이거 보통 놈이 아닌걸. 실내등 안에 숨겨놨어. 그래서 불이 꺼져 있었던 거야. 발견을 지연시키려고 말이야. 교묘한 놈이지? 모자도 피가 묻어서 칼하고 같이 버리고 갔군. 이 칼은 부엌에서 없어진 것 같고."

다른 형사의 의기양양함에 담배 필터만 씹고 있던 발라스코가 달려들었음은 물론이다.

"여기 무슨 쪽지가 있군."

펼친 쪽지에는 고의적인 서툰 글씨로 이렇게 씌어 있었다.
'늑대가 왔다!'

쪽지를 든 골즈먼은 이상한 생각에 사로잡혀 있었다.
그 '늑대'라는 것은 자신이 남긴 쪽지에 '왔다간다'라고 쓴다든지 '다녀간다'라고 썼어야 하지 않을까 하는 것이다. 이미 자신이 떠나가는 상태에서 '왔다'라고 해버리면 그 쪽지를 받아본 사람들에겐 시간상으로 어긋나게 되지 않는가. 이건 아주 유치하고 쓸데없는 생각이기는 했다. 그래도 범인과 대치하는 동안 그 '늑대'와 자신은 같은 시간, 같은 공간에 있었음에도 그런 식의 말을 남겼다는 데 알 수 없는 이질감이 느껴져 찜찜함이 가시지 않았다.
'그래서?'
물론 아무래도 이상한 생각이다. 머리가 아팠다. 골즈먼은 이 엉뚱한 생각을 털어내려고 머리를 흔들어댔다. 그때.
'잠깐!'
범인의 증발이라는 믿기 힘든 사실에 가려 아주 작은, 손바닥 안에 가려질 만한 단서 하나가 사람들 뇌리 속에서 잊혀지고 있었다.
"발라스코 형사님! 서재 문의 열쇠 말입니다. 왜 하필 주인 여자만 가지고 있었을까요?"
"듣고 보니 그 문제를 까맣게 잊고 있었군."
이미 앞선 조사에서 주인 여자 옆에서 사치스런 목줄이 끊어진 채 발견됐던 방 열쇠와 주인 남자의 협조를 얻어 금고에서 꺼낸 스페어 키 2개, 총 3개의 스페어 키는 제조사 확인 결과 모두 진짜로 밝혀졌으며 스페어 키에 새겨진 고유번호까지 맞아떨어졌다. 하지만 누구하나 금고가 있는 서재 방의 열쇠가 안주인 목에 걸려 있는 것에 의문을 제기하지 않았다.

반면 발라스코는 조금은 심드렁하기까지 한 표정으로 말을 받았다.

"그렇지만 말이야, 그건…… 주인남자의 지극한 사랑과 신뢰의 표현이 아닐까. 자네는 아직 잘 모르는가? 사랑의 증거가 오히려 바로 눈앞에서 범인을 놓치게 만들다니, 사랑이란 건 참 아이러니해."

발라스코는 대단한 말이라도 한 듯이 도취된 표정으로 주인 남자 쪽을 힐끔 쳐다봤다. 아직 미혼인 골즈먼은 고개를 갸우뚱거리며 그 시선을 좇을 뿐이었다.

경찰이 올 때까지 벌벌 떨며 범인이 아내의 시체를 끌고 들어간 방3 앞을 지켰던 주인 남자는 거의 탈진 상태였다. 갑작스런 아내의 죽음과 살인범의 실종(?). '처음에 어떻게든 문을 부수고라도 들어갔어야 했는데.'라며 발라스코 형사와 비슷한 후회를 하고 있지 않을까. 아니나 다를까 그는 거실 한 쪽 구석에서 퍼더버린 채 휑하니 뚫린 방 안에 초점 없는 눈길을 보내고 있었다. 발라스코 형사는 불행을 목격한 후의 떨떠름하고 내키지 않는 마음을 누르고 그에게 다가갔다.

"도대체 뭐라고 불러야 할지. 목소리는 분명 남자였으니 아무튼 '그' 말입니다. 아내를 죽인 사람인데 짐작이 가는 사람이 없습니까?"

발라스코 형사가 가져간 물 컵은 관심도 없이 다른 손에 쥔 피 묻은 검은 캡만 바라보고 있던 주인 남자가 어렵게 입을 떼었다.
"그, 글쎄."
그러더니 그는 순간 잠들어 버렸다. 마침 술 취해 밤이슬을 맞고 귀가하던 앞 집 남자가 어리둥절한 표정으로 계단을 올라왔다. 옆집의 열린 현관문과 경찰들이 북적대는 소동에 작은 관심을 보였다가 이내 그는 자기 집 대문을 현란하게 도배한 갖가지 전단지, 스티커를 신경질적으로 떼어내고 초인종을 눌렀다.
"이 놈의 자식들은 어떻게 일요일마다……, 이거 지저분해서 원."
이웃남자의 작게 중얼거리는 소리, 벨소리와 함께 비로소 주인 남자도 눈을 떴다.
"그래! 맞아! 그 녀석이 틀림없어! 바로 그 녀석이야! 이런 모자를 쓰고 있었지!"
주인 남자는 비틀거리며 일어서고 있었다.
"아까 저녁 때 찾아와서 초인종을 눌렀던, 그리고 검은 모자를 눌러쓴, 맞아! 형사님, 그 녀석이 범인입니다!"
그 주위로 몰려든 형사들은 다시 코를 벌름거리기 시작했다. 남자의 말은 과연 사고를 거쳐 나오는 것일까 싶을 정도로 두서없이 열거되기 시작했다. 어쨌든 덕분에 오늘 저녁에 있었던 203호와 주인 남자와 아내의 이야기가 한 시간쯤 뒤에는 거의 복원될 수 있었다. 독기가 오를 대로 오른 발라스코 형사는 수첩에 몇 번을 새로 써 치밀한 타임 테이블을 만들었다.

발라스코 형사가 작성한 사건 당일 일요일의 타임 테이블

오후 6시 : 주인 남자는 아내를 위해 제과점에서 갓 구운 케이크를 사왔다.

오후 7시(일몰) : 일요일 저녁 예배를 알리는 교회의 종소리와 함께 203호의 초인종을 검은 모자를 쓴 수상한 사람이 눌렀다. 그는 가스 점검을 나왔다고 했다. 무척 수상했으므로 주인 남자는 방에 있던 아내에게 경비실로 연락을 하라고 했다. 자신도 도어 렌즈로 계속 보고 있기가 무서운 마음이 들어 문이 잠긴 것을 확인하고 아내와 함께 방에 있었다(이 고급 빌라 단지는 일명 '교회촌'이라고도 불리는 곳으로 대부분의 주민들이 독실한 교인이다. 따라서 일요일 예배 시간에 집에 있는 세대가 거의 드물다. 그리고 부자촌이 그러하듯이 인적 자체가 뜸하다.).

오후 7시 5분 : 경비원이 올라오는 발자국 소리가 들렸다. 경비원이 와서 해 준 말이지만, 늙어 순발력이 떨어졌는지 경비원은 들어오다가 현관에서 급하게 내려오는 사람과 지나쳐 갔다고 한다. 당시엔 별 생각이 없었지만 그 사람이 주인 남자가 신고했던 사람 같았다고 한다. 경비원은 주인남자 내외가 피해가 없는지 확인하기 위해 직접 집 안으로 들어가 몇 가지 질문을 던지고 나서 돌아갔다(이 부분은 추가로 경비원 진술 확인 예정.).

오후, 8시 : 잠을 자고 있던 주인 남자는 아내가 자리에 없는 것을 느끼고 이상한 생각에 방을 나왔다. 그때 방3 앞에서 누군가 가슴께에 칼을 꽂은 채 늘어져 있는 아내를 내려다보고 있었고, 주인 남자가 장식장 위에 있던 야구 방망이를 집어 들자 범인은 방3, 금고가 있는 서재로 시체를 끌고 숨어버렸다. 남편의 핸드폰으로 신고가 접수되었다.

오후 8시 10분 : 발라스코와 골즈먼 형사가 도착했다. 범인은 창문으로 탈출을 시도했던 것인지 창문을 열어 놓았다. 방 안에서는 거센 비와 바람 소리에 묻혀 범인의 행동을 파악할 수가 없는 상황이었지만 초조한 듯 절규의 목소리가 들렸다. 철제 방화문에 가로막혀 형사들은 일단 지원을 요청한다.

오후 8시 16분 : 지원 팀의 도착. 방 안에는 여자의 시체 외에는 아무것도 없었다.

"그럼 당신은 거실에서 그의 얼굴을 봤습니까?"
"오늘 같이 잔뜩 흐린 날씨에는 불이 꺼진 실내에서 앞을 분간하기도 힘들었습니다. 여러 차례 보려고 했지만."
"그렇다면 무슨 이유로 범인을 확신을 하십니까?"
"글쎄 아까 저녁에 놈이 대문 앞에 나타났던 이유가 바로 뭐겠습니까? 비록 그때는 도망치고 말았지만 다시 온 겁니다. 무엇보다 저 모자가 증명하고 있지 않습니까."
"잠깐, 그렇다면 그놈은 언제, 어떻게 다시 이 집으로 들어왔단 말입니까? 어설픈 이유를 대며 집 안으로 침입하려 했던 녀석이라면 문을 열 수 있는 특수한 기술 같은 건 없다는 얘기일 텐데."

"나도 그걸 잘……"

주인 남자의 주위에 몰려든 형사들은 쿵쿵거리고 있었다. 얘기가 성립하려면 뭔가 더 연결고리가 있어야 했다. 혹시 주인 남자는 뭔가 숨기고 있는 것일까?

"이거 하나는 확실히 해야겠습니다만. 혹시 사건과 관련해 우리에게 털어놓지 않은 얘기가 있다면 모두 말해 주시기를 부탁드립니다. 어이! 통화연결 됐나? ……좋아. 예, 죄송합니다. 이런 걸 생각해 보죠. 가령 경비원이 올라왔을 때 왜 두 분 모두 방1에서 나오지 않은 채 경비원을 현관까지만 들여 놓고 얘기를 해야 했는지 같은……, 이건 뭐 방금 경비원과 통화해 확인한 내용이라 제일 먼저 해명해 주셔야 하는 거지만 말이죠."

형사는 주인 남자의 심히 난처하다는 듯이 괴로움으로 일그러지는 표정을 유심히 살폈다. 하지만 주인 남자는 이내 체념하여 그에게만 귓속말을 했다. 얘기를 듣는 내내 형사도 어떤 고통으로 일그러진 표정을 지었다. 알고 보니 웃음을 참고 있었던 것이다.

"그게 확실합니까? 그렇다면 초저녁 일찍 잠에 든 것도 쉽게 수긍이 가는군요."

어리둥절한 광경에 다들 못마땅한 표정만을 지었는데 알고 보니 주인 부부는 모처럼의 주말을 맞이하여 어쩌다 색다른 섹스를 즐기게 되었다는 것이다. 아내가 빵을 워낙 좋아하여 저녁에 먹을 빵을 사러 갔던 것인데 충동적으로 생크림을 잔뜩 묻힌 케이크를 사버렸고 또 그 요염한 빛깔의 케이크를 먹다가 더 충동적으로…… 크림을 온 몸에 바르고 자극적이고 질펀한 애무와 격렬한 섹스를 즐기게 되었던 것이다. 그렇기 때문에 크림이 덕지덕지 묻은 알몸 위에 옷을 걸칠 수도 없었고 경비원이 굳이 그들의 안전을 확인하려고 하자 마지못해 문을 열고 재빨리 안방으로 숨어들었던 것이다. 경비원의 진술도 이 상황과 정확히 일치했다. 물론 경비원은 왜 주인 부부가 방에서 나오지 않고, 자기를 현관 신발장 곁에 세워뒀는지 몰랐겠지만.

"초저녁부터 격렬했군요. 그, 그럼 경비원이 간 후에도 또? 한 겁니까?"

사건과 상관없는 일이지만 골즈먼 형사의 말에 주인 남자는 큰 죄를 지은 것처럼 고개를 조아렸다.

"골즈먼 형사! 그게 무슨 말 같지 않은……"

발라스코 형사는 금방 한 장면을 재현할 수 있었다. 경비원이 203호에 들어가 신발장이 있는 곳에서 주인 부부와 얘기를 나눌 때 경비원을 지나쳐 도망갔던 녀석은 용케도 다시 빌라로 들어와 현관 지붕이 있는 곳(평면도에서 빗금이 쳐진 부분, 보통 1층과 2층 사이에 있어 계단 복도에 난 창문을 통해 갈 수 있다.)에 숨는다. 빌라 현관이 출입 카드가 필요한 시스템이기 때문에 굉장한 운(때마침 빌라에 출입자가 있어 끼어 들어간 것)이 따른 것이다. 경비원이 내려간 다음에도 안방에 있던 부부는 금방 방을 나와 현관문을 잠글 수는 없었을 것이다. 아무래도 경비원이 확실히 내려간 다음에야 방에서 나올 수 있었을 것이기 때문에 시간을 지체했을 가능성이 있었다. 녀석은 그 시간을 틈타 재빨리 집 안으로 침투했을 것이다. 넓은 평수의 집 안 어디에 숨더라도 들킬 염려는 거의 없었을 것이다. 그리고 마침 7시 5분에서 8시 경 사이에 피살자가 방을 나오자 녀석은 거실로 나와 범행을 저질렀다. 틀림없을 것이다. 일요일 저녁에 '가스 점검'이라는 얼토당토않은 거짓말로 범행을 시도했던 범인. 녀석의 그런 막무가내 행동이 아주 절묘한, 그러나 그 결과를 떠올리자면 불행하기 그지없는 운의 흐름을 탔던 것이다. 발라스코 형사는 나름 궁리를 하고 있는 골즈먼 형사를 보며 살짝 미소를 지었다.

그렇지만 제일 중요한 밀실에서의 증발, 이것만은 어떻게든 알 수 없었다. 게다가 그 녀석은 누구이고 어떻게 도망친 것일까. 간신히 짜 맞춘 모든 증거와 정황들은 물음표로 수렴하고 있었다.

그러던 중 발라스코와 골즈먼이 사건 발생 후 나흘째 되던 날 찾아간 곳은 어느 허름한 맨션의 5층, 계단실에서 3번째 사무실이었다.

굉장히 불연속적인 것의 연속이었다. 검은 캡을 쓴 남자의 등장, 원인 모를 살인, 그리고 증발. 이 불연속적인 사건들을 가로지르는 실낱같은 단서의 흔적들을 찾아야 했다. 아니 단서 따위로는 해결될 성질이 아니었다. 초지일관하는 어떤 것, 그것들을 한데 꿰뚫고 지나갈 이성의 꼬챙이가 필요했다. 이런 연유로 발라스코와 골즈먼은 다 쓰러져가는 할렘가의 사무실까지 올 수밖에 없었던 것이다.

'탐정'이라는 어처구니없는 것에 대해 일반사람들은 셜록 홈즈, 포와로 이상의 것을 알지 못한다. 물론 이것조차 현실 세계가 아닌 거의 소설 속 이야기겠지만, 이젠 소설 속에서도 추리소설 고

전의 시대를 한참 지난 지금 이들의 활약은 거의 드물게 되었다.

그의 이름은 여송연. 별명은 안락사 탐정. 사회가 자신 같은 탐정들을 안락사시키고 있다는 불평을 입에 달고 다닌다고 해서 붙은 별명이다. 괴팍한 성격에 은둔적이며 움직이는 것과 대중을 혐오하는 홀로 숨쉬기 예찬론자로 알려져 있다.

발라스코와 골즈먼은 풍문을 참고해 한 꾸러미의 선물을 들고 그의 사무실을 찾았다. 나선형 계단을 올라와 보니 과거에 여러 사건들을 해결하며 받은 무수한 표창과 감사패, 위임장 등이 복도부터 전시되어 있었다. 빛바랜 사진들 덕분에 다른 세계로 향한 긴 터널을 지나온 느낌이었다. 그러나 전시물을 따라 도착한 곳에는 아주 평범하게 생긴 현관이 있었다.

귀를 거슬리는 부저가 울리고 나이 50이 넘어 보이는 늙은이가 문을 비죽 열고 쳐다봤다. 맙소사! 바로 그가 위대한 안락사 탐정은 아니겠지!

"댁들은 뉘슈?"

구수하다기보다는 촌스럽게 들리는 사투리 억양. 게다가 위대한 안락사 탐정은 호사스런 나이트가운을 입고 있었다. 그는 가래를 그르렁거리면서 인사말을 대신했는데, 몸짓 하나하나가 각기 다른 그림 속에서 끄집어낸 것처럼 이질적으로 느껴졌다. 그래도 탐정들이 으레 그렇듯이 한 손에 달려 있는 파이프 담배는 느릿느릿 연기를 내고 있었다.

발라스코와 골즈먼은 경찰 신분증을 그의 눈앞에 내밀었다. 탐정은 안경을 목줄로 메고 있으면서도 한참을 찾더니 결국 찾지 못하곤 찢어진 눈을 하고 신분증을 쳐다봤다.

"나이트가운을 입고 있는 것에 대해선 양해를 부탁하네. 내가 워낙 밖에 외출하는 걸 꺼려하다 보니 이런 우스꽝스런 잠옷이 생활복이 되었네 그려."

"아니, 괜찮습니다. 충분히 이해합니다."

20평 남짓의 사무실은 공간의 구분 없이 모든 것이 한 데 모여 있었다. 온기를 주는 벽난로나 해포석 파이프, 진귀한 법의학 도구, 서적의 초판본 같은 건 눈 씻고 봐도 없다. 그저 촌스럽기 그지없는 대모갑 안경. 어쩌면 '대모갑 무늬' 안경일지도. 안경이 콧잔등에서 주르륵 흘러내려왔다. 검지로 그것을 밀어 올리면서 그는 장광설을 펼치기 시작했다.

"내 생각에는 말이야······."

그는 적당히 겸손을 떨 줄도 안다.

"먼저 뭣 좀 먹으면서 하는 게 좋을 것 같군! 며칠 굶었는지 기억도 안 난다네. 혹시 뭐 먹을 거 있나?"

발라스코와 골즈먼은 두말없이 탐정이 좋아한다는, 32번가 찰리 식당의 특제 연어 샐러드와 염소 젖으로 만든 고트 치즈 같은 안주와 도수가 높은 중국술 몇 병을 풀어놓았다.

"자네들이 보내온 그 동안의 수사 결과를 보면 범인의 밀실 탈출 방법에 관해 골몰하다가 막바지에 이르러선 거의 초자연적으로 비약하는 느낌이 들더군. 왜, 귀신이라도 봤다고 생각하게 된 건가?"

"그야, 모든 정황이. 아무튼 그러니까 저희가 탐정 선생을 찾아온 게 아니겠습니까."

발라스코 형사가 답답한 마음에 소주를 한 잔씩 돌렸다. 원샷! 캬. 한 잔은 또 한 잔을 부르고 술은 갈수록 묽어졌다. 술에 취하면 세상의 이치를 깨닫게 된다는 말, 이제 시험해 볼 차례인 것이다.

"혹시 스탕제르송 박사의 물질의 해리(解離)에 관한 연구를 알고 있나?"

책이라고는 최근에 『수사 실무 서류 최신본』 외에는 본 적이 없는 발라스코, 그에 다를 바 없는 골즈먼은 서로 어리둥절한 표정을 지었다.

"아뇨. 처음 듣는 이름입니다."

"그의 이론에 따르면 물질의 해리를 통해 범인이 밀실을 빠져나가는 것이 불가능한 일은 아니라고 하네."

"옛? 그렇습니까? 그런 게 있는 줄은."

"하지만 딱 100년 전 소설(가스통 르루의 『노란 방의 미스터리』) 속의 얘기라네."

탐정은 뭐가 우스운지 배를 잡고 뒹굴었다.

"사람들이 말하기를 이 사건이 미궁에 빠졌다고 표현을 하더군. 하지만 미궁을 빠져 나오는 데는 몇 가지 방법들이 있다네. 출입구가 하나뿐인 경우에는 왼 손을 벽에 집고 갈림길에서 왼쪽으로만 꺾는 다든가 조금 더 수학적인 어떤 경우에는 '조르당 곡선의 정리'(프랑스의 수학자의 이름을 딴 조르당 곡선(Jordan Curve)은 원과 연결 상태가 같은 단일폐곡선을 말한다. 이 곡선을 따라 한 방향으로 움직이면 출발점으로 되돌아오게 되고, 이 곡선을 기준으로 내부와 외부가 나뉜다. 조르당 곡선에서는 내부와 내부 혹은 외부와 외부를 이으면 곡선과 만나지 않거나 짝수 번 만난다. 그렇지만 내부와 외부를 이으면 곡선과 홀수 번 만난다. 즉 외부의 한 점에서 시작된 선분에서 미로와 홀수 번 만나는 내부 지점에서는 절대 밖으로 나가지 못하게 된다.)를 이용하는 식으로 말이지. 이처럼 미궁이란 굉장히 수학적이고 논리적인 세계네. 그러나 대부분의 경우에서 의욕만이 앞선다면 경험적인 방법에 의해서 심리학 실험의 모르모트처럼 시행착오를 거쳐 찾아갈 수밖에 없지. 바로 내 앞에 있는 두 분을 비롯한 여러 형사 분들께서 하시는 것처럼."

왠지 무시하는 게 분명한 이 말에 발라스코와 골즈먼은 얼굴이 조금 붉어졌다. 하지만 뭐라 대꾸할 말은 없는 것이다.

"게다가."

탐정은 술잔을 입술로 핥더니 말했다.

"이번 경우는 미궁이 아닌 것을 미궁이라고 착각하고 있는 경우이기 때문이라네."

"그게, 무슨 말인지."

"아주 명료하게 생각해야 해. 증거 수집의 귀납추리로서 '새로운', 그러나 '엉뚱한' 명제를 만들어 내서는 곤란만 더해진다네. 나는 여러분께 새로운 대전제를 세워주고 싶군. '밀실 따위는 이 땅 위에 없다.'라고."

"그렇다면 이번 사건의 밀실도 결국은 조작된 것이라는 얘깁니까? 저희도 그런 생각을 해보지 않은 건 아닙니다. 오히려 경찰 생활을 하다 보면 그런 소설적 구상은 미신보다 더 멀리하게 된답니다."

발라스코가 흥분해서 말했다.

"잘 알고 있다네. 그래서 정확한 논의를 위해서는 아무래도 언어의 명철함이 필요한 거라네. 여기엔 '존재'의 문제가 있다네. 희랍 철학의 말을 빌리자면 살인범의 존재는 여러분 감각, 감각의 총체인 경험의 대상이 아니라네. 범인의 밀실 속의 존재는 불가지론(不可知論)이라는 거야. 그렇다면 그냥 '있었다'라고만 하지. 그렇다면 무엇이 있었는가. 그건 어떤 흔적일 뿐이지. 자! 눈, 코, 입, 귀를 모두 닫고 회색 세포만을 가동시키게나. 내가 말한 전제를 바탕으로 모든 걸 연역해야 하네. 밀실은 말장난이며 실수이며 우연의 합리화일 뿐이지. 이거 할 말이 많군. 우리는 조금 색다른 지름길로 가보기로 하지. 마치 작가가 추리소설을 쓰듯이 거꾸로 문제를 풀어보기로 하는 걸세. 여기 등장인물 중에 한 명인 범인이 있다. 그는 범인처럼 보이지 않아야 하기 때문에 밀실 밖에 있다. 밀실 속의 범인은? 그는 존재하지 않았고(엄밀히 말해선 존재했는지 알 수 없고) 그저 감각되어지기만 한다……."

발라스코와 골즈먼에게는 정말 지나치게 힘을 빼는 연설이었다. 언뜻언뜻 안일한 사고를 전복시키는 충격이 있었지만 대체로 말은 장황하기 그지없었다.

"(중략; 자세한 해결 방법은 「해답편」에서 제시 될 것이므로 여기서는 중략한다.《괴인》신년호에서는 그냥 '……', 말줄임표로만 표시되어 있다.) ……자 이제 범인이 누군지는 확실히 알겠나? 가장 드라마틱한 연기를 해낸 주인남자, 그가 바로 검은 모자이며 밀실 속의 살인마였다네. 아마 '늑대가 왔다!'는 쪽지는 나는 거짓말을 하고 있다는 그런 사실을 유희적인 방법으로 남긴 거라는 생각이 드는군. 동기가 없었던 것. 그것은 이 살인 사건의 어떤 증명적인 성격, 완전 살인을 할 수 있다는 명제에 대한 도전을 나타내고 있는 것이지 않겠나? 그것만큼 확실한 동기가 있으려고…… 알겠나? 어서 달려 나가 그를 체포해야 하네!"

둘은 어리둥절했다.

"어서!"

발라스코와 골즈먼은 탐정의 재촉에 쫓기듯이 뛰쳐나갔다.

"어서 다녀들 오게나. 나는 여기서 기다리고 있을 테니. 자네들이 갔다 오는 동안 술이나 더 준비해야겠군."

"비보(悲報) 비보(悲報) 비보(悲報)—"

그날 밤, 도시엔 사이렌 소리가 다시 들렸다.

그들이 다시 찾은 203호는 그새 퇴락한 문명에 낀 이끼처럼 많은 전단지와 스티커로 도배되어 있었다. 수사 실무자인 자신들이 아직은 탐정의 말에 대한 확신이 없었기 때문에 그들의 행동은 좀 억지스러운 듯 보였다.

"경찰이다!"

자신감이 결여된 목소리였다. 열려져 있는 문을 밀고 들어가자 거실 한가운데 어지럽게 찍힌 군홧발과 뜯어낸 철문의 조각, 피 묻은 수건과 천 조각들이 보였다. 전시라도 하듯이 진열된 사건 당일의 흔적들에는 새삼스럽게 소름이 돋았다. 텅 빈 집. 주인 남자는 어디에 있는 것일까?

핸드폰이 꺼져 있어 주인 남자가 운영하는 건설 회사에 전화를 했으나 몸이 아파 오늘부터 며칠 쉬겠다는 말만 했을 뿐이라고 했다. 서재의 금고 안도 싹 비워져 있었다. 없어진 금고의 물건, 아마 금이나 현찰, 양도성 예금 증서 같은 것들, 그리고 없어진 주인 남자. 발라스코와 골즈먼은 뭔가 알 수 없는 긴장감이 밀려오는 것을 느꼈다. 점점 탐정의 말 쪽으로 사건의 전말이 귀결되는 듯한 안 좋은 예감이었다. 정말 도주한 것일까?

만약 주인 남자가 정말 범인이었다면……, 그렇게 금슬이 좋던 부부가 왜 살인으로 파멸해야 했을까. 이 '왜'의 문제는 탐정의 고루한 해설 속에서도 확실히 설명되지 않은 유일한 부분이었다. 집요한 '왜?'에 '그냥'이라는 대답이 적당한 것일까. 머릿속의 회색 세포들도 끄덕여 줄 것인가. 흐트러진 가재도구가 그 날의 광경을 재현하고 있었지만 한 가지 다른 하나, 한 눈에 보이는 거실의 벽에 붉은 페인트로 뭔가 메시지 같은 것이 갈겨 씌어 있었다.

"늑대가 왔다."

그녀는 죽고 그는 도망친 이 집엔 그것만이 있었다. 그것은 무슨 수수께끼 같은 말인지, 늑대가 나타나서 도망쳤다는 얘기인지. 도대체. 발라스코 형사는 혼란 속에서 자신이 할 수 있는 한 단순하게 생각하려 했다. 그리고 그것은 진짜 늑대를 떠올리는 것에서부터 시작됐다.

"맞아. 양치기 소년!"

이런, 거대한 말장난에 빠져버렸다. 왜 이 말을 진작 이해하지 못했을까.

'아아, 이게 어떻게 된 것인가.'

골즈먼 형사 역시 발라스코의 말에 감전되듯이 깨달았다. 자신의 기준에 미달하는 사고력에 혐오를 느꼈다. 다시 한 번 문패에서 확인하게 되는 주인남자의 풀네임.

"John 그리고 Shepherd(남자 이름, 양치기란 뜻도 가지고 있다.)!"

발라스코와 골즈먼은 묵직하게 당겨오는 뒤통수를 부여잡으며 주차장에 세워둔 차를 향해 달려가기 시작했다. 뒤처져서 뛰어가던 골즈먼은 확실히 이젠 '왜'의 문제 대신 '어떻게'라는 문제에 사로잡히게 되었다.

마침 새로운 살인마의 탄생을 축하라도 하듯이 하늘에선 쨍쨍한 햇볕이 내리쬐고 있었다.

〈끝〉

※신년호 현상공모에는 많은 독자들의 응모가 예상되오니 가급적 기한을 꼭 맞추어서 응모해 주시길 부탁드립니다. 응모기간 1/1~2/1, 마감일 소인 유효.

130p
해답편
(2008년 4월 1일에 발행된 계간지 《괴인》 여름호)

 정말 많은 분들께서 응모해 주셨다. 다시 한 번 고개 숙여 감사드리며, 앞으로 우리 《괴인》 편집부가 짊어질 독자의 열화와 같은 기대가 만만치 않다는 것을 새삼 깨닫는 기회가 되었다. 특히 이번에 응모된 것들 중에는 편집부를 들썩이게 할 정도의 깜짝한 응모작들도 몇 개 있었다. 그 중에서도 가장 기술적으로 정교하고 내용적으로도 풍부한 설명을 시도한 서울의 김 모 독자를 당선자로 뽑기에는 부족함이 없었다. 그리고 엉뚱하기는 하지만 재치 있는 추리관을 보여 의외의 결론을 낸 대전의 장 모 독자 역시 2등 당선자로 뽑게 되었다. 장 모 독자의 경우는 보내온 「해답편」 속에서도 시종일관 '나는'을 강조하며 아주 독특한 자의식을 드러냈으며 깜짝 놀랄만한 결론을 우리에게 제시해 주었기 때문이다. 어느 것이 더 맞을는지는 독자들의 판단에 맡기려고 한다. 이 둘은 한 사건을 놓고 얼마나 다르게 바라볼 수 있는가를 보여주는 좋은 예가 될 것이며, 앞으로 편집부도 좀 더 의외성을 가진 다양한 결론에 이를 수 있는 좋은 사건들을 많이 제시할 계획이다.
 바야흐로 추리의 계절, 여름! 다음 여름호는 정말 기대해도 좋다.

현상공모 1등 : 김 모 독자(女, 서울 신림, 중학교 교사)

현상공모 2등 : 장 모 독자(男, 대전 은행, 자영업)

1등. Vestila Giubba - **옷을 입어라!**

문제편에서 「Essential Opera2」 CD가 나온 72페이지부터 저는 읽기를 멈추었습니다. 우연의 일치라고 할까요? 제가 그 CD를 가지고 있었거든요. 당연히 09번 트랙을 틀어보았고……. 하지만 아무 단서도 얻을 수 없어 한 일주일 동안은 꽤 실망에 잠겨 지냈답니다.

09번 트랙이 뭐냐고요? 로시니의 오페라 「세빌리아의 이발사」에 나오는 서곡이랍니다. 이 밝은 분위기의 선율이 도대체 어떻게 남편이 아내를 죽인 사건의 단서가 될 수 있을까요? 「세빌리아의 이발사」 실황 공연도 다시 봤지만 도대체 뭐가 떠오르는 게 없더군요. 그러다가 또 일주일이 딱 지나니까 '땡!' 하고 머릿속이 막 울리더군요. 그 생각에 미치자마자 저는 안절부절 못 하고, 오! 하느님. 왜 하필 클래식 음악광인 그가 09번 트랙을 언젠가 마지막으로 들었을 거라고 생각했을까요. 08번을 다 듣고 그만 09번 트랙으로 넘어가 노래가 시작되기 전에 stop 버튼을 눌렀다고 생각할 수도 있는 법이지요. 좋아하는 노래라면 끝까지 듣고 싶어 하는 애착 같은 게 누구나 있잖아요. 그래서 저는 08번 곡을 재빨리 떠올렸죠. 그랬더니 무슨 노래였던지……. 모든 독자들은 눈앞의 단서를 놓쳐버린 꼴이더라 이거죠. 하하! 바로 오페라 「팔리아치」에 나오는 비탄에 잠긴 아리아, 「옷을 입어라」예요. 「팔리아치」는 떠돌이 배우가 바람피우는 아내와 내연의 남자를 공연 도

중 칼로 찔러 죽인다는 얘기죠.

의상을 입고 화장을 하여라.
돈을 낸 손님의 마음에 들도록
즐겁게 웃겨라.
내 사랑이 널 두고 도망쳐도 웃자.
팔리아치, 모두 즐겨한다.
슬픔과 고통은 웃어넘기고
흐르는 눈물은 빨리 닦아라.
아, 웃자. 팔리아치.
깨진 그대의 사랑.
아—— 웃어라. 애타고 쓰린 이 마음.

주인 남자가 발라스코, 골즈먼 형사 앞에서 보였던 100점짜리 연기는 어느 면에서 관객 앞에 선 떠돌이 배우 카니오가 「옷을 입어라」를 부르는 상황과 비슷하지 않나요? 아내와 내연 남자에 대한 분노, 그러나 관객 앞에서 그들을 재밌게 해야 하는 모순된 상황! 이런 카니오처럼 주인 남자는 자신이 선 무대 위에서 단 두 명의 관객을 위해 아마 이를 꽉 물고 아내를 향해 눈물을 흘리고 힘이 빠질 때까지 고함을 질렀던 것입니다. 한 남자의 질투와 집념이 탄생시킨 이 위대할 정도로 끔찍한 퍼포먼스!

이제 좀 정리가 되었죠. 아내를 죽인 건 역시 주인 남자. 그리고 「문제편」에서 설명되지 못한 '왜'의 문제도 깔끔하게 설명 된답니다. 주인 남자의 갑작스런 부재가 살인 행각에 대한 도피가 아니라 남은 한 명! 내연남을 죽이러 가는 길이라는 것을 알 수 있습니다. 더불어 오페라 광인 그가 자신의 서재에서 더 이상 음악 감상을 하지 않았다는 것은 단순한 일이 아닌 어떤 굉장히 심리적인 변화 때문이라고 생각됩니다…….

그렇다면 고장난 Hi-Fi는?

이제부터가 범인의 진면모가 들어난답니다.

저는 모든 걸 의심하는 데서 시작해야 했습니다. 203호의 방 3은 과연 밀실이었는가?

그러나 아무리 생각해 봐도 역시, 그래도 밀실은 분명히 있었습니다. 다만! 없었던 건 범인이었죠.

소리! 바로 소리였습니다. 감각의 대표는 시각이겠지만 밖에 폭풍우가 몰아치는 어두운 밤엔 오로지 청각만이 진실이고 외부로 난 단 하나의 통로가 되겠죠. 사람들은 오페라 앨범이 든 CD 플레이어에 가려 전혀 눈에 띄지 않았던 스피커에 대해서 어떻게 생각했을까요. 아마 대부분 그냥 지나쳤을 거란 생각이 듭니다. 왜냐하면 CD 플레이어 속의 CD도 오페라 앨범이었으므로 간단한 조작으로 녹음된 비명 소리를 틀었다는 데 심증을 둔다면 도대체 그 정체불명의 남자 비명의 음원(音源)이 어디에도 없기 때문이죠.

이 부분이 가장 큰 고민 거리였습니다. 하지만 열려진 창문과 폭풍우의 기상 상태, 높은 천장이라는, 어떤 조잡한 음질의 소리라도 그럴싸하게 포장할 절호의 환경이 만들어 져 있었죠. 그러다가 제 눈에 주인 남자가 시종일관 쥐고 있었다는 핸드폰이 눈에 들어왔습니다. 주인 남자의 핸드폰도 아내의 것처럼 최신형.
'딩동딩동!'
벨소리와 함께 뉴스 기사에서 읽은 헤드카피가 떠오른 건 자연스러운 일이었죠. '무선 기술의 혁명, 블루투스!', '블루투스 2.0 탑재 핸드폰 모델 XXXX', '블루투스 스피커 출시!'
블루투스! 상상이라도 했습니까?
이 메커니즘은 아주 간단하게 설명할 수 있습니다.

주인 남자의 전화로 아내에게 전화를 건다.(서재 밖) ⇨ 아내의 핸드폰이 막 울리려고 한다.(서재 안) ⇨ 이때 보통의 벨 소리가 아닌 영화의 한 장면에서 녹음한 남자의 비명 소리, 외침이 벨소리로 울린다. ⇨ 그리고 그 벨소리는 방 안에 놓인 블루투스 스피커를 통해 증폭되어 울린다.(서재 안) ⇨ 주인 남자, 발라스코, 골즈먼은 그 소리를 듣는다.(서재 밖)

이를 위해선 몇 가지 복잡한 장치와 확인이 필요합니다.
1. 아내의 핸드폰(최신형)에 영화에서 편집한 남자의 목소리를 저장시켜 벨소리로 설정한다.
2. 아내의 핸드폰과 블루투스 스피커를 페어링 시켜놓는다. 스피커의 출력을 실험을 통해 확인하고 볼륨도 미리 맞춰 놓는다(발라스코 형사가 모르고 CD를 틀었을 때 거의 최고 출력으로 되어 있었다. 그 정도가 되어야 서재 문 너머까지 들릴 수 있었다.).
3. 이 둘을 아내의 서재에 놓는다. 다만 핸드폰은 방해물이 없는 스피커와 직선거리에 놓되 자신만이 쉽게 집어들 수 있는 곳

에 놔둔다.

4. 경찰이 오고 대치한 상황에서 적절한 타이밍에 몰래 통화버튼 하나만 누르면 된다.

5. 문이 열리고 형사들이 시체에만 신경이 쏠려 있을 때 전화기를 집어 들어 아내의 전화 기록에서 방금 전 자기가 건 목록을 지운다.

6. 블루투스 스피커는 무선뿐만 아니라 유선 연결도 지원하는 모델이 있다. 그래서 CD 플레이어와 연결되어 마치 CD 소리만 내는 것처럼 위장된 것이다. 고장난 Hi-Fi는 이것을 위해 오래 전부터 계획된 것.

가장 어려웠던 문제가 풀렸지만 이 다음에 남는 의문은 '검은 캡을 쓴 남자'입니다. 꽤 골치 아픈 문제인데 전 이 문제를 교묘한 암시나 성급한 일반화에 의해 풀어 볼 수 있다고 생각했습니다.

밀실이 구성된 것은 바로 두 명의 경찰이 도착하고 나서부터이며 그 이전의 상태에서 범행은 이루어졌습니다. 그리고 바보같이 이 두 명의 경찰은 범인의 범행을 도와준 결정적 증인들이 되어버립니다. 사실 아주 간단한 일이죠. 가장 유력한 용의자가 피해자로 위장하는 것은. 그러기 위해 범인은 가상의 살인범인 검은 캡을 쓴 남자를 등장시켰습니다. 그는 진짜 범인의 부족한 알리바이와 거짓말을 채워줬죠. 검은 캡을 쓴 남자는 경비원에게도 확인되기도 했고, 모두에게 진짜 있는 사람처럼 여겨졌습니다. 물론 그는 진짜 있답니다. 하지만 감각된 그가 밀실 속의 살인범은 아니랍니다. 경비원이 올라오면서 부딪힌 검은 캡을 쓴 남자는 광고 전단을 붙이는 사람이었을 것입니다. 주인 남자는 매주 빌라로 들어오는 현관문(출입 카드 시스템)을 일요일 그 시간대에 열어놓고 광고 전단지를 붙이고 다니는 사람을 그 시간에 오가도록 만들었다고 생각됩니다. 요즘 같은 시대에 모두들 광고 전단지 하나라도 더 붙이려고 기를 쓰고 있었겠죠. 그날 광고 전단을 붙이러 왔던 그 불쌍한 사람은 검은 모자를 푹 눌러쓰고 있었을 겁니다. 그러다가 올라오는 경비원을 보자 놀라서 그냥 줄행랑을 친 것입니다. 벌금 때문이죠. 이로써 검은 캡을 쓴 살인범이 가공되어지는 것이죠.

끝으로 아주 시시한 문제처럼 되어버린, 「팔리아치」에서 비극적 죽음을 맞이한 불륜녀 네다, 주인 여자는 어떻게 방문이 잠긴 밀실 속에서 발견될 수 있었을까요. 안타깝게도 이 부분까지 설명하기에는 너무 늦은 시간이 되었네요. 내일 아침에도 그 지칠 줄 모르는 개구쟁이들을 상대하려면 전 지금부터는 자야 된답니다.

그럼 이젠 흔한 아이디어가 되어버린 밀실 속에 열쇠 놓기 트릭은 여러분이 한 번 풀어보시죠!

2등. 상상력이 부족한 탐정에게 보내는 조소.

난 탐정 따위가 늘어놓는 궤변을 제일 싫어한다. 그래서 난 클래식한 추리물보다는 딘 쿤츠나, 스티븐 킹 같은 현대 미스터리 작가들을 즐겨 읽는다. 이번 《괴인》 봄호에서 나온 문제는 사실 그렇게 철학적으로 접근하거나 또 발라스코나 골즈먼 같은 형사들이 하듯, 증거 제일 주의적으로 할 필요가 없는 것이다. 좀 더 상징적이랄까 그런 증거와 촌철살인적인 그런 재치를 발휘해야 한다.

그래서 나는 《괴인》 편집부에서 만들어낸 문제 속에서 그토록 유명하다는 탐정의 추리 과정이 생략된 이유에 대해서 한 번 생각해 봤다. 독자들로부터 과정을 추리하게 한다……. 모두가 이렇게 생각할 문제를 난 좀 다른 방법으로 생각하기로 했다. 《괴인》 편집부의 의도는 어쩌면 애써서 '탐정의 추리 방법을 따르지 않아도 된다.'가 아니었을까. 그럼 무슨 방법이 있냐고? 나에게 이런 질문을 하는 당신들은 적어도 그 유명한 영화 한 편 보지 않았거나 책을 읽을 때 꼼꼼히 읽지 않는 사람일 것이다. 눈에 빤히 보이는 사실을 왜 외면하는가?

벽에 걸려 있던 「ONE MILLION YEARS B.C」! 이 영화 포스터를 발라스코가 넋 놓고 쳐다본 이유? 그건 바로 라켈 웰치 때문이다. 다시 우리말로 하면 「공룡 100만 년」, 이 영화에 출연한 라켈 웰치! 그녀는 정말 섹시한 건강미가 넘치는 당대의 스타였다. 라켈 웰치. 라켈 웰치!

……맞다. 「쇼생크 탈출」. 주인 남자의 서재, 고급 빌라답게 두꺼운 벽과 강력한 철문에 둘러싸인 난공불락의 밀실. 그러나 해답은 아주 엉뚱한 곳에 있었다. 제시된 평면도에도 나오듯이 범인은 사건 당시 옆방 방4로 빠져 나가 밖에서 서재의 창쪽을 지키고 있던 경비원의 시야가 미치지 않는 1층 화단으로 뛰어내려 유유히 도망쳤을 것이다. 방4의 서쪽 창문은 아직 방범창이 설치되어 있지 않다. 따라서 그곳은 출구이자 입구였다.

결론적으로 내가 생각하는 범인은 바로 그 검은 캡을 쓴 남자다. 이 자는 아주 교활한 자로서 이 부자들이 모여 있는 고급 빌라 촌을 언젠가는 털 생각으로 광고 전단지를 붙이러 다녔다. 그러다가 이 집을 찍은 것이고. 집주인이 경비원을 부를 만큼 어설픈 연기를 했던 건 사람들의 시선을 현관 쪽으로 끌어서 나무들이 심어져 있는 1층 화단으로 해서 쉽게 방4로 침투하기 위해서였다. 그 방에 숨어 있다가 우연히 옆방인 방3으로 통하는 통로를 알게 된 그 남자는 그 방을 나오다가 우발적으로 주인 아내를 살해하게 되고 남편이 나오자 아주 자연스럽게 그 방에 숨었던 것이다. 남자가 죽은 주인 아내를 놔두고 도망가지 않은 이유는 역시 금고 속의 돈 때문이었다. 그 급박한 상황에서 갈등하다가 결국은 지원팀이 거의 올 때가 다 돼서 줄행랑을 친 것이다.

그리고 다시 형사들이 탐정의 말을 듣고 들이닥쳤을 때, 이미 검은 캡을 쓴 그 사람은 주인 남자를 해치우고 금고 속의 것들을 몽땅 털어 어디론가 가 버렸다. 마치 「쇼생크 탈출」의 주인공들이 그러했듯이. 어떻게 금고를 열었냐고?

그럼 다들 8자리 숫자 조합을 가진 금고 위에 놓인 라켈 웰치의 사진을 어떻게 생각하는 건가? 금고의 비밀번호는 1, 9, 4, 0, 0, 9, 0, 5 외에 다른 게 없지 않나.

암살

김유철

1971년 출생. 2002년 장편소설 『오시리스의 반지』로 제1회 한국 인터넷 문학상 대상을 수상하였고, 2007년 중편소설 「국선 변호사 - 그해 여름1」으로 한국 추리 작가 협회에서 주관하는 제1회 황금펜 상을 수상하였다. 그 외에 단편 「로리타1」, 「그리고 그곳에서」, 「9일 동안」 등이 있다. 현재 부산에 거주하며 여러 편의 장편과 중편소설을 집필하고 있다.

일러두기

본 작품은 제주 4.3 사건이라는 역사적 사실을 배경으로 하고 있으나 등장인물과 상황은 허구임을 밝힙니다.

수화기 속 목소리는 일본 외국어학교 출신의 정 중위였다. 그는 제주에 근무하는 한국인 요원으로 비교적 자유롭게 영어를 사용할 줄 알았다. 정 중위는 박 사령관이 자신의 사무실에서 총격을 받았다고 보고했다. 앙리는 숙소 앞에서 만나자는 약속을 하고 침대에서 일어났다. 군복을 입고 38구경 리볼버를 허리에 찼다. 박은 한 달 반 전에 부임한 제주 경비대 사령관이었다. 대령 진급을 축하하며 원정로 부근에 있는 '옥성정'에서 새벽 1시까지 술을 마시던 사람이 4시간도 지나기 전에 암살을 당한 것이다. 앙리의 입에서 "갓 뎀!"이라는 욕설이 터져 나왔다. 박은 군정장관인 딘 소장이 직접 대령 계급장을 달아줄 만큼 아끼는 사람이었다.

앙리는 미간을 찡그리며 CIC(Counter Intelligence Corps, 미군 방첩대)의 파인더 대위에게 전화를 걸었다. 긴 신호음 뒤에 낮선 여자의 목소리가 흘러나왔다. 영어를 할 줄 몰라 더듬거리는 여자에게 앙리는 "파인더 대위!"라고 한국어로 말했다. 수화기 저편에서 둔탁한 소음이 이어졌다. 여자가 한국어로 소리치고 있었다. 감이 멀었지만 분명 파인더 대위의 짜증 섞인 목소리가 울렸다. 뒤이어 발자국 소리…….

"뭐야!"

그의 목소리는 거칠었다. 위스키의 여운이 남아 있는 것 같았다.

"파인더, 정신 차려."

"누구? 앙린가?"

한풀 꺾인 목소리로 파인더 대위가 말했다.

"재미 보는데 미안하군."

"무슨 일이야. 몇 신 줄이나 알아?"

"제너럴 박이 암살당했네."

"왓?"

파인더 대위는 애리조나 주 출신으로 여섯 형제 중 막내로 태어나 기질적으로 제멋대로인 경우가 많았다. 하지 중장이 이끄는 24군단 사령부로 발령을 받으면서 친분을 쌓았다. 앙리와 달리 그는 술과 여자와 포커를 즐겼다. 그즈음 그는 동양 여자에 빠져 있었다. 태평양 전쟁이 끝나자마자 연장 근무를 신청하고 한국으로 들어온 것도 따지고 보면 그런 영향 때문이었다. 파인더 대위는 제주를 훌라댄스를 추는 미녀들로 가득한 하와이나 서 사모아 정도의 휴양지로 생각했던 것이다.

"어디에서?"

"연대본부 숙소에서…… 재미 보는 건 뒤로 미루는 게 좋겠군."

"그 밖에 어떤 정보를 가지고 있지?"

조금 전과는 달리 진지한 목소리로 파인더 대위가 물었다.

"낫싱, 이제부터 알아봐야지."

"딘 소장이 날아올 걸."

"몇 불 내기 할까."

"10불 어때?"

"좋아. 연대본부에서 보자."

전화를 끊고 나서 앙리는 장교용 사이드 캡을 집어 들었다. 창밖에서 클랙슨이 울렸다. 지프를 몰고 온 정 중위가 현관 앞에 차를 정차시켰다. 앙리는 빠른 걸음으로 좁고 어두운 계단을 내려갔다.

6월의 제주는 샌프란시스코의 4월과 비슷한 기후였다. 프랑스계 미국인인 앙리가 군인이 되겠다고 결심한 것은 1941년 봄이었다. 프랑스에서 레지스탕스 활동을 하던 앙리의 삼촌이 독일군에게 잡혀 처형당했다는 소식을 듣고 난 뒤였다. 앙리의 아버지는 (샌프란시스코의 유니언 스퀘어에서 골동품 가게를 하고 있었다.) 하나뿐인 동생의 죽음을 가슴 아파했다. 앙리의 삼촌은 프랑스어 교사였고 아마추어 축구 선수였다. 유니폼을 입은 그의 모습은 아버지의 책상 위에서도 벽난로 위에서도 쉽게 찾을 수 있었다. 하지만, 정작 메릴랜드 애나 폴리스에 있는 사관학교를 졸업했을 때 히틀러는 베를린의 지하 벙커에서 자살한 뒤였다. 프랑스는 독립했고 삼촌은 아버지의 고향인 르앙에서 영웅이 되어 있었다.

제주 농업학교는 해방되기 전 7만의 일본군을 거느린 58군 사령부가 있던 자리였다. 박 연대장이 부임하면서 모슬포에 있던 11연대본부를 이곳 제주 농업학교로 옮겨왔다. 연병장에는 단독 군장을 한 경비대원들이 집합해 있었다. 연단 뒤에는 태극기와 성조기가 힘없이 늘어져 있었다. 정 중위는 군정 중대 본부가 있는 아치 모양의 콘센트 건물 앞에 차를 세웠다. 본관은 농업학교에서 유일한 석조 건물이었다. 소나무 숲이 우거진 연병장 아래 철조망에 둘러싸인 공터에는 10여 개의 막사가 들어차 있었다. 정 중위 말로는 반정부 게릴라와 그에 동조하는 원주민들을 수용하는 곳이라고 했다. 막사에서 풍겨 나오는 악취 때문에 앙리는 미간을 찡그리며 본관 건물로 걸어갔다.

본관 건물 2층에 박 대령의 숙소 겸 사무실이 있었다. 앙리와 정 중위는 어둡고 좁은 복도로 들어섰다. 사무실 입구에는 M-1소총으로 무장한 두 명의 헌병이 긴장된 얼굴로 서 있었다. 그들의 경례를 받으며 정 중위가 먼저 사무실 안으로 걸음을 옮겼다.

박 대령은 간이침대에 비스듬히 누워 있었다. 군용 모포는 침대 아래에 깔려 있었고 군화와 군복을 입은 채였다. '옥성정'에서 인사불성이 될 때까지 그는 폭음을 했었다. 박 대령의 얼굴 가까이 다가가자 비릿한 피 냄새와 함께 알코올 냄새가 코끝을 자극했다. 왼쪽 눈 주위는 탄두가 뚫고 나가면서 파헤쳐진 살점과 안구의 잔해가 안으로 빨려 들어가면서 생긴 상흔이 뚜렷했다. 열상과 탄소의 흔적이 있는 것으로 봐서 살인범은 술에 취해 잠든 박 대령의 왼쪽 눈 가까이 총구를 들이대고 방아쇠를 당겼을 것이다. 총구가 10도 정도 위로 향했는지 탄두는 그의 뒤통수를 뚫고 나왔다. 박 대령의 머리에서 흘러내린 피가 국방색 베개를 붉게 물들였다. 앙리는 한쪽 무릎을 꿇고 앉아 침대 아래를 자세히 살폈다. 베개에서 떨어진 핏방울이 바닥을 적시고 있었다. 박 대령의 머리에서 나온 탄두는 조각난 뇌의 일부와 함께 벽을 때리면서 흔적을 남겼다.

"처음 박 대령을 발견한 사람이 누굽니까?"

앙리가 몸을 일으키며 정 중위에게 물었다. 정 중위는 책상 옆에 서 있는 헌병 수사대 장교에게 한국어로 물었다.

"연대장 호신병입니다."

"호신병요?"

"네. 사건 발생 직후에 호신병은 헌병대 사무실로 연행됐습니다."

"술을 마신 겁니까?"

"네. 옥성정에서부터 청주에 취해 있었던 모양입니다."

앙리는 고개를 끄덕이며 탄두와 탄피에 대해서도 물어보았다.

"탄두와 탄피 역시 헌병 수사대에서 보관중이라는데요."

"M-1입니까?"

정 중위는 고개를 끄덕이면서 말했다.

"헌병 수사대에선 내부 소행으로 보고 있답니다."

"옆 사무실엔 누가 있었습니까?"

정 중위가 헌병 수사대 장교와 다시 이야길 나눈 뒤에 말했다.

"통위부 파견 장교들이랍니다. 백성길, 서기철 소령입니다."

앙리는 '옥성정'에서 술을 마시며 이야기를 나눴던 백 소령을 기억해 냈다. 그는 정 중위만큼 유창하진 않지만 영어를 할 줄 알

앉다. 살해된 박 대령의 2년 후배라고 했고 제주 관할 책임자인 브라운 대령과 개인적인 친분이 있다는 사실을 은근히 늘어놓았다. 앙리가 이해할 수 없는 것들 중 하나가 바로 한국 경비대 장교들의 노골적인 친미 성향이었다. 그들은 군정의 누구누구와 친분이 있다는 사실을 자랑스러워했고(앙리가 생각하기에 그것은 일반적인 한국인들의 정서와는 다른 것이었다.) 영어를 사용하는 것에 대해 대단한 자부심을 가지고 있었다.

앙리는 사무실과 사무실 사이를 막은 칸막이 앞으로 걸어갔다. 주먹으로 두들기자 벽은 쉽게 흔들거렸다. 두께가 1센티미터도 되지 않은 합판으로 만든 임시 칸막이였다.

"역시…… 총소리 듣지 못했습니까?"

정 중위는 말없이 고개를 끄덕였다.

"모두들 취해 있었습니다."

"그럼, 이 넓은 경비대 사령부에서 총소리 들은 사람이 아무도 없단 소리군요!"

앙리는 이해할 수 없다는 표정으로 머리를 좌우로 흔들어댔다.

헌병대는 원정로에 있었다. 제주읍의 북쪽에 위치한 원정로와 칠성로는 행정기관뿐 아니라 경찰청, 정보과, 헌병대가 밀집해 있는 거리였다. 헌병대 건물 입구에는 캘리버 자동소총을 잡은 경비병이 앉아 있었다. 미리 연락을 받았는지 헌병대 책임자인 김 소령이 직접 나와 앙리를 맞았다. 그는 한국인답지 않게 이목구비가 뚜렷하고 키가 컸다. 소령은 영어로 인사말을 건네고 나서 직접 앙리와 정 중위를 사무실로 안내했다.

앙리는 헌병대 사무실에 들어서자마자 탄두와 탄피에 대해 물었다. 정 중위의 이야기를 듣던 소령이 MP 완장을 찬 헌병을 불렀다. 그는 사무실 캐비닛 안에서 앞부분이 찌그러진 탄두와 탄피를 가지고 나왔다. 앙리는 탄두를 집어 얼굴 가까이 가져갔다. M-1 라이플의 탄환이었다. 정 중위가 소령과 한국어로 이야기를 나누는 동안 앙리는 탄두의 겉면에 생긴 자국을 자세히 관찰했다. 탄환이 총신을 빠져나갈 때 남는 자국은 사람의 지문처럼 고유한 꼬리표를 남긴다. 강선과의 마찰로 긁히는 흔적이, 같은 M-1이라도 다르게 나타나기 때문이다.

"지금 헌병대에서 총기 검사를 하고 있답니다."

정 중위가 앙리의 행동을 살피며 부연 설명을 하듯 말했다. 앙리는 농업학교 연병장에 집결해 있던 경비대의 모습을 떠올리며 탄두를 MP에게 다시 건넸다.

"박 대령 호신병은 어디 있습니까?"

"조사 중입니다."

"지금 만나보고 싶은데요."

정 중위가 난처한 표정으로 앙리를 바라보았다.

"아직 헌병대 조사가 끝나지 않았습니다. 날이 밝은 다음에 만나보는 게 좋을 것 같습니다."

"아니, 지금 만나야겠습니다. 내 말을 소령에게 그대로 전하시오."

앙리는 고개를 가로저으며 단호하게 말했다. 정 중위는 잠시 망설이는 기색을 보이더니 소령에게 다가갔다. 정 중위의 이야기를 듣는 소령의 미간에 주름이 일기 시작했다. 그는 날카로운 눈빛으로 앙리를 노려보았다. 작고 옆으로 찢어진 동양인들의 눈과 시선을 마주치는 일은 전혀 유쾌하지 않았다. 앙리가 정 중위에게 말했다.

"정 중위, 다시 한 번 이야기하시오. 난 지금 박 대령 호신병을 만나고 싶소."

소령이 한국어로 정 중위에게 소리를 질러댔다. 그의 발갛게 상기된 얼굴이 좌우로 흔들렸다. 서류철로 책상 모서리를 치면서 불만을 나타냈다. 옆에 서 있던 MP가 소령의 눈치를 보느라 안절부절못하고 있었다. 소령은 불만 가득한 시선으로 앙리에게 눈인사를 건네며 사무실을 나가버렸다. 정 중위는 헛기침을 하면서 앙리에게 말했다.

"취조실은 복도 끝 지하에 있답니다."

정 중위도 평소와 달리 말끝이 갈라졌다. 앙리는 그의 심기가 불편해진 이유를 물어보고 싶었다. 어쩌면, 앙리의 고압적인 자세가 헌병대 소령과 정 중위의 자존심을 건드렸는지도 모른다. 한국인은 일본인들과 달리 민족적 자존심이 누구보다 강하니까. 앙리가 고개를 끄덕이자 정 중위는 사무실 문으로 걸어갔다.

취조실은 앙리가 생각했던 것보다 넓고 천장이 높았다. 백열등 두 개가 나란히 매달려 있었지만 음침했다. 회색 콘크리트 벽면에는 1미터는 됨직한 각목이 여러 개 세워져 있었고 붉은 얼룩이 묻은 벽에는 곰팡이가 피어 있었다. 피와 오물 냄새, 음식물이 썩어 들어가는 듯한 역겨운 냄새 때문에 앙리는 숨쉬기가 힘들었다. 그는 정 중위를 따라 취조실 중앙으로 걸어갔다. 호신병으로 생각되는 남자가 앉아 있는 원목 책상 위에는 EE-8 전화기가 놓여 있었다. 앙리는 전화기와 연결된 전선의 피복이 벗겨져 있는 걸 발견했다. 뒤이어 그는 호신병의 부어오른 얼굴과 군복 상의에 묻은 핏자국으로 눈길을 돌렸다.

책상 옆에 서 있던 남자가 경계하는 눈으로 정 중위와 앙리를 번갈아 바라보았다. 벽 쪽에 서 있는 남자는 손가락 굵기의 노끈을 움켜쥐고 있었다. 정 중위가 머리가 반쯤 벗어진 남자와 이야기를 나누었다. 남자의 얼굴은 땀으로 번들거렸다. 러닝셔츠는 누렇게 변색돼 있었다.

"두 사람은 어떻게 할까요?"

남자와 이야기를 주고받던 정 중위가 뒤돌아보며 앙리에게 물었다.

"호신병과 단 둘이 이야길 하고 싶소."

앙리가 말했다. 정 중위가 고개를 끄덕이며 남자와 다시 이야기를 나누었다. 벽 쪽에 서 있던 남자가 머리가 벗어진 남자에게 윗옷을 건네주었다. 두 사람은 거만한 걸음걸이로 취조실을 나갔다. 그들 역시 앙리를 불만 섞인 표정으로 노려보았다.

호신병은 생각보다 나이가 어려 보였다. 한국 나이로 20세 정도로밖에 보이지 않았다. 검게 그을린 피부에 왼쪽 눈에는 쌍꺼풀이 있었다. 짧게 깎은 머리는 샤워를 한 것처럼 땀에 젖어 있었다. 앙리는 손수건으로 얼굴을 훔치며 호신병의 맞은편 의자에 앉았다. 취조실 안은 한증막처럼 후끈거렸다. 정 중위가 멀찍이 떨어져 있는 의자를 가지고 앙리 옆으로 다가왔다.

"연대장이 암살당한 건 언제 알았나?"

앙리의 질문을 정 중위가 통역했다. 호신병은 고문의 후유증 때문인지 말을 제대로 하지 못했다. 손가락 끝은 전기 고문 때문인지 벌겋게 부어 있었고 입술 사이로는 부러진 이가 보였다.

"새벽 4시쯤입니다."

"그럼, 새벽 4시 이전엔 어디 있었나?"

호신병의 눈에 눈물이 글썽거렸다. 앙리는 그의 얼굴을 말없이 응시했다.

"그날 '옥성정'에서 술을 마시는 게 아니었습니다. 연대장님이 오늘은 괜찮다고 하시면서 청주를 자꾸 권하기에……"

"묻는 말에만 대답해!"

정 중위가 주먹으로 책상을 치면서 호신병에게 소리쳤다.

"연대장님을 침대에 눕히고 나서 전 책상 의자에 걸터앉아 있었습니다. 술기운 때문인지 몰려오는 졸음을 이겨내지 못하고……, 눈을 떠보니 연대장님은 이미……"

"책상에 엎드려 자고 있었단 말인가?"

정 중위의 질문에 호신병은 눈을 내리깔며 고개를 끄덕였다.

"바로 옆에서 M-1 라이플이 터졌는데도 아무 소릴 듣지 못했단 말이지. 전혀?"

흥분한 정 중위가 의자에서 일어났다. 앙리는 팔짱을 낀 채 호신병을 유심히 살폈다. 그의 부풀어 오른 콧등과 입술에서 핏물이 떨어졌다. 앙리는 허리에 차고 있던 38구경 리볼버를 꺼내들었다. 정 중위가 당황한 표정으로 앙리를 바라보았다. 총구가 호신병에게 향했다. 호신병의 얼굴이 하얗게 변했다. 그는 몸을 떨며 손등으로 머리를 감싸 안았다. 순간, "탕!" 하는 총성이 울렸다.

바닥으로 떨어지는 탄피의 쇳소리가 총성 뒤의 메아리처럼 울렸다. 매캐한 화약 냄새가 풍겼다. 취조실의 녹슨 철문이 열리면서 머리가 벗어진 남자가 뛰어 들어왔다. 의자에서 넘어진 호신병은 취조실 바닥에 몸을 웅크리고 누워 울부짖었다.
"이 소릴 듣지 못했다고?"
앙리가 안전핀을 올리면서 독백하듯이 말했다.

파인더 대위는 양손에 커피 잔을 들고 되돌아왔다. 그의 눈은 충혈되어 있었다. 하품을 하며 스테인리스 커피 잔을 앙리에게 내밀었다. 그는 앙리가 제주 농업학교에서 헌병대로, 헌병대에서 다시 CIC 사무실로 오는 동안 농업학교 연병장에서 경비대의 총기를 검사했다. 2시간에 걸쳐 탄창과 총기의 청소 상태를 확인했다. 의심 가는 경비대원들은 따로 실탄 사격을 시켜 정밀 조사를 했다. 그러나 사건을 풀어갈 만한 단서를 찾을 순 없었다. 앙리는 서류파일을 책상 위로 던지며 커피 잔을 입으로 가져갔다. 파인더 대위가 금발 머리를 긁적이며 앙리에게 물었다.
"어때? 호신병이란 녀석은."
앙리는 콧등을 훔치며 고개를 가로저었다.
"술에 취해 있었어. 라이플 터지는 소리도 듣지 못할 만큼."
"브라운 대령이 직접 만났는데……, 옆방에 자고 있었던 통위부 파견 장교들도 마찬가지였네."
파인더 대위는 입술을 굳게 다문 채 창가로 걸어갔다.
"사령부 근처에서 전투 경찰들의 사격 연습이 있었다곤 하지만 이해가 안 돼. 연대본부에 있는 인원만 인사, 정보, 작전, 군수의 참모들과 사병, 취사병을 합해 50명 가까이 된단 말이야. 그 중 누구도 총소릴 듣지 못했다고 진술하더군. 알고도 모른 척하는 건지 아님……."

"레드 아일랜드 얘기라면 그만하게."

앙리는 오른손을 흔들어 대며 말했다.

"유일하게 선거(1948년 5월 10일 미군정법령에 따라 제헌국회를 구성하기 위해 실시한 국회의원 선거. 이로서 남한에 단독 정부가 만들어지고 이승만 정권이 들어선다.)가 보이콧 된 곳이야. 거기다 산간 지방을 중심으로 게릴라들이 판을 치고 있어……. 경비대원들 중 일부가 트럭과 총기를 탈취해 게릴라들에게 동조했다는 사실을 자네도 알고 있지 않나."

"물론, 박 사령관이 게릴라들의 토벌에 앞장섰다는 사실도 알고 있지."

"덕분에 어젠 옥성정에서 신나게 위스키를 마셔댔지만 말이야."

파인더 대위는 능글맞은 표정으로 킥킥거렸다. 어젯밤 그는 '옥성정'에 근무하는 여종업원과 하룻밤을 즐겼다. 바람둥이 파인더는 배우 레이건을 닮은 미남이었다. 그의 천진한 미소가 동서양을 막론하고 먹혀든 것이다.

"M-1 라이플을 어디서 구했는지 아직 찾질 못했어. 산 측에서 흘러나온 것일 수도 있고 경비대원들 중 누군가의 총일 수도 있겠지."

"경비대 내에 코뮤니스트(공산주의자)들이 있단 소리야?"

"물론이지······. 어떻게 그들을 골라내느냐가 관건이긴 하지만."

파인더 대위는 책상 한쪽에 쌓여 있는 서류로 눈길을 돌렸다. 경비대 사령부에 근무하는 군인들의 파일이었다.

"방법이 아주 없는 것도 아니지."

앙리가 장난기 섞인 목소리로 대꾸했다.

"대안이라도 있나?"

"두들겨 패는 거야."

파인더 대위는 웃음을 터뜨리며 앙리에게 다가갔다.

"그건 한국 MP 수사관들에게 맡기면 돼. 녀석들 전문이니까······. 아, 그리고 자네에게 좀 서운한 이야길 덧붙여야겠군."

앙리가 파인더 대위를 넌지시 바라보았다.

"딘 소장이 날아온대. 점심 먹기 전에 말이야. 브라운 대령과 함께 제주 비행장으로 마중 나가기로 했네."

그리고, 앙리에게 손을 내밀었다. 앙리는 주머니에서 10불을 꺼내 파인더 대위의 손 위에 올려놓았다.

"딘 소장이 그 정도로 박 연대장을 좋아했었나?"

"제너럴 박은 훌륭한 군인이야. 한 달 만에 대령으로 진급한 걸 보면 모르겠나."

앙리는 파인더 대위의 말을 들으면서 옥성정에서 잠시 이야기를 나누었던 박 연대장을 떠올렸다. 그는 매우 호쾌한 사람처럼 보였다. 스물여덟이라는 젊은 나이였지만 여느 한국인답지 않게 사람을 대하는 매너가 좋았다. 앙리는 그와 미소 공동위원회라든가 트루먼 독트린 같은 모호한 미국의 정책에 대해서 이야기를 나누기도 했다.

"어때, 자네도 수청 들러 가야지?"
"그 전에 할 일이 있어. 거기다 브라운 대령관……, 별로잖아."
앙리는 모자를 집어 들며 파인더 대위에게 말했다.
"커피 고마웠네."

CID(Criminal Investigation Division, 미군 범죄수사대) 사무실로 돌아가기 전에 앙리는 먼저 한국인 정보원을 만났다. '고' 라는 성을 가진 정보원은 제주 출신으로 일어에 능통했다. 일본어를 할 수 있는 앙리는 통역 없이 그와 직접 대화를 나눌 수 있었다.
관덕정 근처 광장을 걸으며 앙리는 고에게 럭키 스트라이크를 내밀었다. 그는 말없이 담배를 입으로 가져갔다. 정 중위는 제주 경비대 사령부에서 경비대원들과 면담을 하고 있었다.
"알아봤습니까?"
앙리가 고에게 지포라이터를 건네주며 물었다. 고는 담배에 불을 붙이고 나서 고개를 끄덕였다.
"네. 산 쪽에선 어떠한 이야기도 들리지 않습니다. 그들은 수세에 몰려 있다고 생각하는 것 같습니다."
"도민들 반응은 어때요?"
"마찬가지로 조용합니다. 하지만…… 박 연대장이 강경 토벌을 주도했다고 믿는 사람들이 많습니다."
"그는 게릴라 소탕 작전에 전공이 큽니다."
"제주도민 모두가 게릴라는 아니니까요."
앙리는 잠시 고를 바라보았다. 큰 키에 아마추어 권투선수 출신이었다. 그의 형은 제주도립 제주의원에서 근무하는 외과 의사였고 앙리의 유일한 한국인 친구였다.

"제주 출신 경비대원들과 접촉할 수 있겠소?"

"어렵진 않습니다. 하지만, 입산 사건 이후 그들은 제주읍 외곽인 오등동에 격리되다시피 했어요. 이번 사건과 연관되어 있다고 생각하긴 힘듭니다."

"모슬포 대대라고 했죠. 거기 책임자와 접촉해 보세요."

"그밖엔요?"

"군정 법무관 조 프레이저가 자주 가는 술집이 있다고 들었습니다."

"남문통 쪽에 카사노바라는 유명한 바(bar)가 있습니다."

"그곳에서 조와 어울리는 사람들에 대한 정보가 필요합니다."

"내사(內査)입니까?"

"그가 밀수에 관여한다는 제보가 있어요."

고는 포마드가 칠해진, 번들거리는 머리를 끄덕이며 자리에서 일어났다.

"그럼, 내일 이 시간에 다시 연락드리겠습니다."

줄무늬 양복을 입은 고가 대로변으로 나서기 전에 앙리는 럭키 스트라이크 두 갑을 그의 양복 호주머니 속에 찔러 넣었다.

"형에게 안부 전해 주세요."

고는 미소 띤 얼굴로 고개를 끄덕이며 돌계단을 오르기 시작했다.

사무실로 돌아온 앙리는 박 연대장의 프로필을 천천히 살펴봤다. 일본 외국어 학교 출신인 그는 일본군의 고급 하사관으로 버마 전선에 참전한 경험이 있었다. 해방 후에는 경비대 총사령부 인사과장으로 근무를 했고 한 달 반 전 이곳 제주 경비대 사령관으로 발령을 받았다. 군인으로서는 엘리트 코스를 밟아 온 셈이었다. 서울에 아내와 세 살배기 아들이 살고 있었고 동기 중에 제일 먼저 대령 계급장을 달 만큼 군정 내에서 평판도 좋았다. 앙리는 의자 등받이에 몸을 기대고 앉아 다시 담배를 입에 물었다. 제주도에서 열린 고위 전략 회의를 주재하던 딘 소장에 의해 박 연대장은 새로운 제주 경비대 사령관으로 발탁되었다. 1948년 4월 3일을 기점으로 일어난 산측 게릴라들의 무장 봉기를 진압할 필요가 있었기 때문이다. 그는 제주도에 들어오자마자 딘 소장으로부터 직접 조기 진압에 관한 조언을 듣기도 했다. 앙리는 거기서 CIC 보고서를 참조했다. A-1 라벨이 붙은 정확한 정보였다.

박 사령관이 이끄는 11연대는 2주에 걸친 강경 진압 작전으로 원동, 한림, 조천, 고산, 중문, 화북 등지에서 99식 소총과 수류탄으로 무장한 유격대(산측 게릴라) 249명을 사살하고 1160명의 포로를 생포했다.

앙리는 담배 연기를 길게 뿜어대면서 고가 했던 말을 떠올렸다. '제주도민 모두가 게릴라는 아닙니다······.' 무슨 뜻으로 한 말일까? 그때 책상 위에 있는 전화기에서 벨이 울렸다. 앙리는 상체를 일으켜 수화기를 집어 들었다.
"정 중위입니다."
앙리는 CIC 보고서의 서류철을 접어 책상 서랍 안에 넣었다.

"경비대원들 인터뷰는 어떻게 됐습니까?"

"모두들 박 사령관의 암살 사건에 놀라는 눈치였습니다. 하지만, 그뿐이었습니다. 어떠한 정보도 얻을 수 없었습니다. 다만……"

잠시 호흡을 가다듬던 정 중위가 다시 말을 이었다.

"김 사령관을 따르는 이들이 많았습니다."

"김 사령관?"

"네. 박 대령 이전에 11연대를 맡았던 김태현 중령입니다."

앙리는 펜을 꺼내 '김태현 중령'이라고 메모를 했다.

"박 연대장과 함께 토벌 작전을 펼쳤던 장교들의 이야길 듣고 싶은데, 가능하겠소?"

"어렵진 않습니다. 제 동기 중에도 있으니까요."

"좋아요. 30분 뒤에 사령부에서 만나죠."

수화기를 내려놓고 앙리는 곧장 화장실로 들어갔다. 간단하게 세안을 하고 양치질을 했다. 한결 기분이 맑아지는 것 같았다. 그는 김태현 중령이라고 쓴 메모지를 찢어 호주머니 속에 넣고 시계를 바라보았다. 시침은 오전 10시를 가리키고 있었다.

정 중위와 같은 군번으로 시작한다는 장교는 그을린 피부에 키가 작은 사내였다. 2중대장이라는 그는 진압 작전 중에 박 연대장과 함께 세 차례에 걸쳐 작전을 나갔다. 장교는 박 대령을 군인 의식이 투철하고 똑똑한 사령관이었다고 말했다. 미사여구까지 섞어가며 박 사령관을 찬양하는 모습을 앙리는 신뢰할 수 없었다. 눈치 빠른 정 중위가 장교의 어깨를 가볍게 치며 고개를 끄덕이고 나서야 그의 이야기는 끝이 났다. 앙리는 장교에게 작전 중에 포로로 잡은 산측 게릴라들을 보고 싶다고 말했다.

제주 농업학교의 운동장은 두 군데로 나뉘어져 있는데 북쪽은 경비대 연병장으로, 남쪽은 포로수용소로 사용하고 있었다. 남쪽 운동장 중앙으로 10여 개의 막사가 모여 있었다. 주위는 철조망으로 둘러싸여 있었고 여전히 심한 악취가 풍겼다. 앙리는 철조망 가까이 다가가 막사 주변을 살폈다. 덥수룩한 머리에 반항적인 눈빛을 띤 청장년들 사이로 열두서너 살 정도로밖에 보이지 않는 어린 아이들과 아기를 업고 있는 여자, 그리고 백발에 주름투성이의 노인들이 섞여 있었다. 그 때문인지 막사의 전체적인 분위기는 포로수용소가 아닌 난민수용소 같았다. '웃기는 일이군.' 앙리는 정 중위에게 손짓을 했다. 정 중위가 장교와 함께 다가왔다.

"저기 있는 아이들도 포롭니까?"

앙리가 가리키는 곳을 살피던 장교가 입을 열었다.

"저 아이들이 빗개를 쓰는 겁니다."

"빗개요?"

앙리가 되묻자 옆에 있던 정 중위가 답변을 했다.

"피켓(picket)에서 유래된 말입니다. 저 아이들은 높은 나무나 산 정상에 숨어 있다가 토벌 나오는 경찰이나 경비대의 진로를 미리 게릴라들에게 알려 줍니다."

"그럼, 여자들과 늙은이들은요?"

"그들은 게릴라들에게 경비대의 동향과 함께 식량과 군수품을 제공합니다. 일종의 레포 역할을 하는 겁니다."

"저렇게 많은 아이들과 부녀자들이?"

앙리는 이해할 수 없다는 표정으로 웃음을 터뜨렸다. 정 중위와 장교는 영문을 모르겠다는 듯 짐짓 심각한 표정으로 앙리를 바라보았다.

C-47을 타고 제주 비행장에 도착한 딘 소장은 도립병원에 안치된 박 연대장의 시신을 확인한 후 곧바로 제주 경비대 사령부가 있는 농업학교로 향했다. 그는 박 연대장의 옆방에서 잠을 자고 있었던 통위부 파견 장교들과 면담을 하고 나서 동행한 총포 전문가들에게 조사를 의뢰했다. 덕분에 경비대원들은 새벽에 있었던 난리를 한 번 더 겪어야 했다.

그 사이 앙리는 박 연대장이 진압작전을 펼쳤던 화북에 들러 현지 주민들을 만났다. 공회당 앞에서 일본어로 몇몇 마을 젊은이들과 직접 대화를 시도했지만 그들은 난처한 표정만 지을 뿐 좀처럼 입을 열지 못했다. 한참을 설득한 뒤에야 그들이 게릴라뿐 아니라 경찰이나 경비대를 무서워 한다는 사실을 깨달은 앙리는 2주에 걸친 강경 진압 작전 중에 게릴라와 관계가 없는 민간인들까지 피해를 입었을 가능성에 대해서도 생각해야만 했다. 연대본부에 있는 포로수용소를 방문한 뒤여서 그 의구심은 더욱 커져갔다.

딘 소장은 군정 중대본부가 있는 콘센트 건물에서 브라운 대령으로부터 사건 브리핑을 받았다. 뒤늦게 들어온 앙리가 파인더 대위의 옆자리로 다가갔다. 따분한 표정으로 앉아 있던 앙리가 옆으로 몸을 비켜주었다. 딘 소장의 얼굴은 서울에서 봤을 때보다 건강해 보였다. 반면, 브리핑을 하고 있는 브라운 대령은 무슨 불만이라도 있는 사람처럼 미간에 주름이 가득했다.
"단서라도 잡았나?"
앙리는 고개를 좌우로 흔들며 파인더 대위에게 되물었다.
"자넨?"
"박 연대장의 충성심이 좀 지나쳤단 생각은 들더군."
파인더 대위는 어깨를 으쓱이며 작은 소리로 말했다.
"김태현 중령에 대해 아나?"
앙리가 귓속말로 파인더 대위에게 다시 물었다.
"전 제주 경비대 사령관? 물론, 그는 내셔널리즘이 강한 자야."
그때 브리핑을 마친 브라운 대령이 결론을 내리듯 딘 소장에게 말했다.
"박 연대장의 강경 진압 작전으로 산측 게릴라들은 괴멸 직전까지 갔습니다……. 게릴라와 경비대의 교전은 박 연대장 이전에는 발생하지 않았습니다. 그들은 주적(主敵)을 경찰로, 경비대를 우호적인 중립 대상으로 생각하고 있었던 것 같습니다. 그런 상황에서 박 연대장이 표적이 되었을 가능성이 높습니다."
브라운 대령은 박 대령 암살은 경비대 내부의 소행일 가능성이 많으며, 그들 뒤에는 산측 게릴라나 남로당과 연계된 개인이나 조직이 존재한다고 확신했다. 묵묵히 브라운 대령의 설명을 듣고 있던 딘 소장은 11연대 장병들을 상대로 여론조사를 해보는 게 어떻겠냐는 의견을 제시했다. 딘 소장은 농업학교로 향하는 차 안에서 브라운 대령으로부터 경비대 장병 대부분이 박 연대장 암살 사건의 조사에 비협조적이라는 사실을 보고 받은 적이 있었다. 딘 소장은 비밀 무기명으로 조사를 하되 경비대 군인들 중에 존경하는 자와 증오하는 자, 그리고, 그 이유를 묻는 내용으로 설문지를 돌려보는 게 좋겠다는 말을 덧붙였다. 그는 박 연대장의 암살을 군정에 대한 도전으로 받아들이고 있었다.

회의가 끝나자 딘 소장은 파인더 대위와 앙리에게도 수사 상황을 물었다. 파인더 대위가 간략하게 답변을 했다. 그는 빠른 시일 내에 암살범을 잡아들이라는 말을 네 번이나 강조하고 나서야 브라운 대령과 함께 제주읍으로 돌아갔다.

저녁 7시, 딘 소장 일행이 박 대령의 시신을 운구해 서울로 되돌아가던 시각에 앙리는 정 중위와 함께 남문통에 있는 '카사노바'에서 위스키를 마시고 있었다. 술이 약한 정 중위는 하이볼을, 앙리는 스트레이트 버번위스키를 마셨다. 주로 군정 사람들과 장교들이 드나드는 탓인지 바 안의 인테리어는 그들의 구미에 맞게 고급스럽게 꾸며져 있었다. 마담은 30세 가량의 서구적인 얼굴을 가진 미인이었다. 그녀는 앙리가 놀랄 만큼 완벽한 영어를 사용했다. 어디서 구했는지 카운트 베이시의 재즈 음악이 흘러나왔다.

"4월의 파리(April in Paris)군요."

앙리가 마담에게 물었다. 그녀는 "아, 지금 나오는 음악 말이군요. 군정 법무관 조가 구해준 거예요." 하고 미소를 지으며 대답했다. 앙리는 조 프레이저가 한국인 모리배와 경찰들과 함께 해안봉쇄령 이후 차압된 밀수품을 되파는 수법으로 뒷돈을 챙긴다는 사실을 알고 있었다. 앙리가 그를 주시하는 이유이기도 했다. 어쩌면, 앙리가 지금 마시고 있는 버번위스키도 그 쪽에서 흘러들어온 것인지도 몰랐다.
"조 프레이저 말인가요?"
앙리가 묻자 마담은 고개를 끄덕이며 되물었다.
"그를 아세요?"
"이름 정돈 알고 있죠."
"하긴, 여기선 유명한 사람이니까······. 처음 보는 얼굴인데, 최근에 발령받아 오셨나요?"
"노우! 제주에서 근무한 진 6개월 정도 됐습니다. 전 제주 CID 책임자로 있는 앙리 헌튼입니다. 이쪽은 같이 근무하는 정 중위."
정 중위가 그녀를 향해 고개를 끄덕였다. 그는 얼굴이 벌겋게 물들어 있었다. 앙리는 스트레이트 버번위스키를 한 잔 더 시켰다. 웨이터에게 손짓을 하던 마담이 다시 앙리를 바라보며 입을 열었다.
"CID라는 곳은 어떤 부서죠?"
"미군 범죄수사댑니다."
"아!"
그녀는 감탄하듯이 소리를 지르며 웨이터가 가져온 버번위스키를 앙리에게 건네주었다.
"이건 서비스예요. 앙리 헌튼 대위님."
그리고, 그녀는 정 중위의 잔을 내려다보면서 웨이터에게 하이볼을 추가로 주문했다.
"마담은 어디 출신이죠? 영어를 잘 하는군요."

"한국에 들어온 선교사 덕분이죠."

그때, 안쪽 테이블에 앉아 있던 사내들이 마담을 불렀다. 그녀는 앙리와 정 중위에게 눈인사를 건네고 나서 사내들이 앉아 있는 테이블로 걸어갔다. 벨벳 옷감의 짧은 치마 밑으로 그녀의 날씬한 다리가 드러났다.

"법무관 조가 그녀의 기둥서방이라는 소문이 있습니다."

정 중위가 낮은 목소리로 속삭였다. 앙리는 그녀의 뒷모습을 힐끔거리며 고개를 끄덕였다. 테이블에 앉아 있는 말쑥한 차림의 한국인 사내들은 모두 최근에 유행을 타기 시작한 마카오 신사라는 양복을 입고 있었다.

"곧 알 수 있을 겁니다. 분명한 건 조 프레이저에게서 연락이 올 거란 사실이죠."

앙리는 버번위스키를 단번에 들이킨 후 정 중위에게 말했다.

암살당한 박 대령 후임으로 일본군 준위 출신에 군사 영어학교를 나온 최 중령과 송 소령이 11연대장과 부연대장으로 각각 발령을 받아 제주에 내려왔다. 그들 두 사람 모두 박 대령과 마찬가지로 일본군 준위로 전쟁에 참전한 경험이 있었다. 딘 소장이 전투 경험이 있는 최 중령과 송 소령을 박 대령 후임으로 임명한 이유는 게릴라 토벌에 대한 그의 강한 의지를 보여주는 것이었다. 그러는 사이에도 박 대령 암살 사건에 대한 수사는 진척이 없었다. 한국 헌병 수사대, 경찰, CIC, CID의 요원들이 제주읍을 뒤지고 다녔지만 어떠한 단서도 찾아내지 못했다. 앙리의 책상에도 박 연대장 암살 사건과 관련된 서류들이 쌓여만 갔다.
 파인더 대위는 11연대 장병들의 여론조사를 놓고 의아해 했다. 먼저 암살당한 박 연대장의 부대 내 평판이 한마디로 '극과 극'이라는 사실에 주목했다. 군정당국의 평가 보고서와는 달리 경비대 내부에선 똑똑하고 애국심이 강하지만 전공(戰功)에 민감한 냉정한 사령관으로 통했다. 반면, 전 사령관이었던 김 중령에 대해 존경을 나타내는 장병들이 많았다. 파인더 대위는 여론조사의 결과를 서울에 있는 한국 CIC 본부와 군정 장관인 딘 소장에게 직접 보고 했고. 파인더 대위의 G-2보고서는 여수의 14연대 연대장으로 복직 중이던 김 중령을 서울로 소환시키는 결과를 낳았다.

 앙리 헌튼 대위는 정보원 고의 주선으로 모슬포 대대의 이 대위를 만났다. 제주읍 외곽에 주둔한 모슬포 대대는 제주 출신 경비대원들로 구성되어 있었다. 5월 20일경 제주 출신 경비대 40여 명이 게릴라측에 가담한 사건 이후 그들은 군 내부에서도 경계 대상이 되고 있었다.
 이틀 전 총포 전문가들이 다녀간 후로 모슬포 대대 장병들은 심리적 불안감에 휩싸여 있었다. 박 대령 암살 사건의 희생양이 되지 않을까 하는 조바심 때문이었다. 이 대위는 앙리에게 그러한 사실을 솔직히 털어놓았다. 그는 검붉은 피부에 아래턱이 발달되어 있어 전체적으로 강인한 인상을 풍겼다. 이 대위가 찻주전자에 일본 녹차를 넣는 동안 앙리는 창 너머로 연녹색 바다를 바라보고 있었다. 함석지붕을 얹은 대대 사무실 창문으로 누런 모래

톱과 검은 색깔의 현무암이 해안을 따라 퍼지는 흰 포말과 뚜렷한 대조를 보이고 있었다. 앙리는 바다 가운데 떠 있는 섬을 손으로 가리키며 일본어로 물었다.

"저 섬들이 가파도와 마라돕니까?"

녹차를 따르면서 이 대위가 고개를 끄덕였다.

"주변 경관이 아름답군요."

"하지만, 사람들은 다르죠. 특히 본토에서 건너온 외지인들은 말이오."

"거기엔 노린내 나는 코쟁이도 포함이 되겠죠?"

앙리가 말했다. 이 대위는 대꾸하지 않고 찻잔을 입으로 가져갔다. 바다에서 불어오는 해풍의 짠 내가 고스란히 느껴졌다.

"어떻게 여기까지 총포 연구가들이 다녀가야 했는지 이해할 수 없습니다. 우리 대대엔 아직 M-1 라이플이 지급되지 않았어요."

이 대위는 다분히 의심스러운 표정으로 물었다.

"아직 99식 소총을 사용하더군요."

"우린 여전히 소외당하고 있습니다. 아니 30만 제주도민 모두가 그렇죠."

앙리는 찻잔에 코를 가져가 냄새를 맡았다. 옅은 풀 비린내가 났다. 일본에 근무할 때부터 녹차를 마실 기회가 많았지만, 여전히 앙리는 녹차의 떫은맛이 입에 맞지 않았다.

"전 정치적인 상황을 이야기하려고 온 게 아닙니다. 박 대령의 암살범을 잡기 위해서죠."

"절 만나고 싶었던 이유가 그 때문이라면 잘못 짚은 겁니다. 전 박 연대장님의 암살에 대해 아는 게 없습니다."

앙리는 미소를 지으며 이 대위의 얼굴을 바라보았다.

"내가 알고 싶은 건 박 대령 암살 사건으로 인한 수혜자가 누구인가 하는 겁니다. 아시겠습니까? 적어도, 게릴라나 제주 도민들에겐 박 대령 암살 사건은 좋지 않은 사례를 남기게 될 거예요."

"그 정도 예측은 누구나 할 수 있습니다."

"새로 부임한 연대장은 그 어느 때보다 강경한 방법으로 토벌 준비를 계획 하고 있습니다. 본보기를 보이기 위해서라도 그렇게 할 생각이겠죠……. 하지만 더 큰 문젠, 소련이나 북한이 제주 사태를 자신들의 정치 선전에 이용한다는 겁니다."

앙리의 말에 이 대위는 입술을 굳게 다물었다.

"내가 이 대위와 만나야만 하는 이유 당신이 모슬포 대대의 책임자이기 때문입니다."

"무슨 뜻입니까?"

이 대위의 얼굴에 일던 의혹스런 눈빛이 한층 선명해졌다.

"제주는 지리적 특성상 혈연, 지연이 강하다고 들었습니다."

"제주 출신 경비대들은 모두 모슬포 대대에 배속되어 있습니다. 우린 박 대령 암살 사건과 관계가 없어요."

"그걸 증명해야 할 겁니다."

"모슬포 대대를 희생양으로 삼겠다는 소립니까!"

이 대위가 눈을 부라리며 소리쳤다. 사무실 입구에서 신문을 읽고 있던 정보원 고가 고개를 돌려 앙리와 이 대위를 번갈아 바라보았다.

"흥분하지 마시오. 이 대위. 난 불행한 사태가 일어나길 원치 않소. 난 다만, 박 대령의 암살범을 잡고 싶을 뿐입니다."

"이 따위 양키 새끼를 얼케 믿을 수 이시카?"

이 대위가 고에게 한국어로 말했다. 앙리는 이 대위의 억양이나 '양키'라는 단어로 봐서 정보원 고에게 좋지 않은 소리를 하고 있다고 느꼈다. 앙리가 고에게 물었다.

"이 대위가 방금 뭐라고 한 거요?"

고는 앙리의 시선을 피한 채 고개를 숙였다. 앙리가 이번엔 이 대위를 쏘아보았다.

"부대원들에게 정보를 흘려요. 그게 모슬포 대대를 살릴 수 있는 길이오."

"명령하지 마시오!"

앙리는 의자를 밀치며 일어났다.

"암살범이 잡히지 않으면 그걸 핑계로 숙군 작업이 이어질 겁니다. 그렇게 되면 모슬포 대대가 가장 많은 피해를 입게 될 거요, 이 대위. 그들은…… 바보가 아닌 이상 정보를 흘리는 쪽을 택할 겁니다. 몇 명의 암살범 때문에 그들의 군내 세포조직이 괴멸되는 걸 원하진 않을 테니까……. 조금 전에 말했다시피 난 박 대령 암살범만 잡으면 돼요. 그 다음은 당신과 당신의 잘난 한국인들 사이의 문제가 되겠지."

말을 마친 앙리는 장교용 사이드 캡을 비스듬히 쓰고 나서 밖으로 나왔다. 정보원 고가 그의 뒤를 따라 나오며 이 대위에게 눈인사를 건넸다. 바닷바람이 제법 강하게 휘몰아 쳤다. 모래 바람이 소용돌이를 치면서 지나갔다. 일부 부대원들의 시선이 지프로 걸어가는 앙리를 쫓고 있었다. 운전석에 올라탄 정보원 고가 시동을 걸으면서 앙리에게 물었다.

"그가 대위님 생각대로 할까요?"

"그가 하지 않더라도 누군간 하게 될 겁니다."

앙리는 모슬포 대대의 사무실 앞에 서 있는 이 대위를 바라보며 자신감 있게 말했다.

박 대령의 장례식이 서울에 있는 통위부 총사령부 연병장에서 부대장(部隊葬)으로 거행되는 동안 새로 11연대의 사령관이 된 최 중령은 부연대장인 송 소령과 함께 일명 '24시간 소탕 작전'을 전개했다. 산측 게릴라들에게 본보기를 보이기 위한 작전이었다. 하지만, 박 대령 암살 사건은 여전히 답보 상태에서 벗어나지 못하고 있었다. 사건의 진전 없이 시간만 지나감에 따라 박 대령 후임으로 11연대를 맡은 연대장은 셰퍼드 두 마리를 사무실 앞에 매어두고도 안심이 안 돼 장전된 피스톨을 손에 쥔 채 잠이 들만큼 경비대 내부에서의 불신감은 팽배해져 갔다. 장병들 또한 서로를 믿지 못했고 정치적인 발언이나 사상적인 논쟁을 의식적으로 회피했다. 침묵 속에서 그들은 붉은 물이 들지 않았다는 사실을 증명하기 위해 오로지 전공(戰功)에만 열중했다.

CIC의 파인더 대위는 박 대령이 암살당하던 시각을 전후로 농업학교 정문을 지키던 위병들과도 면담을 했다. 새벽 2시에서 4시 사이에 총소리를 듣거나 정문 출입을 한 장병이 없었다고 일괄되게 진술하는 위병들의 말을 믿을 수 없었던 파인더 대위는 박 대령 사무실에서 M-1 라이플을 쏘게 한 뒤에 위병소에서 직접 총성을 확인하기도 했다. 막무가내인 파인더 대위의 성격이 이번만큼은 그 역할을 하는 셈이었다. 결국 입대한 지 채 두 달이 못 된 어느 위병에게서 박 대령이 암살당하던 날 새벽, 위병소 안에서 술을 마셨다는 진술을 받아냈다. 하지만 그날 위병소 당직사관이었던 경비대 소속의 문수철 중위는 모든 책임이 자신에게 있다는 말로 심문하기 위해 찾아온 파인더 대위를 맞았다.

"그날 새벽 위병소 앞에 차를 세운 박 사령관님은 몹시 취해 있었습니다. 비틀거리는 걸음으로 위병소 앞까지 걸어와 당직사관인 절 부르더군요. 일일이 위병소 대원들을 격려한 뒤에 호신병에게 차에 있던 청주와 산적(散炙)을 가져오게 했습니다."

"박 대령이 술을 권했단 말이군."

CID의 정 중위가 통역하는 가운데 파인더 대위가 물었다. 문 중위는 영창에 갈 수도 있다는 파인더 대위의 협박조의 말에도 아무런 동요 없이 진술을 계속했다.

"새벽 2시 이후엔 초소 밖에 경비병을 세워두지 않았습니다……. 제 실수였죠. 모두 초소에 모여 청주잔을 돌렸으니까요. 옥성정에서 뒤늦게 본부로 돌아오는 장교들이 있었지만 그 밖엔 전혀 이상한 점을 발견하지 못했습니다. 거기다 며칠 전 제주에 들어온 철도 경찰 녀석들이 향교 근처에서 사격 연습을 한다는 사실을 알고 있었기 때문에 총소리에도 둔감했을 겁니다."

"혼자서 책임을 지겠단 소립니까?"

정 중위가 반문을 했을 때에도 그는 "네……. 경비병들은 모두 제 명령을 따랐을 뿐이니까요." 하고 자신의 과오를 순순히 인정했다. 하지만 파인더 대위는 문 중위의 진술을 들으면서 도돌이표를 떠올리고 있었다. 오히려 위병소 안에서 술을 마셨다는 사실이 총성을 듣지 못했다는 그들의 가장 확실한 알리바이가 되어버린 것이다.

오후에는 '24시간 소탕 작전'으로 붙잡힌 게릴라들 중에 박 대령 암살 사건과 관련해 정보를 말하는 이가 있었다. 파인더 대위가 헌병대 지하 취조실에서 직접 게릴라를 만나 확인한 결과 고문으로 인한 허위자백임이 드러났다. 박 대령 암살 사건은 이렇듯 한동안 갈피를 잡지 못하고 있었다.

그로부터 이틀 뒤, 부산에서 날아온 한 통의 전보가 박 대령 암살 사건의 실마리를 풀 수 있는 소중한 단서가 되었다. 파인더 대위가 옛 식산 은행 사택이었던 CIC 사무실 책상에 걸터앉아 11연대 장병들의 파일을 두서없이 살피고 있을 때 부산 CIC에서 한 통의 전보가 날아왔다. 부산에 주둔 중인 5연대 장병 중 일부가 8.15 대한민국 정부수립의 부당성을 폭로하는 삐라 살포에 가담했다는 내용이었다. 파인더 대위의 눈길을 끈 것은 그 장병들 중에 제주 11연대로 파견나간 이상수 하사가 삐라 제작에 참여했다는 대목이었다. 파인더 대위는 전보의 내용을 확인하자마자 곧장 한국 헌병 수사대에 전화를 걸었다.

앙리는 정보원 고와 함께 부두로 향하고 있었다. 주정 공장의 굴뚝이 보이는 부둣가 주변으로 짙은 안개가 드리웠다. 고의 뒤를 따라 앙리는 정박해 있는 어선들 중 한 척에 몸을 실었다. 겉보기엔 평범해 보이는 연근해 잡이 어선이었다.

선장은 40대 후반의 건장한 사내였다. 바닷사람답게 손등은 두꺼운 거죽을 뒤집어 쓴 것처럼 거칠고 투박했다. 감주에 취한 듯 해풍에 그을린 선장의 시커먼 얼굴엔 홍조가 일었다. 앙리는 그의 팔뚝에 그려진 문신을 바라보았다. 한자어와 일본어가 뒤섞인 '호(虎, 토라)'였다. 선장은 앞장서 들어오는 고에게 인사말을 건넸다.

"정말, 미군을 달고 와수꽈."

정보원 고는 뒤따라 들어오는 앙리를 선장에게 소개했다.

"미 CID 책임자인 앙리 헌튼 대웝니다."

선장은 앙리를 매서운 눈길로 훑어보며 고에게 물었다.

"무사 일본말 햄서?"

"제가 일본어를 알아듣기 때문이죠."

앙리가 대신 답변했다. 선장은 일본어에 능숙한 앙리를 신기한 듯 바라보았다.

정보원 고는 선장을 제주 바닷사람들 중에 가장 노련하고 물길을 잘 아는 사람이라고 말했다. 일본과의 교역이 불법으로 간주되기 전까진, 그는 꽤 많은 돈을 만지기도 했다. 일본에서 들여온 생활필수품들을 목포에 되팔면 많은 이윤을 남길 수 있었기 때문이다. 경제기반이 약한 제주 도민의 3할 이상이 일본과 본토의 중계무역으로 생활하고 있었다. 하지만, 미군정이 들어오면서 일본에서 들어오는 모든 생필품들이 밀수품으로 전락했다. 5.10 남한 단독 선거가 보이콧된 이후로는 해안 봉쇄령까지 내려지면서 미 구축함 크레이그호가 24시간 제주 해안을 감시하고 있었다. 오사카의 공장 지대에서 힘들게 번 돈을 제주에 있는 고향집으로 송금하는 금액조차 제한되었다. 정보원 고는 제주 사람들이 미군정에 호의적이지 못한 이유 중의 하나라고 말했다. 선장은 병에 든 감주를 입으로 가져갔다.
"이 배로 일본까진 얼마나 걸립니까?"
앙리가 시레이션 상자를 선장에게 건네며 물었다. 선장은 게슴츠레 뜬 눈으로 시레이션 상자를 받았다.
"반나절이면 시모노세키에 도착할 수 있소."
앙리는 믿기지 않는다는 표정으로 말했다.
"여기서 일본이 그렇게 가깝습니까?"
"빠르기 때문이지. 이 배의 엔진이 뭔지 압니까? 바로 당신들이 타고 다니는 지프차 엔진이요."
선장이 웃음을 터뜨렸다. 앙리는 럭키 스트라이크 한 개비를 입으로 가져갔다. 선장이 담배를 달라고 손을 내밀었다. 불을 붙이고 나서 앙리는 선장에게 질문을 던졌다. 정보원 고는 조용히 배 주변을 살폈다.
"밀수라는 게 혼자서 감당할 수 있는 일은 아니죠."
앙리의 말뜻을 이해한 선장이 다시 큰 소리로 껄껄 거렸다.
"오늘 같은 날엔 바다에 나가기 조오치. 귀찮게 하는 놈들이 없으니 말이오."
선장은 고에게 소리쳤다.
"이 친구도 독고다이라는 말을 이해허까?"
정보원 고가 배안으로 머리를 들이밀며 말했다.

"정보 좀 주지 마심. 여기서 제일 크게 건지는 놈으로……."
"우리도 법이랜헌게 있주."
"룰을 깨는 놈도 있잖아요. 거기 우익 단체라는 데서 오는 애들 말이오."

앙리가 두 사람 대화에 다시 끼어들었다. 선장은 잠시 생각에 잠긴 듯하더니 일본어로 물었다.

"이유가 뭐요?"

앙리는 담배 연기를 내뿜으며 말했다.

"미군이 개입돼 있다는 제보가 있소. 난 확실한 물증을 원해요."

"상납하는 데가 어디 한두 곳인 줄 아시요? 크게 하는 놈들은 모두 뒤에서 봐주는 데가 있소. 그들은 사람 목숨을 파리 목숨보다 쉽게 생각한단 말이오."

"CID 책임자를 우습게보지 마시오. 난 생각보단 많은 권한을 가지고 있어요."

선장이 정보원 고에게 다시 한국어로 소리쳤다.

"이 친구 말을 믿을 수 이시카?"

고는 배 안으로 들어와 앙리 옆에 앉았다.

"앙리 대위가 하는 일이 군내 범죄를 다루는 거우다. 미군이라도 불법을 저지른다면 당연히 벌을 받아야 마심……. 안 그러우?"

선장은 고개를 끄덕이면서 조용히 입을 열었다.

"몇 달 전에 갑자기 치고 들어온 사람이 있어요. 무슨 단체니 하는 소릴 들은 것도 같은데……, 이북 사투리를 썼죠. 경찰이고 해안 경비대고 할 것 없이 그 사람에게 딴죽 거는 놈들은 못 봤소. 들리는 소문으론 미군정에까지 줄이 닿아 있다고도 하고."
앙리가 선장 가까이 상체를 숙이며 물었다.
"이름이 뭐죠?"
"이름은 몰라요. 그냥 김 사장이라고 부르던데. 녀석은 제주읍에 사무실도 가지고 있소."
"위치는?"
"칠성통에 있단 소릴 들었소."
앙리는 수첩을 꺼내 메모를 하고 나서 선장에게 명함을 건네주었다.
"무슨 일 생기면 연락해요. 뭐든 말이오."
"살해당하면 소용없는 일이지."
명함을 받으며 선장이 말했다. 앙리는 호주머니에서 달러 뭉치를 선장에게 다시 건넸다. 1달러짜리 묶음이었다.
"나 같은 피라미와는 달리 녀석들은 한낮에도 거리낌 없이 활동을 해요. 확실한 물증을 원한다면 기다려요. 그 녀석들과 어울리는 모리배들 중엔 제주 출신도 있으니까……."
앙리가 말없이 고개를 끄덕였다. 정보원 고가 선장에게 악수를 청했다.

쓰리쿼터(2차 대전 때 널리 사용된 지프 트럭)의 운전병인 이상수 하사는 출동 대기 중이었다. 박 연대장의 암살 사건에 대한 보복으로 실시된 '24시간 소탕 작전' 은 생각만큼 성과를 거두지 못했다. 거기다 사건은 단서를 찾지 못한 채 여전히 안개 속을 헤매고 있었다. 박 대령의 암살범이 잡히지 않을수록 이 하사가 쓰리쿼터 운전석에 앉아 대기하는 시간은 늘어만 갔다. 일주일에 5일은 이런 식으로 출동 대기 중인 경우가 많았기 때문에 긴장감이 들거나 하진 않았다. 이 하사는 언제나처럼 쓰리쿼터 운전석에 앉아 담배를 피우며 옆자리에 앉은 동료와 수다를 떨고 있었다. 그는 얼마 전, 거금을 주고 구입한 루이 암스트롱의 레코드판에 대해 자랑을 늘어놓았다.

쓰리쿼터 주위로 군인들이 다가온다는 사실을 처음 알아 챈 것은 조수석에 앉아 있던 이 하사의 동료였다. 그는 차 문을 열고 밖으로 나갔다. 트럭 주위로 다가서는 4명의 군인들이 모두 헌병 수사대 요원처럼 보였기 때문이다. 중무장한 그들을 보는 것만으로 주눅이 들어버린 동료는 앞장 서 걸어오는 남자가 제주 헌병대 책임자인 김 소령이라는 사실을 확인하고는 사색이 되어 거수경례를 붙였다. 하지만 김 소령은 말없이 옆으로 비켜서라는 손짓을 할 뿐이었다. 그의 짜증스런 표정에 안절부절못하던 동료가 겨우 몸을 움직여 트럭을 벗어났을 때 쓰리쿼터에서 크르릉거리는 소리가 울렸다. 트럭의 엔진 소리에 놀라 뒤돌아선 동료의 눈에 다급해하는 이 하사의 얼굴이 보였다. 그는 필사적으로 시동을 걸고 액셀러레이터를 밟았다. 뛰다시피 쓰리쿼터로 향하던 김 소령의 입에서 "이상수 하사! 이 빨갱이 새끼!"라는 소리가 터져 나왔다. 장전된 피스톨을 꺼내 망설임 없이 방아쇠를 당겼다. 하지만 쓰리쿼터는 뿌연 모래 먼지를 일으키며 정문 초소로 돌진했다. 연병장을 가로질러 정문 초소로 움직이는 쓰리쿼터를 향해 탄창에 남아 있는 여덟 발을 모두 날려버린 김 소령이 초소 위병들에게 소리쳤다.

"쏴! 쏴! 도망 못 가게 막아!"

위병소 입구에 바리케이드를 치고 있던 위병들이 앉아 쏴 자세로 M-1 라이플의 방아쇠를 일제히 당겼다. 쓰리쿼터의 전조등이 깨지고 앞창과 몸체에 총탄 자국이 생기면서 불꽃이 일었다. 하지만 쓰리쿼터는 멈추지 않고 정문 초소를 향해 돌진했다. 바리케이드는 강철로 만든 트럭의 범퍼에 닿자마자 힘없이 부서져 버렸다.

"펑"하는 소리와 함께 쓰리쿼터의 앞 타이어가 군인들이 쏜 총탄에 맞아 너덜거렸다. 속력을 내던 쓰리쿼터는 갑자기 균형을 잃고 나무 전봇대를 들이 박았다. 커다란 충격은 아니었지만 어깨와 허벅지에 총상을 입은 이 하사에겐 버거운 상황이었다. 충돌의 후유증으로 잠시 정신을 잃은 사이 헌병대 수사관들이 쓰리쿼터에 올라탔다. 이 하사는 그들에 의해 체포된 뒤 제주 도립병원으로 이송되었다.

이 하사의 총상 소식을 전해들은 파인더 대위는 한국 헌병 수사대 책임자인 김 소령과 큰 소리가 오갈 만큼 말다툼을 벌이기도 했다. 앙리가 파인더 대위의 연락을 받고 병원에 도착했을 때 이 하사는 수술 뒤 회복실에서 안정을 취하고 있었다. 복도를 걸어오는 앙리에게 파인더 대위가 손을 흔들었다. 병실 앞에는 무장한 경비대원들이 지키고 있었다. 앙리는 파인더 대위와 악수를 나눈 뒤에 병원 마당으로 나갔다. 종려나무가 벽처럼 둘러싸고 있는 정원을 걸으며 앙리가 파인더 대위에게 말을 건넸다.
"수술은 어떻게 됐나?"
"목숨엔 지장이 없을 거라고 의사가 말하더군."
"그가 박 대령 암살 사건과 관계가 있다고 생각하나?"
파인더 대위는 주머니에 손을 넣고 걸었다. 그는 바닥을 잠시 내려다보더니 그 특유의 천진한 미소를 지으며 앙리에게 답변했다.
"심문하기 전까진 확신할 수 없겠지……. 하지만, 그가 쓰리쿼터를 몰고 경비대 정문을 빠져나가려 했다는 사실을 보면, 어쨌든 부산에서 우릴 도운 거야."
"브라운 대령에겐 보고했어?"
"조금 전에…… 의식이 깨어나는 대로 만나보고 싶어 하더군."
파인더 대위는 이 하사가 박 대령 암살범이든 아니든 경비대 내의 남로당 세포들이 주도한 뻬라 사건에 동참한 사실이 중요하다고 덧붙여 말했다.
"한국 측에선 이번 기회에 11연대뿐 아니라 전 경비대 대원들을 대상으로 숙군 작업을 펼칠 빌미를 잡았다고 흥분해 있어."
"한마디로 그가 태풍의 눈이란 말이군."
"5연대에선 벌써 준비하고 있을 거야. 여기서도 이 하사와 가깝게 지내던 경비대 대원들이 한국 헌병 수사대에서 조사를 받기 시작했네. 박 대령이 암살당하던 6월 18일 새벽 1시에서 4시 사이의 알리바이를 대지 못한다면 꼼짝없이 걸려들어야만 돼. 그네들이 어떻게 조사를 하는 진 자네도 잘 알고 있을 테니까."
"그네들? 물론이지. EE-8 전화기로 전기 고문을 하더군."

"오우, 이런!"
파인더 대위가 손바닥을 펼쳐 보이며 웃음을 터뜨렸다.

파인더 대위가 마취에서 깨어난 이상수 하사와 면담을 하던 시각에 CID 사무실로 한 장의 투서가 날아왔다. 정 중위는 정체불명의 누런 봉투를 앙리에게 건네주었다. 의아한 표정으로 바라보는 앙리에게 정 중위가 말했다.
"누군가 사무실 문 사이로 밀어 넣고 사라졌습니다."
앙리는 정 중위의 말을 들으면서 모슬포 대대의 이 대위를 떠올렸다.
"언제 발견했습니까?"
"출근하면서요……. 새벽에 놓고 간 것 같습니다."
앙리는 봉투를 내려다보며 이번엔 이 하사를 만나고 있을 파인더 대위를 떠올렸다. 마취에서 깨어난 순간부터 협조적이라는 그의 말이 생각났다.
'이 하사가 순순히 입을 연다면 박 대령 암살범을 잡는 건 시간문제야. 이 하사가 체포되었다는 사실을 알게 된 누군가가 이곳으로 투서를 했겠지.'
앙리는 봉투의 윗면을 찢고 편지지를 꺼냈다. 타이핑된 한국어로 '3중대 중대장과 연대 정보과 선임하사가 박 대령 암살 사건의 전모를 알고 있다.' 라는 내용이 적혀 있었다. 앙리는 접혀진 편지지를 정 중위에게 내밀었다. 편지 내용을 확인하는 정 중위의 눈이 커졌다.

"3중대 중대장을 압니까?"

앙리가 정 중위에게 물었다. 그는 고개를 끄덕이면서 말했다.

"제식 훈련을 잘 시키기로 유명한 친굽니다. 어젠 파인더 대위와 함께 만나기도 했었는데……."

"그래요?"

"사건 당일, 위병소의 당직 사관이었습니다."

"아! 그 사람……."

앙리는 책상 의자에 기대어 잠시 생각에 잠겼다.

"투셀 어떻게 생각해요?"

"글쎄요. 전혀 뜻밖의 일이라……. 앙리 대위님은 어떻게 생각하십니까?"

정 중위가 편지지를 앙리에게 돌려주며 되물었다. 앙리는 창밖으로 시선을 돌렸다가 수화기를 집어 들었다.

"믿을 수 있는 제보란 생각이 드는군요……. 이번엔 직접 나설까 합니다. 혹시, 모르니까 피스톨은 미리 장전해 두는 게 좋겠어요."

그리고 나서 앙리는 군정 중대본부에 전화를 걸어 지원요청을 하고 뒤이어 파인더 대위가 있는 병원으로 다이얼을 돌렸다.

연대본부 정보과 사무실은 제주 농업학교 본관 건물 1층에 위치해 있었다. 사무실 안은 어젯밤 체포된 이 하사와 관련된 문건으로 분주했다. 정보과 선임하사의 책상 위에는 신임 제주 경비대 사령관에게 보고해야 할 서류들로 넘쳐났다. 그는 아무렇게나 휘갈겨 쓴 문서들을 보고서 양식에 맞춰 타이핑하느라 정신이 없었다. 언제나처럼 사병 하나가 커피 잔을 들고 하사의 책상으로 다가왔다. 기껏해야 155센티미터 정도밖에 되지 않는 작은 키의 사병은 평소와 달리 굳은 표정으로 하사에게 눈인사를 건넸다. 그리고 속삭이듯이 "선임하사님. 밖에서 미군 대위가 기다리고 있습니다." 라고 말했다. 하사는 타이핑을 치다 말고 복도 쪽을 기웃거렸다. 창밖으로 사이드 캡을 비스듬히 쓰고 있는 파인더 대위가 보였다. 선임하사는 고개를 갸웃거리며 책상에서 일어났다.

정보과 사무실 밖으로 나오자마자 미군 MP들이 선임하사의 양팔을 잡아챘다. 하사가 몸을 비틀며 반항했지만 소용이 없었다. 파인더 대위가 하사에게 다가가며 물었다.

"정보과 손상민 하사?"

하사가 말없이 고개를 끄덕이자 파인더 대위는 그의 손목에 수갑을 채우며 말했다.

"쓰리쿼터 운전병인 이상수 하사를 알고 있지? 그가 박 대령 암살범으로 자넬 지목했어."

초여름의 제주는 무더웠다. 10여 미터는 됨직한 종려나무에는 담황색의 잔 꽃이 피어 있었다. 바람이 불때마다 종려나무의 갈라진 잎이 흔들렸다. 앙리는 지프에서 내려 문수철 중위가 생활하고 있다는 일본식 주택가로 들어갔다. 남문 로터리 쪽 변화가에서 오현단 방향에 위치한, 일본군 장교의 관사로 사용되던 주택 중 하나였다. 정원을 지나 현관으로 들어서면서 앙리는 리볼버를 꺼내 들었다. 그의 뒤에는 38구경을 든 정 중위와 M-1 라이플을 든 미군 MP가 따르고 있었다.

주택의 안주인으로 보이는 여자가 놀란 얼굴로 문을 열었다. 앙리의 뒤에 바짝 붙어 있던 정 중위가 문 중위에 대해 물었다. 여자는 떨리는 손으로 건물 위쪽을 가리켰다. 앙리가 손가락 하나를 치켜세워 입술로 가져갔다.

'조용히 하시오!'

2층으로 오르는 계단은 좁고 낮았다. 발을 디딜 때마다 삐걱거리는 소리가 났다. 여덟 자 크기의 일본 다다미 방 앞에는 번들거리는 군화가 놓여 있었다. 정 중위와 미군 MP가 나란히 방문 좌우에 섰다. 앙리는 리볼버의 안전핀을 풀며 정 중위에게 고개를 끄덕였다.

미닫이문을 열자마자 앙리가 총구를 겨누며 방 안으로 들어갔다. 하지만 아무도 없었다. 앙리의 시선이 방 안을 빠르게 훑고 지나갔다. 재떨이에서 연기가 피어오르고 있었다. 앙리는 창문으로 다가가 주위를 살폈다. 러닝셔츠 차림에 군복 하의를 입은 문 중위가 맞은편 주택의 지붕을 타고 있었다. 앙리는 지프에 대기 중이던 2명의 미군 MP에게 소리쳤다. 지프 뒤에 앉아 있던 MP가 문 중위를 향해 M-1 라이플의 방아쇠를 당겼다. 지붕 위에 설치되어 있는 빗물 개수대 위를 지나던 문 중위의 몸이 기우뚱 거렸다. 그가 디디고 서 있던 개수대 일부가 부러지면서 문 중위도 개수대 조각과 함께 아래로 떨어졌다. 앙리가 짜증 섞인 목소리로 외쳤다.

"이런, 빌어먹을! 누가 사격하라고 했나!"

앙리가 밖으로 나왔을 때 문 중위는 미군 MP들의 부축을 받으며 지프로 걸어오고 있었다. 수갑을 찬 그는 가쁜 숨을 내쉬었다. 발목을 접질렸는지 절뚝거리며 다가오는 문 중위의 러닝셔츠는 땀과 흙으로 뒤범벅이 되어 있었다.
"문 중위, 다시 만나게 되는군요."
정 중위가 그에게 다가서며 말했다. 고개를 숙이고 있던 문 중위가 얼굴을 들었다. 두 사람의 시선이 한동안 마주쳤다. 문 중위가 고개를 끄덕이며 입을 열었다.
"CID에 근무하는 정 중위군요."
정 중위의 표정이 어둡게 변했다.
"투서가 들어왔어요. 박 대령 암살범에 관한 내용이었습니다."
정 중위의 말에 문 중위는 대꾸하지 않았다. 앙리가 미군 MP에게 눈짓을 했다. 그들은 한국 헌병 수사대가 아닌 군정 중대본부가 있는 콘센트 건물로 향했다.

미군정 중대본부 사무실에는 문 중위와 함께 박 대령 암살범으로 지목된 정보과 선임하사가 이미 연행되어 있었다. 선임하사는 문 중위와 비슷한 나이였다. 눈이 작고 얼굴에 여드름 자국이 남아 있었다. 그는 불안한 시선으로 주위를 두리번거리다가 사무실 안으로 들어오는 문 중위를 보고는 고개를 숙여버렸다. 앙리는 문 중위와 손상민이라는 이름을 가진 선임하사를 건물 숙직실로 데려갔다. 무장한 미군 MP들에게 누구도 들여보내지 말라는 명령을 내리고 나서 그는 숙직실 문을 닫고 럭키 스트라이크를 꺼냈다.
정 중위가 문 중위와 손 하사에게 담배를 건네주었다. 그들은 말없이 담배를 입에 물고 불을 붙였다. 잠깐 동안 침묵이 흘렀다. 앙리는 침대 모서리에 다리를 꼬고 앉아 그들을 바라보았다. 정 중위가 먼저 문 중위에게 말을 건넸다.

"투서의 내용이 사실입니까? 문 중위?"

정 중위의 목소리는 단정하고 공손했다. 평소 그가 같은 한국인 피의자를 대하던 모습과는 달랐다. 문 중위는 담배를 거푸 피우고 나서 정 중위를 올려다봤다.

"그와 토벌을 나갔을 땝니다. 새총을 허리에 차고 있던 열네 살짜리 소년이 있었죠. 박 사령관은 그 아이까지 폭도로 간주했습니다."

"부인하지 않겠단 소립니까?"

정 중위가 다시 물었다. 옆에 앉아 있던 손 하사가 두 사람의 대화에 끼어들었다.

"문 중위님은 죄가 없습니다. 박 대령을 암살한 건 저였으니까요."

갑자기 숙직실 안의 공기가 무겁게 가라앉았다. 앙리가 정 중위에게 무슨 이야기냐고 영어로 물었다. 정 중위는 손 하사가 내뱉은 말을 번역해 들려주었다. 앙리는 매서운 눈으로 손 하사를 향해 일본어로 물었다.

"당신이 박 대령의 머리에 라이플을 쐈나?"

손 하사는 고개를 끄덕이면서 앙리에게 말했다.

"민족을 위하는 일이라 생각했습니다."

앙리가 손 하사에게 다가서며 질문을 했다.

"공범이 있나?"

"저 혼자 한 일입니다."
"5연대에서 파견 나온 이상수 하사는?"
"그는 주변을 경계했을 뿐이오."
"왜 죽였나?"
"말하지 않았소. 동족상잔의 비극을 막기 위해 그를 처단할 수밖에 없었습니다."
"그는 당신의 상관이고 훌륭한 군인이었다."
"당신네들한텐 그렇겠지……. 양키의 충실한 셰퍼드였으니까."
정 중위가 손 하사의 멱살을 잡았다. 앙리는 그가 한 마지막 말의 뜻을 조금 뒤에야 알아차릴 수 있었다.
"술에 취해 잠든 연대장의 얼굴에 총구를 들이미는 게 민족을 위하는 길인가?"
정 중위가 격양된 목소리로 손 하사에게 물었다. 손 하사는 눈을 부라리며 정 중위를 노려보았다.
"당신은 이해할 수 없을 거요. 당신 같은 친일에 친미하는 매국노는 말이오."
손 하사의 말을 듣고 있던 정 중위가 갑자기 38구경 권총을 꺼내 들었다. 그는 손 하사의 이마에 총구를 들이밀며 한국어로 욕을 해댔다. 앙리는 정 중위가 얼굴이 벌게질 정도로 화내는 모습을 본적이 없었다. 옆 자리에 앉아 있던 문 중위가 나지막한 목소리로 정 중위의 이름을 불렀다. 정 중위가 문 중위에게 시선을 돌렸다. 그는 아랫입술을 굳게 다물고 앉아 정 중위를 바라보았다.
"진압 작전 중에 우린 박 대령이 말하는 유격대를 본 적이 없었소. 기껏해야 교복을 입은 아이들에 노인들, 아녀자들이 전부였단 말이오. 하지만 우린 그들 모두에게 총구를 겨누도록 명령받았소……. 정 중위는 제주도에 폭도들이 얼마나 있다고 생각하시오?"

손 하사에게 겨누고 있던 총구의 앞부분이 떨리고 있었다. 정 중위는 잠시 심호흡을 한 뒤에 피스톨의 안전핀을 잠갔다.

"문 중위! 당신도 빨간 물이 들었나?"

"인간의 피는 모두 빨간색이오, 정 중위……. 빨강이든 파랑이든 왜 우린 둘 중의 하나를 선택하도록 강요받아야만 되는 거요. 도대체, 그 이유가 무엇이오? 빨강이든 파랑이든 어울려 살면 그만 아니오. 그게 우리의 목숨, 제주도민들의 목숨보다 가치가 있는 것인가요?"

문 중위가 허리를 꼿꼿이 세우며 말했다. 앙리는 그의 당당한 모습에서 삼촌을 떠올렸다. 아버지의 유일한 자랑이었던 삼촌은 레지스탕스 활동을 하다 독일군에게 잡혀 사형 당했다. 그 순간 문 중위의 모습이 삼촌과 오버랩 되는 이유를 앙리는 이해할 수 없었다.

"총을 거둬요. 정 중위."

앙리가 정 중위 가까이 다가가 그의 팔등에 살며시 손을 올려놓았다. 정 중위는 여전히 불쾌한 얼굴로 38구경을 허리춤으로 가져갔다. 숙직실 문 근처로 마지못해 걸어가는 정 중위를 보면서 앙리가 문 중위에게 일본어로 질문을 던졌다.

"문 중위, 당신은 박 대령 암살 사건이 일어날 거란 사실을 미리 알고 있었나?"

문 중위는 말없이 고개를 끄덕였다.

"그러고도 아무 조치를 취하지 않았다는 건 그의 암살에 동조했다는 의미겠군."

"우린 인명피해 없이 제주 사태를 해결할 수 있었소. 폭동을 일으키고 사람들을 죽인……, 무장한 유격대는 3, 400여 명에 불과했으니까. 나머진, 아무것도 모르는 양민일 뿐이오. 그들은 좌도 우도 아닌 그저 제주도 사람들이란 말이오."

"무슨 뜻으로 하는 말인가?"

"전 제주 사령관 이야깁니다. 김 중령은 산측과 평화 회담을 하려 했습니다."

문 앞에 기대어 서 있던 정 중위가 말했다. 앙리는 정 중위와 문 중위를 번갈아 바라보며 물었다.

'또다시 김태현 중령 이야긴가.'

"왜 그런 사실을 난 모르고 있었지. 정 중위, 어떻게 된 거요?"

"그건……"

"우리들의 문제였으니까. 4.3 사태는 제주 사람들 스스로 해결할 수 있는 일이었소. 당신들과 경찰이 방해하지만 않았어도 이렇게까지 많은 사람들이 죽어나가진 않았을 거란 말이오."

문 중위가 정 중위의 말을 가로챘다. 앙리는 그의 말을 선뜻 받아들일 수 없었다.

"우린 당신들을 도우러 온 거요."

"우린 누구의 도움도 필요치 않았어요. 미국이든 소련이든 중국이든……. 우릴 가만히 내버려 두기만 하면 되는 거였으니까……. 왜 당신들은 우리나라에 친미나 친소 정권이 들어서야 한다고 강요하는 거요. 사회주의든 민주주의든 그건 우리 스스로 선택할 문제란 말이오."
"본질을 흐리는군, 문 중위. 난 박 연대장 암살범으로 당신을 체포한 거요. 민족주의는 죗값을 받은 다음에 외치시오."
앙리는 문 중위와 달리 차분한 목소리로 응답했다.

1시간 가까이 앙리는 문 중위와 손 하사를 조사했다. 박 대령 암살은 6월 18일 새벽 2시 30분경에 일어났다. 처음 계획은 17일 저녁 '옥성정'에서 벌어진 박 연대장의 진급축하 파티에서 암살하는 거였다. 하지만, 박 연대장 주변에 무장한 군인들이 많았을 뿐 아니라 그가 앉아 있는 자리까지 접근하기가 여의치 않았다. 계획은 자연히 보류되었고, 진급 축하 파티가 끝난 18일 새벽 1시를 넘기면서 그들에게 다시 기회가 찾아왔다. 인사불성이 되다시피 해서 연대본부로 돌아온 박 연대장은 곧 자신의 군용 침대 위에 쓰러졌다. 대부분의 장교들이 박 연대장처럼 술에 취해 있었고 연대장 호신병도 마찬가지였다. 2층 연대 정보과 사무실에서 미리 대기 중이었던 손 하사와 이 하사는 랜턴과 장전된 M-1 라이플을 들고 3층으로 올라갔다. 1분도 걸리지 않아 그들은 박 연대장의 사무실로 들어갈 수 있었다. 이 하사가 책상에 엎드려 자고 있는 호신병의 머리에 권총을 들이밀었고 그 사이 손 하사는 코를 골며 잠든 박 연대장의 왼쪽 눈에 총구를 밀착시키고 방아쇠를 당겼다.
"당연히 발각될 것으로 생각했지만 아니었습니다. 모두들 술에 취해 잠이 든 상태여서 총 소리 듣지 못한 거요. 가까운 거리에서 사격 연습을 하는지 간간히 총성이 울렸기 때문인지도 모르

지만……, 나와 이 하사는 잠시 숨을 죽이고 기다렸다가 박 연대
장 사무실을 빠져나왔습니다. M-1 라이플은 화장실에 던져버리
고 이 하사가 모는 쓰리쿼터에 앉아 상황을 파악하기로 했어요."
"M-1 라이플은 어디서 구했나?"
"군정 중대본부에 근무하는 잭슨 상병의 총을 훔쳤습니다."
체념한 듯 손 하사는 순순히 앙리의 묻는 말에 답했다. 앙리는
중대본부 취사병인 검둥이 잭슨을 떠올렸다.
'멍청한 자식!'
"누구의 지시를 받았나?"
"나와 이 하사의 생각이었소. 우린 누구의 지시도 받지 않았습
니다."
"문 중위?"
"문 중위님은 평소에 내가 따르는 중대장이었어요. 그에게 박
연대장을 죽이고 싶다고 말한 적이 있었을 뿐입니다."
"왜 그를 죽여야 한다고 생각한 거지?"
"화북이라는 마을에 토벌작전을 나갔을 때였습니다. 막상 화
북에 도착해 보니 유격대라고 할 수 있는 사람은 산으로 올라가
고 없었습니다. 당연히 철수준비를 할 줄 알았는데……."
잠시 호흡을 가다듬던 손 하사가 다시 입을 열었다.
"박 대령은 착검을 하라고 명령했습니다. 그리고 마을에 있는
소와 돼지를 정 조준해 방아쇠를 당기게 했습니다. 가축들이 산
측 무장대의 식량이 된다는 이유를 들면서……. 하지만 마을 사
람들에겐 소와 돼지는 생명줄이나 마찬가지였어요. 40대 후반의
남자가 박 대령에게 다가가 따지기 시작했습니다. 하지만 박 대령

은 사격을 멈춰달라고 애원하는 남자의 뺨을 때리기 시작했습니다. 그리고 포박하도록 명령을 내렸습니다."

"이유도 없이 말이오?"

"산측 무장대와 내통한다는 이유였습니다. 그 남자는 2시간 뒤 즉결처분을 받았습니다."

손 하사는 주먹을 쥐며 말했다. 앙리는 화북에서 만났던 청년들을 기억해 냈다. 게릴라들뿐 아니라 경찰이나 경비대 모두를 두려워하던 그들의 모습을 그제야 이해할 수 있었다. 하지만 앙리의 보고서에 기록된 내용 중에는 손 하사가 말한 증언은 없었다. 미리 겁을 집어먹고 이야기하지 않았는지, 아니면, 손 하사가 과장되게 부풀린 이야기를 하는 것인지 판단할 수 없었다.

"그 일 때문에 박 대령을 암살하려고 결심한 건가?"

"토벌작전을 나갈 때마다 비슷한 일들이 일어났습니다. 조천에서는 열다섯 살밖에 되지 않은 소년을······"

"앙리. 녀석은 남로당의 파르티잔(Partizan, 빨치산)이었어."

선임하사의 개인 물품을 조사하고 돌아온 파인더 대위가 앙리에게 다가가며 말했다. 그는 손 하사에게 「공산당 선언」이라고 인쇄된 책자를 내밀었다.

"어떤 핑계를 대더라도 박 대령 암살을 정당화할 순 없어."

"어설픈 애국주의로 사태가 악화되었다는 걸 부인하진 않겠소. 하지만, 우린 우리 나름대로 정당성을 주장할 수 있어요."

문 중위가 나섰다.

"문 중위 당신도 남로당의 비밀 당원입니까?"

이번엔 정 중위가 물었다. 앙리는 침울한 표정으로 세 명의 코리언을 바라보았다. 트루먼 독트린은 과연 누구를 위한 것인가? 미국과 미국의 우방들을 위한 것인가? 아니면, 단지 미국을 위한 것인가? 앙리가 정 중위에게 말했다.
"정 중위는 타이핑을 계속하시오."
그러고 나서 앙리는 손 하사에게 이상수 하사를 어떻게 알게 되었는지 물었다. 창가로 어느덧 노을이 지고 있었다.

밤에도 열기는 사라지지 않았다. 습하고 무더운 열대야 때문에 앙리는 샤워를 하고 나서도 개운함을 느낄 수 없었다. 그는 박 대령 암살 사건의 보고서를 작성한 뒤에 문 중위와 손 하사를 한국 헌병 수사대로 이송했다. 뒤늦게 박 대령 암살범의 검거 소식을 전해들은 한국 경비대 측에서 앙리에게 항의성 전화를 걸어왔다. 지프로 그들을 헌병 수사대 사무실로 데려가는 동안 앙리는 문 중위가 했던 마지막 말이 마음에 걸렸다.
"정작 두려운 건 당신들이 떠나고 난 뒤요. 토끼는 사냥꾼보다 사냥개가 더 무서운 법이거든. 당신들이 훈련시킨 사냥개가 얼마나 많은 토끼를 물어 죽여야 만족할진 하나님만이 알고 계실 거요."
앙리가 호텔 베란다 앞에서 담배를 피우고 있을 때 프런트에서 전화가 걸려왔다. 파인더 대위였다. 앙리는 알로하셔츠에 얇은 회색 면바지를 입고 로비로 내려갔다.
'카사노바'에는 여전히 사람들로 붐볐다. 자욱한 담배 연기와 풀을 먹인 빳빳한 장교 복장에 신사복을 입은 남자들이 모여 위스키나 소다수를 마시고 있었다. 카운터에 있던 마담이 파인더 대위에게 인사를 했다. 파인더 대위는 그녀에게 윙크를 하며 손가락으로 별실 쪽을 가리켰다. 그녀는 앙리에게도 눈인사를 건넸다.

부엌 옆에 다섯 평 정도 되는 방이 붙어 있었다. 한쪽에선 선풍기가 덜덜거리는 소리를 내며 돌아가고 있었다. 중앙에 놓인 테이블 위에는 하얀 라벨이 붙은 짐빔 버번위스키 병과 피다만 시거와 카드가 어지럽게 널려 있었다. 몸무게가 90킬로그램 이상 되어 보이는 백인 남자가 테이블 중앙에 앉아 있었다. 시거를 물고 있는 그의 팔등에는 하트 모양의 문신이 커다랗게 그려져 있었다.

"인사하지. 군정 법무관 조야."

파인더 대위가 앙리에게 남자를 소개했다. 땀구멍이 넓고 갈라진 턱 사이로 살이 비집고 나온 볼품없는 사내가 바로 조 프레이저였다. 앙리는 잠시 그를 노려보다가 입을 열었다.

"앙리 헌튼이요."

조는 허스키한 목소리로 "셔츠가 멋지군요. 앉아요." 하고 인사말을 대신했다.

"어때? 파인더, 오랜만에 포커나 할까……? 앙리 대위는 뭘 드시겠소?"

앙리가 파인더 대위의 뒤를 따라 의자에 앉자 법무관 조가 기다렸다는 듯이 두 사람에게 말을 걸어왔다. 파인더는 격이 없이 그와 대화를 나누었다.

"얼마 전에 여길 들렀다면서요? 어때요? 카운터에 있는 마담……. 소문을 들었겠지만 내 여자 친구라오. 주변에 침 흘리는 놈들이 많죠. 파인더를 포함해서……."

딜러를 맡은 조가 카드를 돌리면서 말했다. 파인더 대위가 앙리의 어깨를 치면서 웃음을 터뜨렸다. 앙리는 파인더 대위가 자신을 '카사노바'에 데려온 이유를 어렴풋이 알 것 같았다. 앙리는 다섯 장의 카드를 받아들며 무뚝뚝하게 대꾸했다.
"저런 동양미녀를 여자 친구로 두려면 많은 돈이 필요하겠군요."
카드의 패를 살피던 조의 표정이 잠시 굳어지더니 파인더 대위와 앙리에게 너스레를 떨었다.
"이런! 첫 판은 죽어야겠는걸. 난 드롭이야."
그러고 나서 짐빔 버번위스키를 스트레이트 잔으로 마셨다.
"이 따분한 곳도 다음 달이면 해방이구먼. 앙리 대위는 어디로 가시오?"
법무관 조가 앙리에게 물었다. 위스키와 시거 냄새가 뒤섞인 쿱쿱한 냄새가 그의 입에서 배어나왔다. 앙리는 콜을 외치면서 말했다.
"전 일본으로 돌아갑니다. 당분간은 오키나와에 있겠죠."
"난 고향으로 돌아가네."
파인더 대위가 홀가분하다는 듯이 소리쳤다. 그의 큰형이 애리조나의 주도(州都)인 피닉스에서 제일 큰 중고 자동차매매 사업을 하고 있었다. 파인더 대위는 틈이 날 때마다 자동차 딜러가 되고 싶다고 말했다.
"빨간 캐딜락에 금발 미녀를 태우고 야외극장에 가는 거야. 이런 생활은 이제 지긋지긋하거든."
파인더 대위가 콜을 외쳤다.

"파인더는 더 이상 동양 여자에게 매력을 느끼지 못한답니다. 섹스할 여자보단 말이 통하는 여자가 그립대요. 결혼할 때가 된 거지."

그러면서 조가 킥킥거렸다. 파인더 대위가 카드를 뒤집었다. 투 페어, 앙리는 스리오브어카인드였다.

"쳇, 한 끗발 차이구먼."

파인더가 카드를 집어던지며 웃었다.

새벽 1시까지 포커를 쳤다. 재수가 좋았는지 앙리는 100달러가 넘는 돈을 땄다. 법무관 조는 포커를 치는 내내 담배를 입에서 떼 지 않았다.

바 안은 들어올 때와 달리 조용했다. 스탠드 앞 스툴에 두 명 의 한국인 여자가 앉아 있을 뿐이었다. 모두 20대 초반으로 보였 다. 법무관 조가 마담에게 하이볼 세 잔을 시켰다. 포커를 치는 동안 짬짬이 마신 위스키와 밀폐된 공간에서 오랫동안 담배연기 를 마신 탓인지 앙리는 머리가 지끈거렸다. 호텔로 돌아가 샤워를 하고 푹신한 침대에 눕고 싶었다.

"파인더, 난 이만 들어가 봐야 할 것 같은데."

앙리가 파인더 대위에게 말했다. 파인더 대위는 정색을 하며 앙리의 팔등을 잡았다.

"무슨 소리야. 이제부터 시작인 걸. 저기 앉아 있는 아가씨들 어때? 오늘밤 말이야. 돈도 좀 따지 않았나."

파인더 대위는 스툴에 앉아 있는 여자들에게 손을 흔들어댔 다. 여자들은 파인더 대위의 손짓을 기다리고 있었다는 듯 앙리가 앉아 있는 테이블로 걸어왔다. 파인더가 자리를 만들어 주며 바텐더에게 하이볼 두 잔을 더 주문했다.
"이봐, 앙리 헌튼, 좀 즐기라고. 박 대령 암살범도 잡았잖아. 제주 아일랜드에서 추억 하나쯤은 만들고 가야지."
파인더 대위가 영어로 말했다. 머리가 길고 눈매가 고운 여자가 앙리의 옆자리에 앉았다. 서툰 영어로 이름과 나이를 말하는 여자는 어설픈 콜걸 같았다. 앙리는 '정애'라는 이름의 여자와 눈인사를 한 뒤에 파인더 대위에게 말했다.
"아니, 난 이제 좀 쉬어야겠네. 내 몫까지 여자들을 즐겁게 해 주라고. 술값은 내가 내지."
그리고 포커에서 딴 돈을 테이블 위로 던졌다. 법무관 조와 파인더 대위의 얼굴에 일던 웃음기가 사라졌다.
"앙리……."
"알아. 자네가 법무관 조와 친구사이라는 걸 미리 염두에 두지 못했어."
"며칠 남지 않았어. 조용히 여길 떠나고 싶네."
앙리는 마담이 가져온 하이볼을 입 안으로 쑤셔 넣었다. 얼음을 깨물고 나자 기분이 한결 가라앉았다.
"난 내 일을 할 뿐이야, 파인더."
그리고, 법무관 조에게 작별 인사를 했다.
"오늘 밤 즐거웠소. 이 바닥에선 당신을 모르는 사람이 없더군."
법무관 조는 억지 미소를 지으며 앙리를 올려다보았다.

오전에 정 중위가 지프를 몰고 왔다. 노크 소리에 눈을 떴을 때 창문 사이로 뜨거운 햇볕이 내리쬐고 있었다. 팬티 차림으로 문을 연 앙리는 화장실로 들어가 샤워를 했다. 정 중위는 앙리가 옷을 입는 동안 박 대령 암살 사건에 관한 수사 내용을 간략하게 들려주었다. 먼저, 손 하사의 말대로 사병용 재래식 화장실에서 M-1 라이플이 발견되었다. 앙리는 정 중위의 이야기를 들으면서 잭슨 상병을 한 달 정도 영창에 보내버려야겠다고 생각했다.

"오늘 오후에 서울에서 통위부 정보참모와 정보국 고문관이 내려온답니다."

"왜요?"

"암살범들을 서울로 압송하기 위해섭니다. 제주의 치안이 불안정하다고 생각하는 모양입니다."

앙리는 군복 하의를 입고 나서 면도기를 집어 들었다.

"한국측 수사에선 세 사람 외에도 다섯 명의 동조자를 더 체포했습니다."

앙리의 오른쪽 턱 밑에서 붉은 피가 흘러내렸다. '이런.' 그는 수건으로 지혈을 하고 나서 방으로 돌아와 군복 상의를 갖춰 입었다. 리볼버를 허리에 차고 나서 스킨을 얼굴에 발랐다.

"그리고, 서울에서 대위님 앞으로 전보가 왔습니다. 박 대령 암살 사건에 관한 보고서를 직접 제출하라는 내용입니다."

"그래요?"

앙리는 정 중위와 함께 로비로 내려가면서 김태현 중령을 떠올렸다. 서울로 올라가면 제일 먼저 전 제주 경비대 사령관이었던 그를 만나봐야겠다고 생각했다.

CID 사무실에서 박 대령 암살 사건 보고서를 챙겨 나오던 앙리는 제주 시내에서 15마일 정도 떨어진 제주 비행장으로 향하기 전에 정보원 고를 만났다. 무더운 날씨에 밖에서 활동하는 시간이 많은 때문인지 그의 얼굴은 그을려 있었다. 흰 셔츠에 감색 정장바지를 입고 있었다. 늘 그렇듯 포마드를 바른 머리는 단정했다. 앙리는 정 중위를 지프 운전석에 대기시키고 나서 정보원 고와 관덕정 주변을 산책했다.

"축하합니다. 어쨌든 앙리 대위님의 생각이 맞아 떨어졌군요."

"5연대에서 연락이 오지 않았다면 힘들었을 겁니다……. 하긴 누가 투서를 했는지 궁금하기도 하지만."

"너무 많은 걸 알려고 하진 마십시오."

정보원 고가 쓸쓸하게 웃었다.

"어때요? 김 사장이란 사람은?"

"서북청년단의 부단장이라는 직책도 가지고 있었습니다. 서울에 있는 경무부장과 꽤 친한 사이란 소문도 있고요."

앙리는 이해할 수 없다는 듯 고개를 좌우로 흔들며 말했다.

"사설 단체가 그런 권한을 휘두른단 말이오."

"제주의 골칫거립니다. 그들은 반공이라는 말을 달고 다니면서 도민들에게 많은 해악을 끼치고 있어요. 국가에서 월급이 나오지 않으니깐 돈이 되는 일은 뭐든 개입을 하죠. 수백 명의 청년들을 먹여 살리려면 다른 방법이 없을 겁니다."

"생각보다 시끄럽겠군."

정보원 고는 '그렇겠죠.' 라는 뜻으로 잠시 미소를 지었다.

"수고스럽겠지만, 한 가지만 더 조사를 해줬으면 합니다."

"무슨 일입니까?"

"'제주도민 모두가 게릴라는 아닙니다.' 라고 했던 말 기억합니까?"

"네? 아, 네……."

"박 대령 암살범도 비슷한 말을 하더군요."

고의 눈자위가 붉게 물들었다. 그는 애써 감정을 드러내지 않으려고 입술을 굳게 다물었다.

"좀 더 객관적인 정보가 필요하다는 생각이 들더군요. 암살당한 박 대령이 토벌 나갔던 지역의 주민들을 만나 경비대의 잔혹행위 여부를 확실히 알아봐 주세요."

정보원 고가 걸음을 멈추었다. 그는 반신반의한 표정으로 앙리를 바라보았다.

"입을 열지 않을 겁니다. 모두들 두려워하고 있으니까요. 말 한 마디에 사람 목숨이 좌지우지 되는 세상입니다."

"그러니까, 부탁하는 거 아니겠소. 미군인 나에겐 숨기는 게 많은 것 같았어요……. 제주의 실상에 대해 너무 모르고 있었단 생각이 듭니다. 문제가 있다면 조사를 해서 바로 잡아야 하지 않겠습니까? 암살범의 증언이 사실이라면 제주 사태는 보다 현실적으로 처리되어야 합니다."

"진심으로…… 제주의 현실을 알고 싶으신 겁니까?"

앙리는 힘차게 머리를 끄덕였다.

"난 지금 서울로 올라가야 합니다. 내려오면 연락하겠소."

그에게 악수를 청했다. 정보원 고가 허리를 굽히며 앙리에게 손을 내밀었다.

지프로 걸어가는 앙리에게 정보원 고가 다가서며 말했다.
"앙리 헌튼 대위님."
앙리가 걸음을 멈추고 뒤돌아섰다.
"대한민국 정부가 들어서면 대위님은 제주를 떠나실 거지요?"
앙리는 말없이 고개를 끄덕였다. 머뭇거리던 고가 다시 질문을 던졌다.
"초토화 작전이 벌어질 거란 소문을 들었습니다……. 해안에서 5킬로미터 이상 떨어진 지역은 무조건 적성 지역으로 간주해서 소개시킨다는……."
앙리는 파인더 대위로부터 초토화 작전에 관한 이야길 들은 적이 있었다. 새로 부임한 11연대장과 함께 군 정보과에서 가진 작전회의 중에서도 초토화 작전에 관한 이야기가 흘러나왔다. 대한민국 정부 수립을 앞두고 제주 사태를 일단락하려는 심리가 작용한 때문이라고 앙리는 생각하고 있었다.
"기억이 나는군요."
앙리는 잠시 정보원 고의 얼굴을 바라보았다. 그는 근심 가득한 눈빛을 띠고 있었다.
"그렇게 되면, 저나 형님뿐 아니라 제주 사람들 삼분지 일 이상이 학살당할 겁니다."
그의 목소리는 떨리고 있었다. 앙리는 일부러 제스처를 크게 취하며 고에게 말했다.
"그런 일은 없을 겁니다. 확실해요."

정보원 고의 말처럼 8월 15일이 지나면 앙리는 한국을 떠나 오키나와로 돌아갈 것이다. 그는 군 생활이 적성에 맞는 건 아니었지만, 파인더 대위처럼 사회에 나가서 특별히 하고 싶은 일도 없었다. 한때, 건축학에 관심을 가지기도 했지만 사관학교를 들어가면서 그 꿈도 희박해졌다. 중고 자동차 딜러가 되든가 금발미녀와 결혼하는 일은 앙리에게는 사막의 신기루와 같은 것이었다.

서울은 대한민국 정부 수립일을 앞둔 탓인지 모든 것이 어수선했다. 군정청 내에서도 미군과 한국인 직원 사이에 마지막 업무 인계를 두고 분주했다. 앙리는 CID 사무실에 근무하는 한국인 직원으로부터 자신에게 배달된 편지를 건네받았다. 발신지가 샌프란시스코로 되어 있었다. 한 살 아래인 여동생이 올 가을에 결혼할 예정이라는 내용이 편지지의 반을 차지하고 있었다. 동생은 UCLA에서 영문학을 전공했다. 아버지는 동생의 남자친구가 관선 변호사라는 사실을 못마땅하게 생각하고 있었다.

경무대에서 딘 소장과 30분 정도 면담을 가진 뒤에 앙리는 곧장 CIC 특별 정보반이 상주하는 곳으로 향했다. 명동에 있는 천주교 성당과 성모병원 사이의 골목으로 50미터 정도 지프를 몰고 가자 100평은 되어 보이는 일본식 주택이 나타났다. 단층의 목조 주택으로 2미터는 됨직한 붉은 벽돌담이 정사각형 모양으로 건물을 둘러싸고 있었다. 고풍스러운 외양을 가진 가옥 어딘가에서 김태현 중령은 연금 생활을 하고 있었다.

건물 입구를 지키고 있던 미군 MP가 거수경례를 하며 앙리의 신분을 확인했다. 언뜻 보기에 미군과 한국 MP 각각 1개 중대는 경계근무를 서고 있는 것 같았다. 턱이 갈라진 미군 MP가 전화

통화를 한 뒤에 앙리에게 들어가도 좋다는 사인을 보냈다.

일제 강점기에 정부관사로 사용되던 곳이어서 그런지 정원은 일본풍으로 만들어져 있었다. 연못에는 하얀 연꽃이 만발했다. 가지치기가 잘된 소나무 주위로 짧게 깎은 잔디가 펼쳐져 있었다. 매미와 귀뚜라미 소리가 리듬을 타듯 들려왔다.

정보국 고문관 존 리드 대위의 안내로 김태현 중령이 머물고 있는 방으로 걸어갔다. 김 중령은 손때 묻은 원목책상에 앉아 책을 읽고 있었다. 존 리드 대위가 반쯤 열려진 문을 두드리자 김태현 중령은 두꺼운 하드커버의 책을 뒤집어 놓으며 몸을 일으켰다. 존 리드 대위가 김 중령에게 앙리를 소개했다. 의자에서 일어나 앙리에게 다가오는 김태현 중령은 180센티미터가 넘는 키에 어깨가 벌어진 건장한 체구였다.

"제주 CID 책임자 앙리 헌튼 대위입니다."

앙리가 악수를 하며 한 번 더 자신의 이름과 직책을 일본어로 말했다. 김 중령은 "박 대령 암살 사건 때문에 찾아오셨군요?"라고 일본어로 답했다. 존 리드 대위가 밖으로 나가자 김 중령은 창가에 붙어 있는 책상과 의자를 방 중앙으로 끌고 왔다. 앙리에게 의자를 권하는 김 중령의 손은 조 펄크스(1947, 48년 NBA 득점왕, 필라델피아 소속)처럼 컸다.

"박 대령 암살범이 잡혔단 소식은 들었습니까?"

"문수철 중위가 주모자라고 하더군요. 그는 내가 제주 경비대를 맡을 당시에 산측 무장대와의 면담을 주선 했던 장교였소."

"담배 피우십니까?"

앙리가 럭키 스트라이크를 꺼내며 물었다. 김 중령은 고개를 좌우로 흔들었다.

"피지 않습니다. 피고 싶을 때가 많지만." 하고 미소를 지었다.

"삼국지군요."

앙리가 책상 위에 있는 책을 가리키며 말했다.

"이렇게라도 하지 않으면 시간이 매우 더디게 지나갑니다."

"그렇군요. 이해합니다."

앙리는 파인더 대위가 했던 말을 기억해 냈다. "내셔널리즘이 강한 자야." 그러나 김 중령은 앙리가 겪어왔던 한국의 민족주의자들과는 달리 온화하고 여유로운 성품을 지닌 것 같았다. 이런 사람들이 많았다면 하지 중장이 머리를 쥐어뜯으며 경무대를 돌아다닐 필요는 없었을 것이다. 그는 한국을 '최악'이라고 말하곤 했다. 맥아더 장군이 필리핀에서처럼 일본을 잘 리드해 가는 것과는 달리 하지 중장은 한국에서 거의 불펜 신세를 지고 있었다.

"11연대 장병들 대부분이 김 중령을 존경하고 있더군요."

"난 누군가에게 존경받을 만큼 인격을 갖추고 있지 않소. 후임으로 내려간 박 대령이 토벌작전을 펼치면서 상대적으로 도민들의 인심을 잃었던 겁니다."

"한국측에선 문 중위와 김 중령 사이를 의심하는 사람들이 많습니다."

"그렇잖아도 새벽까지 조사를 받았소. 날 사회주의자로 몰더군요."

"따지고 보면 전 아나키스틉니다."

앙리의 대꾸에 김 중령은 다시 미소를 지었다.

"경무부장과의 불화설이 있었다는 게 사실입니까?"

"제주군정청에서 수뇌회의를 할 때였습니다. 제주에서 4.3 사태가 발생할 수밖에 없었던 원인들 중엔 경찰의 실책도 많았다고 난 주장했죠. 거기서 경무부장과 약간의 다툼이 있었습니다. 그 때문인지 나는 곧 해임되었습니다."
"어떻게 산측 게릴라들과 협상할 생각을 했습니까?"
"4.3 사태는 보는 관점에 따라 많은 것들을 시사하고 있어요. 난 제주 실정에 맞게 4.3을 보려 했습니다. 주민들을 선동한 일부 사회주의자들이 포함되어 있다곤 하더라도 그들 대부분은 이데올로기의 희생자들일 뿐입니다. 그리고 넓게는, 한국인들의 비극이기도 하고요."
"군정의 정책이 실패였다고 생각하는 겁니까?"
"3.1절 기념대회에서 경찰의 발포로 사상자가 생기면서부터 그 뒤에 일어난 총파업 사태까지 말입니다. 제주도민들의 민심보단 몇몇 경찰 관계자들의 말에 의존하지 않았다면 이런 사태까지는 오지 않았을 겁니다. 전 사실 4.3 사태를 단순한 치안상황으로 생각하고 있었습니다. 군이 왜 외(外)적이 아닌 국민들에게 총부리를 겨누어야 되는지 당시로선 이해할 수 없었으니까요."
"협상은 어떻게 이루어졌습니까?"
"전단을 돌렸습니다. 곧 산측에서 연락이 왔어요. 그때 문 중위가 나섰습니다. 산측 무장대를 주도했던 김달삼이라는 자가 대정중학교 교사로 재직할 당시 11연대로 개편하기 전의 9연대가 같은 구내에 있었습니다. 그때 안면을 튼 사이여서 그가 나섰던 거죠."
"하지만, 결과적으로 협상은 결렬되었군요."

"중산간 지대에 있는 한 국민학교 관사에서 김달삼이라는 자와 대면을 했습니다. 만족스럽진 않았지만 세 가지 안에 어느 정도 합의를 봤어요. 하지만, 회담 직후부터 난 루머에 시달렸습니다. 그러다 오라리라는 마을에서 방화가 일어났고 뒤이어 귀순 형식으로 하산하던 주민들이 습격당하는 사건이 발생했습니다. 난 아직도 그때의 상황이 가슴에 사무칩니다. 경무부장과 다툼이 있었던 것도 그 때문이었죠."

앙리는 담배를 끄고 나서 김 중령의 얼굴을 자세히 바라보았다. 그는 진심으로 지금의 제주 사태를 미연에 방지할 수 있었다고 생각하는 것 같았다.

"그 후에 문 중위를 만난 적이 있습니까?"

"없습니다."

"김달삼이라는 자와 문 중위가 그 뒤로도 접촉한 사실이 있었다고 한국측 수사대에서 밝혀냈습니다. 그가 김달삼의 지령을 받았을 거라고 한국측 수사관이 말하더군요."

"난 그가 박 대령 암살 사건에 연루되었다는 소식을 듣고 놀랐습니다. 그는 밝은 성격을 가진 청년이었습니다."

"하지만 김달삼이란 자는 제주를 빠져나가 평양으로 갔습니다. 거기서 영웅 칭호를 받고 있어요."

"그랬군요……"

김 중령의 얼굴이 침울해졌다. 창문 사이로 눅눅한 바람이 불어왔다. 곧 비가 내릴 것처럼 하늘에는 먹구름이 가득했다. 앙리는 손목시계를 잠시 내려다봤다.

"독서 시간을 많이 빼앗았습니다."

김 중령은 고개를 좌우로 흔들었다.

"난 제주 사태가 더 이상 악화되지 않았으면 좋겠습니다. 박 대령이 암살당한 건 매우 유감스러운 일이지만 그보단……."

김 중령은 말을 하다 말고 길게 한숨을 내쉬었다. 문 중위와 정보원 고의 말처럼 그도 8월 15일 이후의 제주를 걱정하는 것 같았다. 앙리는 의자에서 일어나 그에게 손을 내밀었다.

"군법회의에도 불려 다니겠군요."

"난 진실만을 말할 뿐입니다."

"시간 내 줘서 고마웠습니다. 김 중령."

앙리가 김 중령과 헤어져 지프로 돌아가는 동안 하늘에서 빗방울이 떨어지기 시작했다. 앙리는 제주도로 돌아가면 제일 먼저 브라운 대령을 만날 생각이었다. 그와는 여전히 껄끄러운 사이였지만 제주도에 관한 군 작전은 수정이 필요하다고 앙리는 생각했다.

에필로그

다음날 아침, 앙리 헌튼 대위는 한국 CID 책임자인 레슬러 소령으로부터 전근 명령을 받았다. 앙리는 그에게 제주에서의 일이 마무리되지 않았다고 따졌지만 소용없는 일이었다. 그는 일어를 잘하는 CID 요원이 맥아더 장군에게 필요하다는 말로 앙리의 주장을 묵살했다. 앙리는 레슬러 소령의 사무실을 나오면서 '빌어먹을 조 프레이저!' 라고 소리를 질러댔다. 그리고 문을 거칠게 닫는 것으로 불만을 나타낼 수밖에 없는 자신에게도 화가 났다. 그는 24시간 뒤에 일본행 수송기에 몸을 실어야 했다. 제주에 있는 그의 짐은 이미 일본으로 보내진 뒤였다.

박 대령 암살 사건에 대한 군법회의는 8월 8일 경비대 군기대 사령부에서 열렸다. 문 중위와 손 하사, 이 하사 외에 다섯 명의 군인이 피고인석에 섰으며 참고인 자격으로 김 중령도 출석했다. 검찰관은 제주 무장대 대장인 김달삼의 지령으로 박 대령 암살 사건이 발생했다고 기소 이유를 밝혔으며 그 전에 있었던 제주 경비대 대원들의 입산 사건과도 연관시켰다. 문 중위를 비롯한 피고인들은 김달삼 지령설을 부인했다. 그들은 공산주의자도 아니며 정치적 목적이 있었던 것도 아니라고 주장했지만 설득력이 없었다.

고등군법회의 선고공판은 대한민국 정부 수립 하루 전인 1948년 8월 14일 열렸다. 재판부는 조선경비대법 35조를 적용해 문 중위와 손 하사, 이 하사 외 1명에게 사형을 선고했다. 총살형은 수주 후 수색에서 집행되었다.

1948년 10월 말부터 제주에서는 경비대와 경찰들에 의한 초토화 작전이 전개되었다. 1949년 3월경까지 계속된 이 작전으로 제주 도민 3만 명 이상이 살해당했으며 160여 부락 1만 5200호와 3만 5900동이 참화를 입었고, 9만 명이 넘는 이재민이 생겼다. 이 이재민 수는 전 제주 인구의 35퍼센트에 해당된다. 군경 전사자는 모두 합해 240여 명이었다.

4.3 초기 군경관계자들은 무장폭도가 500명 비무장 폭도가 1000여 명이라고 발표했다.

제주에서는 1949년 5월이 되어서야 국회의원 선거가 치러질 수 있었다.

싱크홀

류 삼

1979년 출생. 현재 도서관에서 사서로 근무 중이다. 사서가 되면서 깨달은 사실은, 사서란 직업이 책은 넘쳐나지만 실상 읽을 시간은 없다는 것. 좋아하는 작가는 레이몬드 챈들러와 제임스 엘로이. 언젠가 서가 한구석을 차지할 날을 꿈꾸며 오늘도 노트북과 열애 중이다.

"이리 오거라!"
죽음은 말했다.
"부디 동정하소서!"
노파는 대답했다.
"저는 아직 쓸모가 있답니다."
노파의 말에 죽음은 자리를 떠났고 그날 밤 신에게 그 일을 보고했다.
"너는 내 명령에 복종하지 않았도다."
신은 '죽음에게' 말했다.
"형벌로 너는 장님이 될 것이니라. 내일부터 네가 만지는 자는 누구든 죽게 될 것이다."
그때 이후로 사람들은 나이에 관계없이 죽게 되었다.
―서아프리카 이그나이 사람들의 전설

오후 3:15

거대한 구름이 움직이고 있었다. 구름은 대기 중의 물방울을 탐욕스럽게 빨아들였다. 그리고 그것을 차가운 얼음 조각들로 만들어 일부는 상층부로 올려 보내고, 음전하를 띤 얼음 조각들은 하층부로 내려 보냈다. 음의 성질을 띠게 된 구름이 서서히 이동하자 위기감을 느낀 대지는 양전하를 지표면에 모아들이기 시작했다. 이윽고 구름과 지표의 상대적 차이가 폭발할 정도로 커졌고, 전위차가 1미터에 100만 볼트까지 증가하였다. 이제 구름 속에 축적된 음전하가 더 이상 참지 못하고 지상으로 내리 꽂혔다. 지표도 고송을 대포로 삼아 자신이 품고 있던 양전하를 쏘아 올렸다. 3만 도의 열기가 서로 맞부딪혀 시커먼 하늘을 반으로 쪼개놓았다. 제 할일을 다한 고송이 그 속까지 새카맣게 타버리고 나서야 우르릉 쾅하는 소리가 대기를 울렸다.

　남자는 번쩍이는 빛에 놀라 지하실에 나있는 조그만 환기창으로 하늘을 올려다보았다. 어두워지고 있었다. 그는 대기 중에서 비릿한 비 냄새를 맡을 수 있었다. 서둘러야 했다. 아직 할 일이 많이 남아있었다.

　남자는 금속 철제 테이블 위에 알몸으로 누워 있는 여자를 내려다보았다. 입을 벌려 어금니 뒤에 솜을 채워 넣었다. 중력 때문에 아래로 처져 있던 뺨이 통통하게 부풀어 올랐다. 남자는 여자의 볼에 조직생성액(tissue buider)을 넣을까 하다가 솜으로 충분하다고 결론을 내렸다. 남자는 조명 위에 투명 테이프로 고정시켜 놓은 여자의 사진을 보았다. 여자는 놀이 공원의 회전목마 앞에서 미소를 짓고 있었다. 남자는 여자의 입술 곡선을 유심히 관찰했다. 아랫입술은 도톰하게 부풀어 있었고 윗입술의 산은 낙타의 등처럼 선명했다. 남자는 윗이빨에 명주실을 단단히 감고, 아래 송곳니도 그렇게 했다. 그리고 힘껏 잡아당겼다. 입이 다물어졌다. 남자는 여자의 입술에 바셀린을 곱게 펴 바르고 핀셋으로 너덜너덜한 피부조직을 떼어낸 다음, 입술 봉합 크림을 발라주었다. 흔히 초보자들은 입술 선을 일직선으로 만드는 실수를 하고는 한다. 하지만 사람의 입은 말발굽처럼 각이 져 있기 때문에 중간부분을 약간 튀어나오게 해야 한다.

　다음은 눈이었다. 남자는 사진 속 여자의 눈을 자세히 들여다보았다. 여자의 눈에는 프레임 밖에서 사진을 찍고 있는 사람에 대한 애정이 그대로 드러나 있었다. 여자의 눈동자는 연한 갈색이었다. 장난기로 반짝이던 눈은 이제는 그저 하나의 구멍에 불과했다. 남자는 여자의 눈꺼풀을 열고 안구와 안을 꼼꼼하게 닦았다. 눈꺼풀 밑에 마사지 크림을 발랐다. 그리고 윗눈꺼풀을 집어 올리고 포셉(forceps)을 사용해서 솜을 밀어 넣었다. 어느 정도 모양이 잡히자 안구 캡을 이용해서 볼록한 형태를 유지하도록 만들었다. 자연스럽게 눈을 감고 있는 형태가 잡히자 강력접착제로 붙였다.

"도 선생님, 퇴근 안하세요?"

남자는 뒤를 돌아보았다.

조수가 말을 걸고 있었다.

"해야지. 어머니 걱정도 되고."

"어머님은 좀 어떠세요?"

"여전하시지 뭐. 그렇다고 요양원에 보내기도 뭐하고."

"그러게 말이에요. 나이 들수록 치매 보험이라도 들어둬야 한다니까요."

조수는 말을 꺼냈다가 멈칫했다.

"대강 끝냈으니 위생 처리 준비를 해줘."

"알겠습니다."

조수가 동맥에 튜브를 연결했다.

핸드폰을 열어 시간을 확인했다. 핸드폰 바탕화면에는 생머리를 하나로 묶은 여자와 사내 아이가 병원 로비에 앉아 있는 모습이 비스듬하게 찍혀 있었다. 두 사람은 카메라를 의식하지 못하고 다정하게 이야기를 나누고 있었다. 아이의 보송보송한 솜털이 나 있는 귀밑머리 옆에는 흰색 이어폰 같은 것이 꽂혀 있었다.

성욱은 핸드폰을 닫고 다시 한 번 하늘을 올려다보았다. 악의로 가득 찬 것 같은 검은 먹구름이 대기를 가득 메우고 있었다.

오후 5:45

몇 만 년 전보다 생각할 수 없을 정도로 더워진 지구는 바다를 통해 더 많은 물을 증발시켰다. 구름은 만삭의 여인처럼 한껏 부푼 몸을 이끌고 자신을 내려놓을 내륙으로 이동하기 시작했다. 하지만 곧 암초에 걸렸다. 인간이 세워놓은 건물들에서 더 많은 열이 방출되었고, 대륙에서는 사막의 바람이 메마른 모래를 안고 휘몰아쳐왔다. 구름은 바다를 건너 거친 언덕을 넘었지만 결국 내륙까지 도달하지 못하고 양수가 터진 임산부처럼 엄청난 양의 물을 해안 도시에 쏟아 붓기 시작했다. 빗줄기는 그녀가 당한 원한을 모두 토해내기라도 하는 것처럼 세차고 강렬했다.

혜원은 낡은 아토스 승용차의 운전대를 움켜쥐고 앞을 뚫어져라 주시하면서 어머니의 만류에도 불구하고 기어코 집으로 돌아가겠다고 고집을 부린 자신에게 욕설을 퍼부어 댔다. 고속도로에 진입할 때 한두 방울 부딪히던 비는 어느새 양동이로 퍼붓는 것처럼 쏟아지고 있었다. 평소 같으면 규정 속도 이상으로 쌩쌩 달리던 차들도 비상등을 켜고 느릿느릿 기어가고 있었다.

어머니와 밥상머리에서 다투지만 않았다면 지금쯤은 따뜻한 방 안에서 일기예보에 귀를 기울이며 철지난 연예인들의 이혼 소식에 귀를 기울이고 있을 터였다. 그런데 늘 그렇듯 일은 그렇게 진행되지 않았다.

"그 놈은 아직 소식도 없다니?"

어머니가 포문을 열었다.

"그 얘기는 그만해요."

"확실하게 이혼을 하던지 해라."

"어디 있는지도 모르는 사람하고 어떻게 이혼을 하라는 거예요?"

"석현아, 흘리지 마라. 김치도 먹고."

어머니가 말했다.

"네."

아이가 고개를 숙인 채 말했다.

"애가 흘릴 수도 있지 뭘 그래요? 밥이나 좀 맘 편히 먹게 가만 좀 내버려 두세요."

"지 애비도 그렇게 질질 흘리더니만. 오죽하면 상견례 자리에서도 그랬잖니."

"제발 석현 아빠 얘기는 그만할 수 없어요?"

"알았다. 그런데 내가 알아보니까 실종된 지 7년이 넘으면 자동 이혼을 할 수 있다더라. 법원에 서류만 내면 된대."

"엄마아아아!"

그 후로 어색한 공기가 흘렀다. 그녀는 가시 방석 같은 곳에 앉아 있느니 집으로 돌아가는 것이 낫겠다 싶어서 부랴부랴 출발했다.

혜원은 비상등을 켜고 전조등을 상향으로 조절했다. 하지만 여전히 앞이 제대로 보이지 않았다. 그녀는 와이퍼를 최대한 빠르게 작동시키면서 작은 욕설을 뱉어냈다. 그녀의 욕설에 잠을 깬 것인지 뒷좌석에서 모포를 둘둘 말고 자고 있던 석현이 작은 신음소리를 뱉어냈다.
"아들, 깼어? 조금만 참아. 금방 집에 갈 수 있을 거야."

혜원은 룸미러를 내려 아들을 보며 말했다. 아이는 미키마우스가 그려진 푸른색 모포를 목에 감으며 작게 고개를 끄덕였다.

남편이 사라지고 예전에 일했던 직장에 취직하려고 했지만 서른일곱이나 먹은 여자를 써주는 곳은 아무데도 없었다. 특별한 기술을 가지고 있는 것도 아니었고, 그렇다고 미모가 뛰어난 것도 아니었다. 사실 젊었을 때에야 제법 남자들에게 호감을 얻을 수 있는 미모라고는 했지만 지금은 세파에 찌든 여자일 뿐이었다. 그녀가 시작한 일은 알로에 판매 사원이었다. 몇 주의 교육을 마치고 방문 판매에 뛰어들었다. 가방에 알로에 화장품이며 건강 식품을 넣고 주로 학교를 찾아가 판매를 했다. 시간이 지나면서 품목이 급식에 사용되는 현미나 잡곡으로 바뀌었을 뿐 달라진 것은 별로 없었다.

부딪히는 빗소리가 마치 전쟁터에 있는 것 같은 느낌이 들게 했다. 언젠가 보았던 범죄 영화에서처럼 차에 자동화기의 격철이 넘어갈 때까지 총알을 퍼부어대는 것 같았다. 돌아가기에는 너무 멀리 왔다는 생각이 들었다. 혜원은 급한 마음에 운전대를 더 움켜잡았다. 아이만 아니라면 담배 한 대만 피웠으면 좋을 것 같았다.

오후 5:50

아이는 엄마가 내뱉는 욕설을 들었다. 사실 엄마는 아이가 모를 것이라고 생각했지만 그는 많은 것을 알고 있었다. 엄마가 가끔 자신은 못하게 하는 욕을 한다는 것도, 때로는 빌라 앞에 나가서 담배를 피우고 들어온다는 것도 알고 있었다. 그리고 할머니 집에 갔다 온 날이면 싱크대 아래 숨겨둔 소주를 꺼내 마신다는 것도 알고 있었다. 또 엄마의 손목에 지렁이가 기어간 듯 한 상처가 두 줄 있다는 것도 알고 있었다. 할머니와 엄마는 그것에 대해 말하기를 싫어 한다는 것도 알고 있었다. 그리고 돈이 없어서 '인공 와우'를 심지 못한다는 것도 알고 있었다. 그건 머릿속에 전기로 움직이는 달팽이를 집어넣는 것인데(우웩!) 많은 수술비가 필요했다. 엄마는 돈이 없었다. 아빠는 집에 없다. 할머니는 돈이 있지만 도와주기 싫어한다. 간단한 문제였다.

아이는 멍하니 천장을 바라보았다. 천장에는 형광별들이 붙어 있었다. 사라지기 전 언젠가 아빠가 온 가족이 차에 누워서 보자며 붙여놓은 것이었다. 하지만 형광별은 별이 아니었다. 그저 학교 앞 문방구에서 파는 싸구려 모조품일 뿐이었다.

하늘이 갈라지면서 번개가 울리고 천둥이 쳤다. 폭탄이 터지는 듯 굉음이 울렸다. 아이는 귀에서 보청기를 빼내었다. 세상은 아득한 소리로 바뀌었다. 아이는 언제부터인가 엄마와 아빠가 싸울 때면 슬그머니 보청기를 빼는 버릇이 생겼다. 석현은 모포를 더 끌어안으며 차창에 흘러내리는 커다란 어둠을 바라보았다.

오후 8:04

혜원은 철천지원수라도 되는 것처럼 퍼붓는 비를 노려보았다.

하지만 시야는 전혀 트이지 않았다. 고속도로를 빠져나오면서 빗줄기는 더욱 굵어졌다. 세상이 물로 멸망되려는 것 같았다. 해안도로의 사면에서 낙석이 떨어지며 천장에 부딪쳤다. 바다는 하얀 포말을 일으키며 발버둥을 치고 있었다.

휴대폰 벨소리가 울렸다.

이런 상황에서 휴대폰을 받는 것이 현명한 일이 아니라는 생각이 들었다. 하지만 벨소리는 끈질기게 자신의 존재를 알리면서 울려댔다.

"아들, 전화 좀 받아."

그녀가 말했다.

하지만 뒷좌석의 아이는 아무런 소리도 들리지 않는지 눈을 감고 있었다. 때때로 그녀는 아이가 무슨 생각을 하고 있는지 도무지 알 수 없을 때가 있었다. 아이는 그저 자신만의 세상에 빠진 채 생각에 잠겨 있을 뿐이었다.

벨소리가 계속 울렸다.

어머니의 잔소리일 것이다. 하지만 어쩌면 계약을 연장하자는 전화일 수도 있었다. 가능성이 거의 희박하다고 해도 그동안 들인 공을 생각하면 받지 않을 수 없었다. 이어폰을 귀에 꽂고 핸즈프리의 버튼을 눌렀다.

"집에 도착했니?"

어머니였다.

"아직 가고 있어요."

그녀가 퉁명스럽게 말했다.

"텔레비전에서 그러는데 비가 많이 온단다."

"알아요. 엄마. 저 운전 중이니까 끊어요."

"얘, 아까 하던 얘기 말이다……."

"제가 어떻게든 해 볼게요. 제 자식이니까 제가 알아서 해야죠."

"그게……"

지직거리며 전화가 끊어졌다.

재다이얼 버튼을 눌렀지만 통화권 이탈이라는 메시지만 떠올랐다.

그것은 갑자기 나타났다.

샤워 커튼 너머로 사물을 바라보는 것처럼 뿌연 물 막 속에서 둔덕이 나타났다. 해안 도로 사면이 무너지면서 토사가 쓸려 내려와서 차선을 완전히 막고 있었다.

혜원은 급브레이크를 밟으며 핸들을 오른쪽으로 틀었다.

타이어는 ABS시스템을 가동하면서 바닥을 움켜잡으려 애를 썼다. 하지만 도로에 생긴 수막현상으로 차는 이리저리 제멋대로 굴러가기 시작했다. 핸들을 틀었지만 미끄러지는 차체를 바로 잡을 수 없었다.

"잡아아앗!"

그녀가 석현에게 소리 질렀지만 아이는 듣지 못했다. 하지만 차체가 왼쪽으로 확 쏠리자 머리를 손잡이에 쾅 부딪혔다. 아이가 비명을 질렀다. 뒷좌석에 쌓아 놓았던 곡물 샘플이 터지면서 좁쌀이며 시래기나물, 콩, 팥, 수수 같은 것들이 와르르 쏟아졌다.

가드레일을 들이받으며 그 충격으로 차체가 옆으로 쏠리면서 탄력을 받아 장난감 자동차처럼 데굴데굴 구르기 시작했다. 시커먼 아스팔트 바닥이 휙 스치고 지나갔다. 충격으로 전면의 안전 유리가 깨지면서 혜원의 얼굴로 쏟아져 내렸다. 죽음의 순간에 지나간 인생이 스쳐지나 간다더니 남편과 처음 만났던 일, 결혼, 실종과 같은 것들이 마치 영화의 한 장면처럼 스쳐지나 갔다. 첫 아이를 낳던 일, 힘겨웠던 진통, 하혈이 멈추지 않았던 일. 결국 그녀는 자궁을 들어내야만 했다. 그리고 친구들과 빈궁마마라며 우스갯소리를 했던 일……

아들!

그녀는 아들을 찾아야만 했다. 만약 깨진 창문으로 튀어나가기라도 한다면 아이는 차에 끼인 채 토마토처럼 으깨지고 말 것이다. 아이는 어디 있지? 차가 휙 돌아가면서 차가운 빗줄기가 얼굴을 때렸다. 그녀는 온통 옷이 젖는 것도 모른 채 하늘을 쳐다보았다. 시커먼 하늘은 어디가 아스팔트 바닥이고 어디가 하늘인지 알 수 없게 만들었다. 다시 안전벨트가 세차게 당겨지면서 허공에 들렸다.

아들!

혜원은 안전벨트에 매달려 아들을 찾았다. 아이의 비명이 들렸다. 석현은 괴성을 지르면서 차 안을 데굴데굴 구르고 있었다. 옆 유리창에 부딪히고 밖으로 튕겨져 나가려고 했다. 잡았다. 하지만 모포뿐이었다. 다시 쾅 하는 충격과 함께 빗줄기가 얼굴을 때리고 유리조각이 우수수 떨어졌다. 한 번 더 차가 굴렀다.

잡았다!

그녀는 곡물 찌꺼기들과 함께 밖으로 튀어 나가려는 아이의 목덜미를 잡았다. 있는 힘껏 끌어안고 움켜쥐었다. 차는 모로 세워진 채 미끄러지기 시작했다. 빗물의 레일을 타고 차는 계속해서 미끄러지고 있었다. 혜원은 제발 반대편에서 오는 차가 없기를 빌었다. 만약 다른 차가 질주해 온다면 영락없이 들이 받혀 종잇조각처럼 구겨지고 말 것이다. 그녀의 귀에 끼익하고 반대 차선에서 급브레이크를 잡는 소리가 들리는 것 같았다. 차는 영원처럼 미끄러지고 있었다.

드디어 차가 멈췄다! 빠져 나가야 한다.

그녀는 허공에 매달린 채 서둘러 안전벨트를 풀었다. 간신히 벨트를 풀자 몸이 밑으로 떨어졌다.

"석현아. 어서 차 밖으로 나가."

아이가 어리둥절한 표정으로 그녀를 바라보았다. 공황장애에 빠진 아이처럼 충격을 받아서 얼이 빠진 것 같았다.

"밖으로 나가라고."

아이가 자신의 귀를 가리켰다.

"아, 아……."

"보청기 없어?"

고개를 끄덕였다.

"엄마가 찾아볼 테니까 어서 나가."

혜원은 아이의 엉덩이를 받쳐서 모로 세워진 창문 밖으로 밀어 내었다. 아이가 올라가자 차체가 기우뚱하고 움직였다. 그녀는 아이의 손을 잡고 차 밖으로 밀어냈다.

"뛰어. 석현아."

아이가 도리개질을 했다.

"어서 뛰어."

그때 아이의 겨드랑이를 잡는 손이 있었다. 남자는 아이를 번쩍 들어서 도로로 내려주었다.

"괜찮으세요? 빨리 나와요."

남자가 물었다.

"잠깐만요."

혜원은 차 안을 손으로 더듬었다. 깨진 유리 조각들과 곡물 알갱이들이 부유하고 있었다. 손으로 아무리 더듬어도 보청기처럼 생긴 것은 찾을 수 없었다. 세차게 퍼붓는 빗줄기는 차 안을 호리병처럼 만들고 있었다.

"어서 나와요."

남자가 손을 내밀었다.

혜원은 포기하고 남자가 내민 손을 붙잡았다. 억센 손이 느껴졌다. 남자가 주는 힘을 따라서 밖으로 나왔다. 혜원이 차 밖으로 나오자 차가 기울면서 옆으로 쓰러졌다.

오후 8:49

성욱은 히터를 더 세게 틀었다. 여자는 아이를 끌어안고 와들와들 떨고 있었다. 비에 젖어 속옷이 그대로 드러났다. 다행히 다친 곳은 별로 없었다. 여자의 이마에 상처가 나기는 했지만 일어난 사고에 비하면 기적 같은 일이었다. 차는 어쩔 수 없이 버려두고 왔다. 핸드폰 통화도 되지 않아서 사고 연락을 할 수도 없었다. 그것은 성욱의 핸드폰 역시도 마찬가지였다. 해안가에서 장사를 하는 집들도 모두 셔터가 내려져 있었다.

"그만하길 다행입니다."
"그렇죠."
"몇 살이니?"
아이에게 물었다. 하지만 아이는 아무런 반응이 없었다. 그것은 그를 무시하는 눈빛이 아니라 아무런 소리도 듣지 못한 눈빛이었다.
"귀가 거의 들리지 않아요."
여자가 말했다.
"사고 나면서 보청기를 잃어버렸어요."
"저런."
"쉿! 쉿!" 와이퍼가 불길한 소리를 내며 움직였다. 하지만 노인의 무기력한 몸짓처럼 물을 제대로 퍼 나르지 못하고 있었다.
"해안 도로를 벗어나야 하지 않을까요?"
여자가 물었다.
"적당한 기회를 봐서 그렇게 해야겠어요."
성욱이 산타페의 속도를 줄이면서 말했다. 해안도로 곳곳에서 토사가 흘러내리고 있었고, 탁한 물줄기에 의해 도로 상황을 제대로 읽을 수 없었다. 바다에서 비바람이 몰아쳐 차를 불안하게 흔들어 댔다. 라디오를 틀자 기상 특보가 흘러나오고 있었다.
"……범성동 일대가 물에 잠겨가고 있습니다. 현재 시간당 150ml가 넘는 많은 비가 내리고 있으며 이 상태로 계속 내리면 도시는 완전히 물에 잠기고 말 것입니다."
"어쩌다 이런 날씨에 차를 끌고 나오셨어요?"
"어머니 때문에 집에 가봐야 해서요. 어머니가 치매시라 밖으로 돌아다니셔서 문을 잠가놓고 나왔거든요. 지대가 낮아서 비가 계속 오면 물이 찰 텐데 걱정입니다."

오후 8:54

아이는 엄마의 품에서 오들오들 떨고 있었다. 방금 전 사고 때문에 속이 쓰려왔다. 하지만 아픈 곳은 없었다. 사실 온몸의 감각이 둔해진 것 같은 느낌이 들었다. 손이 떨렸다. 엄마에게서는 젖은 흙냄새가 났다. 아이는 엄마 냄새를 찾으려 품속을 더욱 파고들었다.

아무런 소리도 들리지 않았다. 그저 깊은 수면 속으로 가라앉아 있는 것처럼 웅 하는 소리뿐이었다. 아이는 검게 코팅된 선루프 위로 떨어지는 물방울을 바라보면서 차 안이 심해를 탐사하는 잠수함 같다고 생각했다.

오후 9:01

"저 분이 어머니신가요?"

대시보드 앞에 있는 사진을 가리키며 혜원이 물었다.

"네."

남자가 사진을 힐끗 보면서 말했다. 운전 때문에 신경이 쓰이는지 남자는 어딘지 불편해 보였다.

사진 속에서는 흰색 원피스를 입고 손으로 뜬 것 같은 갈색 숄을 걸친 노부인과 남자의 부인으로 보이는 여자, 그리고 남자 아이가 어색하게 웃고 있었다. 숲에서 찍은 것인지 굵은 참나무와 소나무들이 배경으로 있었고, 아이의 발치에는 조잡한 색이 칠해진 목마가 있었다. 부인의 표정이 결혼식에서 사진사의 신호에 따라 억지로 웃음을 짓는 것처럼 굳어 있었다.
"어머님께서 참 고우시네요."
"그렇죠?"
"치매에 걸리신 지 얼마나 되셨어요? 원래 치매는 주변 분들이 힘들다던데."
여자가 물었다.
"그렇다고 요양원 같은 곳에 있으시기는 힘들 것 같아서요. 요양원에 가 계신 적이 있었는데 오히려 전화가 너무 자주 와서 더 번거롭더군요."
"저도 그래요. 어머니가 한 분 계시는데 점점 어린 아이가 되어 가는 것 같아요. 늙으면 아이가 된다고 하더니."
차는 해안 도로를 벗어나 시내로 들어섰다. 그곳은 전쟁이 터져 대피령이 내려진 폐허가 된 도시 같았다. 도시의 온갖 쓰레기가 물 위에 소용돌이치고 있었다. 도시를 가로지르고 있는 창대교는 물에 잠길 듯 넘실거리고 있었고, 탄천 주차장에는 몇 대의 차들이 곧 물에 잠길 것 같았다. 한 남자가 자신의 차에 시동을 걸려 애쓰고 있었지만, 곧 경찰에 의해서 끌려나왔다. 급하게 도시를 빠져 나가려는 차들이 주변을 가득 메우고 있었다.
모퉁이를 돌자 파출소가 보였다.
"저기 내려주세요."
혜원이 말했다.

"내려서 사고 신고도 하고 어머니께 전화도 드려야겠어요."
노란색 우비를 입은 경찰이 금방이라도 날아가 버릴 것 같은 우산을 들고 파출소에서 나왔다. 강풍이 불어 우산을 꺾어버렸다. 경찰은 못쓰게 된 우산을 팽개치고 하늘을 바라보았다.
"오늘 같은 날엔 경찰도 정신없을 겁니다. 비가 좀 그치면 하는 것이 좋겠군요."
남자가 그녀의 팔을 움켜쥐었다. 남자의 길고 하얀 손가락은 마치 살이라고는 하나도 없는 해골처럼 그녀의 손목을 죄어왔다.
"더 이상 폐를 끼칠 순 없어요."
그녀는 남자의 손에서 손목을 빼내려고 안간힘을 썼다. 차 문을 열려고 하자, 철컥 소리와 함께 문이 잠겼다. 창문도 내려가지 않았다.
경찰이 고개를 돌렸다.
혜원은 손으로 경찰을 불렀다.
"집으로 가야지 어디로 가려고 하는 거야."
남자가 새된 목소리로 말했다.
남자의 손에는 날카로운 칼이 들려 있었다.
그녀는 훅 숨을 들이마셨다.
"허튼 수작 부리면 아이의 목을 따버리겠어. 경동맥을 끊는데 시간이 얼마나 필요할 것 같아?"
남자는 외과용 메스처럼 생긴 칼을 아이의 목뒤에 갖다 대었다.
아이는 아무것도 모르고 그녀의 품 안으로 더욱 파고들었다.
경찰이 산타페로 다가왔다. 남자는 메스를 소매 속으로 감춘 채 아이의 목덜미에 손을 대고 있었다. 경찰이 창문을 두드리자 창문이 내려갔다. 차가운 비바람이 밀려들어왔다.

"무슨 일이십니까? 어서 대피하셔야 합니다. 호우 경보가 내려졌습니다."

경찰이 비바람에 맞서 싸우기라도 하는 것처럼 악을 쓰며 말했다.

"수고 많으십니다. 아이가 아파서요. 가까운 병원이 어디 있습니까?"

남자가 아이의 목덜미를 지그시 눌렀다.

"지금은 병원도 제 업무를 보지 못하고 있습니다. 심한 것이 아니라면 대피하십쇼."

"일단 해열제로 버텨 봐야겠네요. 수고하세요."

남자는 차를 출발시켰다.

경찰이 보이지 않게 되자 남자가 차를 세우고 조수석 쪽으로 몸을 기울였다. 다른 사람들이 보면 차 안에서 키스를 하고 있는 연인처럼 보일 자세였다. 남자는 메스를 아이의 목덜미로 미끄러뜨렸다. 아이의 하얀 목덜미에서 핏줄이 팔딱팔딱 뛰고 있었다. 그것은 낚싯대에 끌려 물에서 배 위로 끌어올려진 갈치의 팔딱거림 같았다. 남자가 자신의 목을 왼쪽에서 오른쪽으로 긋는 시늉을 했다. 혜원은 눈을 질끈 감았다. 빗소리가 잦아들었다.

남자가 메스로 그녀의 옆구리를 훑어 내려갔다. 근육이 움츠러들었다. 메스는 뒤척이는 아이를 지나 그녀의 치골을 스치고 찢어진 스타킹 옆 허벅지에서 멈추었다.

"여기가 대동맥이야. 쑤시고 1센티미터만 옆으로 그으면 돼. 조용히 집으로 돌아가자."
"알았어요. 시키는 대로 할 테니까. 아이한테 이러지 말아요."
"그러면 이리 와서 운전해."
남자가 말했다.
'남자가 차에서 내려 조수석까지 돌아오는데 얼마나 시간이 있을까? 재빨리 차문을 잠그고 차를 출발시킬 수 있을까?'
혜원은 남자를 깔아뭉개서라도 차를 출발시킬 자신이 있었다. 어쩌면 남자가 차 밑에서 으깨어지는 소리를 들으면 더 행복해질지 몰랐다.
"자, 아이를 이리 줘야지."
남자가 사무적으로 말했다. 그리고 차의 시동을 끄고 열쇠를 자신의 주머니에 집어넣었다. 혜원은 아이를 건네주고 기어 박스를 넘어 운전석에 앉았다. 남자가 아이를 안고 조수석에 올라타자 의자를 조정하고 차를 출발시켰다.
남자는 옆 좌석에 앉아 작게 콧노래를 흥얼거렸다.
"즐거운 곳에서는 날 오라 하여도……."

오후 9:27

"……내 쉴 곳은 작은 집, 내 집뿐이리."
성욱은 긴장으로 잔뜩 굳어져 있는 여자의 얼굴을 관찰했다. 흘러내린 머리카락을 젖혔다. 여자가 움찔했다. 이마의 긁힌 상처가 검붉게 변색되고 있었다. 아름다운 얼굴에 상처가 나다니.
그는 혀를 끌끌 찼다. 하지만 치료를 해주면 크게 문제될 것은 없었다. 작은 메스(scalpel)로 너덜너덜해진 피부 조각을 잘라내고 표면 접착제를 바른 다음 불투명 화장품을 발라주면 될 것이다. 가능하면 분무기로 흰색 파우더를 뿌려주거나 솔로 가루를 떨어뜨려 주면 변색된 피부라고는 느낄 수 없을 것이다. 아이는 별다른 상처가 없었다. 문제가 된다면 오히려 뼈드렁니가 거슬렸다. 예쁘고 자연스러운 입 모양을 만들기가 힘들 것이다. 하지만 그것도 방법이 없는 것은 아니었다. 남자는 아이를 안고 머리를 쓰다듬었다.

성욱은 오래전부터 이렇게 될 것이라는 것을 알고 있었다. 모든 것이 다시 제자리를 찾을 것이라는 것을. 어쩌면 아까 보았던 번개가 그 계시일지도 몰랐다.

오후 9:41

혜원은 남자가 지시하는 대로 차를 몰았다. 쏟아지는 빗속에서 이제 사람들의 자취는 보이지도 않았다. 점점 물이 차올라서 산타페의 머드 가드까지 닿았다. 빠르게 저지대로 빨려들어 가는 물을 바라보며 차 밖으로 나가서 탈출하는 것은 쉽지 않을 것이라고 생각했다. 언젠가 남편 대신 민방위 훈련에 갔다가 들었던 말이 생각났다. 강의 시간에 늦게 들어오고 일찍 끝내주는 것이 명강사라면서 너스레를 떨던 강사는 흐르는 물에서는 15센티미터의 물에도 휩쓸려 갈 수 있다고 말했다. 지금 물의 높이가 얼마나 될까? 그녀는 모르지만 석현이가 제대로 도망갈 수 있을까? 우선 아들에게 지금의 위험을 어떻게 전달할 것인지도 의문이었다. 아이는 아무것도 모른 채 남자의 품에 안겨 그녀가 운전하는 모습을 물끄러미 바라보고 있었다. 다른 사람이 본다면 그저 평범한 가족 같았다.

중앙로로 들어섰다. 저지대인 중앙로는 온통 물에 잠겨 있었다. 정비를 제대로 하지 않은 하수도는 더러운 오물을 토해냈고 기름과 배설물들이 둥둥 떠다니고 있었다. 강풍이 불어 닥치자 가로수가 허리를 꺾고 비명을 토해냈다. 신호등 건너 직선로 5층 건물에 걸린『삼풍 치킨』간판이 바람에 덜렁거리고 있었다. 주인이 서둘러 떠났는지 닭 모양의 네온사인까지 켜진 채였다.

혜원은 필사적으로 머리를 굴렸다.

차에서 무기가 될 만한 것이 있다면 무엇이 있을까 생각했다. 어쩌면 조수석의 글로브 박스 안에 무엇인가 도움이 될 만한 것이 있을지도 모른다. 하지만 남자가 조수석을 차지하고 앉아 있어서 무리였다.

혜원은 산타페의 속도를 줄였다. 물이 거의 방향지시등까지 차올랐다. 소용돌이치는 흙탕물 속에 무엇이 있는지 알 수 없어서 조심스러울 수밖에 없었다.

무엇인가 아들을 이 차 안에서 탈출시킬 수 있는 것이 있을 것이다. 전방을 주시하면서 계기판을 꼼꼼하게 관찰했다. 속도계, 안전계, 유량계, 늘 타던 아토스와 다를 바 없는 계기판이었다. 천장에 달린 버튼 하나만 달랐다.

혜원은 물이 가득 찬 저지대를 빠져나가기만을 기다렸다. 알루미늄 휠이 거의 드러났을 때 혜원은 천장의 업다운 버튼을 눌렀다.

선루프가 열리면서 세찬 비가 들이치기 시작했다.
"무슨 짓이야?"
남자가 소리쳤다.
"미안해요. 히터인 줄 알았어요."
"닫아!"
"닫고 있어요!"
혜원은 갑자기 가속 페달을 밟았다. 도로가 젖어 있어 제대로 속도가 나지 않았다. 남자가 속도를 줄이라고 소리쳤지만 그녀는 가속기를 바닥까지 있는 힘껏 밟았다. 이윽고 물속에서 빠져나온 타이어가 괴로운 신음을 토하며 도로를 박차고 튀어나갔다. 떠내려 온 명동칼국수 간판을 박아버리고 앞으로 튕겨져 나갔다. 그녀는 가속 페달을 밟으면서 조수석으로 방향을 틀었다. 충격과 함께 산타페의 타이어가 연석을 타고 올라갔다. 이미 연석까지 물이 넘쳐흐르고 있었다. 연석을 타고 오른 차는 셔터가 내려진 『삼풍 치킨』 건물을 들이받았다.

온몸으로 충격이 전해져 왔다. 그녀는 그저 정신을 잃지 않기를, 그리고 석현이 무사하기만을 빌었다.

선루프는 모두 열렸다.

남자가 충돌로 인해 메스를 떨어뜨렸다. 혜원은 남자의 손에서 아이를 낚아챘다. 아이는 어리둥절한 표정이었다.

"가!"

소리치며 아이를 선루프로 밀어 올렸다. 아이가 발버둥을 치면서 밖으로 나가려고 애썼다. 남자가 아이의 바짓단을 잡았다. 혜원은 남자의 볼을 손톱으로 긁었다.

혜원은 아이를 선루프 쪽으로 밀어 올리면서 한 손으로 문손잡이를 잡아 당겼다.
열리지 않는다!
필사적으로 등 뒤를 더듬어 훅을 열었다.
다시 한 번 손잡이를 잡아당기자 문이 확 열리면서 그녀의 몸이 차 밖으로 쏠렸다.
남자가 그녀를 잡으려고 했다. 그녀는 몸을 누이면서 있는 힘껏 남자의 얼굴을 걷어찼다. 남자의 얼굴이 조수석 옆의 손잡이에 부딪혔다.
치맛단이 찢어지면서 그녀의 몸은 차가운 물속에 쳐 박혔다. 하늘에서는 세찬 비가 쏟아져 내리고 있었다. 그때 그녀의 눈으로 5층 높이에서 위태롭게 흔들리는 커다란 닭 모양의 간판이 보였다. 닭의 부리가 지상으로 향한 채 위태롭게 강풍에 흔들리면서 진자운동을 하고 있었다. 아마도 그녀가 차로 들이받은 충격 때문에 더 급격하게 흔들리고 있는 것 같았다.
석현은?
아직 차 지붕 위에 있었다.
혜원은 벌떡 일어나서 아이를 잡아당겼다. 하지만 차 속에서 놈이 아들의 허리춤을 잡고 있어서 도무지 밖으로 빼내지지 않았다.
삐걱!
간판이 불길한 소리를 내었다.
곧 떨어질 것이다. 그리고 그것은 지붕 위에 있는 아들의 몸을 직격할 것이다.

혜원은 비명을 지르며 아이의 손을 잡고 있는 힘껏 잡아끌었다. 아이의 몸은 선루프에 'ㄱ'자로 꺾인 채 움직이지 않았다. 닭 간판이 모이를 쪼아 먹으려는 것처럼 몸을 숙였다.

한 번만 더 강풍이 불면 버티지 못할 것이다.

삐이거어억!

닭이 추락하기 시작했다.

혜원은 아이의 손을 놓고 머리를 감싸 안았다. 간판이 차의 지붕을 강타했고 차체가 흔들리며, 날카로운 파편이 그녀 주위로 튀었다. 그녀의 눈 속에 날카로운 파편에 피투성이가 되어 있는 아들이 그려졌다. 하지만 눈을 뜨자 아이는 놈의 품속에 붙들려 있었고, 목에는 날카로운 메스가 대어져 있었다. 아이의 눈에는 눈물이 그렁그렁했다. 아이의 입에서 알 수 없는 괴성이 새어져 나왔다.

"어서 타."

남자가 말했다.

"일단 시내를 벗어나자고."

혜원은 남자의 말에 따라 차를 움직였다.

오후 10:36

석현은 도대체 무슨 일인지 알 수 없었다. 왜 갑자기 엄마가 자신을 달아나게 하려고 했는지, 그리고 도대체 이 남자는 누구인지. 손이 묶여 있어서 움직이기가 쉽지 않았다. 그는 지금 엄마와 남자가 하고 있는 대화가 무엇인지 들을 수 있으면 좋겠다고 간절히 생각했다.
 차는 시내를 벗어나자 외곽순환도로를 거쳐 점점 인적이 드문 곳으로 진입했다. 차 한대가 간신히 지나갈 정도의 울퉁불퉁한 길옆으로 아름드리나무가 점점 많아지고 있었다. 무성한 잎을 자랑하는 나무들은 정신 나간 여자가 산발을 하고 곡성을 토해내듯 서로의 살을 비비고 있었다. 아이는 틀림없이 산이 고통스럽게 울어대고 있을 것이라고 생각했다. 차가 힘겹게 꼬불꼬불한 경사로를 오르자 시야가 탁 트인 공간이 나타났다. 산의 경사면에 마치 아라랏 산에 걸쳐진 노아의 방주처럼 직사각형으로 길쭉하게 생긴 2층 건물이 세워져 있었다. 건물은 산을 등에 지고 검은 바다를 내려다보고 있었다. 전조등 불빛에 낡은 천사상과 바비큐용 드럼통, 낡은 탁자와 의자들이 나뒹굴고 있는 것이 드러났다. 앞마당에 차를 주차시키고 전조등을 끄자 끝을 알 수 없는 어둠이 아이를 감쌌다.
 "내려."
 남자가 플래시를 비추며 아이와 엄마에게 말했다.

오후 10:44
 "걸어."
 성욱은 자갈이 깔린 마당을 플래시로 비추며 악을 썼다. 입을 벌리면 가글을 하는 것처럼 비가 들이닥쳤다. 집 뒤를 병풍처럼 두르고 있는 산의 사면에서 황토가 깎여 내려오고 있었다. 오래된 소나무들이 몸을 뒤틀며 비명을 질러댔다.

플래시를 비추자 고송 하나가 쓰러져 2층 베란다에 걸쳐 있었다. 다행히 나무의 줄기가 지붕을 뚫고 들어가진 않았다. 비가 그치고 나면 톱으로 잘라내야 할 듯싶었다. 어디선가 "우지끈" 하는 소리가 들렸다. 숲이 몸살을 앓고 있었다.

성욱은 문을 열고 들어가며 소리쳤다.

"어머니, 다녀왔어요."

대답이 없었다.

"살려주세요."

여자가 소리를 질렀다.

"당신 아들이 우리를 납치해 왔어요!"

그는 여자의 발악을 무시하고 두 사람을 욕실로 집어넣었다. 두 사람의 몸에서는 퀴퀴한 냄새가 났고 비에 흠뻑 젖어 있었다.

"씻어. 깨끗하게."

성욱은 여자와 아이를 밀어 넣고 자신도 지하 작업실 옆에 붙은 샤워실로 들어갔다. 냄새나는 옷을 벗어서 쓰레기봉투에 넣었다. 몸에 비누칠을 해서 더러운 오물을 씻어냈다. 그리고 야쿠르트가 주성분인 바디 워셔액을 풀어서 향긋한 냄새가 날 때까지 비벼댔다. 거울 속에서는 탄탄한 몸매를 가진 남자가 서 있었다. 지속적인 운동을 통해서 그의 복근은 날렵하고 탄탄했다.

그는 여자와 아이에게 마른 옷을 가져다주려다가 여자들이 씻는데 남자들 보다 훨씬 시간이 많이 걸린다는 것을 떠올리고는 작업실로 통하는 접이식 문을 열었다.

불을 켜자 먼지 하나 없이 깔끔한 실험실 분위기의 방이 드러났다. 지하 작업실은 그가 이 집을 리모델링할 때 심혈을 기울여 완성한 곳이었다. 작업실은 가운데를 접이식 포켓 도어로 막아 두 부분으로 나누어 놓았다. 금속 문을 열고 들어가면 먼저 드러나는 곳에 샤워실과 작업복 등을 보관하는 캐비닛을 놓아두었다. 병원이라면 고인이 가족과 만나는 곳이라고 할 수 있었다. 포켓 도어 안쪽이 그의 작업실이었다. 작업실은 바닥과 천장 모두 바둑판 모양의 흰색 타일로 되어 있었다. 중앙에는 철제 작업대가 있었고 작업대 양 옆으로 싱크대와 앰버밍에 사용되는 기계들을 놓여 있었다.

그는 바퀴가 달린 이동식 테이블 위에 작업 도구들을 늘어놓기 시작했다. 갈고리 모양으로 휘어진 동맥류 바늘, 양쪽에 날이 달린 유엽도, 생선의 이빨 같은 날이 달린 이빨형 지혈감자와 동맥용 지혈감자, 작은 칼, 다양한 상황에 쓰일 여러 형태의 가위들, 분리기, 몇 종류의 포셉과 반 굽이와 두 굽이 봉합침 여러 종류를 차례로 늘어놓았다.

남자가 공기 조절기를 가동하자 신선한 공기가 유입되기 시작했다. 지하실에서도 비 냄새가 퍼지기 시작했다. 남자는 배기 후드의 스위치를 넣고, 자기로 된 배액 설비가 제대로 작동하는지 점검했다. 작업실의 벽과 천정은 셀룰로오스 섬유판을 시공해서 소리가 새어나가지 않았다. 그는 잠시 눈을 감고 작업실의 고요를 즐겼다. 그는 이곳의 청결함과 조용함이 마음에 들었다.

남자는 오려 두었던 사진을 주머니에서 꺼내 들여다보았다. 막 깎은 듯 보이는 파란 잔디밭을 배경으로 다탁에 행복해 보이는 부부와 아들이 따뜻한 햇볕을 맞으며 앉아 있었다. 아이는 야구 모자를 쓰고 개구쟁이 같은 미소를 짓고 있었고 부모는 그런 아이를 따뜻하게 바라보고 있었다. 탁자 아래서는 털이 복슬복슬한 강아지 한 마리가 잔디밭에 코를 파묻고 있었다. 완벽한 가정이었다. 사진 하단에는 '행복을 드리는 대산건설'이라는 문구가 반쯤 찢어져 있었다.

남자의 얼굴에 미소가 떠올랐다.

엄마는 언제나 그가 하는 일을 좋아했다. 이번에도 보여드리는 것이 좋을 것이다. 그는 슬슬 여자의 목욕이 끝났을 것이라고 생각하고 작업실 계단을 올라갔다.

오후 11:05

혜원은 덜덜 떨리는 몸을 달래기 위해서 샤워 꼭지를 돌렸다. 다행히 뜨거운 물이 나왔다. 아이 역시도 오들오들 떨고 있었다. 그녀는 욕조에 따뜻한 물을 받아 아이를 들어가게 했다. 아이는 뜨거운 물속에 들어가서야 떨림을 멈추었다.

그녀는 아이를 욕조에 남겨두고 욕실을 둘러보았다. 무엇인가 날카로운 것이 필요했다. 샤워기는 벽에 고정된 형태였다. 하지만 어쩌면 벽에서 떼어낼 수 있을지도 모른다. 그녀는 샤워기의 봉을 잡았다.

"뜨거워."

얼른 손을 놓았다. 샤워기는 뜨거운 물이 나오느라고 달궈져 있었다. 그리고 쉽사리 벽에서 떨어질 것처럼 보이지도 않았다.

수건함을 열어보았다.

남자의 어머니가 사용한 것이었는지 마른 수건 몇 장과 샴푸

와 린스, 유리병 속에 들어 있는 로션과 크림이 있었다. 흔한 면도기조차도 없었다.

로션? 크림?

병 바닥은 두꺼운 이중유리로 되어 있었고 둔탁한 모서리를 갖고 있었다. 그녀는 팬티스타킹을 벗어서 다른 쪽 다리를 그곳에 집어넣고 이중으로 만들었다. 찢어진 곳이 있었지만 매듭을 지어서 구멍을 메웠다. 그리고 발바닥 부분에 로션과 크림 병을 집어넣었다. 병 위에서 매듭을 짓고 휘둘러보았다. 낭창거리기는 해도 쉽사리 찢어질 것 같지는 않았다.

그녀는 뜨거운 물이 쏟아져 나오는 샤워 부스 안으로 들어갔다. 샤워 부스 안은 김이 서려 있었다.

혜원은 아이에게 글씨를 썼다.

"조금 있다가 엄마가 저 남자를 공격할 테니까 너는 도망가!"

"왜요?"

"나쁜 놈한테 잡혀왔어."

"엄마는요?"

"엄마는 석현이보다 힘도 세니까 괜찮아."

혜원은 아이를 꼭 끌어안았다. 아이의 심장이 쿵쾅거리면서 뛰는 것이 느껴졌다. 그녀는 아이를 으스러져라 끌어안고 이마에 뽀뽀해 주었다.

오후 11:22

"다 했어? 갈아입을 옷 가져왔어."

성욱은 빗장을 풀고 욕실 문을 열었다. 안은 뿌연 습기로 가득 차 있었다. 샤워 부스 안에는 아무도 없었다. 그가 놀라서 두리번거리는 순간, 갑자기 무엇인가가 날아들었다.

성욱은 반사적으로 몸을 틀었다. 뭉툭한 것이 관자놀이를 스치면서 쇄골을 때렸다. 격통이 어깨에서부터 뇌로 치달았다. 지독한 치통에 시달리고 있을 때 신경을 건드린 것 같았다. 여자가 휘두른 것은 타일 바닥에 부딪히면서 파삭 소리와 함께 깨졌고, 좁은 샤워실 안에는 화장품 냄새가 진동했다. 그는 미식축구 선수처럼 여자의 허리를 잡고 뒹굴었다. 순간 문 옆으로 꼬맹이가 달려 나갔다. 그는 녀석을 잡으려고 했지만 꼬마는 날렵하게 샤워실을 뛰쳐나가 복도를 내달렸다. 성욱은 여자의 머리채를 잡고 변기에 짛었다. 여자가 비명을 지르다가 힘을 잃었다.

일어나서 거울을 보니 눈 위가 살짝 찢어져 있었다. 왼팔을 들어 올리려 했지만 다시 한 번 강한 통증이 밀려올라왔다. 그는 여자의 머리채를 잡고 세면대에 들이박았다. 손에서 여자의 머리카락이 우수수 떨어졌다.

도무지 마음을 놓을 수 없는 여자였다. 왜 이렇게 남편을 존중하는 마음이 없는 것일까? 버르장머리 없기는 아이도 마찬가지였다. 도대체 세상이 왜 이렇게 변하는 것인지 알 수 없었다. 모든 것이 텔레비전과 영화, 그리고 저속한 오락물 때문이었다. 주부를 상대로 한 온갖 저열한 프로그램들은 순종이 아니라 일탈을 부추기고 있었다. 가정의 파괴는 곧 세상의 파괴로 이어질 것이다.

그는 타월을 물에 적셔 찢어진 부분을 깨끗이 닦아낸 다음, 주머니에서 순간접착제를 꺼냈다. 그리고 찢어진 부위를 잘 맞춘 다음 슥 문질렀다. 한 동안 피가 나지 않을 것이다. 그는 곧 꼬마를 쫓기 시작했다.

오후 11:29

아이는 복도를 내달렸다. 발에서 차가운 냉기가 스멀스멀 기어 올라왔다. 아무런 소리도 들리지 않았다. 어렴풋하게 천둥과 번개가 치는 것만 진동으로 느낄 뿐이었다.

아이는 숨을 곳을 찾았다. 2층으로 오르는 계단을 올랐다. 석현의 머릿속에서는 나무 계단을 밟을 때마다 삐걱거리는 소리가 천둥처럼 울렸다. 하지만 정말 그런 소리가 실제로 나는 것인지 알 수 없었다.

몸을 납작 숙인 채 난간 아래로 계단을 내려다보자 남자가 거실을 뒤지고 있었다. 남자는 싱크대 아래도 뒤적여 보고 소파 주변이나 텔레비전 뒤도 살펴보았다. 아이는 손등으로 입을 틀어막으며 작은 소리라도 새어나가지 않기를 빌었다.

남자가 시야에서 사라졌다. 잠시 뒤에 집 전체가 어둠에 휩싸였다.

아이는 어리둥절했다.

소리도 들리지 않는데 보이지도 않게 되었다!

어둠!

남자가 차단기를 내렸거나 정전이 된 것이다.

심장이 머릿속에서 작은 북처럼 쿵쾅거렸다. 물에 빠진 것 같은 진공 속에서 깊은 암흑만이 존재했다. 그리고 한 순간, 빛이 공간을 가르고 벽을 더듬었다. 남자가 플래시를 비춘 것이다. 빛이 그의 존재를 더듬고 있었다. 아이는 바닥을 기어서 안쪽 복도로 들어갔다.

첫 번째 방, 잠겨 있다!

두 번째 방, 잠겨 있다!

세 번째 방, 잠겨 있다! 아니다. 돌아간다.

최대한 조심스럽게 문고리를 돌렸다. 그리고 작은 틈 사이로 몸을 비집어 넣었다. 살그머니 문을 닫고 벽을 더듬었다. 스위치가 만져졌다. 좌우로 밀어보았지만 빛은 돌아오지 않았다. 손으로 더듬으며 앞으로 나갔다. 무릎이 무엇인가 딱딱한 것에 부딪혔다. 아이는 자신이 아픔에 비명을 지른 것인지 그렇지 않은 것인지 알 수 없었다.

이불이 덮여 있었다. 침대였다.

몸을 웅크린 채 눈이 어둠에 익기를 기다렸다. 서서히 방 안의 모습이 드러났다. 바다가 보이는 전면 유리창이 있었고, 돌출된 베란다가 있었다. 창밖으로 거대한 무엇인가가 바람에 흔들리며 창에 비를 흩뿌리고 있었다.

그때 번개가 하늘을 갈랐다.

바다가 보이는 창가에 흔들의자가 있었다. 그리고 홈드레스를 입은 누군가가 무릎에 강아지를 품고 앉아 있었다.

여자! 강아지!

분명히 그가 들어왔을 때 강아지가 커다란 소리로 짖었을 것이다. 어쩌면 지금도 짖고 있는지 모른다. 아이는 마른 침을 삼켰다. 남자가 강아지 소리를 듣고 이 방으로 찾아오는 것은 시간 문제였다! 아이는 미친 듯이 숨을 곳을 찾았다. 어서 이 방을 탈출해야만 한다.

아이는 문 앞으로 달려가 방문을 열어보려고 했다. 그때, 빛줄기가 문틈을 훑고 지나갔다. 여자가 앉아 있는 의자 뒤로 몸을 낮추었다. 빛이 지나갔다. 석현은 무거운 창문을 열고 베란다로 나갔다. 빗줄기가 쏟아지는 화살처럼 그의 몸을 직격했다. 금세 온 몸이 흠뻑 젖었다. 베란다에서 최대한 몸을 숨길 곳을 찾았다. 아까 앞마당에서 본 부러진 나무가 베란다에 걸쳐 있었다.

어쩌면 저 나무를 잡고 밑으로 내려갈 수 있을지도 모른다.

맨발에 진동이 느껴지면서 다시 하늘이 갈라졌다.

이번에는 확실히 목격할 수 있었다. 머리를 풀어헤친 할머니와 강아지였다.

아이는 숨을 들이마셨다.

어서 밑으로 내려가야 한다.

하지만 묘한 위화감이 느껴졌다. 그가 오는 소리를 들었다면 강아지가 쫓아 나오던지 할머니가 의자에서 일어나야 했을 것이다. 그런데 강아지는 여전히 할머니 무릎 위에 얌전히 앉아있었다.

아이는 조금 전 할머니와 스쳤을 때 느꼈던 냉기를 떠올렸다. 외할아버지가 돌아가셨을 때, 할머니는 그에게 할아버지를 염하는 모습을 보게 했다. 그가 울고불고 난리를 쳤지만 종손이라는 이유로 묵살되었다. 철제 카트 위에 주황색 빨래 줄이 감긴 하얀 천으로 둘둘 말린 할아버지가 누워 있었다. 마스크를 쓴 남자들이 천을 벗기자 할아버지의 몸에는 줄을 감았던 자국이 살을 파고들어간 채 그대로 남아 있었다. 곧 외할머니와 엄마가 울기 시작했다. 방금 전 할머니와 스칠 때 느낀 한기가 그때를 떠올리게 했다.

방문이 열렸다. 빛이 방 구석구석을 훑었다.

아이는 베란다에서 팔 하나 정도 떨어진 가지를 잡으려고 손을 뻗었다. 닿지 않는다. 베란다 난간 위로 올라갔다. 세찬 바람이 불었다. 손이 곱아서 떨어질 것만 같았다.

남자가 비가 들이친 흔적을 발견하고 커튼을 젖히고 밖을 내다보는 것은 순식간일 것이다.

석현은 베란다 반대쪽에서 있는 힘껏 도움닫기를 했다. 그리고 펄쩍 뛰어서 베란다 난간을 차고 올라 몸을 날렸다. 가지를 잡을 수 있기를 빌며. 나뭇가지에 팔뚝을 감았다. 하지만 비에 젖어 미끄러웠다. 간신히 손을 걸었다. 날카로운 가지에 찔리는 아픔이 느껴졌다. 아이의 무게에 가지가 휘청거리면서 밑으로 휘어졌다. 아이는 후두둑 가지를 훑으며 밑으로 추락했다. 너무 차가운 얼음을 만지면 뜨겁다고 느끼는 것처럼 아이의 손이 불에 타는 것 같았다. 석현은 토사가 넘실대는 바닥에 처박혔다. 코와 입으로 누런 황토가 섞여 들었다. 석현은 컥컥거리면서 코와 입으로 들어간 흙탕물을 뱉어냈다. 2층에서 남자가 그를 볼지도 몰랐다. 석현은 그가 자신을 발견하지 못하길 바라면서 차가운 풀숲으로 몸을 굴렸다.

오후 11:45

혜원은 자신의 몸이 규칙적인 움직임에 의해 어딘가로 실려 가고 있는 것을 느꼈다. 남자가 자신을 어깨에 둘러메고 계단을 내려가고 있었다. 머리가 깨어질 것처럼 아팠다. 화장실에서의 난투극을 떠올리자 정말 자신의 머리가 깨진 것인지도 모른다는 생각이 들었다. 버둥거리려고 해 보았지만 손이 묶여 있고 몸을 제대로 움직일 수 없었다. 그리고 알몸이었다. 섬뜩한 한기가 스치고 지나갔다. 남자는 그녀를 강간하고 죽여 버릴 생각인지도 몰랐다. 하지만 그녀는 남자에게 그것보다 더 끔찍한 계획이 있을지도 모른다는 생각을 떨칠 수가 없었다.

남자가 금속 문을 열고 안으로 들어갔다. 마치 영화에서 본 해부실과 같은 광경이 펼쳐져 있었다. 혜원은 오금이 저려왔다. 금방이라도 오줌을 쌀 것만 같았다.

은빛 나는 금속 테이블 위에 몸이 뉘어졌다. 차가웠다. 마치 드라이아이스 위에 알몸으로 눕는 것처럼 차가웠고 온몸이 테이블에 달라붙는 것 같았다. 위 아랫니가 마주쳤다. 떨림은 아주 깊은 곳에서부터 새어나왔다. 도무지 몸을 움직일 수 없었다.

사각형으로 만들어진 전등에 불이 들어왔다. 눈이 부셨다. 고개를 돌리자 검은색 실크 원피스를 입은 노부인이 그녀를 바라보며 앉아 있었다. 곱게 메이크업을 하고 있었고 잠자는 것처럼 눈을 감고 있었다.

"엄마, 내가 뭐랬어. 결국 돌아올 거라고 했잖아."

남자가 입을 열었다. 남자의 목소리는 어딘가 어리광을 부리며 칭얼거리는 아이를 닮아 있었다.

그가 혜원의 목덜미를 더듬더니 바늘을 꽂았다. 따끔함을 느꼈다고 생각했는데 그것이 정말로 따끔한 것인지 따끔할 것이라고 느낀 것인지 몰랐다. 구부러진 관이 붉은 피로 채워졌다. 그것은 밑의 배수관을 통해서 어딘가로 빠져나갔다.

"엄마, 내가 지금 바늘을 꽂은 곳은 온동맥이라는 곳이야. 우선 이곳으로 체내의 불필요한 피와 체액을 모두 빼내는 것이지."

남자는 싱크대 쪽으로 가서 화학 약품 병을 꺼내 부인에게 보여주었다.

"이건, 말이야, 엄마. 포름알데히드라는 것인데 대표적인 보존제야. 값도 싸고, 곰팡이도 안생기고 살균도 되고 말이야. 그런데 단점은 피를 빨리 응고시킨다는 거야. 그러니까 피를 완전히 제거하지 않고 주입하게 되면 피부 색깔이 어둡게 되거나 불쾌한 냄새가 날수도 있다는 거야. 하지만 엄마도 알다시피 난 절대 실수를 하지 않거든."

남자는 병을 각종 기구들이 즐비한 테이블 위에 놓았다. 그리고 장갑을 끼고 대형 믹서처럼 생긴 기계를 청소하기 시작했다.

"아, 이거? 이건 위생처리기인데 나중에 물하고 포르말린을 같이 섞어서 사용할 거야. 지난번에 사용하고 깨끗이 닦아 놓긴 했지만 그래도 청결한 것이 더 좋지."

늙은 여자는 한 번도 눈을 뜨지도 입을 열지도 않았다. 그저 곱게 화장을 한 완벽한 모습으로 그곳에 있었다. 혜원은 정신이 점점 멀어져 가는 것을 느꼈다. 동맥에서 검붉은 피가 계속 빠져나가고 있었다. 온 몸의 피가 모두 빠져나가는 데는 얼마나 걸릴까? 오래 전 손목을 긋고 따뜻한 물에 담갔을 때의 기분이 되살

아났다. 그녀는 서서히 나른함 속을 빠져들고 있었다.

오전 12:02

석현은 균형을 잡으려고 안간힘을 쓰면서 집 주변을 돌고 있었다. 강풍이 부는데다가 토사가 흘러내려서 중심을 잡기가 쉽지 않았다. 쏟아지는 빗줄기가 산사면의 토사를 깎아내리고 있었고 나무들의 뿌리가 드러났다. 아이는 방금 전 집에서 유일하게 불빛이 새어나오던 지하실 창문을 통해 보았던 광경을 이해하기 위해 애쓰고 있었다. 엄마는 알몸으로 테이블에 누워 있었고 남자가 이리저리 옮겨 다니면서 무엇인가를 하고 있었다. 분명히 아주 끔찍한 일이 벌어질 것이다.

집 안으로 들어가 엄마를 구해야 한다.

문은 잠겨 있었다. 아이는 마당에서 커다란 돌을 주워왔다. 그리고 비에 떨면서 다시 한 번 천둥이 울리기를 기다렸다. 몸이 덜덜덜 떨렸다. 오한이 온통 몸을 삼키고 있었다. 이러다가는 혀를 깨물어 버릴지도 모른다는 생각을 했다. 언젠가 백화점에서 어떤 아저씨가 갑자기 바닥에 누워 이렇게 몸을 떨어대던 것을 떠올렸다. 아이는 파랗게 질린 입술을 깨물며 한 손으로 몸을 문질러댔다.

순간 눈이 멀 것 같은 섬광이 번쩍였다.

돌을 전면창을 향해 집어던졌다. 들고 있던 나뭇가지로 주변을 쳐내고 손을 집어넣어 반대쪽 문을 열었다. 그리고 깨진 유리 조각을 피해서 안으로 들어갔다. 부엌으로 가서 싱크대 서랍을 뒤졌다. 횟집에서 쓰는 것 같은 기다랗고 날카로운 칼을 찾을 수 있었다. 아이는 그것을 다리에 붙이고 조심스럽게 복도를 걸었다. 혹시라도 젖은 옷에서 찌걱거리는 소리가 날까봐 더욱 조심했다.
아무 소리도 들리지 않았다.
남자가 있는 지하실 계단을 찾는 것은 어렵지 않았다. 금속 문을 밀고 들어갔다. 장애인 화장실에서 보았던 것 같은 접이식 문 뒤에서 두런거리는 소리가 들려왔다.
살그머니 문을 밀었다.
엄마와 눈이 마주쳤다.

오전 12:07

혜원은 평화로운 잠에 빠지고 싶었지만, 무엇인가가 자꾸 잠을 방해하고 있었다. 집 전체가 불길한 신음을 토해내고 있었다. 그것은 낡은 의자의 아귀가 뒤틀리면서 나는 삐걱거림 같기도 했고, 칠판을 손톱으로 긁어대는 소리 같기도 했다. 그녀는 자꾸만 감겨지는 눈꺼풀을 간신히 밀어 올렸다. 그녀의 시야 한 쪽으로 무엇인가가 움직이고 있었다.
아이가 머리카락이 앞이마에 찰싹 붙은 채 고개를 들이밀고 있었다.
남자를 보았다. 남자는 콧노래를 부르며 등을 돌리고 쪼그리고 앉아 믹서를 청소하느라 아이를 눈치 채지 못하고 있었다.
'도망가—!'
그녀가 아이에게 소리 없이 말했다. 아이는 도리질을 치면서 그녀에게 칼을 들어보였다.

아이는 그녀가 뭐라고 할 사이도 없이 테이블로 다가와서 그녀의 묶인 손을 잘랐다. 날카로운 아픔이 스쳐갔지만 고통을 느낄 사이도 없었다.

남자가 아이의 존재를 눈치 챘다.

혜원은 벌떡 몸을 일으키며 테이블에 있던 화학약품 병을 집어 남자를 향해 집어던졌다. 남자가 본능적으로 몸을 피했다. 병은 남자를 스치고 싱크대에 부딪혀 박살났다. 역겨운 암모니아 냄새가 퍼졌다. 갑작스럽게 몸을 움직이자 바늘이 목을 찔렀다. 혜원은 바늘을 잡아 뜯어버렸다. 피가 흘러내렸다.

남자를 향해서 작업대 위에 있는 이상한 모양의 가위, 칼, 바늘 같은 것들을 닥치는 대로 집어 던졌다. 남자가 날렵하게 몸을 피하자 그녀가 던진 것들이 요란한 금속성을 내며 벽에 부딪혀 떨어졌다. 하지만 덕분에 금속 작업대에서 내려올 시간을 벌 수 있었다. 피를 너무 많이 흘려서 어지러웠다. 맨발에 타일 바닥의 냉기가 치밀었다. 한기 덕분에 정신이 조금 돌아왔다. 그녀는 아이의 어깨를 감싸며 칼을 받아들었다.

남자와는 그녀가 누워 있던 작업대를 사이에 두고 있었다. 그의 손에는 어느새 날카로운 메스가 들려 있었다.

놈이 작업대를 돌아 그녀에게 다가왔다.

"오지 마!"

그녀는 남자의 눈앞에서 칼을 휘저었다.

남자가 움찔하며 몸을 피했다. 하지만 남자의 눈빛은 별로 달라지지 않았다. 그저 흥미로운 장난감을 바라보는 아이의 눈이었다. 집에서 나는 불길한 소리가 더 커졌다. 덫에 걸린 상처 받은 짐승이 토해내는 마지막 울부짖음 같았다.

"요 꼬마 녀석. 조금 있다 찾으러 가려고 했더니 제 발로 걸어왔구나."

"가까이 오지 마. 이 미친 새끼야."

혜원이 악을 썼다.

남자가 점점 더 그들에게 다가왔다.

그녀는 아이의 어깨를 잡고 뒷걸음질 쳐서 접이식 문 쪽으로 이동했다. 뒤꿈치에 노부인이 앉아 있던 의자가 걸리면서 균형을 잃을 뻔했다. 아이가 손을 잡아 주어서 간신히 균형을 유지할 수 있었다.

혜원은 처음으로 남자의 눈에 움찔하는 빛이 스치는 것을 보았다.

칼을 들어 노부인의 얼굴에 갖다 댔다.

"이봐. 뭐 하는 거야?"

남자가 당황한 목소리로 물었다. 녀석의 표정에서 제대로 방향을 잡았다는 확신이 들었다. 혜원은 노부인의 관자놀이에 칼을 쑤셔 넣고 턱 밑까지 길게 내리 그었다.

"그만해!"

놈이 울부짖었다. 녀석의 울부짖음은 그녀에게 역겨움과 함께 묘한 쾌감을 가져다주었다.

"차 열쇠를 내놔."

남자가 머뭇거리자 여자의 눈구멍에 칼을 쑤셔 넣었다. 딱딱한 캡이 벗겨지면서 변색된 솜이 흘러나왔다. 정말 살아있는 사람을 찌른 것처럼 구역질이 치밀어 올라왔다.

싱크홀 217

"제발, 그만!"
남자가 침을 질질 흘리면서 도리질을 해댔다.
"열쇠를 던져"
남자가 던진 열쇠가 발치에 떨어졌다.
"석현아, 주워."
아이가 열쇠를 줍는 것을 확인하고 노부인의 시신을 방패삼아 접이식 문을 벗어나 서서히 출입구 쪽으로 이동했다. 남자의 시선은 자신의 어머니에게 고정되어 있었다.
문을 열고 석현을 내보냈다. 눈물이 범벅이 된 녀석에게 노부인을 발로 차 밀어 넣고 문을 닫았다. 두꺼운 문 너머로 남자의 울부짖음이 새어나왔다.

오후 12:22

여자는 아들의 부축을 받아가며 지하 계단을 올랐다. 발이 미끄러지면서 무릎을 찧었다. 하지만 집 전체가 불길한 소리를 토해내고 있었다. 여자의 본능은 서둘러서 집을 빠져 나가야 한다고 외치고 있었다.
쏟아지는 빗줄기를 헤치고 산타페로 내달렸다. 산에서 쏟아지는 토사의 양이 점점 많아지고 있었다. 차문을 열어젖히고 아들을 던져 넣은 다음 시동을 걸었다. 산이 시커멓게 무너져 내리고 있었다. 시동을 걸고 후진기어를 넣었다.
토사는 2층을 덮치고 창문과 정문을 통해서 비어져 나왔다.
가속 페달을 있는 힘껏 밟았다. 차가 헛바퀴를 돌았다.

토사의 압력에 의해 창문이 터져나갔다. 아마 몇 초 후면 집은 흔적도 없이 묻혀 버릴 것이다. 산타페 앞 유리창이 황토로 뒤덮였다. 공포가 밀려왔다. 아무것도 보이지 않고 아무것도 들리지 않았다. 이제 곧 화산재에 묻힌 폼페이 사람들처럼 생매장 당하고 말 것이다.

마침내 전륜구동의 힘이 땅을 물어뜯으며 박차고 튀어나갔다. 나오자마자 차가운 빗줄기가 그들을 맞이했다. 앞이 보이지 않았다. 입구에 세워둔 천사 상을 밟으며 차가 유턴했다. 여자는 가속기를 힘껏 밟으며 돌진했다. 진입로로 핸들을 꺾자 거대한 진흙이 집을 덮었다.

집은 형체도 없이 사라져 버렸다. 그곳은 거대한 진흙 덩어리만 남아 있었다.

며칠 후

혜원은 석현의 손을 잡아당겨 쓰러진 우체통에 걸려 넘어지려는 아이를 일으켜 세웠다. 비가 지나간 거리는 코소보나 세르비아의 전쟁터 같았다. 도로 양쪽에는 부서진 간판들과 쓰레기 더미가 쌓여 있었고 허리가 동강난 은행나무가 버스 정류장을 덮고 있었다.

"혜원 씨가 말씀하신 곳에서 발굴 작업을 벌인 결과 한 노부인의 시체가 발견 되었습니다. 그녀는 1년 전에 「파라다이스 실버빌」이라는 양로원에서 실종된 여인으로 밝혀졌습니다. 다행히 데이터베이스에 실종 신고가 남아있어서 신속한 확인이 가능했습니다. 현재 그녀의 유가족 분들이 시신 인도 절차를 밟고 있는 상황입니다. 하지만 말씀하신 남자의 시체는 아직 발견되지 않았습니다. 새로운 사태 진전이 있다면 즉시 알려드리겠습니다."

그녀의 사건을 담당한 형사가 알려 준 말이었다.

혜원은 수재민 대피소에서 받은 미지근한 생수를 벌컥벌컥 들이켠 다음 아이에게 건네주었다. 지독하게 더웠다. 폭우가 지나간 다음부터 날씨는 연일 35, 6도를 오르내리고 있었다. 거리는 오물과 쓰레기가 부패하는 악취로 가득 차서 숨을 제대로 쉴 수 없었다. 혜원은 라면과 식수가 들어있는 가방을 치켜 올리면서 집으로 가는 길을 재촉했다. 그녀가 세를 얻어 살고 있는 방은 반 지하라 조금만 비가와도 습기가 차고 물이 튀어 들어오곤 했다.

그녀는 소매로 땀을 훔치며 집 안으로 들어갔다. 방은 무릎까지 물이 차 있었고 책이며 잡지 등이 온갖 오물과 함께 둥둥 떠다니고 있었다. 냉장고 안의 음식은 썩어서 생선 가게 쓰레기통 같은 냄새를 풍기고 있었고, 텔레비전은 화장대 옆에 처박혀 있었다. 벽을 훑자 벽지가 뜯어져 나가면서 누런 진흙이 묻어나왔다. 어쩔 수 없이 다시 한숨이 새어나왔다.

"한숨만 쉬고 있을 거냐?"

혜원은 카랑카랑한 목소리에 고개를 들었다. 창문 앞에서 혜원의 어머니가 쪼그리고 앉아 방을 내려다보고 있었다.

"엄마, 어떻게 오셨어요? 도로도 제대로 뚫리지 않았는데."

혜원이 놀라움에 소리쳤다.

"내 발로 내가 가겠다는데 누가 막겠니."

끙 소리를 내며 무릎을 짚고 일어난 어머니는 집 안으로 들어와 한심스럽다는 표정으로 두리번거렸다.

"그러게 내가 올라오라고 했을 때 올라왔으면 이런 일도 없었을 것 아니냐."

"저 탓하러 내려오신 거예요?"

"흥. 옷이나 갈아입어라. 애도 갈아입히고. 대강 맞을 만한 치수로 사왔다."

어머니는 가방에서 혜원이 입을 트레이닝복과 아이의 옷을 꺼냈다. 혜원은 작은 방에서 물이 뚝뚝 떨어지는 게임기를 들고 울상을 짓고 있는 아이의 옷을 갈아입히고 자신도 갈아입었다. 그녀가 옷을 갈아입고 큰 방으로 들어가자 어머니는 물에 젖은 벽지를 모두 뜯어내고 있었다.

"이놈의 물부터 좀 퍼내라."

어머니가 말했다.

혜원도 말없이 세숫대야를 가져와 바닥의 토사를 퍼 나르기 시작했다. 어느새 다가온 아이가 세숫대야의 한쪽 귀퉁이를 잡았다. 조금 가벼워지는 것 같았다. 햇빛이 쓰레기와 토사로 가득한 집 안을 비추고 있었다.

UCLA 로고가 박힌 모자를 눌러 쓴 남자가 아이스크림을 먹으며 그들을 바라보고 있었다. 남자는 아이스크림을 다 빨아먹고 나자 주머니에서 휴대폰을 꺼냈다. 사진 촬영 모드로 전환해서 여자와 아이를 프레임 안에 잡았다. 여자와 아이는 땀을 흘리면서 토사를 담아 밖으로 나르고 있었다. 남자는 흔들리는 프레임을 고정시키며 입술에 묻은 아이스크림을 핥았다. 잠시 후에 액정 안에 할머니 하나가 여자와 아이에게 다가가는 모습이 떠올랐다. 남자는 숨을 멈추며 확인 버튼을 눌렀다. 작게 찰칵하는 소리와 함께 세 사람의 모습이 정지된 모습으로 화면에 잡혔다. 남자는 화면 아래의 파일 이름을 "나의 가족"이라고 적어 넣었다.

휴대폰을 주머니에 넣은 남자는 속삭이듯 콧노래를 불렀다.

"즐거운 곳에서는 날 오라 하여도……."

안녕, 나의 별

나혁진

1979년 인천 출생. 대학 재학 중에 추리소설의 매력에 흠뻑 빠져 1000권 정도의 추리소설을 읽었고, 현재는 그토록 좋아하는 추리소설을 직접 만들기 위해 출판 편집자로 근무하고 있다.

하루 종일 쓸쓸한 비가 내리는 가을날이다. 이렇게 구질구질한 날은 집에 이불 뒤집어쓰고 누워 빌린 비디오테이프나 보는 게 최고다, 라고 생각하는 승우지만 사람이 어찌 제 하고 싶은 것만 하고 살 수 있을까.

하지만 단골 커피숍인 '자스민'에서 승우는 나오길 잘 했다고 생각하며 흐뭇한 미소를 지었다. 따스한 커피가 얼어붙은 몸을 녹여주고, 테이블과 의자에 밴 향긋한 커피향은 코를 부드럽게 간질이며, 실내에 흐르는 피아노 연주곡은 조용하지만 때로 격정적으로 마음을 두드린다. 흔들의자는 앞뒤로 살살 흔들려 유쾌한 율동감을 전하고, 맞은편에는 아무리 시시한 이야기라도 즐겁게 나눌 수 있는 이야기 상대가 있다. 그런데 그 이야기 상대가 청순한 긴 머리에 웃는 얼굴이 예쁜 여인이라면? 더구나 2주만 있으면 결혼하여 곧 다가올 새천년을, 그리고 평생을 함께 보낼 약혼녀라면? 누가 승우보다 더 행복할 수 있을까.

승우의 맞은편에 앉은 미미는 올해 스물다섯 살이고 반 년 전에 대학을 졸업했다. 전공은 국문과. 안경잡이에 전형적인 샌님 스타일인 승우는 서른 살에 제약회사의 연구팀장을 맡아 젊은 나이에 출세가도를 달리고 있는데, 키도 작고 인물이 별 볼 일이 없는데다 여자 앞에만 서면 무슨 말이든 얽히고설키고 꼬이고 막히는 그놈의 울렁증 때문에 변변찮은 연애 한 번 제대로 한 적이 없었다. 사촌동생인 혜경이가 대학동기인 미미를 소개시켜 줬을 때도 미미의 미모에 속으로는 쾌재를 불렀으나 언감생심 내가 어딜? 하는 걱정에 지레 포기해 버렸더랬다. 하지만 뜻밖에도 미미는 남자의 외모는 그다지 중시하지 않는 모양인지 점잖고 속이 깊은 승우를 마음에 들어 했고 1년 간 만남을 지속한 끝에 최종 목적지인 결혼에 골인하기 이른 것이다.

"오빠, 저 지금 너무 떨려요. 이게 몇 년 만인지 짐작도 안 가요. 가만 있어봐. 고등학교 졸업하고 못 봤으니까 하나, 둘, 셋, 넷…… 5년 만이에요, 5년!"

평소 말이 별로 없고 여성스런 미미의 모습과는 다르게 손을 쫙 펴서 호들갑스럽게 숫자를 세는 미미가 사랑스럽게만 느껴졌다. 기대에 차, 보석처럼 반짝반짝 빛나는 눈에 퐁당 빠지고 싶은걸.

"그렇게 좋아. 그 친구 만나는 게. 이거 질투나는데."

짐짓 이맛살을 찌푸리는 승우. 어쭈, 제법 애교도 부릴 줄 알고.

"아이, 오늘은 오빠보다 지혜예요. 평생 만난 친구 가운데 베스트란 말이에요."

"자기가 그러니까 정말 궁금해진다. 그나저나 좋은 친구네. 친구 결혼식 보러 귀국하고 말이야. 어디라고 했지, 캐나다였던가?"

"아니. 미국, 뉴욕이에요. 몇 번이나 말했는데······."

"알았어, 알았어. 미안. 이제부터 확실하게 기억해 둘게. 그보다 잘 찾아와야 할 텐데 여기가 워낙 고양이 손바닥만큼 좁은 곳이라 찾을 수 있을지 모르겠네."

"똑똑한 애라 괜찮아요. 걘 틀림없거든요."

"그런데 자기는 그 지혜 씨 이야기만 나오면 들뜨네. 도대체 어떤 친구인지 이제는 내가 궁금해서 못 참겠어."

"그럴만하니까 들뜨죠. 걘 내 인생에 은인이라고요."

"후아! 정말 어떤 친구기에 그런 이야기를 다 듣나. 지혜 씨 오기 전에 자세하게 이야기 좀 해봐."

"음······. 지혜 얘기를 하려면 티렉스(T-REX)가 꼭 나와야 해요."

"티렉스? 공룡, 육식 공룡 말이야?"

순간 미미는 어이없다는 표정으로 승우를 바라보았다. 그토록 애써 지켜왔던 교양은 저 멀리 날려버린 듯 입을 떡하니 벌린 채. 전설의 티렉스를 모르는 사람이 있다니. 우리나라에서 거의 최초로 힙합(Hip Hop) 음악을 소개해 불세출의 인기를 누린 슈퍼스타. 별 중의 별, 아니 별빛 따윈 상대도 안 되는 태양 같은 존재인데.

"아니, 어떻게 티렉스를 몰라요? 오빠 마지막으로 알고 있는 가

수가 누구예요?"

"······김광석."

"으으······."

미미는 처음으로 이 남자를 골라잡은 걸 후회하는 눈빛을 보였다. 하지만 두 가수는 추구하는 음악 장르는 포크와 힙합으로 완전히 달랐어도 비슷한 점이 없지는 않은데, 두 사람 모두 듣는 이의 마음 깊숙한 곳을 울리는 감동이 있는 노래를 만들고 불렀다는 것과 둘 다 이 세상 사람이 아니라는 것.

"아니 그 티렉스라는 가수가 자기랑 무슨 상관이 있다는 거야? 자기 학교 다닐 때도 지금처럼 조용한 아이였다며?"

"그야 그렇죠. 짬날 때마다 책만 붙잡고 아이들이랑 어울려 다니지 않아서 책벌레라고 얼마나 놀림 받았는걸요."

사실은 이렇다. 미미는 눈, 비 오는 궂은 날이든 햇볕이 화창한 날이든 가릴 것 없이 항상 지각을 했는데, 아무리 집에서 늦게 나와도 절대 뛰지 않았기 때문이다. 등굣길에 미미를 추종하는 인근 남자 고등학교 학생들이 늘 수십 명씩 모여 있어서, 마치 여왕처럼 고개를 한껏 쳐들고 도도한 표정과 우아한 걸음걸이를 뽐내며 걸어야만 했으니 늦을 수밖에.

지각한 벌로 운동장 한 바퀴를 돌고 자기 반인 3학년 2반 교실로 올라가니 이미 수업은 시작도 하기 전에 어지간히 탈진 상태인 게 머리가 핑그르르 도는 것 같다. 미인은 역시 몸이 약한 모양이야. 자, 이제 수금을 시작해 볼까.

미미는 승우에게 말한 대로 여간해서는 손에서 책을 놓지 않았는데, 실은 읽는 것 말고 다른 용도가 있었다. 책등으로 앞에 앉은 아이의 뒤통수를 톡톡 건드리면 그 아이가 뒤를 돌아본다. 미미가 싱긋 웃으며 손을 펴면, 그 아이 역시 웃음으로 무마하려는 듯 표정이 갑자기 밝아진다. 그러면 미미는 웃음을 거두지 않은 채로 책을 든 손을 뒤로 당겨 풀스윙을 할 채비를 갖춘다. 그제야 아이는 얼른 1000원짜리 지폐를 건넨다. 고마워, 아무리 타고난 피부라도 영양을 공급하려면 부지런히 먹어야 하거든.

미미는 수금한 돈으로 매점으로 가려다 다시 자리에 앉았다. 평소보다 일찍 담임이 교실로 들어왔기 때문이다. 여우같이 입이 뾰족해 별명도 '여우'인 담임은 이혼한 40대 남자였다. 소문에 따르면 저 얼굴에 바람피우다 걸렸다나 어쨌다나.

"특별히 전달할 사항이 있어서 조금 일찍 들어왔어요. 오늘 전학생 한 명이 올 겁니다. 원래 고3 때는 전학을 잘 안하는 법인데, 특별한 사정 때문에 어쩔 수 없이 우리 반으로 오게 됐어요. 다들 잘 알겠지만 고3이 된 지 한 달도 안 된 지금이 가장 중요한 시기예요. 괜히 전학생 왔다고 싱숭생숭하거나, 불러내서 같이 놀고 그러면 여러분만 손햅니다."

여우 담임은 신신당부하곤 교실을 빠져나갔다. 하지만 담임이 간과한 것은 고3이든, 중3이든 전학생에 대한 호기심만큼 학생들을 열광하게 만드는 것도 없다는 것. 늘 같은 장소에서 같은 친구와 비슷한 수업만을 반복하다 보면 그 반복되는 일상에 조금이라도 균열을 낼 수 있는 어떤 자그마한 변화라도 커다랗게 느껴지는 법이니까.

아이들의 호기심은 불꽃처럼 타올랐다. 어떻게 생겼을까? 어떤 성격일까? 공부는 잘 할까? 수많은 질문들이 하나하나 공중으로 떠올라 이리저리 떠다니는 것 같다. 사실 미미도 내심 흐뭇했다. 먹잇감이 하나 늘어나는 셈이니까. 먹이가 늘어나면 수금액도 늘어나는 거고, 앞으로 좀더 여유로운 삶이 가능하겠군.

모두의 호기심을 한 몸에 받고 있는 전학생은 아이들 진을 빼려고 작정한 것인지 도통 모습을 드러내지 않았다. 오후 3시 반, 영어 선생 '미친개'가 말도 안 되는 전라도 잉글리시를 구사하며 학생들을 혼절 직전으로 몰아가고 있는데, 교실 앞문에서 노크 소리가 들렸다. 그러곤 몇 초 후 문이 열리고 담임이 들어왔다. 흥포하기로 유명한 미친개와 입이 뾰족한 여우가 인사를 교환하니, 학생들은 여기가 동물농장이냐며 시시덕거렸다. 여우는 전학생이 왔다며 문 밖으로 손짓을 해 전학생을 불러들였다. 아이들은 기대에 차 눈을 초롱초롱 빛내며 들어오는 소녀를 바라보았다. 수업 시간에는 절대로 볼 수 없는 눈빛이다.

전학생은 절도 있는 자세로 걸어와 교탁 앞에 섰고, 아이들의 입에선 탄성과 한숨이 일시에 터져 나왔다. 전학생의 투명한 피부와 오밀조밀한 이목구비가 아이들에게 감탄, 질투, 동경 그리고 자괴의 마음을 한꺼번에 불러일으켰던 것이다.

여우는 분필로 전학생의 이름을 획획 써나가는데, 저래 봬도 상당한 달필이다. 윤지혜라는 이름의 전학생은 꾸벅 인사를 하며 입을 열었다.

"안녕하세요. 제 이름은 윤지혜입니다. 민감한 시기에 전학 와서, 학업에 조금이라도 불편을 드렸다면 죄송합니다. 비록 1년이 지만 잘 지냈으면 좋겠습니다. 고맙습니다."

앤 뭐지? 예쁜 얼굴을 해가지고선, 저렇게 차가운 분위기라니. 지혜의 감정이 전혀 느껴지지 않는 말투와 간결한 자기소개에 아이들은 내심 당황했다.

여우는 지혜에게 빈자리에 앉을 것을 지시했다. 빈자리는 교실 맨 뒷자리에 났고, 하필 대각선으로 미미의 뒤쪽이었다. 미미는 자리에 앉은 지혜가 노트라도 꺼내는지 부스럭대는 소리가 클래식이라도 되는 양 기분 좋게 들으며 미소 지었다.

'완전 얼음이네. 어디 좀 뒤에도 네가 그렇게 침착할 수 있는지 한번 보자.'

미미는 온통 지혜의 기선을 제압할 방법에만 신경을 쏟으며 수업이 끝나기를 기다렸다. 무슨 일이든지 처음이 중요한 법이다. 애초에 기선을 잡아놔야 말을 들어먹지. 수업은 금방 끝나고 휴식 시간이 되었다.

자, 이제 시작이다. 미미는 돌아앉아 팔짱을 끼고 다리를 최대한 우아하게 꼬았다.

"애, 전학생. 너 어디서 왔니?"

이것은 평범한 질문으로 상대의 대답을 유도해 낸 다음 강력한 말 펀치로 상대를 나락으로 떨어뜨리는 미미만의 싸움법이다. 이미 대답도 다 준비되어 있다. 만약 지혜가 지방에서 전학 왔다면, "이거 촌년이네. 어쩐지 소똥 냄새가 난다 했다. 애들아, 문 좀 열어라. 냄새 좀 빠지게. 그래 어디 경운기만 타다 생전 처음으로 버스 타니까 멀미 안 나디……." 서울에서 쭉 나고 자랐다면, "너 나 몰라? 이년 건방지네. 너 집, 학교, 교회만 왔다리갔다리 했냐? 명화여고 미미를 모른다고. 눈깔을 확 뽑아버릴까 보다."

하지만 지혜는 아무런 대답도 하지 않고 그저 그 큰 눈으로 미미를 빤히 마주보았다. 어라? 미미의 심장박동이 두 배나 빨리 뛰었다.

"어쭈? 눈 안 깔아? 어디다가 눈을 똑바로 들어?"

하지만 지혜는 미미의 말이 귀찮다는 듯 다시 자신이 꺼낸 문제집으로 시선을 돌렸다.

"네가 진짜 눈물나게 맞아야 말을 듣겠구나. 너 안 되겠어. 이년이 내 말을 씹어. 언니가 오늘 기분이 좋아 자비롭게 넘어가주려고 했는데 굳이 울어봐야 고분고분해지겠다니 알았어. 오늘 끝나고 각오해. 네 어미아비도 못 알아보게 죽여줄 테니까."

하지만 지혜는 아예 대꾸도 안 했다. 미미는 지혜의 태도에 당황했다. 이 바닥에선 한 번 밀리면 끝장이다. 한 명이라도 반항의 기미가 보이면, 침몰하는 타이타닉 호에서 우르르 빠져나가는 사람들처럼 전원이 이탈하게 된다. 무슨 일이 있어도 그것만은 막아야 했다. 지혜가 너무도 담담한 것이 약간 불안했지만, 미미는 마음을 독하게 먹고 비장하게 말했다.

"긴 말 필요 없고, 이따 학교 뒤편 소각장으로 와라."

명화여고 본관 뒤편에 있는 소각장. 소각장의 더 뒤로는 청마산(青馬山)으로 이어지는 으슥한 숲이라 학생들은 청소 시간 외에는 거의 나타나지 않았고, 교사들의 모습은 아예 찾아볼 수 없는 곳이다. 미미의 전설은 대부분 여기서 만들어졌다. 오랜만에 몸 좀 풀겠구나.

하지만 30분이 지나도 지혜는 나타나지 않았다. 3월 초라 해가 일찍 저물었다. 차디찬 공기에 미미의 입에서는 입김이 구름처럼 뭉게뭉게 뿜어져 나오고 있어 담배라도 한 대 피우고 있는 듯 보였다. 추위에 발만 동동 구르던 미미는 기다리다 못해 본관으로 달려갔다. 마침 본관 앞에는 같은 반 아이들 두 명이 남아서 수다를 떨고 있었다.

"야, 전학생 어디 있어?"

"지혜?"

둘 중 덜 소심한 학생이 되물었다.

"지혠지 지랄인지 어디 있냐고?"

"좀 전에 여기로 나가던데."

"뭐, 언제?"

"한 10분쯤 됐나."

"뭐? 아니 뭐 이런 게 다 있어."

미미는 지혜를 잡기 위해 밖으로 내달렸다. 미미는 텅 빈 운동장을 잽싸게 지나면서 평소에도 이렇게 뛸 수 있다면 지각은 면할 텐데, 라고 생각했다. 그녀는 마치 마라톤 주자처럼 교문을 거쳐 버스 정류장이 있는 내리막 언덕길을 달렸다.

"저기 있구나!"

미미는 너무도 반가운 마음에 왈칵 소리를 질렀다. 아니지, 지금 먹어야 할 마음은 이게 아니다. '넌 죽었어.' 바로 이거야! 지혜는 버스 정류장에 서서 버스를 기다리고 있다. 마침 인적도 없었다. 미미는 지금까지 감춰왔던 야성의 소리를 지르며 무시무시한 속도로 내달렸다.

"끼야야야호."

미미가 노린 것은 달리며 붙는 가속도를 더한 펀치를 지혜의 관자놀이에 먹여 한 방에 멋지게 눕히는 것이었다. 머릿속에서 그린 그림은 완벽했다. 실제로도 지혜는 예상처럼 멋지게 누워버리겠지. 그러나 다음 순간, 미미는 하늘을 날고 있었다. 이대로 영원히 날고 있으면 좋으련만 추락의 아픔은 너무 강했다. 냉기로 꽁꽁 얼은 아스팔트 바닥에 허리부터 떨어진 것이다. 반면 지혜는 뒤로 누웠다가 스프링처럼 튕기듯 곧바로 일어서는데 우아한 몸놀림이 마치 고양이 같다.

"아아아……."

미미는 허리가 끊어질 만큼 아파 제대로 비명도 지르지 못했다. 약한 신음소리만 새어나올 뿐이었다. 지혜는 잠깐 멈칫했지만 버스가 도착하자 그대로 몸을 돌렸다.

"야, 나 못 움직이겠어."

지혜는 무시하고 버스 발판에 다리를 올려놓으려 했으나 미미의 목소리에는 울음이 섞여 있다.

"아아, 그냥 갈 거야? 나 정말 아파……."

몇 초간 돌이라도 된 것처럼 멈춰 서 있던 지혜는 한숨을 쉬고는 버스에서 물러났다.

"어디 봐."

미미는 떨어질 때 왼쪽 옆구리와 허리 쪽으로 떨어진 모양이다. 지혜는 다가가 미미의 팔을 치우고 교복 치마 안쪽의 블라우스를 홱 걷어내어 상처를 살펴봤다. 온통 빨갛게 부어 있지만 어디가 부러지거나 할 만큼 심각한 건 아니다. 지혜는 미미를 부축해 일으켜 세웠다. 미미가 계속 아픔을 호소했지만 지혜는 아랑곳하지 않았다.

"아, 아파."

"그럼, 여기 계속 누워 있을 거야?"

미미를 부축해 정류장 의자 쪽으로 가려던 지혜는 생각보다 미미가 너무 아파하자 미간을 찌푸리곤 고개를 절레절레 흔들었다.

"어쩔 수 없네. 일단 우리 집에서 잠깐 쉬고 가자."

"집이 어딘데? 버스 타려고 했잖아."

"집은 근처야. 너 때문에 오늘 학원도 못 가고 이게 무슨 일인지 모르겠다. 첫날인데."

둘은 밤이 내린 거리를 어깨와 어깨를 맞대고 조심조심 걸었다.

"너 그런 거 어디서 배운 거야?"

"유도야. 너한테 쓴 기술은 배대뒤치기."

"배대…… 뒤치기?"

"그래. 사실 낙법도 못하는 애한테 쓰면 안 되는 건데, 네가 너무 갑작스레 들어와서 힘 조절을 못했어. 그 점은 사과할게."

"유도 오래 했어?"

"글쎄. 9년이면 긴 건가, 짧은 건가."

"뭐어? 9년! 대단하구나. 완전 유도 소녀네."

10분 정도 걸려 도착해 보니 지혜가 사는 집은 32평형 아파트의 1층이었다. 지혜의 뒤를 따라 들어온 미미는 우선 집이 너무 깨끗하다는 것에 놀랐다. 그야말로 먼지 하나 없어 보였다. 자기 몸치장만 중시하고 방은 폭격 맞은 듯 지저분한 미미와는 완전 딴판이다.

"지금 들어가면 너네 꼰대가 싫어하지 않을까?"

"아버지한테 꼰대가 뭐냐? 어쨌든 오늘 아빠는 못 들어오신다고 했어."

"엄마는?"

"엄마는 안 계셔. 초등학교 때 돌아가셨어."

미미는 담담한 지혜의 말에 당황했다. 상황을 모면하기 위해 엄살을 피우며 거실에 놓은 3인용 소파에 앉았다. 연방 앓는 소리를 내며 "아야, 아야. 앉으니까 살 거 같네. 이렇게 몇 달 가는 건 아니겠지?"라고 꾀병을 부렸다.

지혜는 부엌 냉장고에서 마실 걸 꺼내느라 듣지도 못한 눈치다. 추운 데서 떨다 이제 따뜻한 곳에 들어오니 미미는 슬슬 노곤해지며 잠이 왔다. 남의 집에서 잠까지 잘 수야 없지. 미미는 고개를 흔들어 잠을 털어버리고 뭐 집중할 게 없나 찾았다. 정면의 텔레비전 옆에 작은 액자가 몇 개 놓여 있어 슬슬 다가가 구경을 했다. 하나는 10년도 더 되어 보이는 낡은 사진으로 30대 초반인 듯한 여성이 곱게 한복을 차려 입었다. 아마도 지혜의 엄마일 텐데, 우아한 기품이 느껴지는 대단한 미모의 소유자였다.

"엄마 닮았네."

혼잣말로 중얼거리고 옆의 액자로 바꿔들고 보았다. 이건 비교적 최근에 찍은 사진으로 보이는데, 아빠로 보이는 아저씨와 나란히 선 지혜의 모습이 담겨 있다. 미미가 사진을 보고 있는 동안 지혜가 쟁반에 오렌지 주스와 쿠키를 담아왔다.
"이리 와서 이거 먹어라."
그러나 미미는 얼음이라도 된 듯 움직이지 않았다. 아니 움직일 생각조차 못하는 것 같다. 지혜가 일어나 미미에게 다가갔다.
"왜 그래?"
"아니, 여기 너네 아빠야?"
"응. 왜?"
"분명히 내가 아는 얼굴인데. 틀림없이 만났어. 근데 생각이 안 나."
"우리 아버지를 네가 만났을 리가 없는데."
곰곰이 생각에 잠겨 있는 미미를 놔두고 지혜는 안방으로 들어가선, 제법 커다란 사이즈의 액자를 들고 돌아왔다.
"자, 큰 사진이야."
"어디 봐봐."
미미가 액자를 받아들고 살펴보니 경찰모를 쓰고 제복을 입고 있는 지혜의 아버지가 어깨까지 꽉 들어차 있는 정면 사진이다. 미미는 그를 어디서 봤는지 대번에 알 수 있었다. 미미는 놀라서 거의 비명을 지를 뻔했다.
"앗! 알았다. 이, 이건……."
"왜 그래?"
의아해하는 지혜에게 미미가 달려들며 외쳤다.
"너야말로 내가 진정 복수하고 싶던 원수의 딸이로구나. 잘 만났다."

미미는 지혜에게 주먹 대신 간지럼을 태웠다. 의외로 지혜는 간지럼에는 약한 듯 이리저리 몸을 빼며 야단을 피웠다.

"야. 야. 왜 이러는 거야?"

"이 아저씨, 남부 경찰서장 맞지, 너네 아빠?"

"응? 맞아. 야, 이거 놔."

"넌 오늘 죽었어. 이 원수! 내가 지나가는 애들한테 차비 좀 빌리려는데, 네 아빠 때문에 경찰서로 끌려갔더랬지!"

"당연한 거 아냐. 이제 보니 너 아프다는 거 순 꾀병이었구나."

미미의 공격을 피하기 위해 지혜는 이리저리 거실을 피해 다녔다. 하지만 미미가 어떻게든 지혜를 간질이려고 달려들자 참다못한 지혜가 눈을 부릅뜨며 "그만 하랬지."라고 소리를 질렀다. 이미 지혜의 매서운 손맛을 본 미미가 놀라 딱 멈추고 둘 사이엔 잠시 정적이 흘렀다. 하지만 이윽고 누가 먼저랄 것도 없이 웃음이 터져 나왔다. 문 밖에 혹시 사람이 있다면 무슨 일이 벌어진 걸까, 궁금하게 만드는 그렇게 크고 맑은 웃음이었다.

"아니, 그러니까 티렉스에 빠져서 성적이 막 곤두박질쳤다는 거야?"

"네. 콘서트다 공개방송이다 티렉스만 나오면 쫓아다녔으니까요."

승우가 눈을 동그랗게 뜨고 묻자 미미가 배시시 웃으며 답했다.

"이야, 의외네. 우리 미미한테 그런 면이 있는 줄은 몰랐는데."
"아이, 우리 또래 중에서 티렉스 안 좋아하던 사람이 어디 있었나요?"
미미가 곱게 눈을 흘기며 대꾸한다.

사실은 이렇다. 미미의 성적은 더 떨어지려야 떨어질 수가 없었다. 오전 수업만 듣는 수영부 2명을 제외하고 꼴찌였으니까. 사실 야간 자율학습도 간식 먹는 재미에 남아 있는 것에 불과했다. 지금도 미미와 지혜는 야간 자율학습 3교시(시간상으로는 밤 10시다)가 끝나자마자 학교 후문을 나와 자그만 분식집에서 떡볶이와 만두로 소박한 성찬을 차려놓고 행복한 입맛을 다시고 있는 중이다.
"야, 오늘은 네가 돈 내."
"응?"
눈을 동그랗게 뜨고 미미를 쳐다보는 지혜.
"너 때문에 내가 돈줄이 말랐으니까 네가 내야지."
지혜가 어이없다는 듯 웃으며 대답한다.
"그게 왜 나 때문이야?"
"네가 애들한테 수금 못하게 했잖아. 한 번만 더 그러면 가만두지 않겠다며. 너 땜에 내가 얼마나 타격이 큰 줄 알아?"
입술을 삐쭉 내밀고 얼굴 가득 불만을 드러내는 미미에게 지혜가 예의 그 얼음 같은 표정을 지었다.
"당연히 하지 말아야지. 그게 무슨 짓이니. 네가 깡패야? 다시 그런 일이 한번만 더 내 눈에 띄어봐. 팔다리 하나씩은 부러질 각오를 해야 할 거야."
"어이쿠, 무서워라. 아주 한 대 치겠네. 더러워서 안 한다. 안 해."
미미의 확답에 지혜도 곧 밝은 표정으로 돌아왔다.
"그런데 도대체 넌 뭣 때문에 돈이 그리 필요한 거야?"
"왜, 네가 주게?"
주먹을 들어 보이는 지혜.
"내가 어디 나한테 돈 쓰려고 그러는 것 같니. 다 티렉스 오빠 잘 되라고 그러는 거지. 네가 잘 몰라서 그렇지, 팬질도 아무나 하는 거 아니다. 콘서트 가는 거나 팬클럽 연회비는 기본이고 생일이나 기념일마다 꽃이다, 선물이다 허리가 휜다니까. 요즘에는 오빠 인형이랑 액세서리 같은 것들도 나오거든. 이런 상품들이 다 한정으로 나오는 거라 무조건 빨리 사둬야 된다고."
미미의 말에 지혜는 한심하다는 듯 말했다.
"참, 상술도 가지가지구나. 애들 코 묻은 돈을 뜯겠다고 머리 잘 굴린다."
"그뿐인 줄 아니. 이번 3집 앨범도 벌써 14장이나 샀단 말이야."
웬만한 일에는 꿈쩍도 하지 않는 지혜도 이번만큼은 제법 놀랐다.
"뭐, 열네 장!"
"그래. 14장. 이번 앨범 속에 복권 같은 게 10장 들어 있거든. 운만 좀 좋아서 그게 걸리면 오빠랑 같이 밥도 먹을 수 있대. 이런 기회를 어떻게 놓치겠니."

득의양양한 얼굴로 주워섬기는 미미가 진심으로 한심한 지혜.

"앨범이 총 몇 장이나 나갔는데?"

미미, 자기 일이라도 되는 양 신이 났다.

"아, 글쎄. 차트 보니까 나온 지 한 달도 안 됐는데 벌써 80만 장이나 팔렸더라고."

"너는 도대체 확률 개념이라고는 전혀 없구나. 그냥 단순하게 따져 봐도 80만 분의 10이야. 모르긴 몰라도 네가 수학 시험을 전부 다 찍어서 100점 맞는 거랑 비슷할걸."

그 말에 미미는 풀이 죽어 대꾸했다.

"그래도 그게 내가 될 수도 있잖아."

"물론 가능이야 하지. 하지만 정확한 확률은 자그마치 0.00001……"

"아우, 됐어. 그 놈의 확률 얘기 좀 그만해. 나는 믿어. 멀리 떨어져 있어도 오빠와 나는 이미 마음으로 통해 있기 때문에 어떠한 어려움도 뚫고 결국 만나게 될 거야."

"말을 말아야지. 너랑 무슨 얘기를 하겠니. 고3이 아직도 연예인에 미쳐가지고서는……."

"참나. 오빠 좋아하는데 나이가 무슨 상관이람. 잠깐, 그러는 넌 누구 좋아하는데?"

"응?"

"좋아하는 뮤지션 말이야."

"음……, 차이코프스키……."

방금 전 지혜와 똑같은 눈빛으로 한심하다는 듯 지혜를 쳐다보는 미미였다.

"입술에 떡볶이 국물을 범벅을 해갖고는 무슨 스키야. 고상한 척하기는."

"정말? 얼굴에 묻었어?"

급히 휴지를 찾는 지혜에게 미미가 놀리듯 말했다.

"뻥이야. 다 먹었으면 이제 일어나자. 여우한테 물릴라."

지혜가 정말로 주인아주머니에게 계산을 치르자 미미는 내심 기뻐했다. 문득 분식점의 누군가가 리모컨으로 TV 채널을 돌리자 낯익은 얼굴이 나타났다.

"앗, 티렉스 오빠다!"

미미의 비명에 가까운 소리에 놀란 지혜도 반사적으로 고개를 돌려 벽 선반에 올려져 있는 텔레비전을 바라보았다. 화면 속 짧은 머리의 티렉스는 소파에 반쯤 눕다시피하며 거만하게 앉아 있었다.

"쉬는 시간 끝났어. 나가자."

"지혜야. 우리 이거 다 보고 가자. 내 소원이야, 정말로."

지혜의 팔을 붙잡고 애걸하는 미미. 간절한 미미의 눈빛에 지혜는 속으로 한숨을 쉬고는 아무 말 없이 그냥 자리에 앉았다. 티렉스를 보며 좋아서 어쩔 줄 몰라 하며 미미는 텔레비전이 보이는 지혜의 옆자리에 나란히 앉았다. 결국 방송을 보느라 두 소녀는 야간 자율학습 4교시에 30분을 지각했고, 당연히 여우에게 들키고 말았다. 지혜는 태어나서 처음으로 선생님에게 손바닥을 다섯 대나 맞았다.

지혜가 미미의 가능성을 깨닫게 된 건 바로 다음 날의 일인데, 아침 자율학습 시간에 지혜 옆에 나란히 앉은(미미는 지혜의 짝과 자리를 강제로 바꿨다.) 미미는 지혜에게 뭔가를 줄까 말까 망설이다가 자기가 가져온 노트를 건넸다.
"이게 뭐야?"
"한번 읽어봐 줘."
"뭔데 그래?"
"아, 그냥 읽어보라니까."
지혜가 보니, 노트에 몇 줄 길이의 글이 적혀 있다. 소리 내어 읽으려 하자 미미가 기겁을 했다.
"저기 솜사탕같이 새하얀 드레스를 입은 그녀가 보여,
브레이크 없는 전진 나는 이미 크레이지,
눈부신 너의 윙크가 내 마음 깊은 곳을 노크하고,
애써 준비한 나의 조크에 너는 핑크빛 부드러운 미소를 짓네.
새콤달콤한 너의 입술을 훔친 난 풍선이 되어 하늘을 날고,
훔쳐보던 해바라기도 부끄러워 고개 숙여요……."
이게 뭐야?"
"어때, 읽을 만해?"
미미가 빨개진 얼굴로 묻는다.
"이게 뭐냐니까?"
"아, 이번에 이벤트를 하거든. 티렉스 오빠 다음 앨범에 팬들이 만든 가사를 갖고 노래를 만든대. 잘 되면 내 것이 될 수도 있잖겠어. 어제 새벽 3시까지 썼는데, 제목은 「첫 키스」야. 라임(rhyme)에도 신경 많이 썼다고. 윙크, 노크, 조크, 핑크. 어때 리

듬감 있지"

"유치해."

지혜가 일축하자 미미가 발끈했다.

"뭐가 유치해. 랩은 원래 이렇게 쓰는 거야. 네가 몰라서 그렇지 나 책은 많이 읽거든. 특히 할리퀸 많이 읽었단 말이야. 넌 누구 거 읽는데?"

"도스토예프스키……"

"아우, 정말 그놈의 스키들은! 에이, 너같이 고지식한 애랑은 이제 얘기 안 해."

미미는 벌떡 일어나 뒷목을 잡곤 교실 밖으로 나가버렸다. 하지만 지혜는 붙잡을 생각도 하지 않고 뚫어지게 「첫 키스」만을 바라볼 뿐이었다. 그날 두 소녀는 하루 종일 냉전 상태였지만, 7시부터 시작되는 야간 자율학습 때 마침내 지혜가 침묵을 깼다.

"미미야, 나랑 얘기 좀 할래."

"응?"

내심 침묵이 불편했던 미미가 못 이기는 척 대답했다.

"뭘?"

"사실은 네가 쓴 「첫 키스」 상당히 괜찮았어."

"정말?"

미미가 반색하며 묻자 지혜는 고개를 끄덕였다.

"응. 진심이야."

"진짜? 아, 다행이다. 어떻게 잘 되겠니?"

"가능성 있어 보여. 너 상당히 글 솜씨가 좋더라."

"야, 내가 이래봬도 초등학교 때 백일장에도 나갔던 사람이야."

"그렇구나. 그건 그렇고 너 내가 보니까 티렉스 노래 전곡 다 외우는 거 같던데."

"당연하지. 그동안 오빠가 부른 서른일곱 곡 다 외우고 있다니까."

"암기력도 좋네. 랩이라는 게 되게 길던데."

"뭐 하도 듣다 보니까 자연스럽게 외워지더라고."

"글재주도 있고, 머리도 좋은데 왜 공부는 안 하는 거야? 이제 우리도 고3인데 말이야."

미미의 얼굴이 시무룩해졌다.

"으으. 왜 그런 걸 물어보냐. 공부 못해도 이 얼굴이면 어디 가든 대접받는데 뭐 하러 공부를 해."

"네가 좋아하는 티렉스는 어제 들어보니까 대학도 잘 갔던데. 창피하지 않니?"

"뭐가 창피해!"

"자기가 공부 잘한 사람이라, 팬이라고 쫓아다니는 애가 반에서 꼴찌하고 그러면 겉으로야 반겨도 속으로는 비웃을 것 같은데. '쟤 좀 봐, 얼굴은 예쁜데 머리는 깡통이잖아. 텅텅텅 소리가 여기까지 들려.' 이러면서 말이야."

"너 말 다했어! 친구한테 너무 하는 거 아냐?"

"아니, 이건 내가 하는 말이 아니라 티렉스가 그럴지도 모른다는 거지. 만약에 그 사람이 진짜 그런 생각을 안 해도 솔직히 좀 꿀리는 건 사실 아냐? 네가 티렉스랑 잘 된다 치자. 사람들이 티렉스 서울대다 그러면 '와' 하다가, 너는 고졸이다 그러면 '에이' 할 거 아냐."

"좋아하는데 학교가 무슨 상관이야."

부어터진 미미를 지혜는 차분히 달랜다.

"네가 사람들 얘기 신경 안 쓴다면 그건 괜찮은데, 아무래도 내년에 대학 가서 떳떳하게 티렉스 앞에 서면 사귈 가능성이 더 높아질 거 아니니. 안 그래?"

"……."

"네가 아주 틀려먹었다면 이런 얘기 하지도 않았을 거야. 근데 내가 봤을 때 너 분명히 가능성이 있어."

"반에서 꼴찌한테 무슨 가능성이 있다는 거야?"

그제야 지혜는 활짝 웃으며 자신의 원대한 계획을 늘어놓기 시작한다.

"자, 내 목표는 널 반드시 대학에 보내는 거야. 아무래도 적성을 살려 국문과가 좋겠지. 내가 말하는 대로만 하면 분명히 갈 수 있어. 솔직히 아주 상위권 대학은 어렵겠지만 그래도 대학생이 되는 거야. 신나지 않니? 너같이 예쁜 애가 캠퍼스를 걸으면 남자들이 줄줄 따라올걸."

지혜의 말에 미미는 잠시 구름 위를 나는 듯한 황홀감을 느꼈지만, 이내 손사래를 쳤다.

"에이, 내가 어떻게. 1년밖에 안 남았는데 무슨 수로."

"'1년밖에'가 아니라 '1년이나'지. 게다가 넌 지금 워낙 머릿속이 백지라 습득도 훨씬 빠를걸. 구체적인 방법은 내가 알려줄게. 일단 수학이나 과학은 기초가 없으면 어려우니까 그냥 제쳐둬! 그 시간에 역사나 윤리 같은 암기과목을 공부하는 거야. 남들 수학 문제 푸는데 몇 시간씩 걸릴 때 넌 암기과목들 그냥 외우기만

하면 되니까 유리하잖아. 국어는 원래 네가 재능이 있으니까 내가 조금만 봐주면 금방 감을 잡을 것 같아. 또 영어는……."

오늘 내내 생각한 내용이 봇물처럼 쏟아져 나와 티렉스의 랩보다 빠르게 말하는 지혜다.

"미련 없이 버릴 건 버리고 얻을 건 얻자. 수학, 과학을 포기해도 다른 과목에서 만회가 되니까 아마 반에서 20등 안에는 들 수 있을 거 같아. 나를 믿고 따라와, 어때?"

미미는 지혜의 열의에 감동했고, 분명히 약간의 흥미를 느꼈다. 사실 그동안 고3이 됐는데 매일 놀고만 있다는 게 내심 불안하기도 했던 것이다.

"음, 정말 될까……? 어디 한번 해볼까."

지혜의 얼굴은 순수한 기쁨으로 환히 빛난다.

"자, 바로 시작하자. 내 1교시는 국어야. 일단 네가 쓴 「첫 키스」를 시로 보자. 시에는 다양한 표현 기법이 있어. 마지막 행에 '훔쳐보던 해바라기도 부끄러워 고개 숙여요.' 하고 썼잖아. 해바라기가 사람도 아닌데, 훔쳐보고 부끄럽다는 게 말이 안 되지. 이렇게 사람이 아닌 걸 사람처럼 표현한 걸 '의인법'이라고 하는 거야. 너 안 적고 뭐 하니?"

미미의 고초는 다음 날도, 그 다음 날도, 한 달 내내, 매일같이 계속됐다.

예컨대 미미가 화장실에 들어갔다 나오려 하면 바깥에 있던 지혜가 몸으로 문을 막고는 다짜고짜 문제를 던졌다.

"조선시대 역대 왕들을 순서대로 불러봐. 답 못 하면 못 나올 줄 알아."

"야!"

부여로 1박 2일의 짧은 수학여행을 갔을 때는 낙화암 앞에서.

"낙화암은 서기 660년 백제가 함락됐을 때 궁녀 3000명이 치욕을 당할 수 없다 해서 투신해 모두 죽었다는 전설이 있어. 자 여기서 문제, 신라와 연합해서 고구려, 백제를 멸망시킨 중국 왕조는?"

"야!"

짝짝짝, 호들갑스런 박수소리가 자스민의 정적을 깼다.

"이야, 정말 멋진 사람이네, 지혜 씨. 나 완전히 감동했는걸. 친구를 위해 자기 공부할 시간도 줄여가면서 희생하다니."

이렇게 말하는 승우는 눈시울까지 살짝 붉어져 있을 정도였다.

"나 이제야 알았어. 자기에게 지혜 씨가 왜 그리 특별했는지. 자기가 티렉스 때문에 성적 떨어졌을 때 지혜 씨가 공부 도와줘서 그랬구나. 나 정말 지혜 씨에게 크게 한턱내야겠는걸. 자기가 대학 못 갔으면 혜경이도 못 만났을 거고, 그러면 오늘 이렇게 함께 하고 있지 못할 테니까."

"맞아요. 지혜 덕분에 오늘 이렇게 행복한 날을 맞이하게 된 거죠. 이러니 어떻게 내가 지혜를 보고 싶지 않을 수 있겠어요."

미미는 밝게 미소 지으며 이야기를 끝마쳤다.

"정말 지혜 씨 빨리 보고 싶네. 어디쯤 왔으려나."

얼굴 한 번 본 적 없지만 너무도 고마운 지혜와 어서 만났으면 하는 승우였다.

과연 미미는 지혜의 도움으로 대학에도 진학했고, 졸업해서 승우도 만났다. 하지만 그렇게 해피엔딩으로 모든 것이 끝났던 걸까. 미미가 승우에게도, 그 누구에게도 말할 수 없던 티렉스와 관련된 비밀스런 이야기는 아직 끝나지 않았다.

지혜의 작전은 실행 한 달 반 만에 어느 정도 효과가 입증되었다. 4월 중순에 치른 중간고사에서 미미가 무려 12등이나 오른 37등을 하게 된 것이다. 여우를 비롯해 반 아이들 모두 놀랐고, 성적표를 받아든 미미 역시 눈을 의심할 지경이었다. 하지만 지혜는 아직 만족하기 이르다는 듯 담담한 어투로 이렇게만 말할 뿐이었다.

"당연히 오를 줄 알았어. 그렇지만 아직 멀었다고. 방심하지 말고 더 열심히 해야 할 거야. 다음 기말고사 때는 20등 대로 진입하는 게 목표니까."

미미는 흡족함을 애써 감추고는 토라진 체를 한다.

"야, 넌 어쩜 얘가 그러니. 학생을 좀 기분 좋게 해줄 줄도 알아야지."

솔직히 지혜도 무척 기뻤기 때문에 표정 관리가 힘들었지만, 자기가 먼저 풀어지면 안 된다는 생각에 미미를 독려했다.

"자, 그럼 오늘은 틀린 문제를 살펴보고 복습하는 시간을 갖자고."

"으아, 오늘은 쉬자 쫌. 한 달 넘게 매일 12시까지 공부했단 말이야. 오늘은 못해, 난 못해."

재빨리 말을 마친 미미는 가방을 날름 집어 들고는 바람처럼 문을 열고 튀어나갔다. 지혜는 표정을 구겼지만, '오늘 하루쯤은 쉬는 것도 괜찮겠지, 너무 몰아치면 공부에 아예 흥미를 잃을 수도 있으니까.' 하는 생각도 들어 미미를 뒤쫓지는 않았다. 복습은 내일 하기로 하자.

하지만 다음 날은 미미와 복습도, 예습도 할 수 없었다. 그간 단 한 차례도 결석을 한 적이 없던 미미가 학교를 나오지 않았기 때문이다. "내가 학교 다니면서 탈 수 있는 유일한 상이 개근상이기 때문에 그것만큼은 죽어도 사수하겠다."고 한 미미의 말을 기억하고 있는 지혜에게는 굉장히 놀라운 일이었고, 어제는 집에도 같이 가지 못했기 때문에 무슨 일이라도 생긴 게 아닌가 하는 걱정에 종일 머릿속이 복잡했다. 지혜는 미미네 집에 한번 가보고 싶었지만, 오늘은 모처럼 아버지와 외식하기로 약속했다. 내일은 나오겠지. 내일도 안 나오면 반드시 찾아가 보리라 마음을 먹고 우울한 기분으로 지혜는 교문을 나섰다.

언제나처럼 아침 6시에 문을 열고 교실 안으로 들어선 지혜는 크게 놀라고 말았는데, 책상 위에 엎드려 있는 미미를 보았기 때문이다. 매일 지각하는 미미가 나보다 먼저 와 있다니, 지혜가 놀라는 것도 무리가 아니었다. 하지만 놀란 마음은 잠시고 안도감이 더 컸다. 무슨 일이 있던 건 아니었구나.
"미미야!"
지혜는 팔을 뻗어 미미를 흔들어 깨웠다.
"얘, 너 어제는 왜……."
지혜는 말을 이을 수 없었다. 미미는 자고 있던 게 아니라 울고 있었던 것이다. 고개를 든 미미의 얼굴은 온통 눈물로 범벅이 되어 보는 사람조차 이유도 모르고 따라 슬퍼질 정도였다.

"왜……?"

항상 지나치게 밝은 미미의 모습만 보던 지혜는 금방이라도 무너져 내릴 듯한 미미의 얼굴에 말문이 막혀 제대로 물을 수도 없었다.

"지혜야. 나 어떡해."

미미의 울음 섞인 목소리.

"왜 그러는데? 도대체 무슨 일이야?"

"이것 좀 읽어봐."

지혜는 미미에게 반으로 접힌 신문을 건네고는 어느 한 부분을 손가락으로 짚었다. 지혜는 얼른 미미가 가리킨 작은 기사를 읽어 내려가는데, 표제가 먼저 시선을 잡아끌었다.

인기가수 S 내연 관계 여인 시체로 발견

"이게 뭐야?"

"일단 끝까지 읽어봐."

미미의 짜증에 지혜는 표제 아래 기사를 재빨리 읽는다.

서울 논현동 인근의 원룸 오피스텔에서 인기가수 S의 애인으로 밝혀진 강모 씨가 목이 졸려 죽은 상태로 발견되어 경찰이 수사에 나섰다. 관할 경찰서 발표에 따르면, 시체는 어제(5월 2일) 오후 4시께 연락이 되지 않는 걸 이상하게 여긴 피해자의 어머니에 의해 최초로 발견됐으며 현재 부검을 실시 중이다. 경찰은 피해자의 방 안이 심하게 어지럽혀져 있는 걸로 보아 강도의 소행으로 방향을 잡고 수사를 확대하고 있으며, 가수 S도 중요 참고인으로 곧 소환할 계획이다. 한편 지역 주민들은 강 씨의 오피스텔에 S가 자주 드나들었다고 증언했는데, 본지 취재 결과 오피스텔의 실소유주도 S임을 확인할 수 있었다. 청소년층의 절대적인 지지를 받고 있는 S가 불미스런 사건에 연루됨으로써 커다란 사회적 파장이 우려되고 있다.

"이게 뭔데?"
내막을 모르는 지혜는 계속 똑같은 질문만을 던질 수밖에 없었다.
"여기 나오는 S가 티렉스 오빠야."
"뭐라고? 여긴 분명 S라고……"
"티렉스 오빠 본명이 서진기란 말이야!"
버럭 고함을 지른 미미에게 놀랐다기보다 그 내용에 더욱 놀랐다. 그제야 지혜는 미미가 어제 학교에 왜 나오지 않았는지, 어째서 지금 울고 있는지, 형언할 수 없는 절망에 빠져버렸는지 그 이유를 분명히 알 수 있었다.
"이 기사만 봐서는 S가 확실히 티렉스라고 말할 수 없을 것 같은데."
"아냐. 아직 확 퍼지지는 않았지만, 팬클럽 애들은 대충 다 알고 있어. 오빠 얼굴을 모자이크로 가리기는 했지만 오늘 새벽 뉴스에도 처음 나왔고."

"음…… 그래서 어제 학교 안 온 거야?"
지혜가 이맛살을 찌푸리며 묻는다.
"어제 아침에 이 기사 봤는데 느낌이 이상하더라고. 기분이 왠지 오빠 이야기 같았어. 그래서 옆 반 소라에게 전화 걸어봤더니 맞다잖아."
"그래서 집에 있었어?"
"아니, 그냥 무작정 한강 가서 하루 종일 울었지."
지혜는 참을 수 없을 정도로 미미가 답답하게 느껴졌지만, 티렉스에 대한 애정이 얼마나 큰지 익히 알고 있었기 때문에 최대한 다독이기로 했다.
"미미야, 너도 참 바보구나. 이 기사가 사실이라 해도 무슨 상관이야. 봐, 여기 나와 있잖아. 강도의 소행으로 보인다고. 티렉스는 아마 잠깐 조사만 받고 풀려날 거야. 당분간 좀 안 좋은 시선을 받겠지만 금방 잊혀질 거라고, 걱정하지 마."
"당연하지. 오빠가 그런 짓을 했을 리가 없잖아. 난…… 그저…… 오빠가 사귀는 사람이 있다는 거에 놀랐을 뿐이야. 충격 받았단 말이야."
지혜는 말문이 막혔다. 어쩌면 티렉스가 살인사건의 범인일 수도 있는데, 그의 애인 문제에 더 큰 충격을 받는 것은 지혜의 상식으로는 납득하기 어려웠다. 미미야, 넌 티렉스와 사귈 수만 있다면 죽어도 좋다는 거니.

예상대로 사건은 일파만파로 커져만 갔다. 그날 밤 9시 뉴스에서 최초로 티렉스의 실명이 거론되었으며, 다음 날 아침 신문에서는 더욱 자세한 이야기들이 드러났다. 이례적으로 연예인과 관련된 이 사건이 정치나 국제를 밀어내고 1면을 장식한 것이다. 지혜가 보니, 죽은 여인의 이름은 강수경이었으며, 티렉스와는 스타와 팬의 사이로 처음 만나 이미 1년 반 가까이나 몰래 교제를 지속해 오고 있었다. 더욱 놀라운 것은 강수경이 임신 3개월째였다는 것. 특이하게 래퍼치고는 반듯한 모범생 이미지로 인기가 높았던 티렉스이기에 이 사실은 더욱 화제가 됐다. 지혜가 내심 이번 기회에 미미가 티렉스를 끊도록 설득해 볼 수 있겠다 싶었던 것도 이것 때문이었다. 애인이 있었다는 것에 그토록 충격을 받았다면 임신은 그야말로 하늘이 무너져 내릴 듯한 경악일 테니.

학교는 마치 무덤 같았다. 당연히 티렉스를 좋아하는 여고생이 미미만 있었던 것은 아니므로 반 아이들 대부분이 넋 나간 표정이었으며, 개중에는 엎드려 우는 아이들도 있어 무슨 대형 재난 뒤의 집단 쇼크를 방불케 했다. 미미는 아침 자율학습이 시작되기 직전에 들어와 힘없이 가방을 내려놓았다. 지혜는 미미를 위로한다는 명목으로 무작정 끌고 밖으로 나갔다. 자판기에서 캔 커피 두 개를 뽑아 운동장의 계단식 스탠드 맨 위에 선다. 미미의 마음처럼 흐린 하늘에서는 곧 비라도 올 듯한데, 저 멀리 운동장에 서 있는 나무들의 잎사귀조차 힘없이 늘어져 있는 것만 같다.

지혜는 눈치를 살피다가 일단 말을 꺼냈다.

"뭘 그리 축 쳐져 있어. 세상 끝난 사람마냥."

대답 없이 한숨만 쉬는 미미의 반응에 김이 빠졌지만 그래도 준비한 말을 던졌다.

"그나저나 티렉스가 그 여자 임신시켰다는 얘기 들었니? 난 좀 충격이더라. 역시 연예인은 보이는 대로 다 믿어서는 안 될 것 같아. 너무 지저분해. 너도 좀 의외였지? 티렉스가 뒤에서 그럴 거라고는 상상도 못했을 거 아냐."

"사귀는 사람끼리 그럴 수도 있지. 오빠는 연애하면 안 되나 뭐."

미미는 그 상황에서도 티렉스를 편들었다.

"에이, 그래도 그렇지. 너 같은 여고생 팬이 그렇게 많은데 뒤에서 그러면 안 되지. 이번 일을 계기로 너도 티렉스한테 정을 끊는 게 좋겠다. 어차피 애인도 있어서 임신까지 시킨 데다 어쩌면 티렉스가 그 여자를……."

아직 확실한 건 없으니 뒷말은 흐렸다. 하지만 미미는 역시나 화를 버럭 냈다.

"무슨 소리를 하는 거야. 왜 착한 사람을 누명 씌우고 그러지. 조사해 보면 다 나올 거 아냐. 조금만 기다려. 분명히 무죄라는 게 증명될 테니까."

미미는 단숨에 여기까지 쏟아내고 잠시 멈춘 다음 다소 겸연쩍다는 듯 말을 이었다.

"내가 아쉬운 건 다만…… 다만……."

"다만 뭐?"

붉어진 얼굴로 미미가 답한다.

"오빠하고 같이 잔 그 여자가 나였으면 얼마나 좋았을까 하는 거야."

이렇게 말하는 미미의 눈은 너무도 공허해, 그 눈을 들여다보고 있던 지혜는 아찔함까지 느낄 정도였다. 지혜는 갑자기 몹시

목이 말라 들고 있던 커피를 마셨다.

당대 최고 스타의 스캔들답게 그해 봄 내내 언론의 관심은 식을 줄 몰랐다. 매일같이 새로운 소식이 들려왔는데, 그 내용이란 것도 선물로 무엇을 주었네, 임신 사실을 안 건 언제였네, 피해자가 결혼을 요구했네 등 시시콜콜하기 짝이 없었다. 국민의 '알 권리'가 적어도 티렉스의 사생활보다 우위에 있는 건 분명해 보였다. 한편 경찰의 수사는 강도에 의한 범행이라는 선에서는 별 다른 진전이 없어, 티렉스에게 의심의 눈초리가 모아지는 듯했다. 스타로서의 삶에 치명적인 내연의 애인과 그녀의 임신, 그리고 결혼 요구, 티렉스가 입을 막기 위해 끔찍한 범죄를 저질렀다는 데 반론을 제기할 사람은 아무도 없었다. 사태가 이쯤 되자 티렉스도 며칠간 강도 높은 조사를 받았고, 물론 그가 경찰서에 들어가는 모습, 나오는 모습까지도 전파를 탔다. 전례 없이 뜨거운 봄인 셈이다.

미미는 티렉스의 소식에 촉각을 곤두세우느라 공부에는 완전히 손을 놓았다. 어느 정도 체계가 잡혀가던 미미의 공부가 허공으로 날아가는 모습을 지켜보는 지혜는 속이 탔지만 어르고 달래도 미미는 말을 듣지 않았다. 이대로 모든 걸 잃어가는 친구를 곁에서 지켜볼 수밖에 없는 심정은 말로 표현할 수 없을 정도로 쓰디쓰다. 지혜는 초조한 마음으로 내가 할 수 있는 일은 뭐가 있을까 생각하다 어쩔 수 없이 본격적으로 티렉스 사건에 대해 한 번 알아보기로 결심했다.

사건 발생 후 15일이 지난 날 아침, 지혜는 미미가 오자마자 티렉스 이야기를 꺼냈다.

"미미야. 티렉스에 관한 얘기인데 궁금해 할 것 같아서."

최근에는 어떤 이야기에도 무관심했던 미미가 순간 집중하는 것이 느껴진다.

"뭔데? 어디서 들은 얘기라도 있어?"

"응. 네가 요즘에 영 마음도 못 잡고 방황하는 것 같아서 며칠 전에 아버지한테 여쭤봤어. 티렉스 사건에 대해 좀 알아봐달라고."

"그래서? 뭔데? 빨리 말해 봐."

"경찰도 아직 누가 범인인지는 몰라. 그냥 사실만 나열해 보면 여자가 죽은 시간은 새벽 2시에서 4시 사이로 추정된다고 하고, 사인은 알려진 것처럼 목 졸려 죽은 게 맞는데, 그 여자 잠옷 끈으로 그런 거라 손톱자국 같은 건 없대. 여자는 잠옷 차림이었는데, 방금 말한 것처럼 허리끈이 풀어져서 속이 다 보였다고 하고. 끈은 발견될 때까지도 목에 감겨 있었는데 힘을 얼마나 세게 줬는지 목에 거의 파묻혔다고 들었어."

미미는 티렉스가 나오는 이야기를 들으면 이성이 거의 마비되는지라 지혜의 이야기가 얼마나 중요한 사실을 내포하고 있는지에 대해서는 감을 잡지 못했다.

"그렇구나. 근데 오빠랑은 상관없는 얘기네. 오빠가 했다는 증거가 있는 것도 아니고."

"새벽 2시에 잠옷만 입고 있는 여자가 외부인한테 문을 열어줬을 거 같아? 강도설이 쏙 들어간 이유도 문이랑 창문에 강제로 침입한 흔적이 없기 때문이라는데, 그렇다면 그 여자가 직접 문을 열어줬을 거 아냐. 만약에 온 사람이 어느 정도 아는 사이라고 해도 옷을 챙겨 입고 열어줬을걸. 볼 거, 못 볼 거 다 본 사이니까 잠옷만 입고 있어도 문을 열어줬을 거라고 나는 생각하는데."

분명히 틀린 말은 아니라 미미의 안색이 흙처럼 까매진다.

"……그래도 확실한 증거는 아니잖아. 그냥 그렇게 추측할 수도 있다는 거지."

"그건 그렇지. 티렉스 지문도 엄청 나왔다는데 뭐 애인 사이니까 그동안 자주 드나들었을 테고. 증거는 안 되지."

"거봐. 내 말이 맞잖아. 다른 건 없데?"

살짝 힘을 얻었는지 미미가 되물었다.

"그 여자, 바닥에 엎드려서 죽었는데 등에 올라타서 끈으로 목을 조른 범인에게 반항을 심하게 한 것 같아. 테이블 위에 올려져 있던 대바구니와 그 안에 있던 장식용 과일들이 여자 시신 주변에 흩어져 있더래. 아마도 몸싸움하며 반항하던 도중에 엎어졌나 봐."

자연스레 그 장면이 상상 속에 떠오른 미미는 오싹해져 부르르 떨었다.

"그 외의 상황은 어제 적었는데 들어봐."

지혜는 책상 위의 수첩을 펴고 읽었다

"만세 부르는 자세로 죽은 여자 왼손 위에 순서대로 사과, 딸기, 오렌지 장식품이 흩어져 있었고, 오른손 위에는 사과, 레몬, 오렌지가 있었대. 다른 과일들은 몸 옆에 그냥 흩어져 있었고. 아마 정신없이 손에 잡히는 걸 닥치는 대로 끌어 모은 게 아닌가 싶은데,"

미미의 판단에도 별로 중요한 대목이 아닌 것 같아 또 다른 건 없냐고 물었지만 지혜가 알아온 내용은 여기까지였다.

지혜의 말을 들은 후, 미미는 최근 며칠 내내 그랬듯이 수업은 귓등으로도 듣지 않고 나름대로의 분석에만 골몰했다. 오늘 들은 이야기 중 오빠에게 도움이 될 만한 건 뭐가 있을까만 생각하다 퍼뜩 하나가 걸려들었다. 수업 중이었지만 미미는 지혜에게 말을 걸었다.
"야!"
"미미야!"
공교롭게도 두 소녀가 동시에 말했다.
"너 먼저 말해."
지혜가 웃으며 양보했다.
"네가 아까 여자가 잠옷 차림으로 있는데 문 열어준 것 때문에 오빠가 수상하다 했잖아?"
"그랬지."
"남자라고만 생각해서 그런 거 아냐? 만약에 온 사람이 여자였다고 생각해 봐. 하나도 이상하지 않잖아. 같은 여자끼린데 뭐 어때?"
분명히 맞는 말이다. 물론 방문객이 여자라 해도 전혀 낯선 상대라면 옷을 차려 입겠지만, 친구나 가족 중의 여자라면 잠옷 차림으로도 얼마든지 문을 열어주고 집에 들일 수 있을 것이다.
"음. 그러네. 틀린 말은 아냐."
미미의 표정이 확 밝아졌다.

"넌 무슨 얘기 하려고 했는데?"

"어제 아버지한테 들을 때만 해도 별로 중요하다고 생각하지 않았거든."

"뭐가?"

"그 과일 말이야."

"응, 과일?"

"그래, 여자 손 근처의 모형 과일들. 그거 뭔가 이상해. 어쩐지 순서대로 배치되어 있는 것 같아 보이지 않니? 뭔가 의미가 있는 것 같아."

"무슨 소리야. 범인이 과일장수라는 거야?"

"당연히 그건 아니지. 너 혹시 다잉 메시지(dying message)란 말 못 들어봤어?"

"응, 멧돼지?"

"똑바로 안 들어. 다잉 메시지! 말 그대로 살해당하는 사람이 죽어가는 동안 범인을 상징할 수 있는 무언가를 몰래 남기는 걸 말하는 거야. 이 경우에는 여자가 죽기 전에 마지막 힘을 모아 그 과일들로 범인의 정체를 암시하려고 했던 건지도 모르겠어."

"에이, 그건 아니다. 우연일 뿐이야, 그냥. 그럴 힘이 있었다면 피로 범인 이름을 쓰거나 했겠지."

"그렇게 직접적인 거면 범인이 지우고 갔을 거야. 과일이니까 범인도 눈치 채지 못하고 그냥 간 게 아닐까?"

"난 잘 모르겠는데. 그 와중에 그럴 정신이 어디 있겠어. 그리고 가짜 과일쪼가리 몇 개 갖고 범인을 어떻게 말하니. 도저히 말도 안 돼."

"아냐. 사람이 절박한 상황에 몰리면 초능력이 생긴다잖아. 그 몇 초 동안에 초인적인 집중력을 발휘할 수도 있지."

"그래서 네 생각이 뭔데?"

"혹시 '꽃말'처럼 '과일말'도 있지 않을까? 노란 장미의 꽃말이 질투인 것처럼 사과가 배신이라든가."

"이 언니가 19년을 살아오면서 과일말이라는 말은 처음 듣는다."

"그러면 이건 어떨까. 그 과일들 앞 글자를 따서 말을 만들어보는 거야."

"자, 보자. 사-딸-오, 사-레-오. 너 미쳤냐?"

"아니, 영어로 말야. 사과는 apple, 딸기는 strawberry니까 s, 오렌지는 당연히 o고, 레몬도 l이란 말야. a-s-o, a-l-o. 아소aso, 알로alo……."

"네가 생각해도 아닌 것 같지?"

비웃듯 실실거리며 묻는 미미 때문에 지혜는 그만 얼굴이 붉어지고 말았다. 분명히 뭔가 있는 것 같은데. 어렴풋이 보일 것 같은데…….

지혜의 아버지 덕분에 사건의 모든 정보를 손에 쥐게 된 두 소녀건만 달라진 일은 전혀 없었다. 여전히 경찰과 지혜와 미미는 그날 밤 일어났던 일의 실체에 접근하지 못했다. 하지만 미미에겐 다행스럽게도 사건 발생 한 달이 지나고 집요하던 언론의 관심도 자연스레 사그라지기 시작했다. 강도 높은 조사를 받은 티렉스에게서 도통 허점을 발견할 수 없었던 것이다. 무엇보다 사건이 일어났던 새벽 2시에 각각 팬클럽 회장, 부회장인 고 양(19세), 서 양(19세)이 티렉스의 알리바이를 증명한 게 주요했다. 두 소녀는 입을 모아 자신들이 티렉스의 집(한남동)에서 티렉스와 함께 있었다고 주장했는데, 평소에도 팬클럽 행사 등의 계획을 짜기 위해 가끔 티렉스의 집을 드나들었다고 한다. 아이들의 말에 따르면 티렉스가 1시 30분께 잠시 자리를 비웠지만 30분 정도에 불과해 도저히 강수경을 죽이고 돌아올 수 없는 시간이었다. 티렉스는 자리를 뜬 이유에 대해서 개인적인 사유라고만 언급했다. 고 양과 서 양은 거짓말탐지기 검사까지 받았지만, 거짓말이 아니라는 결과에 경찰만 낙담하고 말았다.

게다가 학업을 팽개쳐둔 채 티렉스에만 몰두한 미미의 상태는 나아질 기미가 없었다. 지혜가 늘상 함께 공부할 자리를 마련해도 미미의 관심은 오로지 TV와 라디오에 나오는 티렉스 관련 기사뿐이었다.

"H to the I to the P, H to the O to the P
H to the I to the P, H to the O to the P
오늘도 어김없이 나는야 정신없이 빠른 비트의 랩이 흘러나오는 클럽을 찾네.
개줄 같은 넥타이는 던져버려, 갑옷 같은 양복은 구겨버려……."

일요일을 맞아 오늘은 오전부터 붙잡아두고 공부를 시키리라 다짐하고 미미네 집을 찾은 지혜는 TV에서 나오는 티렉스의 뮤직비디오 영상과 반복되는 음률에만 시선이 팔려 있는 미미를 보고 한숨을 내쉬었다. 탁상 위에 올려놓은 미미의 노트는 벌써 1달 넘게 진도가 나가 있지 않았다.

'love -> loved, go -> went?'

미미의 노트에 빨갛게 표시되어 있는 필기 자국.

"love라는 단어는 과거가 loved잖아. 그런데 왜 go의 과거는 went일까? 특별한 이유가 있는 거야?"

미미가 한 달 전, 공부에 열중하던 때에 던진 질문이다. 처음 걸음마를 시작하는 아이처럼 미미는 궁금한 게 참 많았지. 시도 때도 없는 질문들이 가끔은 귀찮게도 느껴졌지만 지금은 오히려 그때가 그립다. 미미의 호기심 어린 눈과 질문이 노트의 필기 속에 그대로 살아 있었다.

"love는 규칙동사고, go는 불규칙동사라 그래."

"어떤 건 규칙이고 어떤 건 불규칙인 이유가 뭔데?"

"이유는 나도 모르는데, 불규칙 동사는 그냥 무조건 외우는 수밖에 없어. go는 went, gone, give는 gave, given, 이런 식으로 반드시 암기해야 돼."

"이유를 모르는데 무조건 외우기만 하라는 게 말이 되니?"

그때는 막연한 투정으로 느껴지던 미미의 항변이 떠올랐다.

"이유를 알면 좋겠지만, 그렇게까지 깊이 팔 건 없다니까. 그냥 법칙이라 생각하고 외워. 알겠니?"

미미를 김빠지게 만든 지혜의 대답. 지혜는 자신이 그때는 너무 윽박질렀나 싶었다. 뭐든 그냥 법칙이라고 무작정 외우라고만 했으니.

"가만……, 법칙?"

지혜는 문득 머릿속에 떠오르는 무언가에 놀랐다.
"지, 지혜야?"
뮤직비디오가 끝나자 시선을 돌린 미미가 지혜의 심상찮은 표정을 보곤 놀라 불렀다.
"그래! 법칙성. 바로 그거였어! 법칙에 열쇠가 있었던 거야."
지혜를 둘러싼 모든 게 정지한 듯 보였는데, 영원처럼 길게 느껴진 정적은 지혜의 말에 이내 깨졌다.
"미미야. 오늘은 나 먼저 갈게. 내일 보자."

다음 날, 미미는 왜 어제 일찍 갔는지 계속 캐물었지만 지혜는 속 시원히 대답해 주지 않았다. 그저 애매한 미소만 띤 채 계속 답을 피하더니, 정규 수업이 모두 끝나는 6시가 되자 태도가 돌변했다.
"미미야. 얼른 가방 챙겨."
"왜?"
"빨리."
지혜의 재촉에 영문도 모르고 미미는 책을 가방 속에 쓸어 담았다. 두 소녀는 재빨리 교문 밖으로 나갔는데, 다행히 교문에는 지키고 있는 교사가 없었다. 두 소녀는 일단 무사히 학교를 탈출하는데 성공했지만, 미미는 목적지가 어딘지 여전히 알 수 없었다.
"야, 지혜야. 도대체 어디 가는 거야?"
"티렉스를 만나러."
"뭐?"

미미는 심장이 내려앉을 정도로 놀랐다.
"무슨 소리야? 오빠를 어떻게 만나?"
"준비는 다 해뒀어. 너 그토록 티렉스를 가까이서 만나고 싶어 했잖아. 뭐 지금이라도 빠지고 싶음 빠져도 좋아. 난 혼자라도 갈 거니까."
다들 짐작하다시피 아니라고 대답할 미미가 아니었다.

옅은 안개가 내려와 땅 위의 모든 것을 이불처럼 살포시 덮어주고 있는 밤이다. 흰 안개는 포근했고, 어쩐지 동화 속으로 들어간 듯한 신비스런 느낌이라 여전히 어리둥절해 있는 미미의 기분과는 딱 맞춤인 날씨라고 할 수 있었다. 오늘 미미는 이 안개 속을 걷는 듯 멍하니 지혜의 손만 잡고 그저 뒤따를 뿐이었다. 지하철에서도 지혜는 목적지를 말해 주지 않았고, 어깨에 총을 멘 전경이 보초를 서는 강남경찰서 정문을 통과하고 나서도 자세한 내용은 끝까지 비밀로 감춰두었다.
지금 두 소녀가 있는 곳은 경찰서 본관 뒤쪽의 주차장으로, 지혜의 말에 따르면 수백 대의 자동차가 주차할 수 있는 본관 앞의 메인 주차장이 일반 민원인을 위한 공간이라면 이곳은 십여 대의 차만이 이용 가능한 일종의 귀빈용 주차장이었다. 일반인들에게는 통제된 후문으로 바로 빠져나갈 수 있어 경찰서 내 고위층이나 재벌, 정부 요인, 유명 인사 등이 주로 여기를 이용한다는 지혜의 설명이었다. 과연 주차되어 있는 다섯 대의 자동차는 국산 대형 승용차와 벤츠 등 모두 최고급이었다.
시계를 보니 이미 11시가 넘었다. 벌써 2시간이나 하릴없이 기다렸던 미미는 서서히 기운이 빠지는 걸 느꼈다. 다리가 아파 교복 치마를 입은 채로 철푸덕 주저앉다가 곧 일어났다가 하여튼 콩 튀듯 팥 튀듯 안절부절못했으니 지칠 만도 했다. 밥이야 들어오기 전에 먹어둬 배가 고프지는 않았지만, 티렉스를 만난다는 열기가 천천히 식어가고 있었던 것이다. 반면 지혜는 전에 없이 기분이 좋아 보이는 게, 흰 주차 라인을 깨금발로 오락가락하며 혼자 놀고 있다.

"지혜야. 우리 이제 그만 가야 하는 거 아니니? 차 끊기겠다."

"걱정하지 마. 택시비 있으니까."

"이렇게 무작정 기다린다고 오빠 만난다는 보장이 있는 것도 아니잖아."

"분명히 올 수밖에 없어. 5시부터 여기서 조사받고 있거든. 끝나면 자기 차를 타고 집에 갈 거 아니니. 티렉스 차가 이거거든."

지혜는 오른쪽의 벤츠 승용차를 가리켰다.

"앗, 정말이야?"

미미는 즉시 달려가 차 안을 들여다보려 했지만 안개 낀 밤인 데다 유리창 네 개가 모두 선팅이 되어 있어 보이는 건 없었다.

"조금만 참아. 아버지 후배 분한테 어렵게 부탁드린 거거든. 티렉스 오빠, 제발 한 번만 만나게 해주세요! 라고."

마지막 말은 지혜답지 않게 두 손을 꼭 맞잡고 마치 연극하듯 과장된 목소리를 낸다. 확실히 오늘 지혜는 어딘가 이상했다.

"그랬더니 여기서 기다리라고 하시더라고. 분명히 여기로 온다고."

환하게 웃는 지혜의 모습에 다시금 희망이 차오르는 미미였다.

그래 오늘만은 틀림없겠어. 마침내 오빠를 만나는 거야.

하지만 30분이 속절없이 지나고, 차가운 비가 한두 방울 두 소녀의 뺨을 때리자 아무러한 지혜도 속이 타는 건 어쩔 수 없었다. 어디 비 피할 데도 없는 곳이라 꼼짝없이 맞고 있을 수밖에 없다. 잠깐 정도는 괜찮지만 한 시간이고 두 시간이고 안개비를 맞고 서 있을 수는 없는 노릇이다. 이대로 물러나야 하는가. 티렉스의 눈앞에서…….

결국 지혜가 착 가라앉은 목소리로 철수를 지시하려는 순간, 후두둑, 하는 소리가 들려왔다. 처음엔 본격적으로 굵어지기 시작한 빗소리인 줄 알았지만, 아니었다. 누군가가 비를 피해 급히 뛰어오는 발소리였다.

반사적으로 시선을 돌려보니 한 남자가 빠르게 뛰어오고 있다. 멀리서도 직감했지만 한 발자국, 두 발자국 다가올수록 확신하게 된다. 분명히 티렉스였다. 매니저는 기자들을 따돌리고 있는지 혼자였다. 몇 년간을 최고의 자리에서만 달려온 사람만이 뿜어낼 수 있는 에너지가 사방으로 분출하고 있었던 것이다. 하지만 미미는 워낙 티렉스에 관해서는 지혜보다 두서너 수 앞서 있는 아이인지라, 어느새 달려 나가고 있었다. 아울러 천지가 뒤흔들릴 정도의 괴성을 지르면서.

"오빠!"

티렉스는 깜짝 놀라 멈추고 소리가 들려오는 쪽을 보았다. 아주 예쁜 고등학생 여자아이 하나가 달려와 다짜고짜 팔을 잡고 매달리는데 거의 이성을 잃은 것 같다. 그 아이 바로 뒤에도 여고생이 하나 더 있었는데 매달린 아이 못지않게 돋보이는 미모라 살짝 놀라고 말았다.

"뭐니? 너희들."

그토록 만나길 원했던 티렉스건만, 미미는 준비했던 말을 전혀 쏟아내지 못하고 그냥 눈물만 줄줄 흘렸다. 티렉스가 이맛살을 찌푸리며 말했다.

"나 보려고 여기까지 와서 기다린 거야? 좋지 않네. 이런 곳에서 팬들 만나는 거 원하지 않았는데."

"오빠, 괜찮은 거죠?"

"다 끝났대. 이제 더 조사받는 일은 없을 거야."

"오빠가 그러지 않았죠?"

"물론이지. 넌 썩어빠진 신문에서 하는 말을 믿고 있는 거니? 하하."

티렉스는 시원스레 웃으며 미미에게 잡힌 팔을 뺐다. 그러고는 그를 유명해지게 만든 환한 미소를 지어보이며 미미에게 말한다.

"그보다 비 오는데 어서들 들어가라. 부모님이 기다리셔. 너희들이 이러면 오빠 걱정되잖니."

말을 마치고 차로 향하는 티렉스를 미미는 다시 붙잡지 못하고 그저 바라만 본다.

"자, 다음에는 콘서트장에서 보자고."

커다랗게 인사를 던지고 운전석 문을 여는 티렉스의 뒤에 대고 지혜가 차갑게 질문을 던졌다.

"애인의 목을 조를 때 기분이 어떠셨나요? 그저 귀찮은 짐을 덜어버린 듯 후련하기만 했나요?"

티렉스는 문을 열다 만 자세 그대로 잠시 멈춰 있다 천천히 몸을 돌렸다. 노기 가득한 표정이었다.

"지혜야, 너 왜 그래?"

미미가 지혜를 만류했지만 지혜는 굽힘없이 차디찬 목소리로 계속 말을 이었다.

"말 해보시죠. 이미 다 알고 있어요. 당신이 범인이라는 걸."

"무슨 소리를 하는 거야. 오늘로 조사 다 끝났거든. 경찰도 무죄라는데, 네가 뭔데 그런 말을 하는 거냐? 너 누구 팬클럽이야?"

티렉스가 불쾌감에 가득 차 씹어뱉듯 한 마디씩 끊어 던졌다.

"당신과 함께 하는 미래를 상상하며 행복한 꿈을 꾸었을 그 여자가 불쌍하고 안타깝군요. 어떻게 사람이 그럴 수 있죠? 자기 아이까지 임신한 여자를."

"도대체 무슨 소릴 하는 거야?"

분노에 차서 소리 지르면서도 주변을 계속 둘러보는 게 누군가를 찾는 눈치였다.

"항상 매니저 뒤에 숨어서 귀찮은 일은 피해왔겠죠. 하지만 오늘은 그럴 여건이 못 되는군요. 자, 그럼 이제 궁금하지 않으세요? 왜 제가 당신을 범인이라 확신하는지."

티렉스가 관심 없다는 듯 차에 타고 문을 닫으려 했다.

"강수경 씨가 당신이라고 직접 알려줬어요."

지혜의 말에 티렉스가 멈칫하며 무슨 말이냐는 듯 지혜를 쳐다보았다.

"현장에서 강수경 씨의 양손 위에 모형 과일 몇 개가 순서대로 놓여 있었다더군요. 아마 그 자리에 있던 당신이 더 잘 알겠지만요."

"무슨 소리야?"

"가수가 아니라 배우를 하셨어야 했는데……. 엎드린 채 죽은 강수경 씨 왼손 바로 위에는 사과, 딸기, 오렌지가 있었고, 오른손 쪽에는 사과, 레몬, 오렌지가 있었다고 하더군요. 어때요, 정확한 가요?"

"몰라. 난 처음 듣는 이야기야."

"걸려들지 않는군요. 역시 머리 회전이 빠르시네."

호호, 웃더니 지혜는 계속 말을 이었다.

"그냥 우연이랄 수도 있겠지만 그 과일들이 배치된 순서가 묘하게 저를 자극하더군요. 우연이라 하기엔 분명히 어떤 의지가 개입된 걸로 보였어요. 실제로 시체 주변에 온통 모형 과일 천지라고 하던데, 손 위로는 딱 그 과일 여섯 개만 있는 것도 이상하고요. 어쩌면 그 과일들을 통해 강수경 씨는 범인을 고발하려 했던 게 아닐까 생각했죠. 티렉스 당신의 이름을 말이에요."

말도 안 된다는 듯 티렉스는 어깨를 으쓱거렸다.

"강수경 씨는 분명 절박했을 거예요. 어떻게든 당신을 고발하고 싶었겠지만 달리 할 수 있는 것도, 쓸 수 있는 것도 없었죠. 점점 의식이 흐려져 갈 때 강수경 씨는 봤던 것입니다. 당신과 엎치락뒤치락 할 때 쏟아진 과일들을요. 당신은 엎드린 강수경 씨 등 위에 올라타서 목을 계속 졸랐고, 그녀는 마지막 힘을 모아 하나씩 과일들을 모으기 시작했어요. 다행히 힘이 다하기 전 강수경 씨는 그 과일들로 당신을 지목할 수 있었어요. 아마 조금쯤은 다행스럽다는 기분으로 눈을 감았겠죠. 하지만 결국 누구도 그녀의 처절한 마지막 메시지를 제때 이해하지 못했죠."

"도저히 들어줄 수 없군. 과일은 또 뭐고 메시지는 또 뭐야?"

"당신과 강수경 씨는 가수와 팬의 관계로 만났더군요. 그러니 당신의 음악에 대해서 모를 리가 없었겠죠. 아뇨, 대한민국 사람이라면 누구나 다 알죠. 심지어 연예인에 전혀 관심이 없는 저까지 알고 있을 정도니까요."

"뭘 말야?"

티렉스가 답답한 듯 오만상을 찌푸리며 묻는다.

"당신이 힙합의 상징이라는 것을. 힙합을 영어로 풀어쓰면 h-i-p, h-o-p가 됩니다. 힙합이야말로 티렉스고, 티렉스가 곧 힙합이죠. 강수경 씨는 과일로 힙합을 쓴 거예요. 놓인 순서대로 사과가 h, 딸기가 i, 오렌지가 p입니다. 반대쪽 역시 사과가 h, 레몬은 o, 오렌지는 p가 되죠. 죽음의 순간에 강수경 씨는 힙합의 철자가 각각 가운데 들어가는 i와 o만 빼놓고 모두 동일하다는 반복의 법칙에 생각이 미친 거예요. 어떤 과일이든 상관없죠. 양쪽에 세 개를 놓되, 시작과 끝만 같고, 가운데만 다른 과일을 넣으면 분명히 힙합을 표현하는 거라고 사람들이 알아줄 것을 기대했던 겁니다. 어때요, 그럴듯하지 않나요?"

"이건 또 무슨 억지인지, 하하하."

티렉스는 말도 안 된다며 항변했다. 하지만 미미는 충격을 받은 표정이 역력했다. 빗소리를 제외하고 사람의 소리는 잠시 들리지 않는다.

"그건, 그냥 우연일 뿐이야. 너 누군지 상상력이 대단하구나."

어쩐지 억지웃음 같다.

"과연 상상인지 아닌지는 당신이 더 잘 알겠죠. 지금 속으론 후회하고 있겠죠. 별 것 아닌 과일이라 그냥 놔두고 나온 것을 말예요."

"너 미쳤구나. 그럼 내 알리바이는 어떻게 설명할래. 분명히 나랑 같이 있던 애들이 증언했거든. 내가 자리 비운 시간은 30분 남짓이었다고."

"그 이야기는 저도 들었어요. 거짓말 탐지기 조사까지 받았더라고요. 걔네들 말이 거짓말로 나오지 않는 이유는, 걔들에겐 정말로 그게 사실이기 때문이죠. 여기 있는 제 친구도 그렇지만, 당신 팬들에게 당신은 거의 신과 같은 존재더군요. 실제로 1시간이었다 해도, 당신이 먼저 '30분 정도 지났네, 자, 이제 다시 시작하자.' 이렇게 얘기하는 순간 그 아이들은 그렇게 믿었을 거예요. 당신의 말은 그 아이들에게 신탁이나 다름없으니까요. 게다가 걔들의 마음속 깊숙한 곳에서는 자기들의 말 한 마디, 한 마디가 당신을 옭아맬 치명적인 밧줄이 될 수 있다는 사실을 알고 있어요. 당신에게 조금이라도 불리한 기억은 아예 심리적으로 봉인이 된 거죠."

말문이 막힌 티렉스는 한참 생각하더니 하늘에서 내려온 동아줄이라도 잡은 사람 모양으로 마구 말을 쏟아냈다.

"정말 그 과일 이야기가 객관적인 증거가 될 수 있다고 생각하지는 않겠지? 그건 그냥 너의 추측일 뿐이야, 아니?"

"유감스럽게도 맞네요. 입증할 방법은 사실 없죠. 녹음기라도 몰래 가져와볼까 하는 생각도 해봤는데, 역시나 당신이 자백할 거라는 생각은 들지 않더군요. 여기까지가 제가 할 수 있는 전부예요."

지혜가 어쩔 수 없다는 듯 어깨를 으쓱하며 말했다.

"거보라고. 거기까지는 생각 못했구나, 하하."

약간 기운을 차린 눈치였다.

"그런데 그런 걸 뻔히 아는 애가 왜 여기까지 찾아온 거지?"

"솔직히 말해서 당신을 몹시 벌하고 싶어요. 하지만 결국 뾰족한 수가 없으니 포기하는 수밖에요. 이렇게 된 이상 적어도 제 친구만은 구하려고요. 지금의 위치와 성공, 돈을 위해 임신한 애인까지 죽여 버리는 당신의 제2의 희생자가 될지도 모르는 친구기 때문에 당신의 진짜 얼굴을 보여줄 필요가 있었어요."

지혜는 여기서 일단 이야기를 끊고 미미를 돌아보며 이어 말했다.

"어때, 이제 알았니? 네가 그토록 좋아했던 티렉스의 본모습을. 끝까지 뉘우칠 줄 모르는 악마나 다름없는 사람이라는 걸."

미미의 눈에서는 비인지 눈물인지 구별할 수 없는 것이 흐르고 있었다.

"가자. 더 있을 거 없어. 이제 티렉스는 영원히 지워버려."

지혜는 미미의 손을 잡고 이끌었다. 감정 없는 기계처럼 끌려가는 미미를 바라보던 티렉스가 외친다.

"잠깐만. 걔 말은 믿지 마. 전부 거짓말이야. 사실이 아니라고. 넌 나를 좋아하잖니. 전부 다 잊을 거야? 날 잊을 거야? 우리가 함께 했던 콘서트, 내 노래, 춤 다 잊을 거니? 절대로 아냐. 난 나쁜 사람이 아니야."

"빨리 가자."

지혜는 미미를 더 세차게 잡아끌었다. 티렉스는 다급한 마음에 급히 다가와 미미의 빈손을 붙잡았지만, 빗속을 뚫고 울려 퍼지는 미미의 비명에 당황해 얼른 놓고 말았다.
"넌…… 내가 무섭니?"
미미는 정말로 공포에 질린 사람처럼 고개를 위아래로 정신없이 흔들고는, 오히려 자기가 더 세게 지혜의 손을 잡아끌고는 황급히 그 자리를 떠났다. 티렉스는 내밀었던 손을 그대로 앞으로 뻗은 채 멍하니 서 있을 수밖에 없었다.
"내가 왜 싫지? 나 정말 노력했는데……."
티렉스의 중얼거림이 망령처럼 지혜와 미미의 귀에 언제까지고 쫓아오는 것 같아 두 소녀는 진저리를 쳤다. 더 이상 티렉스의 목소리가 들려오지 않는 곳까지 오자 지혜는 깊은 한숨을 쉬었고, 미미는 엉엉 울기 시작했다. 지혜는 흠뻑 젖은 미미의 몸을 꼭 껴안아주었다. 지금 내리는 이 비가 너의 상처받은 마음을 조금이라도 씻어줄 수 있다면 좋으련만.

티렉스는 스캔들이 터진 지 1년 후 여름, 수면제 수십 알을 입 안에 털어 넣고 자살했다. 법적으론 무죄임이 입증됐지만 결국 그 스캔들이 발목을 잡아 건전하고 건강했던 그의 이미지는 바닥을 쳤고, 그 많던 팬들도 모두 등을 돌렸으며, 그즈음 힙합을 소개하는 차원에 그쳤던 티렉스보다 더 완성도 있는 본토의 힙합 음악을 들고 나온 신성들이 잇따라 등장하면서 경쟁력도 잃고 말았다. 인기가 떨어진 스타만큼 처량한 것도 없다. 야심 차게 준비했던 4집 앨범마저 완전히 실패하자, 티렉스는 결국 극단적인 선택을 하고 말았던 것이다.

미미는 그날 밤 집에 와서 몹시 아팠다. 열이 나 사흘 동안 학교도 못 갔을 정도니까. 몸을 추스르고 난 후에는 계속 공부만 했다. 공부하는 동안만큼은 모든 걸 잊을 수 있었기 때문일까. 그렇게 겨울이 지나고 대학에 가고 나서 첫 여름방학 때 티렉스가 자살했다는 소식을 들었다. 미미는 그날 밤의 지혜를 떠올렸다. 넌 마치 복수의 여신 같았어. 지혜, 네가 나를 데리고 오빠를 찾아가서 네 추리를 선보인 것도 사실은 강수경이라는 여인의 복수를 위해서였겠지. 오빠가 그토록 지키고 싶어 했던 팬을 눈앞에서 철저하게 떠나게 만듦으로써 오빠를 절망의 나락으로 밀어 넣으려고 했던 거야. 현실적으로 단죄할 수 있는 수단이 없기에, 심리적으로라도 오빠를 무너뜨리겠다는, 지혜 네 방식의 복수였던 셈이지. 결국 오빠가 자살한 건 네가 성공했다는 걸지도 모르겠네.

오랫동안 티렉스를 잊고 살았는데 지혜의 귀국으로 인해 기억의 둑이 터져버렸다. 승우 앞이라 어떻게든 참아보려 했는데 구슬 같은 눈물이 방울져 흘러내리는 걸 도저히 어찌할 수 없다. 내가 오빠를 죽인 건 아닐까. 그때 내가 무서워하지 않았더라면. 그때 내가 조금만 더 따뜻하게 말해줬다면 오빠가 지금도 살아 있지는 않을까. 분명히 아무런 증거도 없었어. 있는 건 지혜의 말뿐이었지. 오빠는 팬인 내가 자기를 믿지 못했다는 사실에 절망한 건 아닐까. 나는 오빠를, 아니 티렉스 당신을 만나 행복한 연애를 하고 싶었어. 비처럼 쏟아지는 벚꽃을 맞으며 야외 결혼식도 하고 싶었고, 당신을 닮은 아이도 낳고 싶었단 말이야. 모두 어디로 간 거지. 내 꿈은⋯⋯.

아무것도 모르는 승우는 주섬주섬 손수건을 꺼내 건넸다.
"지혜 씨 만난다니 좋기는 한가 보네. 아주 펑펑 우시네. 얼른 눈물 닦아요. 지혜 씨가 와서 자기가 울고 있으면 마음 아파할 거야. 자, 뚝."
걱정스런 표정 반, 이렇게 마음 여린 미미가 사랑스러워 어쩔 줄 모르겠다는 표정 반인 승우의 얼굴을 보면서 미미의 마음은 서서히 편해진다. 그래, 지혜야. 난 널 미워했는지도 몰라. 나를 생각해서였다지만 결국 티렉스를 잃게 한 건 너잖아. 그 후로 난 누굴 만나도 마음을 열 수 없었어. 그 원망으로 널 피했고, 그렇게 우리는 멀어져 갔지. 하지만 이 바보같이 순진하고 나밖에 모르는 남자가 얼어붙은 내 마음을 마침내 서서히 녹였단다. 그래, 이제야 비로소 난 티렉스에게서 완전히 자유로워질 수 있을 것 같아. 그래서 5년 만에 연락한 거란다. 이제는 지혜 너도 예전처럼 웃으며 볼 수 있을 것 같아. 고마워, 이 남자를 만날 수 있게 해줘서. 네 도움이 없었다면 난 아마 대학을 못 갔을 테고, 그러면 이 남자도 만나지 못했겠지. 결국 네가 티렉스보다 더 나은 남자를 내게 안겨준 셈이네. 처음 만났던 순간부터 지금까지 지혜, 넌 날 항상 밝은 길로만 인도했던 거구나. 정말 고마워. 고마워. 고마워.
그 순간 땡그랑 종소리가 들려왔다. 누군가 들어왔는지 자스민의 출입문 위에 걸어두었던 종이 울린 것이다.
"아, 지혜 씨 왔나 보다."
티 없이 웃으며 승우는 미미를 바라보았고, 미미 역시 방금 전까지 흘렸던 눈물은 새까맣게 잊은 채 환하게 미소 지었다.

거짓말

강지영

1978년 출생. 숭의여대 문예창작과를 졸업하였으며 현재 프리랜서 카피라이터로 활동하고 있다. 올 여름, 개인 작품집 출간과 함께 장편소설을 준비하고 있다.

나는 미옥의 손을 잡는다. 차다. 손목에 솟아오른 복사뼈를 따라 올라가 보면 미옥의 가느다란 새끼손가락에 이른다. 정갈하게 다듬어진 손톱이 어여쁘다. 하지만 미옥은 말이 없다. 내가 미옥의 손과 입술을 함부로 매만지고 냄새 맡는 동안 말없이 천장을 바라보고 있다. 미옥의 눈길을 따라 내 시선도 움직인다. 우리는 함께 나란히 누워, 무늬 없는 천장과 좁은 방의 유일한 광원을 함께 바라본다. 나는 간혹 눈을 껌뻑이지만 미옥은 흐트러짐 없이 공기 중의 먼지 혹은 백열등의 필라멘트를 쏘아보고 있다. 나는 미옥의 눈이 피로할까 염려 돼 두 손으로 눈을 쓸어내린다. 쌍꺼풀 없는 길고 깊은 미옥의 눈이 감기고 그걸 바라보는 나의 눈도 감긴다. 우리는 베개를 나누어 베고 잠에 빠져든다. 미옥의 살내음이 고소하다. 잠에서 깨었을 때 나는 제일 먼저 미옥의 눈가를 살핀다. 눈물이 맺혔다 증발된 자리에 물음표 모양의 허연 소금기가 애처롭게 눈에 박힌다. 나는 엄지손가락에 침을 묻혀 미옥의 여린 눈가를 몇 번이고 문질러 본다. 미동도 하지 않는 미옥, 나의 손가락이 지나간 자리가 핏기 없이 하얗게 질려 있다. 나는 목이 마르지만 물을 마시고 싶지는 않다. 미옥이 지난 사흘째 물 한 모금, 미음 한 숟가락 넘기지 못하는데 어떻게 나만 홀로 목을 축이고 빈 위장을 채울 수 있단 말인가. 파도소리가 들려온다. 쏴아.
　언젠가 미옥은 배를 타보고 싶다 말했다. 그때 나는 세 시간째 운전 중이었다.
　"나도 차를 버리고 배를 타고 싶어. 젠장, 오줌마려."
　미옥이 내 입에 귤을, 잘 익지 않아 시고 떫기까지 한 귤을 한 쪽 밀어 넣었다.
　"맛 없으면 버려."
　나는 주유소에서 받은 휴지에 등이 터져 주홍색 물이 흘러 나온 귤을 뱉었다. 미옥은 조금 쓸쓸하게 미소 짓는다.
　"이혼 하니까 좋아요?"
　나는 대답하지 못했다. 우리는 세 시간 전 이혼에 합의했고 이제는 남이 되었지만 나는 그것이 실감나지 않는다.
　"좋을 건 또 뭐야?"
　미옥에게는 빚이 많았다. 내가 벌어들이는 돈을 20년 동안 한 푼도 쓰지 않고 모은다 하더라도 갚을 수 없는, 거대하고 단단한 빚, 빚의 더미. 미옥은 채무자들의 고소로 곧 실형을 살게 됐다. 나는 변두리의 아파트를 지키기 위해 미옥과 갈라섰다.
　"당신, 내가 살인자라 해도 사랑할 수 있다던 약속 기억해요?"

물론 기억하지 못한다. 나는 우리집 도어락 비밀번호도 기억하지 못해 벨을 누르는 위인이다. 그런 내가 10여 년 전 연애시절에 했던 약속이 기억날 리 없다. 내가 대답하지 못하자 미옥이 시디신 귤을 입 안에 넣고 사탕처럼 휘돌리는 듯 볼 여기저기가 볼록볼록하다.

"사람을 죽였어요. 오늘 아침에."

그때 나는 재채기를 했다. 앞 유리창에 내가 날려 보낸 침이 깨알처럼 박혔다. 미옥이 손수건으로 그것을 닦아준다. 나는 믿지 않았다. 미옥처럼 순하고 여린 여자가 사람을 죽였다고 담담히 말하는데 그걸 믿어줄 사람은 세상에 없다. 팽, 소리내어 코를 풀고 경적을 울린다. 앞차가 한눈을 파느라 속력을 내지 못하고 있기 때문이다.

"믿지 않는군요."

"나도 사람 죽이고 싶었던 적 많아. 군대에서 대민봉사 나갔을 땐데 어느집 대들보를 다시 세워주게 됐지. 그때 톱으로 나무를 켜다 내 앞에서 그걸 빤히 바라보던 늙은이를 보고 톱밥이 잔뜩 붙은 톱으로 그 늙은이의 골통을 쓸고 싶다는 생각이 들었어."

"잔인하군요. 이유 없이 사람을 죽이고 싶다니."

미옥이 미간을 조금 찌푸리고 나를 바라본다.

"모든 일에 이유가 있는 건 아냐."

한 시간 반 후, 나는 미옥을 그녀의 지하방이 있는 연립 앞에 내려주고 차를 돌린다. 검정색 모직스커트에 반코트를 입은 미옥이 힘없이 내게 손을 흔든다. 저 스커트와 코트 안에 숨겨져 있을 미옥의 마르고 희디흰 몸이 생각나 잠시 머뭇거리다 액셀러레이터를 밟는다. 카스테레오에서 익숙하지만 제목이 기억나지 않는 트로트가 나오고 나는 입에서 나오는 대로 멜로디를 따라가고 있다. 미옥은 점점 작아지더니 이내 점이 되고 공기가 되고 아무것도 아닌 게 되어 버렸다.

　나는 돈을 센다. 하루 종일 돈을 센다. 돈을 세는 기계가 있지만 언제나 검산은 행원의 몫이다. 나는 스피드라 이름 지어진 약품에 손가락을 문지르고 하염없이 돈을 센다. 어물전 할머니의 돈에서는 비린내가 났고, 분식집 아줌마의 돈에는 붉은 양념이 묻어 있다. 미옥을 만진 내가 그 돈을 세면 돈에서도 미옥의 냄새가 난다. 이제는 감은 눈으로 천장조차 바라볼 수 없는 미옥이 생각나 가슴이 미어진다. 점심시간이 되었지만 나는 물 한 모금 마시지 않는다. 빨리 미옥에게 돌아가 차가운 몸을 끌어안고 싶다. 어두운 방에서 내가 돌아오기만을 기다릴 미옥의 가쁜 그리움을 달래주고 싶다. 길고 긴 시간을 버텨 겨우 6시 반이다. 미옥에게 돌아갈 수 있는 자유가 주어졌다. 처리하지 못한 전표를 뒤집어 서랍에 넣고 뛰듯이 은행을 빠져나온다. 미옥이 돌아오기 전에는 버스를 탔지만 나는 시간을 단축하기 위해 택시를 잡는다. 택시 안에서도 나는 무시로 시계를 본다. 십오 분이면 미옥이 기다리고 있는 집에 도착한다.

　"바쁜 일 있으신가 봐요?"

　시계를 보며 안절부절 못하는 내게 기사가 묻는다.

　"네, 아내가 기다리고 있습니다."

　"우리 마누라는 지금 강원랜드 가서 신나게 돈 까먹고 있을 텐데."

 기사도 나도 헛웃음과 한숨을 함께 뱉는다. 아파트 입구에 도착하자 가슴이 뛴다. 엘리베이터가 13층에 가 있다. 기다릴 수 없어 나는 뛴다. 7층까지 단숨에 뛰어 올라 숨을 몰아쉬고 도어락의 비밀번호를 누른다. 비밀번호는 미옥의 생일이다. 이제는 잊지 않는다.

 오늘 아침 나, 이미옥은 사람을 죽였다. 에프킬라로. 그는 내게 수금을 하기 위해 찾아온 사람이었다. 키가 작고 까만 남자. 일주일에 5일, 나는 그의 앞에서 무릎을 꿇는다. 마치 자신의 집인 양 그가 나의 지하방으로 당당하게 걸어 들어온다.
 "어떻게 가구 하나 없어?"
 나의 집에는 가구는커녕 그 흔한 텔레비전조차 없다.
 "이런 집구석에서 물 한잔 대접 받을 수 있나? 그래서 이렇게 준비했지."
 남자가 주머니에서 소주 한 병을 꺼낸다. 그는 벽에 기대 앉아 소주를 들이켰다. 나는 말 없이 그가 앉은 대각선 자리에 쪼그리고 앉아 고개를 숙이고 있다. 미안해서가 아니다. 그를 보고 싶지 않아서다. 나는 그가 일하는 해피파이낸셜이라는 회사에서 3000만 원을 빌렸다 갚지 못했다. 선금을 떼고 받은 돈은 매달 이자가 붙었고 이제는 1억 가까운 액수로 불어 있었다. 때로 다른 수금사원과 그가 마주치기도 한다. 그들은 멋쩍은 눈길로 서로를 바라보다 어깨를 스치며 나가고 들어왔다. 나는 일을 해야 했지만 그들이 일터로 찾아오는 일이 잦아지며 이제 어디에서 무엇을 할 수도 없었다.
 "신체 포기 각서 같은 건 없나요?"
 그가 급하게 넘긴 소주 때문인지 나의 질문 때문인지 켁켁 헛기침을 하다가 웃음을 터트린다.
 "이미옥 씨, 지금 그거 쓰겠단 말이우?"
 나는 할 수만 있다면 신장과 간, 각막을 팔아 돈을 갚아버리고 싶다. 나의 몸은 얼마쯤 할까?
 "참 용기 좋네. 그런데 말이야. 아줌마가 진 빚은 머리부터 발끝까지 조각을 내어 판다고 해도 못 갚아. 죽을 때까지 하루 열 번 냄비를 팔아도 못 갚는다고요. 빚이 우리 해피에만 있나? 그럼 또 모르지."
 그는 내가 빚을 갚지 못할 걸 알며 우리집으로 출근을 하고 있었다. 휴대폰으로 TV를 보며, 중국음식을 시켜먹으며, 변기 커버를 올리고 소변을 본 후 그냥 나오며. 오늘은 남편이 집 앞으로 찾아온다. 나의 빚이 우리가 살던 작은 아파트까지 갉아먹기 전에 잘라버리려는 것이다.
 "아줌마 어디가?"
 나는 그에게 음료수라도 사오겠다며 일어선다. 그리고 어두운 계단을 올라 슈퍼로 뛰어간다. 가슴이 뛰고 손에는 식은땀이 흥건하다. 나는 콜라 한 병과 종이컵, 무향 에프킬라 한 통을 산다. 300원이 모자랐지만, 주인이 나중에 가져오라고 한다. 다행이다. 나는 계단을 내려와 현관문 앞에서 콜라 뚜껑을 돌려 딴다. 입을 대고 콜라를 몇 모금 마시자 가슴께가 뻐근하다. 그리고 병 주둥이에 에프킬라 입구를 들이댄다. "치익" 남자에게 소리가 들릴까 걱정이 되었지만 별 수 없다. 콜라가 허연 거품을 뿜으며 주둥이로 솟아올랐지만 잠시였다. 에프킬라를 절반쯤 쏟아 붓고 나는 뚜껑을 닫아 주위를 살피며 현관문을 연다. 남자가 바닥에 누워 벽에 두 다리를 올려놓고 누군가와 통화를 하고 있다. 나는 수돗물을 틀어 손을 닦고 종이컵에 콜라를 따른다. 에프킬라는 무향이라고 적혀 있었지만 살충제 특유의 역겨운 냄새가 코를 자극했다. 그가 마시지 않으면 내가 마셔버리리라 생각하며 치마에 손을 닦고 남자에게 콜라를 내민다. 남자가 낄낄낄, 크게 웃으며 콜라를 넘겨받아 단숨에 삼켜 버린다. 잠깐 콧등을 찡그리는 것 같더니 이내 다시 낄낄낄, 웃는다. 나는 조바심이 나 안절부절 못한다. 그가 전화를 끊고 배를 문지르며 화장실로 들어간다. 이윽고 소변을 보는지 구토를 하는지 무언가 좌르륵 쏟아지는 소리가 들린다. 그러곤 아무 기척이 없다. 마치 내가 살충제가 섞인 콜라를 마신 사람처럼 속이 뒤틀리고 아랫배가 저려온다. 삼십 분이 지나도록 남자는 제자리에 돌아오지 않았다. 나는 슬며시 화장실 문을 열어본다. 남자가 입가에 허연 토사물을 묻히고 쓰러져 있다. 이상하게 마음이 편해온다. 나는 그를 건너 뛰어 세면대에서 세수를 푸푸 한다. 말개진 얼굴이 조금 상기되어 있다. 다시 그를 건너 뛰어 방에 돌아와 화장을 한다. 오랜만에 남편을 만나는데 맨얼굴은 쑥스럽다. 분을 바르고 눈썹을 그리고 연분홍색 립스틱도 바른다. 10시가 되자, 나는 검정색 모직 스커트를 입고 인감도장을 챙겨 계단을 오른다. 남편은 아직 도착하지 않았다.

미옥에게서 풋내가 난다. 집은 발이 시릴 만큼 춥지만 미옥은 얇은 블라우스를 입고 찬바닥에 누워 있다. 유난히 추위를 많이 타는 미옥이 안쓰럽지만 보일러의 온도를 올리자니 그녀가 녹아내릴까 두렵다. 버터처럼 흰 피부의 미옥이 스르륵 녹아 우리의 작은 아파트에 얇게 퍼져 찰랑댈까 겁난다. 나는 양복을 벗고 그녀 옆에 눕는다. 오늘 아침부터 미옥에게서 풍기는 풋내가 코끝을 맵게 한다. 어린시절 고추를 말리던 사랑방에 숨어들면 이런 냄새가 났다. 그것은 옆집 홀아비가 이웃 노총각과 10원짜리 민화투를 칠 때 나는 냄새와 닮아 있었다. 남자, 담배, 군용담요, 메주의 냄새가 뒤섞인 친근하고도 쓸쓸한 냄새였다. 나는 미옥의 냄새가 더욱 좋아졌다. 갑자기 그녀의 고른 치열이 그리워 입술을 들춰보았다. 잇바디가 검푸르다. 살며시 입술을 맞춰보지만 소름 끼치도록 찬 기운만 남을 뿐이다. 나는 미옥에게 죄를 지었다. 그날 피곤에 지쳐, 사람을 죽였다는 그녀의 고백을 믿지 않은 것이다. 내가 차를 타고 삼십 분쯤 달렸을 때, 우리가 함께 10여 년을 살던 아파트가 보일 즈음이었다. 나는 그제야 미옥이 사람을 죽였다는 말이 귀에 박혀 떨어지지 않고 있다는 것을 깨달았다. 차를 돌렸다. 방금 보았던 풍경들의 뒷모습을 바라보며 그녀의 지하방으로 되돌아가고 있었다. 미옥이 정말 사람을 죽였다고 믿어서가 아니다. 그녀가 죽였다는 사람이 바로 미옥, 자신이 아닐까 겁이 나서였다. 나는 신호를 무시하고 달리고 또 달렸다. 그럼에도 불구하고 미옥에게 가는 길은 돌아올 때와 마찬가지로 삼십 분이 걸렸다. 쿵쾅쿵쾅 소리 나게 계단을 내려갔다. 현관문 앞에 검은 무언가가 쏟아져 있었다. 나는 잠시 머뭇거리다 초인종을 누른다. 그리고 잠시 후, 미옥이 그 문을 열고 눈물로 얼룩진 얼굴에 미소를 띠며 나를 바라보자 화가 치솟는다.

"왜 사람 놀라게 그런 말을 해?"

미옥이 영문도 모른 채 얼굴에서 미소를 거둬들인다. 현관에 낯선 신발 한 켤레가 보인다.

"손님 있어?"

말없이 고개를 젓는다.

"뭐 마실 거 있으면 한 잔 내와."

나는 허락도 없이 나의 집처럼 미옥의 거실로 들어선다. 아무 것도 없다. 이불 한 채가 방 귀퉁이에 곱게 개어 있을 뿐, 이렇다 할 취사도구도 살림살이도 없는 텅 빈 창고와 같다.

"마실 게 없어요."

미옥이 부엌에 서서 미안하다는 듯이 대답한다.

"그럼 좀 사와. 콜라로."

나는 미옥의 주머니가 비어 있다는 사실을 미처 깨닫지 못한다. 그녀가 부엌 싱크대를 뒤적이는 동안 나는 집 안을 떠도는 시큼한 냄새를 맡는다.

"지하방이라 그런지 곰팡내가 나는 거 같네. 첫 공판이 언제야?"

미옥은 어쩔 줄 몰라하며 동전을 매만진다. 나는 그제야 그녀의 가난을 다시 실감한다.

"그럼 물이라도 주던지."

미옥이 수돗물을 틀어 종이컵에 받는다.

"아무리 옛날 서방이라지만 대접이 너무하네."

내가 일어서 미옥을 밀치고 찬장을 뒤진다. 가스레인지도 없는 가스레인지대 아래에 콜라병이 놓여 있다. 나는 미옥을 흘겨본다. 그녀가 두 손을 내저으며 내 손에서 콜라병을 빼앗으려 든다. 막무가내다.

"그거 콜라 아니에요."

나를 속이려 드는 미옥이 야속해 나는 양손에 힘을 주고 콜라 뚜껑을 연다. 내게 힘으로는 안 되겠다 싶은지 미옥이 종이컵을 밟아 구겨 버린다. 나는 콜라 주둥이에 입을 대고 꿀꺽 꿀꺽 마셔버린다. 목젖이 위아래로 움직이며 식도를 타고 알싸한 그것이 넘어간다. 미옥이 자리에 주저앉아 어깨를 들썩이며 운다. 눈가가 시려오고 목구멍이 타들어 가는 느낌이더니 뱃속에서 무언가가 꿈틀댄다. 욕실로 뛰어가 문을 열어젖히자, 그 안에 쓰러져 있는 작달막한 남자가 눈에 들어온다. 그의 입가에 묻은 허연 토사물과 닮은 것이 내 입을 통해 솟구친다. 시야가 흐려지고 배는 여전히 요통 친다. 나는 내가 쓰러지고 있다는 것도 인식하지 못하지만 어느새 나의 머리가 문지방에 쿵, 하고 떨어지며 미옥의 희고 자그마한 얼굴이 내 앞에서 알른댄다. 화가 나지만 화를 내기에 나는 아무 기력도 없다.

나는 정확히 오전에 한 명 오후에 한 명, 도합 두 명의 사람을 죽였다. 먼저 죽은 쪽은 죽어주길 바랐던 사람이었고 나중 죽은 쪽은 죽지 않기를 바랐지만 나는 막지 못했다. 그것도 자신의 운명이다. 스스로 선택했으니까. 나는 그들을 방에 눕혔다. 남편을 사이에 두고 나도 누웠다. 내가 그의 손을 잡자 마치 살아 있을 적처럼 몸이 꿈틀 대는 착각이 든다. 나는 상체만 조금 일으켜 그의 가슴을 몇 차례 흔들어 보지만 움직이지 않는다. 내일이면 또 다른 수금인이 찾아올 것이다. 그들을 어디론가 옮기거나 내가 떠나야 한다. 나는 두 명의 남자를 처리 할 수 있는 방법을 모른다. 엽기 살인마처럼 토막을 내려 해도 칼이 없고, 칼이 있다 하더라도 힘이 없다. 나는 그들 곁을 떠나는 방법을 택했다. 남편의 팔을 벌려 그의 겨드랑이로 파고들었다. 매일 아침저녁으로 맡던 그의 냄새가 낯설게 느껴진다. 오른쪽 호주머니에는 담배가 왼쪽 호주머니에는 지갑이 있을 것이다. 나는 그의 지갑을 꺼낸다. 현금 7만 원이 들어 있다. 그 정도라면 이삼 일밖에 몸을 숨기지 못한다. 하지만 선택의 여지가 없다. 나는 수금원의 바지주머니에서 지갑을 꺼내 살핀다. 만 원짜리 삼십 장과 1000원짜리 한 장이 나온다. 수표만 빼고 다시 바지주머니에 넣어준다. 텅 빈 나의 지갑에 37만 원을 얌전히 넣고 집을 빠져나온다. 거리는 어둑하고 어디선가 개가 짖는다. 나는 종착지도 확인하지 않고 버스에 올라선다. 졸고 있는 남자 옆에 다가가 앉는다. 버스 안은 따뜻했고 긴장이 풀리며 잠이 온다. 나도 모르게 남자의 어깨에 고개를 떨어뜨리고 잠이 든다. 내가, 아니 우리가 눈을 뜬 곳은 버스의 종착지이자 차고지다. 남자가 나의 어깨를 가볍게 흔든다.

"깜빡 존다는 게 여기까지 왔군요."

미남은 아니지만 제법 시원한 생김이다. 서른을 훌쩍 넘겨 보이지만 입고 있는 양복을 벗으면 그보다 한참 아래로도 보일 것이다.

"여기가 어딘가요?"

잠이 묻어 있는 얼굴로 그에게 묻는다.

"삼원이라고, 서울을 조금 벗어났습니다."

들어본 적 없는 지명이다.

"댁이 어디신지? 택시를 타려고 하는데 방향이 같으시면 동행하시죠."

남자가 앞장선다. 나는 무작정 그를 따라나선다. 어둠 속에서 그의 하얀 와이셔츠만이 빛난다. 버스가 끊긴 걸까? 아직 이른 시간인데. 달리 갈 곳 없는 나는 그가 가는 곳까지 따라가기로 한다. 빈 택시가 다가오자 남자가 손을 흔들어 차를 세운다.

"소문동 주공아파트요."

그가 뒷좌석 안쪽으로 들어가고 내가 그 옆에 앉는다.

"어디까지 가신 댔죠?"

남자가 손으로 입을 가리고 하품을 하며 묻는다.

"저도 소문동이요."

택시가 달리는 동안 그는 별 말이 없다. 유리창을 통해 바깥을 구경하는가 싶더니 잠깐씩 조는가도 싶다. 나는 그의 어깨를 조금 더 빌리고 싶어졌다. 잠이 오지 않았지만 눈을 감고 고개를 숙이다가 그의 어깨에 머리를 떨어뜨린다. 그가 몸을 바로 세워 내 고개가 처지지 않도록 애쓴다. 나는 택시가 멈출 때까지 그의 어깨에서 머리를 떼지 않는다.

"다 왔습니다. 8800원이요."

기사의 목소리에 잠이 깨어 고개를 들자 남자가 지갑에서 만원짜리 지폐를 내민다. 내가 먼저 택시에서 내리고 잔돈을 받은 그가 엉거주춤한 자세로 따라 내린다.

"댁이 근처십니까?"

"네."

대답과 함께 먼지를 휘감은 바람이 얼굴로 불어와 기침이 난다.

"감기 들겠습니다."

나는 소매로 입을 막고 그를 바라본다. 키가 커 고개를 치켜들어야 그의 얼굴이 제대로 보인다.

"저녁 드셨어요?"

나는 왜 그에게 식사를 청했을까? 그는 왜 수많은 식당을 놔두고 자신의 집으로 나를 불러들였을까? 우리는 아파트 단지로 들어서면서부터 말을 잇지 못했다. 엘리베이터에서도 층을 알리는 숫자 판을 바라볼 뿐이었다. 그가 도어락의 비밀번호를 누르고 삐비비익, 하는 알림음이 들리는 동안도 각자 눈 둘 곳을 찾지 못해 허공을 방황했다. 그는 혼자 산다. 마치 내가 살던 지하방처럼 아무것도 없는 집이다. 하루 종일 갇혀 있던 공기가 조금 따뜻하다. 그가 외투를 벗어 벽에 박힌 못에 건다.

"옷걸이가 없어 미안합니다."

그가 내 외투를 받아 또 다른 못에 건다. 유일한 가전제품인 듯한 냉장고를 열어 플라스틱 통을 꺼낸다.

"할 줄 아는 음식은 김치볶음밥뿐입니다. 밥도 어제 한 거라 죄송하네요."

그는 셔츠 소매를 몇 번 접고 칼로 김치를 다진다. 제법 능숙한 솜씨다. 나는 방 한가운데 앉아 그가 요리 하는 모습을 지켜본다.

남편은 한번도 요리를 한 적이 없다. 그의 용무는 화를 내거나 침묵하는 것뿐이었다. 나는 빚 독촉전화를 받을 때면 화장실로 숨어들었다. 그러다보니 하루 종일 화장실에 살다시피 했다. 우리는 함께 살았지만 각자의 방을 쓰는 것이나 다름없는 사람들이었다. 남자가 팬에 기름을 두르고 김치를 볶는다. 시큼하고 매콤한 냄새가 난다. 밥통이 아닌 냄비에서 굳은 밥을 떠낸 그는 익은 김치와 뒤섞어가며 콧노래를 부른다. 나는 남자의 어깨와 등허리가 믿음직하다 느낀다. 내게 남자란 무관심한 남편, 내게 지나친 관심을 갖고 있는 채무자들뿐이다. 나를 위해 요리를 하는 남자를 나는 본적이 없다. 그에게 다가간다. 흰 와이셔츠에 땀이 배어 어깨 부분이 살에 달라붙어 있다. 나는 남자의 허리를 천천히 끌어안는다. 남자가 밥과 김치를 뒤적이던 손놀림을 멈추고 잠시 가만히 있다. 30초쯤, 나는 그를 끌어안고 울었던 것 같다. 밥이 눋은 냄새가 나기 시작하자 남자가 다시 손을 움직여 밥과 김치를 뒤적인다. 콧노래를 부른다.

에프킬라를 뿌리면 모기는 죽고 파리는 살아남기도 한다. 하물며 사람인데, 그토록 쉽게 죽을 줄 안 이미옥, 당신은 어리석었다. 하지만 그토록 순진한 그녀가 나는 무척이나 사랑스럽다. 나는 몸을 움직일 수 없었다. 잠시 기절한 파리처럼 눈은 감고 있지만 귀는 열려 있었다. 미옥이 내 지갑을 뒤지는 것을 느낀다. 하얀 얼굴이 더 하얘져 있을 줄도 안다. 그녀가 떠나고 나는 몇 시간 만에 겨우 눈을 떴다. 내 곁의 사내도 몸을 추스르고 앉아 목구멍에 손가락을 집어넣고 미옥의 방바닥에 구토를 한다.

"아이 씨발 잡히기만 해봐. 개 같은 년."

그가 구두를 신다말고 나를 본다.

"아저씨도 빚 받으러 온 사람이면 따라오슈."

미옥은 내게 빚이 없다. 내가 미옥에게 빚이 있을 뿐. 하지만 나는 그를 따라간다.

"승철아. 이 아줌마 콜라에 약 타 먹이고 토꼈다. 수배 좀 해봐라. 얼굴은 너도 알잖아, 씹새꺄. 지갑도 털렸거든. 이리 좀 와야겠다."

남자가 연신 기침을 하며 담배를 한 대 피워 물었다, 금세 바닥으로 던진다.

"이런 씨발, 담배도 쓰네. 카악 퉤."

나는 슈퍼에서 생수 두 개를 사와 남자에게 하나를 건넨다. 우리는 생수로 입을 헹구고 또 헹군다.

"그 아줌마 순진한 줄 알았더니 뒤통수치네."

그가 나를 바라보며 혼잣말을 한다. 나는 맞장구 칠 수 없다. 미옥을 찾기 전에는 나 역시 그에게 빚쟁이로 보여야 한다.

"언제쯤이면 찾을 수 있을까요?"

그가 입을 헹궈 바닥에 뱉어낸다.

"우리는 조직이 전국구요. 네트워크 시스템. 전화 몇 통하면 아줌마 찾는 건 식은 죽 먹긴데 문제는 어떻게 조지냐는 거지."

그때 흰색 스쿠프가 우리 앞에 선다. 그가 뒷좌석에 타고 내가 그의 옆에 앉는다.

"왜? 따라올 거요?"

나는 고개를 끄덕인다.
"아, 이 아저씨도 웃기네. 당신 어디서 왔수?"
"부광은행이요."
사실이다. 나는 그 은행에 근무한다.
"요즘은 은행에서도 사람 보내 빚 받나? 희한하네. 갑시다."
차가 골목을 누비다 큰길로 빠져나간다. 남자는 계속해서 누군가와 통화를 하며 미옥을 욕한다. 나는 낯선 거리를 질주하는 차 안에서 미옥에 대해 생각해 본다. 그녀와 처음 만난 그날로 돌아간다. 내게 대출 신청을 하러 찾아온 미옥은 고개를 가로 젓는 내게 눈물을 보였다. 나는 그녀의 손이 잡고 싶었다. 울고 있는 그녀의 메마른 손이 나를 부르고 있다. 그 유혹을 뿌리치지 못하고 부여잡고 말았다. 눈물 어린 눈을 크게 뜨며 미옥이 나를 바라보았다. 그러나 손을 뿌리치지는 않았다. 나는 미옥에게 명함을 건네고 그녀는 세 시간이나 나를 기다려 근처 커피숍에서 마주했다. 내게 대출신청서를 내밀던 표정과 다름없는, 구겨진 종이 같은 미옥이 거기 있었다. 우리는 대화 없이 냉커피를 마셨다. 빨대를 감싼 그녀의 입술이 창백했다. 나는 그녀의 옆자리로 몸을 옮겼다. 슬쩍 몸을 피해 자리를 내어주는 미옥, 나의 젖은 입술이 그녀의 창백한 입술을 덮치던 순간도 눈을 감지 않았다. 이튿날 자격미달인 그녀가 대출을 받았다. 입술 한 귀퉁이가 조금 헐어 있다. 우리는 매일 만나 냉커피를 마셨다. 그렇게 50잔 정도의 냉커피를 마시고 결혼을 했다.
"아저씨는 여기 있을 거요? 아니면 함께 올라갈 거요?"
남자가 차 밖에 서서 아직도 목이 개운치 않다는 듯이 침을 뱉는다. 나는 차에 남아 있겠다 말하고 팔자걸음으로 사라져 가는 그의 뒷모습을 본다. 잠시 후 남자가 돌아온다.
"하하, 이 아줌마 찾았다는데?"
남자와 나는 차를 달려 당신이 있다는 곳으로 달리고 있다.
"이 아줌마가 맹해 보여도 여간 영악한 게 아냐. 지금 우리 애들이 상화 지하상가에서 아줌마 잡았다는데. 일단 신장을 떼든 심장을 떼든, 우리 먼저 회수합니다. 네?"
하지만 상화 지하상가에 잡혀 있다는 사람은 미옥이 아니었다. 장바구니를 든 미옥과 닮은 여자가 두 볼이 빨갛게 부어 빈 노래방에 갇혀 있었지만 미옥과 달리 쌍꺼풀 수술을 한 눈이다.
"이런 씨방새들. 눈이 썩었냐? 병신 같은 놈들."
남자가 결박된 여자의 셔츠를 들추고 브래지어 속에 침을 뱉는다.
"신고 했다간 지구 끝까지 따라가 눈알을 손톱깎이로 뜯어낸다."
여자가 부들부들 떨며 발길에 채여 쫓겨난다.
"이렇게 된 거 노래나 부릅시다."
남자가 내가 차에서 들었던 제목 모를 노래를 부른다. 화면 가득 '사랑아 울지 마라'라는 글씨가 새겨졌다 금세 사라진다.

조금 싱거운 김치볶음밥을 그와 내가 마주 앉아 먹는다. 뜨거운 밥을 씹어 삼키느라 남자의 구레나룻 근처에 땀이 맺힌다. 나는 몇 숟가락 떠먹다 속이 쓰려 숟가락질을 멈춘다. 남자가 불그

스름해진 입술을 핥으며 내게 물 한 잔을 내민다. 우리는 여전히 말이 없었고 그는 꾸역꾸역 그 많던 밥을 해치운다. 밥을 다 먹고 물을 한 모금 마신 남자가 불을 끈다. 사납게 돌변한 그의 손길이 내 스커트를 벗겨 내고 스타킹을 내린다. 입맞춤도 애무도 없는, 일방적인 섹스가 시작된다. 나는 강간당하기 싫어 스스로 블라우스 단추를 벗긴다. 남자는 내가 순순히 자신의 욕구에 응하는 것이 불만인지 뺨을 후려친다. 눈에서 불이 튀고 입 안에 피 맛이 느껴지지만 소리 지르지 않는다. 강간은 싫다. 나는 단추를 뜯다시피 블라우스를 벗어버리고 브래지어를 들춰 올린다. 남자는 나의 가슴에 관심을 갖지 않는다. 어둠 속에서 여전히 그의 와이셔츠만이 하얗게 빛나고 있다. 그의 얼굴에서 떨어지는 땀이 내 눈가에 떨어져 뜨듯하게 흘러내린다. 야트막하게 신음을 내자 그가 내 입을 틀어막는다.

"색다른데?"

숨을 쉬기 힘들어 몸을 뒤튼다. 나의 움직임이 거셀수록 그의 손아귀 힘도 세어진다. 어느새 그의 손이 나의 코까지 덮어 버린다. 피인지 분비물인지 혹은 소변인지 알 수 없는 것이 허벅지로 흐르는 느낌이다. 숨이 막혀 올수록 남편의 얼굴이 선명하다.

나는 노래를 부를 기분이 아니다. 슬그머니 자리를 벗어나 계단을 내려간다. 그와 타고 온 흰색 스쿠프 안에서 젊은 남자와 헤퍼 보이는 여자가 입을 맞추고 있다. 고개를 돌리고 택시를 잡는다. 집으로 돌아갈 생각이다. 미옥을 찾는다 하더라도 나는 할말이 없다. 조금 전만 하더라도 나는 그녀가 보고 싶었다. 겁에 질려 백지장 같아 졌을 그녀의 얼굴, 내게 대출 신청을 하기 위해 찾아왔던 그 시절의 그녀 얼굴이. 하지만 미옥은 꼭꼭 숨어버렸다. 나는 농협에 들어가 돈을 인출한다. 그리고 택시를 기다린다. 밤은 깊었고 어딘가에서 미옥도 잠들었기를 바란다.

생전 처음 살인을 저지른 날 나는 살해 되었다. 남자는 내가 너무 쉽게 죽어버린 걸 아쉬워한다. 그는 내게서 몸을 떼 바지를 주워 입는다. 질식사 한 내 얼굴은 어떨지 궁금하다. 시퍼럴까? 아니면 시뻘걸까? 어느 쪽이더라도 예쁘지는 않을 것이다. 남자는 잠시 곁에 앉아 내 머리를 쓰다듬는다. 살아 있었을 때 그렇게 다정히 내 머리를 쓰다듬어 주었더라면 나는 그를 사랑하게 되었을지도 모른다는 생각이 든다. 그가 외투를 꺼내 입고 축 처진 내 몸에도 외투를 꿰어 입힌다. 체격이 큰 남자는 어렵지 않게 나를 부축하는 모양새로 집밖에 나온다. 나의 두 다리가 바닥으로 끌리고 있지만 영락없이 술에 취한 여자처럼 보인다. 내 몸은 내가 느꼈던 것보다 작고 보잘것없다. 마른 갈대 한 묶음처럼 건드리면 사락사락 소리를 내며 바스라질것 같다. 그는 엘리베이터를 타고 내려간다. 그리고 아파트 입구에서 택시를 잡아탄다.

"술이 과하셨나 봐요."

택시기사들은 질문이 많다. 정치나 경제에 대한 자신들의 지식을 맥없는 손님들에게 늘어놓고 동의를 구하는 눈빛을 룸미러로 보낸다. 이제 나는 대답을 할 수 없는 처지가 되었지만 그는 넉살 좋게 대답한다.

"사직도요. 기분 좋게 한잔 했는데 이 친구가 술이 약합니다."

그의 어깨에 내 머리가 툭 떨어진다.

"이게 다 대통령 잘못 만난 때문입니다."

기사는 국민경제가 침체 되며 술 소비량이 늘었고 나처럼 주량이 형편없는 여자들까지도 술에 취해 종종 택시에 탄다며 떠든다. 남자가 일일이 대꾸를 해주자 더욱 신이 난 듯 우리가 내릴 때 아쉬워하기도 한다.

파도소리가 들린다. 그와 내가 함께 살던 아파트에서도 파도소리가 들렸다. 바다가 보이는 아파트지만 위성 도시에서도 변두리인 우리 집은 집값이 서울 같은 평수의 절반도 되지 않는다. 그가 나를 끌고 횟집이 즐비한 거리를 걷는다. 애인의 어깨에 나처럼 매달려 걸어가는 여자들이 심심치 않다. 물론 그녀들은 숨이 붙어 있다. 오늘밤 비틀거리며 집에 돌아가거나 내일 아침, 애인의 품에서 두통을 느끼며 눈을 뜰 것이다. 하지만 나는 돌아갈 곳이 없다. 두 구의 시체가 나뒹구는 지하방도, 가까이 있으면서도 이젠 내 집이 아닌 아파트도. 아마 그는 나를 저 바다에 던질 모양이다. 그가 벤치에 앉아 자신의 무릎에 내 머리를 눕힌다. 사람들의 발길이 뜸해지고 횟집의 영업이 끝나기를 기다릴 것이다. 그는 나를 유기한 후 어떻게 숨어 버릴까?

"재수 없는 놈들은 여자 엉덩이 슬쩍만 만져도 콩밥 먹고, 재수 좋은 놈은 이렇게 주구장창 걸리는 여자마다 목줄을 끊어놔도 눈에 띄지 않는 거야."

내가 묻기라도 한 것처럼 그가 대답한다. 그에게 나는 처음이 아닌 모양이다. 횟집들이 문을 닫고 거리가 한산해지더니 곧 유령도시처럼 암흑이 된다. 그는 주머니에서 면도칼을 꺼내 내 손가락을 도려낸다. 지문을 없앨 셈이다. 나의 열 손가락은 손톱과 뼈를 제외하고 살점이 떨어져 나간다. 살아있을 때 그런 짓을 하지 않은 걸 다행으로 여긴다. 남자가 자신의 무릎에서 내 머리를 들어올리고 몸을 뺀다. 그리고 지갑을 뒤져 내 주민등록증을 뺀다. 뒤한 번 돌아보지 않고 어둠 속으로 사라진다. 혼자가 되었다.

택시가 아파트 근처에 도착했을 때 시간은 새벽 3시를 넘어섰다. 나는 술이 마시고 싶어진다. 편의점은 아파트 건너편의 바다를 마주보고 있다. 이시간의 편의점은 밤이면 점점 커지는 파도소리에 낮보다 그곳은 더 시끄럽다. 나는 소주를 사기 위해 편의점으로 걸음을 뗀다. 어디선가 미옥이 울부짖는 소리가 들리는 것 같다. 그녀는 매일 울었다. 그녀에게 왜 그리 빚이 많은지 물은 적이 있다. 그 많은 돈을 어디에 썼는지 그녀의 멱살을 붙들고 따져 물었다. 하지만 대답 없이 울기만 했다. 나는 도리질을 치며 편의점 문을 민다. 손님은 없다. 점원이 졸다 자리에서 일어선다. 나는 소주 한 병을 그에게 내밀고 계산을 한다. 빈 집 대신 암흑의 벤치로 발길을 돌린다. 우리는 바다가 보이는 아파트에 살면서 한번도 이곳에 함께 나온 적이 없다. 집에 돌아오면 미옥은 전화기를 들고 화장실로 숨어들었고 나는 TV를 보다 홀로 잠이 들었다. 그런 날이 10년이 넘는다. 미옥과 나 사이에는 아이가 없다. 그건 우리가 원해서 그리 된 것이 아니다. 하지만 이제와 생각하면 참 다행스러운 일이다. 아이라도 있었다면 나는 그녀를 밀쳐내지 못했을 것이다. 벤치에 다가서자 희끄무레한 무언가가 먼저 자리를 차지하고 있는 것이 보인다. 어둠 속에서 희끄무레하게 빛나는 것은 미옥의 블라우스다. 나는 손을 더듬거려 미옥의 야윈 볼과 풀어헤쳐진 가슴팍을 만져본다. 미옥이 맞다. 새벽이 되도록 그토록 찾아 헤맨, 살인미수자 이미옥이다. 나는 소주를 내던지고 그녀를 끌어안는다. 거짓말처럼 차가운 몸이 내 품에 기대어진다. 나는 미옥의 팔을 내 어깨에 짊어지고 두 다리를 끌며 걷는다. 어째서 미옥이 여기에 있는지 묻고 싶지만 대답해 줄 사람이 없다. 편의점의 점원은 다시 졸고 있다. 아파트 입주자 대부분은 잠이 들었는지 불을 켠 집은 서너 집 정도다. 나는 엘리베이터를 타고 7층을 누른다. 환한 불빛 속에서 정교하게 도려진 미옥의 손가락을 본다. 피가 별로 묻어나지 않았지만 무척이나 아리고 쓰리겠다는 생각이 든다. 집에 돌아와 나는 미옥을 바닥에 눕히고 나도 그 옆에 눕는다. 석 달 만에 미옥이 돌아온 집에는 그녀의 흔적이 남아 있지 않다. 나는 손가락 뼈가 허옇게 드러난 미옥의 어여쁜 손가락을 애처롭게 만지고 또 만진다. 미옥의 얼굴은 죽은 사람 같지 않게 희다. 죽지 않은 것이다. 그녀는 죽지 않은 것이다.

나는 죽은 지 사흘이 되었다. 남편은 평소와 다름없이 출근을 한다. 그는 예전과 달리 정시에 퇴근해 집으로 돌아온다. 나는 그를 기다리며 생각에 잠긴다. 죽은 줄 알았던 그가 살아 있으니 어쩌면 나 역시 저 보잘 것 없는 몸에 다시 돌아갈 수 있을지 모른다. 하지만 내 몸은 점점 더 시커멓고 울긋불긋 하게 변해갈 뿐이다. 입술은 이미 부패를 시작해 악취가 난다. 도려낸 손가락 끝에 곤충의 알이 자라고 있다는 걸 남편은 모른다. 나는 나를 죽인 남자를 기억한다. 그는 내가 만난 어떤 사람보다 명쾌하다. 망설임 없이 나를 취했고 목숨을 앗았다. 그럼에도 불구하고 전혀 죄스러워 하지 않았다. 그는 집에 돌아가 샤워를 하고 내일 입을 하얀 와이셔츠를 다릴 것이다. 내가 남편에게 발견되지 않고 행려자로 분류되어 영안실에 누워 있다 하더라도 내 신원을 확인할 길은 없을 것이다. 살충제가 섞인 콜라를 먹고 죽을 뻔한 수금원이나 남편이 그 사실을 알더라도 내심 내 죽음을 기뻐할 거라 생각했다. 하지만 남편은 변했다. 죽었다 살아난 남편은 그 어느 때보다 극진하다. 그에게 내 빚에 대해 이야기 해 주지 않은 걸 후회한다. 이런 사람인 줄 알았더라면 털어 놓았을 것이다. 썩어가는 나의 입술을 그가 알코올 묻힌 거즈로 닦아준다. 남자의 정액이 엉겨 붙어 있는 아랫도리도 그의 손길로 말끔해진다. 결혼 후 처음으로 환한 불빛 아래서 내 성기를 바라본 남편의 얼굴이 창백해진다. 나 역시도 나의 몸을 바라보는 것이 얼마만인가. 수술 후 처음이다. 나는 남자의 몸을 가지고 태어난 여자였다. 수술은 생각처럼 쉽지 않았다. 나는 수술비가 저렴한 태국으로 건너가 가슴과 성기를 차례대로 수술 받았다. 그러기 위해 클럽에서 노래도 해보고 춤도 추어봤지만 돈은 쉽게 모이지 않았다. 세상의 모든 돈을 빚내서라도 나는 여자가 되고 싶었다. 그건 허영이 아니었다. 화장실에 갈 때마다 나는 그 징그러운 남의 살에 울음을 터트렸다. 호르몬 주사로 가슴이 나오기 시작하고 발기가 멈췄지만 나는 아직 남자였다. 나는 남자를 사랑했다. 하지만 내가 남자인 것은 참을 수 없었다. 은행 대출과 사채로 돈을 끌어 들여 수술은 했지만 매일 맞아야 하는 호르몬주사며, 수술 부작용 때문에 수 없이 많은 재수술을 하는데 드는 돈은 감당하기 힘들었다. 그러다 찾아간 곳이 부광은행이었다. 남편은 신용도가 낮고 수입이 확실치 않은 내게 대출을 해줄 수 없다고 했다. 나는 서러움에 눈물이 흘렀고 그때 그가 내 손을 잡아주었다. 그가 보증인이 되어 나는 마지막 수술비를 마련할 수 있었다. 그와 결혼을 하기까지 호적을 정정해야 했고 다니던 클럽을 그만두었다. 하지만 그 많은 빚은 감추어지지 않았다. 이제 그도 나의 비밀을 알아버린 것 같다.

미옥과 내가 몸을 섞을 때는 언제나 늦은 밤, 깊은 어둠 속에서였다. 미옥은 잠자리에 들기 전 윤활제를 발랐다. 나는 그녀가 불감증이라 여겼다. 미옥과의 잠자리에 만족하지 못하는 것은 아니었지만 매번 그녀가 쓰는 윤활제의 장미향이 역겨웠다. 나는 오늘 미옥의 몸을 닦다, 언제나 어둠으로 가리고 있던 그녀의 그곳을 보아버렸다. 소이증을 앓는 어린 아이를 본적이 있다. 그 아이는 성형으로 없던 귀를 만들어 붙였다. 아이와 부모는 만족했지만 평범한 귀를 가진 나는 가짜 귀가 너무 조악하다 여겼다. 마치 고무로 만든 장난감 귀처럼 속이 막힌 가짜 귀를 달고 있는 아이가 가여웠다. 나는 미옥의 가짜 음순과 가짜 질을 빤히 바라본다. 칼자국과 바늘 자국이 선명하다. 내가 수 없이 드나들던 그곳은 가짜였다. 하지만 상관없다. 그녀를 이 집에서 내쫓고 싶지 않다. 시간이 흘러 미옥이 천천히 사그라지다 붉으죽죽한 액체가 되어 버린다면 지난 가을 담가 놓은 포도주 병을 비우고 그녀를 그곳에 옮길 것이다.

가끔 텔레비전 뉴스를 보면 느닷없이 가족을 잃은 사람들의 이야기가 나온다. 그들은 가족의 죽음을 인정하지 않고 살아생전 좋아했던 옷을 입히고 심지어 입 안에 음식을 밀어 넣기도 한다. 시체는 부패하고 이웃들은 코를 막다, 도저히 참을 수 없어져 경찰에 신고를 하고 만다. 나는 이해할 수 없었다. 그들의 끔찍한 미련을, 극기를. 하지만 이제야 깨닫는다. 그건 숭고하고 아름다운 사랑이다. 헤어진 후에 비로소 그 소중함을 깨닫는 착한 바보들의 이야기다. 미옥의 몸도 점점 예전과 달라졌다. 악취가 풍겼고 얇은 피부 속 근육들이 하루가 다르게 탄력을 잃어간다. 슬쩍 베개를 바꿔 베어준다고 미옥의 머리를 만졌다가 한 움큼의 머리카락이 내 손아귀에 달려 나오기도 했다. 그녀의 도려낸 손끝에서 하얗고 꼬물대는 애벌레가 기어 나오고 있다. 나는 미옥을 아름답게 보존할 수 있는 방법을 찾아 헤맨다. 인터넷에서 미라 제작법을 검색했지만 도통 쉽게 구할 수 없는 생경한 약품 이름들만이 나열되어 있다. 나는 무심코 새로 개설된 카페 중 '트랜스젠더를 사랑한 살인자'라는 커뮤니티를 클릭 한다. 가입 절차 중 질문이 있다. '당신은 죽음만이 영원한 사랑의 정답이라는 걸 믿습니까?', 나는 '네'라고 대답했다. 내가 가입을 하자 회원수가 1에서 2로 바뀐다. 잠시 후 카페는 비공개로 전환된다. 아무 게시물도 없는 카페에서 나는 잠시 머뭇대다 나와 버린다. 저녁 무렵 운영자에게서 메일이 왔다.

'며칠 전 나는 트랜스젠더를 사랑하게 됐습니다. 그녀를 사직도에 데려다주고 돌아온 후, 이제 나는 더 이상 평범한 여자를 사랑할 수 없게 되었다는 걸 깨달았습니다. 당신도 트랜스젠더와 사랑에 빠졌습니까? 정말 그렇다면 이번 주 토요일 밤, 사직도로 나오세요. 제 새 애인을 구경시켜 드리겠습니다.'

미옥은 이제 견딜 수 없이 심한 악취를 뿜고 있다. 나는 김장 비닐 봉투에 그녀가 좋아하는 달리심므라는 향수를 잔뜩 뿌리고 몸을 접어 담는다. 단백질이 부패하며 피부는 열기를 뿜었고 비닐 봉투를 봉하자 마치 그녀가 숨이라도 쉬고 있는 듯 허연 김이 서린다. 토요일, 나는 트랜스젠더를 사랑한 살인자를 만나러 간다. 우리는 같은 것을 사랑하는 동지다. 어쩐지 그와 나는 둘도 없는 단짝이 될 거란 예감이 든다. 나는 비닐봉투 안에서 시들어 가고 있는 한 떨기 장미 같은 미옥에게 손을 흔든다. 외투를 걸치고 구두를 바로 신기 위해 현관에 앞코를 쿵쿵 찧으며. 가짜 성기를 지닌 이제는 가짜가 되어버린 나의 그녀에게 다녀올게, 라고 말하곤.

불의 살인

정명섭

1973년 서울 출생, 한국 미스터리 작가 모임에서 활동하고 있다. 현재 파주 출판도시 아시아 정보 문화센터 카페에서 바리스타로 일하고 있다. 고대와 현대를 넘나들며 전쟁과 살인에 관한 여러 작품을 집필하고 있으며, 2006년 출간한 『적패』는 을지문덕을 주인공으로 하는 역사추리소설이다. 현재 후속작을 준비하고 있다.

영강 14년 (永康 十四年) **5월**
고구려 양원왕 재위 14년 (서기 558년 5월)
한성

(영강이라는 연호는 1946년 평양 평천리에서 발견된 금동광배에 새겨진 명문을 근거로 추정한 것이다. 여기서 말하는 한성은 오늘날의 황해도 재령 지역에 위치한 고구려의 도시이며, 도읍인 평양성과 옛 도읍인 국내성과 더불어 삼경 중 한 곳이다.)

불은 모든 것을 잠재워버리고 빨아들였다. 처음에는 한 평 남짓한 작은 상점의 초가지붕과 햇빛과 비를 막기 위해 앞쪽에 쳐놓은 차양을 집어삼켰다. 바짝 말라있던 이엉은 순식간에 불에 녹아내렸고, 재조차 제대로 남기지 못했다. 구멍이 숭숭 뚫린 낡은 차양이야 말할 나위도 없었고…….

그 다음은 상점의 네 귀퉁이에 자리 잡은 기둥이었다. 제대로 다듬지 않은 둥근 나무 기둥은 이엉보다는 조금 더 불길에 저항했지만 결국은 굴복하고 말았다. 불행 중 다행인지 불에 탄 상점은 다른 상점들처럼 초석을 올리고 그 위에 기둥을 올리지 않았다. 구덩이 안에 기둥을 박아 넣고 세워놓은 기둥들은 불에 탔지만 사라지지는 않았다. 검게 타버린 앙상한 나무기둥 중 유일하게 타지 않은 부분에는 불에 타 죽은 늙은 주인 부부 중 한 명의 손자국이 선명하게 찍혀 있었다. 탐욕스러운 불은 조금 더 잘 타고 잘 녹아내리는 사람을 태워버리느라 손이 움켜쥔 기둥에는 미처 눈길을 돌리지 못한 것 같았다. 작은 상점 안은 바깥의 평상에서 걷어 들인 광주리와 나막신들이 빽빽하게 쌓여 있었던 듯했다. 발목까지 수북하게 쌓인 상점 안의 폐허 속에서 간신히 불길의 손을 피한 광주리 뚜껑의 꼭지와 숯덩이가 된 나막신들이 보였다.

"더 볼 것도 없지 않습니까? 아마 주인 부부가 잠을 자다가 촛불을 발로 걷어찬 것 같습니다만……."

뜨거운 햇살 아래에서 아직 채 열기가 식지 않은 불의 잔해 곁에 서 있는 건 틀림없이 고역일 것이다. 특히 사람이 둘씩이나 녹아내린 좁디좁은 폐허에서는 아직도 사람이 불에 녹아버리면서 나는 노린내가 가시지 않고 있다면 더 더욱 그럴 것이다. 살이 없어진 시신들은 불을 끈 시부(시장을 관리하는 관부, 기록상으로 확인되지 않는 가상의 부서)의 노비들에 의해 수습되어서 한쪽으로 치워져 있었다. 누구의 뼈인지 알 수 없는 검게 탄 뼈들은 거적 위에 던져져 있었고, 한쪽에는 불에 타 버려서 형체를 알아볼 수 있는 소지품들이 쌓여 있었다. 한참 동안 숙이고 있어서 뻣뻣해진 허리를 펼 겸 몸을 일으킨 문달은 몇 걸음 뒤편에 엉거주춤 서서 하소연을 하고 있는 선인(고구려 후기의 하위 관등, 한원에 인용된 고려기를 기준으로 14관등 중 14번째 관등) 관등의 관리를 쳐다보았다. 그의 시선에서 엄격함을 읽어냈는지 창백한 얼굴의 젊은 관리는 억지웃음을 지으며 말을 덧붙였다.

"날도 더운데 너무 고생을 하시는 것 같아서 드리는 말씀이옵니다. 아닌 말로 여기 상인들이 말을 좀 안 들어야지 말이죠. 술시를 알리는 북이 울리면 상점 문을 닫고 시장 밖으로 나가야 한다고 그렇게 떠들고 다니지만 별의 별 핑계를 다 대면서 장사를 하다가 상점 문을 걸어 잠그고 꼭꼭 숨어서 잠을 잡니다."

"그래서 죽어도 싸다는 말인가?"

차가운 문달의 말에 젊은 관리는 아차 하는 표정으로 손사래를 쳤다.

"소인 말뜻은 그게 아니오라……."

"자넨 지금 내가 시부를 책임지게 된 지 며칠 지나지 않아서 아무것도 모른다고 생각하고 그런 말을 하는 건가? 상인들이 상점을 비우지 못하는 건, 밤에 물건이 없어지는 일이 벌어지기 때문이라는 걸 내가 모를 줄 아나?"

날카로운 문달의 추궁에 젊은 관리는 쓰고 있는 푸른색 소골(고구려 남자들이 머리에 쓰던 쓰개) 아래로 땀을 흘렸다. 혀를 끌끌 찬 문달은 젊은 관리에게서 눈을 돌렸다. 어떤 죽음이든 참혹하긴 마찬가지였지만 그가 서 있는 이 곳은 특히 더 그러했다. 먼발치서 웅성거리는 구경꾼들의 무표정함 위로 미끄러지듯 낮게 날아든 새가 날갯짓을 하며 줄지어 늘어선 상점의 초가지붕을 아슬아슬하게 타 넘어갔다. 먼발치로 물러나서 자신의 주둥이를 책망하고 있는 젊은 관리의 말이 사실일지도 몰랐다. 한성에 있는 두 군데의 시장 중 하나인 남쪽 시장의 개미집 같은 상점들 중 하나가 불에 탄 것에 불과했다. 두 명이 죽었다고는 하지만 둘 다 오십을 넘긴 노인들이었다. 십만이 넘는 백성들이 북적거리는 한성에서는 매일 수십 명의 백성들이 온갖 이유로 죽어나간다. 그 죽음들 위에 단지 두 개의 숫자 혹은 두 개의 이름이 올라간 것에 불과했다. 잿더미 아래 숨어 있던 연기들이 삐끔거리며 조금씩 솟아올랐다. 그 모든 것들이 미워진 문달은 신고 있던 목이 긴 가죽신으로 연기를 짓밟아 꺼뜨렸다. 그러고는 뒤로 물러난 젊은 관리에게 물었다.

"자네 이름이 뭔가?"

"예? 선인 장문형이라고 합니다. 한성 상후부 출신입지요."

높은 사람에게 보이기 위한 어색한 미소 위로 땀방울이 굴러갔다.

"새벽에 불이 났을 때 맨 처음 발견하고 끈 게 시부의 노비들이 맞느냐?"

"맞사옵니다. 문루에서 감시하고 있던 노비가 불길을 보자마자 종을 쳤고, 다른 노비들이 수레에 물을 싣고 와서는 바로 불을 끈 것입니다."

"저기 저 자들이 불을 끈 노비들이냐?"

문달은 턱으로 푸른 두건을 쓴 사내들을 가리켰다.

"예, 그렇사옵니다."

"물어볼게 있으니 다들 불러오너라."

문달은 주춤주춤 물러선 장문형이 노비들에게 다가가는 모습을 바라보다가 다시 시선을 돌렸다. 부스러진 삶의 잔해들은 한 모금의 연기와 검게 타버린 재로 변한 채 사람들의 발길에 차이고 있었다. 장문형을 따라오는 시부의 노비들이 앞에 늘어서서는 문달을 조심스럽게 올려다보았다.

"시신들이 어떤 모양으로 누워져 있었느냐?"

문달의 물음에 서로 눈치를 주고받던 노비들 중 가장 나이가 많아 보이는 자가 앞으로 나서서 말했다.

"저기 거적에 눕혀져 있는 그대로였습니다. 본래 불에 타 죽은 시신들은 죽은 모습 그대로 수습하옵니다."

"저렇게 잠자듯 누워 있었다고? 양 손도 저렇게 몸통에 바짝 붙어 있었느냐?"

"예, 불을 끄고 잔해들을 치우니까 상점 한가운데 나란히 누워 있었습니다. 시신 곁에 남아있던 장신구들도 함께 수습해서 옆에 함께 모셔두었습니다. 다른 놈들은 불에 탄 시신에서 나온 장신구를 영험한 기운을 가진 부적이라면서 몰래 팔아치우지만 소인들은 그런 짓은 하지 않습니다."

"알겠다. 모두 물러가거라."

"저, 보고서는 어찌 하시겠습니까? 소인이 써서 올릴 테니까 수결만 하시겠습니까?"

어느 틈에 다가왔는지 바짝 붙은 관리가 속삭였다. 보고서, 이들의 죽음은 한 장짜리 종이에 남겨질 것이다. 이름과 나이, 본적과 가족관계를 적고 왜 죽었는지를 적은 다음에 붉은 글씨로 죽을 사(死)자를 쓰면 끝이었다.

"내가 쓸 테니까 죽은 사람들의 호적을 가져오게."

"굳이 번거롭게 그러시지 않아도……"

"그리고 아무도 드나들지 못하게 하게."

젊은 관리의 말을 무시한 문달은 손가락으로 불에 탄 상점 주변을 가리키면서 덧붙였다. 축축한 땅에 젖은 관리의 얼굴이 눈에 띠게 일그러졌다.

"저기 보이는 술집에서 술 한 잔 하면서 기다리고 있겠네. 호구단자(호주가 자기 집안의 상황을 적어서 관청에 바치는 문서)를 찾는 즉시 이곳으로 가져오게. 저 둘에 관련된 나머지 문서들도 빼놓지 말고 챙겨오도록 하고……."

"하찮은 일이옵니다. 바쁘신 분께서 신경 쓰실 만한 일이 아닙니다."

"자네 저 노비들의 말을 못 들었나?"

용기를 낸 장문형의 반박에 문달은 고개를 저으며 대답했다. 그러고는 영문을 몰라해하는 장문형에게 다시 말을 던졌다.

"보통 불이 난 곳에 갇혀 있는 사람들은 어떻게든 빠져나가려고 하네. 자네 말대로 자다가 촛불을 걷어차서 불이 났다고 해도 저 좁은 상점 안이라면 불이 났다는 걸 금방 알아차렸을 거야. 그렇다면 당연히 살려고 발버둥을 쳤을 텐데 시신을 보니 그냥 잠을 자다가 변을 당한 것처럼 보이는군. 자네 혹시 자기 발이 타고 있는데도 태평스럽게 잠을 자는 사람을 혹시 알고 있나?"

문달의 말에 장문형은 아무 말도 하지 못한 채 고개를 숙였다. 문달은 헛기침을 하면서 발걸음을 옮기다가 문득 궁금증이 떠올랐다.

"그나저나 저 뼛조각들만 가지고는 죽은 사람이 주인 부부라는 사실을 확인하기 어렵지 않았나?"

"그게 처음 불을 끄고 시신을 수습한 시부의 노비가 시신을 수습하면서 불에 탄 목걸이를 함께 발견했습니다. 불에 탄 상점주인의 부인이 청동으로 만든 눈물모양의 목걸이를 항상 목에 걸고 다녔다고 주변의 상인들이 말해 주었습니다."
 장문형은 대답과 함께 거적 위에 쌓인 뼈들에게로 시선을 던졌다. 문달은 거적의 머리 부분에 아무렇게나 놓여진 목걸이를 보았다. 커다란 눈물 모양의 청동 목걸이는 불에 녹아서 흉측해 보였다.
 "그리고, 소형(고구려 후기의 관등, 한원에 인용된 고려기를 기준으로 14관등 중 10번째 관등) 나리. 드릴 말씀이 있습니다."
 주변의 눈치를 살핀 장문형이 그의 귓가에 속삭였다.
 "말하게."
 "사람들이 없는 곳으로 가면 안 되겠습니까?"
 심상치 않은 그의 표정을 따라 가까운 상점의 처마 밑으로 걸음을 옮긴 문달은 장문형에게 물었다.
 "그래 할 말이 뭔가?"
 "노비의 말이 사실이라면 아무래도 주인 부부가 불에 타 죽은 게 아닌 것 같습니다."
 "그게 대체 무슨 말인가?"
 "사실은 나리가 오기 전에 어떤 상인이 저에게 와서 이상한 얘기를 했습니다. 그때는 그 자의 말을 믿지 않았는데 그 상인의 말이 사실일 수도 있을 것 같습니다."
 "그 자가 무슨 얘기를 했는데 그런 거지?"
 "저 자에게 직접 얘기를 듣는 게 좋을 듯싶습니다."
 장문형이 손짓을 하자 구경꾼들 사이에 있던 털북숭이 사내가 달려왔다. 통이 좁은 누런색 바지와 소매가 짧은 검은색 저고리를 입은 사내는 뒤통수가 보일 정도로 크게 인사를 했다.

"처음 뵙겠습니다. 소인은 저쪽 거리에서 나막신 장사를 하는 걸제지라고 합니다."

"아까 나한테 말한 그대로 빠짐없이 고하여라."

장문형의 말에 걸제지는 양손을 싹싹 비벼대면서 얘기를 하기 시작했다.

"을모리는 저한테 나막신을 만드는 나무를 사가곤 했습니다요. 그런데 나무 값을 반 년째 안 주고 있어서 이틀 전에 따지러갔더니 이틀 후에 꼭 마련해 준다고 했었습니다. 오늘 와서 보니까 저뿐만이 아니라 싸리를 거둬서 파는 덕치랑 다른 몇 몇 장사꾼들에게도 외상으로 물건을 가져다 쓴 것 같았습니다."

"상점주인들 중에는 물건을 외상으로 잔뜩 사들여서 값싸게 팔아버리고는 야반도주를 하는 경우가 종종 있습니다."

중간에 끼어든 장문형의 말에 문달은 고개를 갸우뚱거렸다.

"나도 그쯤은 알고 있네만 굳이 불을 지를 필요까지 있었겠는가?"

"외상값을 진 상인들의 눈을 속이기 위해서가 아니겠습니까? 장사꾼들은 자기 물건을 떼어먹고 도망치는 사람들을 끈질기게 추적해서 잔인하게 복수하니까요. 근래에는 아예 떼인 물건값을 받아주는 일만 하는 놈들도 있습니다."

"직접 보지는 못했습니다만 어제 낮에 을모리가 수레에 나막신과 세간을 싣고 다리를 건너는 걸 본 사람이 있답니다."

장문형과 걸제지가 한번씩 말을 하며 그의 눈치를 살폈다. 문달의 귀로 들려오는 그들의 말을 천천히 곱씹어보았다. 장문형과 걸제지의 말이 사실이라면 주인 부부는 남의 돈을 떼어먹고 도망치면서 흔적을 없애기 위해 일부러 불을 지른 것이었다. 일순간 두 사람의 말을 믿으려고 하던 그의 마음은 걸림돌에 걸렸다. 문달은 고개를 가로저으며 두 사람에게 쏘아붙였다.

"그럼 저기 저 뼈가 주인 부부의 시신이 아니라면 대체 누구의 것이란 말인가? 설마 야반도주하게에도 급급했던 자들이 이런 짓까지 저지를 정도로 여유롭진 않았을 텐데?"

문달은 아무 대답도 하지 못하는 두 사람을 놔두고 길 건너편 술직 쪽으로 향했다. 웅성거리던 구경꾼들이 좌우로 물러서서 길을 만들어주었다. 허름한 술집에서도 사람들은 그에게 자리를 비켜주었다. 멀찌감치 물러나거나 서둘러 밖으로 나간 사람들이 던진 호기심 어린 눈길을 무시한 문달은 쭈뼛거리는 주인에게 술을 가져오라고 소리쳤다.

"욕살(고구려의 지방관. 위두대형 이상의 관등을 가진 관리가 임명되었다.)께서 기다리고 계십니다. 여기서 이럴 시간이 없다는 거 잘 알고 있지 않습니까?"

회색빛이 도는 사각형 덧관을 쓴 욕살의 사인(하위관직)이 책망하는 눈길을 던졌다.

"자식을 보는 마음으로 백성들을 돌보라는 욕살 어르신의 말씀을 떨쳐 버릴 수가 없어서 그랬다네."

문달은 너털웃음을 지으며 웃었지만 사인은 딱딱하게 굳은 표정으로 그의 말을 받았다.

"어서 일어나십시오. 욕살께서 기다리고 있는 줄 알면서 이렇게 시간을 지체하는 건 불충한 짓입니다."

"왜? 내가 들어가자마자 목이라도 칠 준비를 하고 있는데 여기서 이러고 있으니까 당황스러운가?"

"만약 그랬다면 욕살께서 머무시는 관사가 아니라 형장으로 끌려가셨을 겁니다. 욕살께서는 다만 간주리(서기 557년 고구려 환도성에서 반란을 일으켰다가 죽은 인물)에 대해서 몇 가지 하문할게 있다고 하셨을 뿐입니다."

"그렇다면 자네가 여기 사정을 고하면 될 것 아닌가? 어차피 지체했다고 혼이 나는 건 날 테니까 말이야."

문달은 팔짱을 낀 채 사인을 노려보았고, 사인도 지지 않고 눈싸움을 벌였다. 오늘 아침 욕살이 부리는 사인이 그의 집 문을 열고 나타났을 때 집안사람들은 드디어 올 것이 왔다는 얼굴을 했지만 그는 담담하게 사인을 따라 나섰다. 시간을 줄이기 위해 복잡한 시장을 가로질러 가기로 한 것은 욕살의 사인 생각이었다.

문달의 예상대로 사인은 주저했다.

"그냥 불행한 화재사고일 뿐입니다. 왜 그렇게 집착하시는지 소인은 도통 이해를 못하겠습니다."

마음을 굳혔는지 눈을 부릅뜬 사인이 입을 열었다. 그가 막 반박하려는 찰나 뜻밖의 방향에서 낯선 목소리가 들렸다.

"그냥 일어난 불이 아니라 누군가 불을 지른 게 틀림없습니다."

획 몸을 돌린 사인은 말을 던진 사내의 위아래를 훑어보았다. 통이 넓은 누런 두루마리에 검은색 조우관을 쓴 초라한 행색의 키 큰 사내는 옷차림에 어울리지 않는 하얀 깃털로 만든 부채를 쥔 채 공손히 인사를 했다.

"감히 어디라고 끼어드는 게냐!"

사인은 갑자기 끼어든 사내를 향해 분노를 돌렸다.

"폐를 끼쳤다면 고개 숙여 사과드리겠습니다. 하지만 저 상점에서 일어난 불은 실수로 일어난 불이 아니라 틀림없이 누군가 불을 지른 게 틀림없습니다."

"어허! 그래도 안 물러가고……"

"자네 이름이 뭔가?"

호통을 치려던 사인은 문달의 제지에 못마땅한 얼굴을 하고는 입을 다물었다.

"설천이라고 합니다. 가벼운 글로 먹고 사는 일을 하지요."

"손이 하얀 걸 보고 일을 하는 사람은 아니라고 짐작했네. 괜찮다면 여기 와서 왜 그렇게 생각하는지 들려줄 수 있겠나?"

살짝 고개를 숙여 인사를 한 설천이 그의 맞은편에 앉았다. 인상을 잔뜩 구긴 채 물러난 사인이 따라온 노비에게 귓속말로 뭔가를 지시한 후 어디론가 사라져버렸다. 허겁지겁 사라지는 사인의 뒷모습을 지켜보던 설천이 문달에게 시선을 고정시킨 후 입을 열었다.

"그것 보다 왜 바쁘신 분께서 이런 하찮은 일에 관심을 가지시는지 그 연유가 궁금하옵니다."

"사람이 죽었는데 그게 어찌 가볍고 하찮은 일이겠는가? 더군다나 난 시장을 관리하는 책무를 맡고 있는 관리일세. 자네가 앉아 있던 곳이라면 우리 얘기가 다 들렸을 텐데 굳이 묻는 이유가 무언가?"

"소인은 먹고 살기 위해서 많은 곳을 돌아다녔고, 사람이 하는 말을 곧이곧대로 믿기에는 너무 많은 일들을 겪었습니다."

"이런 좋은 날 늙고 주름진 욕살의 얼굴을 보고 싶지 않을 따름이야. 그럼 자네는 왜 이 일에 관심을 가졌는가? 자네야 말로 정말 아무 연관이 없었을 텐데 말이야."

"저길 보십시오. 저기 모여 있는 사람들 중에 분명 불을 지른 사람이 있을 겁니다."

마치 시위를 당기 활을 겨냥하는 것처럼 쭉 뻗은 손으로 여전히 불탄 상점 곁을 떠나지 않는 구경꾼들의 뒤통수를 가리켰다. 다른 상황, 그리고 다른 사람에게 들었다면 황당무계한 소리라며 무시했겠지만 따사롭고 평온한 세상의 한 구석을 태운 불길이 그의 마음을 조금 누그러뜨렸다.

"물론 그럴 수 도 있겠지. 하지만 명확하게 방화라는 증거가 없네. 왜 불이 저렇게 커질 때 까지 빠져나오지 못했는지 궁금하긴 했지만 그것만 가지고는 단정 지을 수 없어."

"사람들의 관심이란 종잡을 수 없는 바람과 같습니다. 불은 새벽에 났었고, 아침이 되기 전에 꺼진 걸로 알고 있습니다. 그런데 지금 해가 중천에 뜨도록 사람들이 떠나질 않고 있습니다."

"계속 같은 사람들이 지켜볼 리가 없지 않은가? 먼저 본 사람들은 제 갈 길을 가고 지나가던 다른 사람들이 그 빈자리를 채웠겠지."

어이가 없다는 듯 코웃음을 친 문달은 괜히 자리를 함께 했다고 속으로 후회를 했다. 그런 그의 마음을 알아차렸는지 슬쩍 웃은 설천이 덧붙였다.

"저들의 머리를 보십시오. 모두들 하늘색 수건을 두르고 있는 게 보이십니까? 저건 이 시장 안에서 상점을 가지고 있는 상인이라는 뜻이지요. 상인들이 자기 상점을 지키지 않고 모여서 웅성거리고 있다는 게 뭘 의미하겠습니까?"

"그럼 저기 모여 있는 상인들 중 한 명이 상점에 불을 질렀다는 말인가? 시장 같은 곳에 불이 나면 상점 전체가 다 타버릴 수도 있다네. 자칫해서 들통이라도 난다면 능지처참을 당하고 말이야. 원한을 가지고 있다면 그냥 으슥한 곳에서 칼로 찌르거나 상점 밖에 있는 집에 불을 질렀을 거야."

"잘 모르겠지만 이렇게 담장이 둘러쳐지고 나라에서 관리하는 시장에 들어오는 건 쉽지 않은 것으로 알고 있습니다."

"그거야, 일단 다른 곳보다 도둑을 맞을 일도 적고, 목이 좋은 곳이라 사람들이 많이 찾아오니까 성 밖에 서는 난장보다야 여러모로 낫겠지."

"사람이 품고 있는 욕심은 병과 같은 것이옵니다. 그 병에 걸리면 아무리 밥을 먹어도 배가 부르지 않고, 아무리 풍족해도 항상 부족하다고 느끼지요. 오직 재물을 모으는 것만으로 치유할 수 있다고 믿지만 오히려 재물을 탐하면서 병을 더 키우곤 하지요."

전혀 앞뒤가 맞지 않는 대답이었지만 문달은 상대방의 차분하고 차가운 얼굴 안에 다른 무언가가 담겨 있다는 사실을 희미하게 느낄 수 있었다.

"왜 불이 저렇게 커질 때 까지 빠져나오지 못했는지 궁금하긴 하지만 그것만 가지고는 방화라고 확신할 수 없네. 더군다나 단지 구경꾼들만 보고 저들 중에 방화범이 있다고 단정 짓는 건 주인 부부의 실화(失火)라고 생각하는 것과 마찬가지로 너무 허술해."

문달은 또박또박 말을 뱉어내면서 설천의 얼굴을 쳐다보았다. 보통의 백성들이라면 관리의 말에 제대로 반박하지 못하거나 눈을 똑바로 마주치지 못한다. 하지만 설천은 미소까지 머금으며 그의 시선을 받아쳤다. 태연하게 관리의 시선을 받아넘기는 사람은 대략 두 종류다. 집안이 대단하거나 아니면 미쳤거나…….

미소를 풀지 않은 설천이 손에서 작은 구슬을 꺼내들었다. 손때가 묻어서 새까매진 작은 구슬을 탁자 위로 굴린 설천은 문달의 앞에 멈춘 구슬에게 눈길을 던지며 입을 열었다.

"어떤 일의 끝은 때로는 다른 일의 시작과 연결되곤 합니다. 죽은 상점 주인이 실수로 불을 내지 않았다면 누군가 불을 냈다고 생각하는 게 합당하지 않을까요?"

"난 눈에 보이는 것만 믿네. 더군다나 심판을 해야 하는 관리라면 물증이나 자백이 없이는 어떤 일이든 선입견을 가질 수는 없다네. 좋은 말 잘 들었네."

눈앞에서 흔들거리는 작은 구슬을 손끝으로 밀어낸 문달은 시큰둥하게 대답했다. 역시 그럴듯한 말로 먹고사는 사기꾼 같은 글쟁이일 뿐이었다. 어떻게 하면 말썽 없이 쫓아낼까 하는 생각은 탁자를 가로질러 굴러간 구슬이 흙으로 된 바닥에 툭 떨어지면서 끝이 났다. 구슬이 떨어진 바닥 바로 옆으로 뾰족한 누런 가죽신의 코끝이 있었기 때문이었다. 창백한 얼굴을 한 장문형이 몇 개의 목간을 품에 안고 서 있었다.

"분부하신 대로 호구단자와 몇 가지 문서를 가지고 왔습니다. 그런데 이분은 뉘신지요?"

장문형은 관리들 특유의 의심하는 눈초리로 설천을 위아래로 살펴보았다.

"어릴 적 경당(평민 자제를 교육시키는 고구려의 교육 기관)에서 함께 공부하던 친구라네. 지나가다 우연히 만나서 합석한 것이니까 신경 쓰지 말게."

장문형에게 시켜서 쫓아낼까 생각하던 문달은 시간이 없다는 생각에 다른 대답을 했다. 다시 굽실거리는 자세로 돌아선 장문형은 탁자 위에 목간들을 내려놓고는 그 중 하나를 펼쳐들었다.

"이게 바로 죽은 상점주인 부부의 호구단자입니다."

위아래로 한 줄씩 가죽으로 길게 연결된 목간들은 이미 겉에 씌어진 글씨들을 칼로 긁어내고 다시 쓴 흔적이 남아 있는 오래된 것들이었다. 모서리가 닳아빠진 목간을 탁자 바닥에 펼쳐놓은 장문형이 손가락으로 목간에 씌어진 글씨들을 가리켰다.

"호주 이름은 을모리이고 병술년(丙戌年)생이니까 쉰세 살입니다. 호주의 부인 이름은 아인이라고 되어 있고 언제 태어났는지는 남아 있는 게 없습니다. 얼추 남편보다 두세 살 아래인 것 같다고 씌어 있습니다. 본래는 우하부 경문방에서 작은 상점을 하다가 7년 전에 이곳으로 들어온 것으로 되어 있습니다. 취급하는 품목은 싸리로 만든 잡동사니들과 나막신이라고 되어 있습니다."

"불이 난 정확한 시각이 언제였느냐?"

"진시(辰時 : 아침 7시부터 9시 사이)를 알리는 북이 울리기 전이었습니다만 정확한 시각은 모르겠습니다. 워낙 순식간에 불이 커지는 바람에……."

"진시라면 시장이 열리기 직전이란 얘긴데……."

"아무도 없는 시장 안에서 불이 났기 때문에 안에서 잠자던 사람이 실수로 불을 낸 것이라고 본 것입니다. 목격자도 없었고 말입니다."

장문형은 땀으로 범벅이 된 얼굴을 손등으로 훔쳐내며 얘기를 풀어나갔다. 두 사람 사이의 대화를 듣던 설천이 탁자에 펼쳐진 목간을 자기 쪽으로 끌어당겼다.
"그런데 호적에는 이 두 사람밖에는 없는 것이요?"
"네? 자식들이 없고 부모들이 죽으면 호적에는 기록이 안 될 수도 있습니다."
"이런 경우 뒤처리는 어떻게 합니까?"
"어떤 뒤처리를 말씀하시는 것이온지요."
"상점이야 불에 타 재만 남았지만 땅은 그대로 남아 있지 않소. 외진 곳에 따로 떨어져 있어서 자리가 안 좋기는 하지만 명색이 시장 안 상점이라면 그냥 비워 두진 않을 것 아니요?"
"율령대로라면 가족에 가장 가까운 혈족이 물려받게 됩니다. 물려받을 혈족이 없거나 혹은 상점을 물려받을 의사가 없다면 관례대로 순번에 있는 사람들 중 가장 빠른 사람이 가져갑니다."
장문형의 설천의 말에 또박또박 대답하면서 또 다시 얼굴의 땀을 닦아냈다. 대체 뭐가 이 관리의 얼굴을 뜨겁게 만드는 것일까?
"그 순번이라는 건 어찌 정해지는 겁니까?"
집요하게 물고 늘어지는 설천 탓일까?
"그게…… 제가 오기 전부터 이미 정해져 있어서 어떤 원칙으로 정해졌는지는 잘 모르겠습니다."
아니면 관리 특유의 무관심 외에 다른 게 있는 것일까?
설천의 교묘한 추궁에 쩔쩔매는 장문형을 구해준 것은 다른 아닌 욕살의 사인이었다.

"욕살 어르신께 여기 상황을 대략 아뢰었더니 오정(吾正: 낮 12시)까지는 도착하라고 하셨습니다."
"지금이 몇 시쯤인가?"
"호적을 가지러 갔을 때 마침 시장의 문루에서 사정(巳正: 오전 10시)을 알리는 북소리가 울렸습니다."
사람들 사이에 갇혀 있던 장문형이 문달의 물음에 얼른 대답했다.
"여기서 욕살 어르신이 머무는 처소까지는 빠른 걸음을 반 시각 정도면 충분할거야."
"그렇다면 남은 시각은 한 시각 남짓입니다만……."
팔짱을 낀 채 느긋한 표정으로 말을 던진 설천이 의자에서 몸을 일으켰다. 사람들 사이를 헤치고 바깥으로 사라지는 설천에게 문달이 소리쳤다.
"지금 어디 가는 건가?"
"나리께서는 눈에 보이는 것 만 믿으신다고 하지 않으셨사옵니까?"
호태왕 시절 처음 만들어졌을 때에는 율령에 따라 열 척의 넓이였을 길은 오랜 세월이 지나면서 슬금슬금 앞으로 나온 상점들에게 물어 뜯겼다. 고르지 못한 치아처럼 조금씩 앞으로 튀어나온 상점들의 차양이 긴 그림자를 발밑에 드리웠다. 아직도 불 탄 상점 곁을 떠나지 않던 구경꾼들은 설천과 문달을 보고는 슬금슬금 자리를 피하기 시작했다.
"모두 불에 타서 재밖에 안 남았네."
"진실은 항상 가려져 있는 법이지요. 하지만 그걸 찾는 데에는 특별한 능력이 필요한 건 아닙니다. 오직 제대로 볼 수 있는 눈만 있으면 됩니다."

설천은 손가락을 눈앞에서 까딱거리며 대답하고는 잿더미가 된 작은 상점 앞에 멈춰 섰다. 문달의 지시대로 시장을 관리하는 시부의 노비들이 상점 앞을 지키고 있었다. 머뭇거리던 그들에게 비키라는 손짓을 한 설천은 한쪽 무릎을 꿇고 잿더미를 내려다보았다. 아무리 넓게 잡아도 여덟 척이 넘지 않아 보이는 상점은 바깥쪽만 다듬은 돌로 테두리를 두르고, 가운데는 흙으로 채운 기단 위에 자리 잡고 있었다. 허리 높이까지 남은 기둥 하나를 제외하고는 오직 잿더미만 남아 있었다. 설천은 손끝으로 잿더미를 조심스럽게 파헤쳤다. 잿더미 아래 숨어 있던 연기가 천천히 꿈틀대며 세상 밖으로 기어 나왔다. 설천의 손은 금방 지저분해졌고, 바닥에 닿은 저고리 자락도 지저분해졌다.

"뭘 찾는 건가?"

"흔적을 찾고 있습니다. 한 시각 안에 진실을 밝혀야만 나리께서도 마음 편하게 욕살을 만나러 가실 수 있지 않겠습니까?"

"방화라는 물증을 찾을 수 있다는 말인가?"

설천은 대답 대신 손으로 조심스럽게 잿더미들을 파헤쳤다.

"불은 눈에 보이는 모든 걸 태워버리기는 하지만 흔적조차 없애지는 못합니다. 죄송하지만 잠깐만 혼자 내버려주시겠습니까?"

모래사장에서 조개를 줍는 아이처럼 신중한 눈으로 잿더미를 더듬던 설천은 마침내 팔뚝만 한 숯덩이를 찾아내고는 코를 킁킁거리며 냄새를 맡았다. 고개를 갸웃거리며 숯덩이를 집어던진 설천은 다른 숯덩이를 찾기 위해서인지 더 열심히 잿더미 속을 파헤쳤다. 몇 걸음 뒤로 물러선 시부의 노비들은 영문을 모르겠다는 듯 서로의 얼굴만 쳐다보았다. 문달은 그들에게 그냥 신경 쓰지 말라고 말하고는 계속 설천을 지켜보았다. 불에 탄 작은 돌멩이 같은 것을 코를 갖다대고 킁킁거리던 설천의 눈빛이 반짝거렸다. 검댕이 묻은 돌멩이를 한 손에 쥔 설천은 돌멩이가 나온 잿더미 부근을 조심스럽게 파헤쳤다.

"대체 저 분은 뭘 하고 계시는 겁니까?"

곁에 다가온 장문형이 여전히 멈추지 않는 땀을 옷소매로 문지르며 물었다.

"우리가 못 봤던 걸 찾는 모양이지."

"차라리 사라진 두 사람을 탐문하는 게 더 빠르지 않겠습니까? 걸제지의 말대로 누군가 성 밖을 빠져나가는 두 사람을 봤다면……."

"저 놈 잡아라! 저 놈 잡아!"

장문형의 말은 등 뒤에서 들리는 고함소리에 끊겨버리고 말았다. 눈에 띄게 동요하는 구경꾼들의 시선과 손가락질 끝에는 줄지어 늘어선 상점의 처마 아래로 사라지는 그림자가 보였다. 무슨 일이냐는 외침에도 다들 우물쭈물하는 걸 본 문달은 한 걸음에 달려갔다. 새파랗게 질린 얼굴을 한 구경꾼들이 불탄 시신들이 놓인 거적을 가리켰다.

"대체 무슨 일이 벌어……."

뭐가 없어졌는지 뒤늦게 알아챈 문달은 입을 다물지 못했다. 거적 위에 놓여 있던 청동 목걸이가 사라져버린 것이었다. 환한 대낮에 사람들이 북적거리는 시장 한복판에서 대담하게도 도둑질을 한 것이었다. 그것도 죽은 자가 몸에 지니고 있던 청동 목걸이를…….

치밀어 오르는 분노가 생각을 앞질러버렸다. 화살처럼 튀어나간 문달은 물처럼 흐르는 사람들 사이를 스쳐지나 가서 그림자가 사라진 상점의 처마 아래로 뛰어들었다. 어른 한 명이 겨우 지나갈 수 있을 정도로 좁은 상점의 틈새를 지나자 다른 상점 거리가 보였다. 땀에 젖은 누런 두건과 저고리를 걸쳐 입은 사람들의 무심한 눈길들을 노려보던 문달은 더위 탓에 느릿하게 걷는 사람들 틈으로 달려가는 그림자를 보았다. 흙냄새가 짙게 풍기는 채소를 실은 수레 아래로 숨어든 그림자는 다시 상점 사이로 난 좁은 길로 사라져버렸다. 생각보다 빠른 도둑의 움직임에 문달은 이를 갈며 뒤를 쫓았다. 피가 뚝뚝 흐르는 소가죽을 짊어지고 가던 늙은 사내가 앞을 가로질러 뛰어가는 문달을 이상한 눈으로 쳐다보았다. 샛길로만 달려가던 도둑을 따라 점점 좁고 인적이 드문 거리를 뛰어가던 문달은 꺾여진 길에서 그만 막다른 곳과 마주했다. 도둑이 사라진 곳은 두껍고 높은 담에 막혀 있는 곳이었다. 사람들의 발길이 끊긴 그곳에는 정체를 알 수 없는 쓰레기들이 악취를 풍기고 있었다. 사람의 흔적이라는 찾을 수 없어 우두커니 서 있던 문달은 등 뒤에서 들리는 부스럭거리는 소리에 몸을 돌렸다. 깡마른 아이가 꾀죄죄한 몰골로 서 있었다. 한쪽 눈에 가죽으로 만든 안대를 낀 아이가 천천히 그에게 다가왔다.

그러고는 문달에게 한 손을 뻗었다.

"이걸 찾으러 온 거죠?"

아이가 뻗은 손 안에는 불에 반쯤 녹아버린 청동 목걸이가 쥐어져 있었다.

"맞긴 한데 이걸 왜 훔친 게냐?"

"시부의 장 선인이 시켰어요. 원래는 아저씨가 쓰고 있는 조우관(절풍의 양쪽에 새깃을 꽂아 장식한 고구려인의 모자. 소골 절품과 더불어 애용되었다.)의 깃을 하나 빼서 달아나라고 했습니다."

주눅 들지 않고 당당한 아이의 말에 문달은 장문형의 의도를 대충 눈치 챌 수 있었다.

"내가 욕살에게 가야만 한다는 걸 알고 어떻게든 시간을 끌 속셈이었군. 욕살을 만나러 가는데 조우관의 장식이 사라지면 화재가 난 일에 신경을 쓰지 못할 테니까 말이야. 그런데 왜 깃을 훔치지 않고 죽은 아녀자의 목걸이를 훔친 것이냐?"

"부탁을 들어주면 좋을 것 같아서 승낙을 하고 따라갔더니 을모리 아저씨네 상점에 불이 난 것 때문에 이런 저런 얘기가 오가는 걸 들었어요. 아저씨는 불이 난 게 정말로 을모리 아저씨가 실수한 게 아니고 누군가 불을 질렀다고 생각하고 있나요?"

"맞아. 주인 부부가 잠을 자다가 실수로 불을 냈다고 보기에는 미심쩍은 구석이 한두 군데가 아니야. 하지만 아직 명확한 물증은 찾지 못했구나."

"전 그 두 분을 잘 알아요. 실수로 불을 내서 상점을 태울 분들이 아닙니다."

애꾸눈의 단호한 말에 문달은 고개를 끄덕거렸다.

"나도 그렇게 믿고 싶지만 고의로 불을 냈다는 물증이 없구나. 더군다나 나는 이제 욕살 어르신께 가야 할 시간이 다가오고 있단다. 혹시 누가 불을 냈는지 알고 있니?"

"아니요. 오늘 새벽에는 개구멍으로 시장을 빠져나가서 남쪽 시장에 갔었어요. 거기서 지내는 친구가 잔칫집에서 나온 음식이 많이 있다고 상하기 전에 나눠 먹자고 했거든요."

얼굴을 찌푸린 아이가 천천히 고개를 저으며 덧붙였다.

"을모리 아저씨랑 아주머니는 좋은 분이셨어요. 다른 상인들은 우릴 벌레 보듯 했는데 두 분은 따뜻하게 대해주셨거든요. 특히 저한테는 열쇠까지 맡길 정도로 믿으셨어요. 춥거나 비가 많이 오면 상점 안에서 잠을 자라고 말이죠."

"다른 상인들 말은 외상값을 많이 졌다고 하던데……."

"절대 빚을 지고는 못 사는 분이셨어요. 오히려 다른 상인들이 안 좋은 물건을 주고 비싸게 값을 부르는 걸 여러 번 봤는걸요."

애꾸눈의 말에 문달은 혼란을 느꼈다. 멀리서 희미한 휘파람소리가 들려오자 애꾸눈은 그의 손에 청동 목걸이를 쥐어주며 입을 열었다.

"전 이제 가볼게요. 목걸이를 훔친 건 나리에게 을모리 아저씨에 관한 얘기를 하려고 했던 거였어요. 만약 도움이 필요하면 언제든지 저를 찾으세요."

"그럴 일은 없겠지만 어떻게 찾으면 되지?"

"찾으려고 애쓰실 필요 없어요. 시장 안에서는 전 어디에든 있으니까요."

어른스럽게 대꾸한 애꾸눈은 재촉하듯 들리는 휘파람소리에 얼굴을 찡그리고는 곧장 사라져버렸다. 애꾸눈의 흔적을 뒤쫓던 문달은 눈 깜빡할 사이에 사라져버리자 혀를 찼다. 아이는 그와 말을 나누기 위해 일부러 눈에 띄게 도망쳤던 것이었다. 막 발걸음을 돌리려던 문달은 허겁지겁 달려오는 사인과 무장한 병사들과 마주쳤다. 순찰을 도는 부병들이 아니라 욕살의 관사를 지키는 병사들이었다. 쇳조각을 꿰맨 가죽갑옷을 입고 짧은 창을 든 병사들은 사인의 뒤에서 헉헉대며 문달을 노려보았다.

"어딜 그렇게 급히 사라지셨던 겁니까?"

딱딱한 사인의 물음에 문달은 말없이 손에 쥔 청동 목걸이를 보여주었다. 한쪽 눈을 살짝 찡그린 사인은 문달에게 신경질적으로 내뱉었다.

"더 이상 기다릴 수 없겠습니다. 지금 즉시 저와 함께 욕살 어르신을 뵈러 가야겠습니다."

"아무리 욕살 어르신의 신임을 받는 사인이라고는 하나 엄연히 상급자를 이리 핍박하는 법은 없네."

사인의 무례함에 화가 머리끝까지 치밀어 오른 문달이 버럭 고함을 질렀지만 상대방은 눈 하나 깜빡거리지 않았다.

"지금 나리께서는 역적 간주리와 연관되었는지 조사를 받기 위해 가시는 길이었다는 사실을 잊지는 않으셨겠지요. 길바닥에서 이리 시간을 허비한다고 달라지는 건 없습니다."

"억울하게 죽은 백성의 진상을 파헤치는 일을 가지고 시간을 허비하다니! 그런 망발을 입에 담은걸 욕살께서 아시면 네 놈에게 큰 화가 미칠 것이다!"

"자꾸 이리 지체하시면 병사들을 시켜 강제로 끌고 가겠습니다. 사람들 앞에서 기어코 안 좋은 모습을 보여주실 작정이십니까?"

표독스러운 눈빛을 한 사인의 좌우로 벌려선 병사들이 당장이라도 달려들 태세였다.

"좋네. 대신 친구에게 인사나 하고 가겠네."

문달은 자신이 왜 쓸데없이 버티려고만 하는지 스스로도 이해가 가지 않았다. 하지만 그의 고집은 단단한 칼날처럼 완강했고, 그의 말에 고민하던 사인은 비스듬히 기울인 고개를 끄덕거렸다.

"이번에도 시간을 끄신다면 정말 강제로 끌고 가겠습니다. 앞장서시지요."

문달은 사인의 눈초리를 느끼며 시장을 천천히 관통해 갔다. 관복과 무기는 상인들과 백성들을 좌우로 물러나게 하거나 수레를 멈추게 할 수 있었다. 복잡해진 마음을 꾹 눌러 담은 문달은 여전히 사람들이 모여 있는 화재 현장으로 돌아갔다. 시간이 꽤 흘렀음에도 구경꾼들은 줄지 않고 오히려 늘어나 있었다. 돌아온 그에게 잿더미를 뒤집어 쓴 설천이 환하게 웃으며 다가왔다.

"목걸이는 찾아오셨습니까?"

"여기 있네. 계속 쫓아가니까 도둑이 떨어뜨리고 도망가더군."

목걸이를 넘겨받은 설천은 목걸이에 코를 바짝 갔다댄 채 코를 킁킁거렸다. 일렬로 늘어선 사람들 사이를 더듬거리던 문달의 시선은 제일 끝에 서 있는 장문형에게 고정되었다. 비오듯 땀을 흘리는 그의 옆에는 걸제지와 다른 상인들 몇 몇이 바짝 붙어 있었다. 등 뒤에서 사인의 따가운 헛기침 소리가 들렸다. 아쉽지만 더 이상 시간을 끌 수 없었다. 장문형에게 고정된 시선을 거둔 문달이 설천에게 말했다.

"이제 그만 가봐야겠네. 다음에 만나면 술이나 한잔 하세."

"욕살어르신께 가시는 길이라면 방화범과 함께 가시는 게 어떻겠습니까?"

대수롭지 않게 입을 연 설천이 덧붙였다.

"마침 죄인을 끌고 갈 병사들도 있지 않습니까."

"그럼 지금 범인을 알아냈단 말인가?"

"이리 오시지요. 직접 보면서 설명드리겠습니다."

재투성이 손으로 그의 팔을 잡아당긴 설천이 불탄 상점 자리로 그를 끌고 갔다. 상점 자리 앞에는 아까 보았던 자물쇠와 숯덩이 몇 개가 덩그러니 놓여져 있었다.

"고작 이것만 가지고 방화범을 잡을 수 있단 말이냐?"

설천은 어이없어하는 문달에게 숯덩이를 들이밀었다.

"눈을 감고 천천히 냄새를 맡아보십시오. 재 냄새 말고 다른 냄새가 날겁니다."

코를 바짝 갔다댄 문달이 크게 코를 킁킁거리자 모여든 구경꾼들 사이에서 웃음이 퍼져나갔다. 설천의 말대로 눈을 감고 냄새를 맡자 재와 연기 냄새 뒤로 찐득하고 매끄러운 냄새가 희미하게 묻어나왔다.

"이게 대체 무슨 냄샌가?"

"동쪽 바다에서 잡히는 고래에서 채취한 기름입니다. 값이 비싸고 냄새가 역한 대신에 불이 잘 붙고 오래가서 귀족 집안의 등불잡이들이 주로 쓰는 기름이지요. 적어도 나막신과 광주리를 파는 상점에서 쓸 만한 물건은 아닙니다. 아까 도둑을 잡으러 간 틈에 주변 상인들에게 물어봤더니 고래 기름을 쓴다는 상인은 없었습니다."

모여든 구경꾼들이 고개를 끄덕거리는 것을 살펴본 문달이 설천에게 말했다.

"평상시 쓰이지도 않은 고래 기름이 쓰였다는 건 고의로 불을 냈다는 증거는 되겠지만 범인을 잡는 결정적인 단서는 될 수 없다네."

문달은 일부러 큰 소리로 말했다. 구경꾼들 사이에서 술렁거림이 일어났고, 끝자락에 서 있는 장문형은 눈에 띌 정도로 창백해졌다.

"그리고 이걸 보십시오."

설천은 불에 그슬린 흔적이 역력한 자물쇠를 들어보였다.

"문지방에서 발견한 자물쇠입니다. 이게 바로 상점에서 난 불이 명백한 방화이자 살인이라는 움직일 수 없는 물증입니다."

"살인이라니요. 말씀이 지나치십니다."

손수건으로 연신 땀을 닦아내던 장문형이 고함을 질렀다. 문달은 한 걸음 앞으로 나선 장문형의 무릎이 흔들리는 것을 볼 수 있었다.

"이 자물쇠는 문지방자리 바깥쪽에 떨어져 있었습니다. 처음 발견된 자리는 돌로 표시를 해 놨고, 구경꾼들 모두 위치를 확인했습니다."

바짝 모여든 구경꾼들은 고개를 끄덕거리며 잿더미 위에 놓여진 뾰족한 돌을 쳐다보았다. 대다수의 구경꾼들은 설천의 말을 이해하지 못했지만 문달은 또렷하게 알아들었다.

"그러니까 안에 사람이 있는데 바깥에서 자물쇠를 채운 형국이로군."

설천에게서 자물쇠를 넘겨받은 문달은 장문형의 발치에 자물쇠를 던졌다. 가늘게 떨고 있던 장문형은 창에라도 맞은 것처럼 움찔거렸다.

"당장 이 자를 포박하라."

가늘게 웃은 장문형이 문달을 쳐다보며 입을 열었다.

"고작 불에 탄 자물쇠 하나만을 가지고 방화라고 단정 지을 수는 없습니다."

"주인 부부가 안에서 잠을 자고 있었다면 안쪽에 자물쇠를 채우거나 빗장을 질렀을 것이다. 하지만 보거라. 이 자물쇠는 문지방 바깥쪽에서 발견되었고, 이렇게 걸쇠가 채워져 있지 않느냐! 고작 한 칸짜리 상점에서 불이 났는데 한 명도 아니고 두 사람이나 빠져나오지 못했던 건 자물쇠가 바깥에서 채워져 있었기 때문이었다."

"설사 상점에서 일어난 불이 방화라면 마땅히 범인을 체포하셔야지 왜 소인을 결박하시려고 하시는 겁니까?"

"네가 책임지는 시장에서 방화가 벌어졌다. 시장에서 고의로 불을 내는 자도 처벌을 받지만 불을 막지 못한 관리도 함께 처벌받는다는 걸 잊은 모양이구나. 형틀에 앉으면 그 모든 것들이 기억날 것이다."

떨고 있던 장문형은 옆으로 다가온 병사가 팔을 움켜잡자 거칠게 뿌리치고는 허리띠에 매달려있던 칼을 뽑아들었다. 장문형의 칼에 팔을 살짝 베인 병사가 황급히 뒤로 물러서자 동료병사들이 앞으로 나와 창을 겨누었다.

"쓸데없는 짓 하지 말고 칼을 내려놔!"

"난 아무 짓도 하지 않았어. 난 아니란 말이야!"

서서히 조여드는 창날을 향해 칼을 휘둘러대며 악을 쓰던 장문형은 뒤에서 날아든 돌에 맞고는 순간적으로 비틀거렸다. 그 틈을 탄 병사들이 그의 턱 밑에 바짝 창을 들이밀었다. 체념한 장문형이 칼을 바닥에 떨어뜨렸다. 그 광경을 지켜보던 구경꾼들이 환호성을 질렀다. 무릎 꿇려진 장문형이 결박당하는 동안 문달은 설천에게 다가갔다.

"고맙네. 자네 덕분에 억울한 죽음이 밝혀졌어."

"아직 안 끝났습니다. 아까 죽은 주인 부부에게 외상을 주었다는 상인도 함께 체포하십시오. 그 자와 그 자의 동료들이 진짜 방화범들입니다."

검댕이 잔뜩 묻은 설천의 손이 구경꾼들 사이에 서 있던 걸제지를 가리켰다. 새파랗게 질린 걸제지가 사람들을 밀치고 도망쳤지만 몇 걸음 가지 못하고 구경꾼들에게 붙잡히고 말았다.

"나리, 소인은 선인 나리께서 말을 안 듣는 을모리 부부를 혼내라고 하셔서 문에다가 살짝 불을 지른 것뿐입니다요. 하늘에 맹세코 자물쇠는 모르는 일이었습니다."

결박당한 채 문달과 설천 앞으로 끌려나온 걸제지가 억울하다는 듯 하소연을 했다.

"방화라는 건 어렵지 않게 짐작할 수 있었는데 문제는 불을 지르고 사람까지 죽인 이유였습니다. 그런데 상인이 실수건 고의건 시장 안에서 불을 내면 시장 안에서 쫓겨난다는 얘기를 들었습니다. 아마 처음에는 을모리 부부에게 불을 냈다는 누명을 씌워서 쫓아낼 작정이었을 겁니다. 그런데 우연찮게도 을모리 부부가 상점 안에 있었고, 범행이 들통날까봐 두려워진 방화범은 두 사람을 가두고 자물쇠를 채운 다음에 불을 지른 겁니다."

"아닙니다. 시장 안 상인들 간에 사이가 좋지 않아서 간혹 칼부림이 나거나 지금처럼 살짝 불을 내서 쫓아내는 일은 있습니다만 살인이라니요. 얼토당토않은 말씀이십니다요. 설사 소인이 불을 놓다가 들켰다고 해도 그냥 모른 척하고 도망치면 그만 아닙니까요. 어두운 밤에 복면까지 하고 있어서 아무도 알아볼 수 없었습니다요."

파랗게 질린 걸제지가 필사적으로 고개를 저으며 대답했다. 문달은 설천을 쳐다보았고, 설천은 불탄 상점 너머에 곧게 뻗은 시장거리를 턱으로 가리키면서 입을 열었다.

"시장 상인들이 을모리 부부를 싫어했던 건 다른 이유가 아니라 상점의 위치 때문이었을 겁니다. 저쪽 시장거리는 을모리 부부의 상점이 앞을 가로막아버린 형국이라 손님들의 발걸음이 뜸했습니다. 불탄 상점이 없어져버리면 큰 길에서 바로 연결되는 길이 생겨버린 셈이라서 지금보다는 더 많은 손님들이 올 수 있습니다. 추가로 조사하면 이 자말고 저쪽 거리의 상점의 주인들 중에도 분명 공모한 자가 있을 겁니다."

문달은 설천의 말에 구경꾼들 중 몇 명의 얼굴이 하얗게 질려버렸다.

"그 전에 돈을 주고 상점을 넘기라고 그렇게 말을 했는데도 고집을 부려서 손을 봐줄까 생각하고 있었습니다. 그런데 마침 선인 어르신께서도 시장 안에 있는 상인이 실수로 불을 내면 쫓아낼 수 있다고 말씀하셔서 그냥 문짝만 태워버릴 생각이었습니다. 정말입니다요. 어르신."

문달 앞에 무릎 꿇려진 걸제지가 울먹거렸다. 잠자코 그의 말을 듣던 문달은 갑자기 걸제지의 목덜미를 붙잡고는 을모리 부부의 시신이 놓여진 쪽으로 끌고 갔다. 그리고는 걸제지의 눈앞에 까맣게 탄 뼈를 흔들어보였다.

"살이 한 점도 남아 있지 않은 거 보이나? 네 놈이 정말로 죽일 의도가 있었는지 아닌지는 별로 중요하지 않아. 왜냐하면 두 사람이 이미 죽어 있으니까. 그것도 아주 고통스럽게 말이야. 똑바로 보라고, 어제까지는 너처럼 살아있던 사람들이 고작 이것밖에 남지 않았어. 네 놈의 탐욕이 사람을 죽였단 말이야."

"소인은 자식이 여섯이나 있습니다요. 입에 풀칠이라도 하려고 발버둥을 친 것밖에는 없습니다요."

"네 놈이 방화범으로 처형을 당하면 어떤 일이 벌어질지 알려줄까? 마을 사람들은 방화범의 가족들이라고 손가락질을 할 거다. 배고픔과 수치심 때문에 네놈의 부인은 아이들을 버리고 멀리 도망쳐 버리겠지. 아이들은 뿔뿔이 흩어져서 시장 같은 곳에서 떠돌면서 구걸을 하게 될 테고. 그 모든 게 바로 네 놈의 탐욕이 가져온 결과야."

문달의 말에 걸제지는 아무 말도 하지 못한 채 눈물만 흘렸다.

"외상값이 있다는 말도 거짓이겠지. 누군가 상점을 연다고 나서면 지금까지 벌인 일이 허사가 되니까 말이야. 많은 외상값이 있다고 하면 상점 자리를 넘겨받을 사람이 겁을 먹고 안 나설 줄 알았겠지. 하지만 그 얘기를 했던 덕분에 네 놈이 단번에 의심을 받은 거야. 나머진 형옥 안에서 다른 죄수들에게 하소연 해."

문달은 거적 앞에 걸제지를 내팽개치고는 일어났다. 머리 위로 떠오른 따가운 햇살에 온 몸을 짓눌러대는 기분이었다. 결박당한 두 사람 외에 몇 명의 상인들이 더 결박을 당했고, 돌을 집어든 구경꾼들이 그들에게 돌을 던지면서 욕설을 퍼부었다. 결박당한 죄인들을 일렬로 세우고 출발 준비를 시킨 사인이 문달을 쳐다보았다. 묶여 있는 저들보다 더 비참한 운명에 빠질 수 도 있다는 생각에 문달은 서글퍼졌다. 그때 설천이 그의 팔을 붙잡고는 사인에게 말했다.
"잠깐 작별인사를 해도 좋겠습니까?"
사인의 얼굴은 차갑게 굳어졌지만 설천이 문달의 팔을 잡아당겨서 불탄 상점 자리 쪽으로 끌고 가는 것을 막지는 않았다. 상점 앞에 선 설천이 문달에게 말했다.
"한 가지 말씀 안 드리고 빼 먹은 게 있습니다."
"자물쇠 말인가? 그건 나도 좀 찜찜하긴 하네. 불을 지른 건 두 놈이 자백을 했으니 그렇다고 쳐도 굳이 사람까지 죽일 정도로 큰일은 아니었으. 더군다나 금방 죄를 자백할 정도로 심약한 자가 살인이라니······."
"바깥에서 자물쇠를 채우는 건 안에 있는 걸 가둔다는 의미 외에도 지킨다는 것을 의미하기도 합니다."
"하지만 주인 부부는 안에 있었네. 자네도 그걸 가지고 장문형과 걸제지가 고의로 저지른 방화라고 하지 않았나?"
고개를 갸웃거리며 대꾸하던 문달은 사방으로 뻗어나가던 생각의 끝이 어떤 기억을 건드리자 얼굴을 찡그렸다. 설마······.
"아니면 누군가 다른 의도로 자물쇠를 채워버렸을 수도 있었겠군. 걸제지는 문이 잠겨 있으니까 당연히 안에 아무도 없다고 믿었고 말이야. 그렇다고 해도 왜 살려고 발버둥을 치지 않았을까?"
"아마 평생 모아온 상점이 불에 타는걸 보고 절망했나 봅니다. 살아서 나간다고 해도 모든 걸 다 잃는다는 걸 알았을 테니까요."
"무섭군. 수많은 우연들이 얽히면서 결국 두 사람을 죽게 만들었으니……."
"그런 게 바로 삶이라는 것이지요.
문달은 빙긋 웃은 설천에게 뜻 모를 두려움을 느꼈다.
"그리고 자넨 그런 우연들이 만들어낸 일들을 살인으로 몰았고 말이야."
"그 모든 일들의 끝에 그 자의 탐욕이 있었기 때문입니다. 누군가 안에 두 사람이 있는 걸 모르고 자물쇠를 채웠다고 해도 그 자가 불을 내지만 않았더라면 결국 두 사람은 죽지 않았을 테니까요."
"그렇군."
"어서 가시지오. 욕살 어르신께서 기다리고 계시잖습니까."
털로 만든 부채를 가볍게 흔든 설천이 가볍게 인사를 하고는 천천히 사람들 틈에 섞여버렸다. 온통 재와 검댕이 묻어 있었지만 설천의 뒷모습은 금방 사라져버렸다. 일렬로 늘어선 죄인들이 사방에서 날아드는 돌과 손가락질을 피해 어깨 아래로 고개를 숙이고 있었다. 문달의 눈짓을 받은 병사들이 죄인들을 끌고 갔다. 한 구석에 몰려나와 있던 가족들이 통곡을 했지만 차가운 시선만이 얹어질 뿐이었다. 여름답지 않은 스산한 바람이 떠나가는 사람들

의 뒤를 쫓았다. 앞장서서 걷던 문달은 상점 사이의 골목길에 서
있던 애꾸눈을 보았다. 한 손에 돌을 쥔 애꾸눈이 처연한 표정으
로 그를 바라보았다. 곁에 선 사인의 어깨에 팔을 얹은 문달이 속
삭였다.

"잠깐만 기다리게. 반항하는 장문형에게 돌을 던진 게 바로 저
아이라네."

"천천히 가겠습니다."

사인의 말이 채 끝나기도 전에 애꾸눈에게 다가간 문달이 입
을 열었다.

"아깐 고마웠다. 잘못했으면 피를 볼 뻔했어."

애꾸눈은 아무 말 없이 물끄러미 그를 올려다보았다. 짧은 한
숨을 쉰 문달이 다시 입을 열었다.

"왜 을모리의 가게에 자물쇠를 채웠느냐."

"어제 낮에 함께 구걸을 하는 아이들이 와서는 을모리 아저씨
네 근처 상점 주인들이 뭔가 일을 꾸미는 것 같다고 했어요. 전
그게 을모리 아저씨의 상점에 있는 물건들을 훔치는 것인 줄 알
았죠."

"그래서 물건을 훔쳐가지 못하게 자물쇠를 채워놓았던 게냐."

애꾸눈은 가늘게 떨며 고개를 끄덕거렸다. 안대에 가려지지 않
은 한쪽 눈에서 흘러내린 눈물이 떨리는 턱 끝에 맺혔다가 힘없
이 아래로 떨어졌다.

"설마 불을 지를 줄은 몰랐어요. 끝까지 지켜봤어야 했는데, 두
분이 절 얼마나 아껴주셨는데 제가 두 분을 죽인 셈이에요."

"아니다. 을모리와 그 부인을 죽인 사람은 저기 저 사람들, 아

니 저들이 품고 있던 탐욕이라는 병 때문이었다. 비록 나쁜 결과가 나왔지만 넌 좋은 뜻으로 자물쇠를 채워놓은 것이니까 너무 상심하지 말거라. 죄가 있다면 저들에게 있으니까."

아직도 떨리고 있는 애꾸눈의 어깨를 툭툭 쳐 준 문달은 서둘러 행렬에 따라붙었다. 그리고는 제일 앞에서 끌려가는 걸제지의 곁에 바짝 다가갔다. 애꾸눈처럼 눈물을 흘리던 걸제지 옆에 나란히 걷던 문달은 틈을 봐서 그에게 귓속말을 속삭였다.

"난 자네가 을모리 부부를 죽일 생각까지는 하지 않았다고 믿네. 자넨 탐욕스럽기는 하지만 무모하진 않으니까 말이야."

번쩍 고개를 쳐든 걸제지의 얼굴 한구석에 희망이 반짝거렸다.

"하지만 자넨 을모리 부부를 죽이고 상점에 불을 낸 죄로 처벌을 받아야만 하네. 왜냐고? 이번 일을 실패했다고 포기하지는 않았을 테니까 말이야. 탐욕은 집착을 부르고, 집착을 결국 피를 보고 말았을 것이야. 그러니까 억울해하거나 아쉬워하지 말게. 그냥 병에 걸려서 죽는다고 생각해. 욕심이라는 병에 걸려서 말이야."

뭔가 말을 하려는 듯 입술을 들썩거리려던 걸제지는 문달의 눈빛을 보고는 입을 다물고 말았다. 도로 고개를 떨군 걸제지에게서 멀어진 문달은 문득 고개를 돌려 뒤를 바라보았다. 구경꾼들은 벌써 흩어져버렸고, 상점이 늘어선 거리는 방금 전에 벌어졌던 일들을 깨끗하게 집어삼켜버렸다. 그렇게 삶은 죽음조차 흔적도 없이 지워버렸다.

일곱 번째 정류장

박지혁

1978년 출생. 서울대학교 국어교육과를 졸업하고 현재 경제 일간지에 재직 중이다. 한국 미스터리 작가 모임에서 활동하고 있다.

그의 168일

"주말 사건사고 뉴스입니다. 서울 신림동 다세대주택 1층에서 20대 여성이 목 졸려 숨져 있는 것을 집주인이 발견해 신고했습니다. 경찰은 사건 현장에서 발견된 소변과 정액 등을 채취해 정밀 분석을 의뢰하고 주변 탐문수사에 나섰습니다. 휴일 막바지 단풍을 즐기려는 나들이객으로 정체를 빚었던 고속도로에서 10중 추돌사고가 발생했습니다……."

그녀가 올라탄다. 밤 9시 36분, 어제보다 24분이 늦었다. 오늘 그녀의 출근시간이 8시 28분이었으니, 13시간 8분 만에 그녀를 보는 것이 된다. 평소보다 늦은 그녀를 기다리느라 뒷타임 운전자를 두 명이나 먼저 보냈다. 담배까지 사다 안기며 배차를 조정하는 이유를 한동안 궁금해 하더니 하루 이틀도 아니고 이젠 그러려니 하는 눈치다.

"환승입니다."

기계음이 울리고 그녀가 눈인사를 한다. 나도 고개를 까딱, 그녀와 눈을 맞춘다. 매일 23개의 똑같은 정류장을 38분씩 몇 번이고 왕복해야 하는 나에게, 지금이 가장 행복한 순간이다.

그녀는 노약자석 바로 뒤 기둥옆 자리에 앉는다. 앙다문 입술에 피곤함이 배어 있다. 요즘 퇴근길의 그녀는 늘 저런 표정이다. 처음에는 그런 모습이 낯설었는데, 보면 볼수록 저 표정도 그녀에게 잘 어울린다는 생각이 든다. 창밖을 응시하는 그녀를 바라보는데, "두 사람이요.", "중부소방서 가요?" 등의 쓸데없는 잡음이 끼어든다. 아아, 시간이 얼마 없는데, 이럴 때는 정말이지 그녀와 나 사이에 아무도 없으면 좋겠다는 생각이 간절하다.

하나, 둘, 셋, 넷, 다섯, 여섯. 이제 그녀가 내릴 일곱 번째 정류장이다. 조심스럽게 차를 세우고 문을 연다. 오늘은 내리면서도 눈인사를 할까? 거울을 들여다보며 그녀를 살핀다. 역시 많이 피곤했나보군. 눈을 맞춰주지 않고 그냥 내려버리는 걸 보면⋯⋯.

그녀가 내리고 난 뒤 일곱 번째 정류장을 출발하는 이 순간이 하루의 끝인 것만 같다. 아직 두세 번은 더 돌아야 하는데 이미 그녀가 집에 들어가 버렸다는 사실을 떠올리면 기운이 빠진다. 그래도 내일도 그녀를 볼 수 있으니까. 출근할 때도 나의 버스를 타면 좋으련만⋯⋯. 그녀를 옆 좌석에 태우고 눈 맞추며 웃으면서 달릴 수 있다면 얼마나 좋을까?

그녀는 치과의사다. 168일 전 오래 참아온 통증을 더 이상 견딜 수 없어 찾아간 치과에서 그녀를 처음 만났다, 아니 처음 눈을 맞췄다. 진료대에 누워 얼굴을 올려다 볼 때부터 왠지 낯이 익다 싶었는데 치료를 하면서 이런저런 얘기를 하다 보니 나의 일곱 번째 정류장 근처에 살고 있었다.

"어머, 5번 마을버스 운전하세요? 저 그거 타고 다니잖아요. 어쩐지 아는 분 같더라. 제가 특별히 안 아프게 잘 해드릴게요."

적당히 기분 좋게 차가운 손이 입가를 어루만졌다. 끔찍이 싫어했던 치과 특유의 약품 냄새도 그녀의 가운 소매가 코끝을 스칠 때마다 향기롭게 느껴졌다.

"이 악물고 사시나 봐요. 너무 세게 다무시면 치아에 안 좋아요. 스트레스도 덜 받으시는 게 좋고요. 충치가 스트레스 때문에 생기기도 한다면 안 믿어지시죠?"

그 날부터 그녀와 만난 날짜를 세기 시작했다. 오늘이 168일째다. 마을버스 운전을 1년쯤 했을 무렵, 어느 날 갑자기 오늘이 몇 월 며칠인지, 지금이 아침인지 오후인지 여기가 종점인지 중간 정류장인지 알 수가 없었다. 세상이 붕 뜬 것 같고, 회전목마를 타고 뱅글뱅글 돌고 있는 것만 같았다. 곧 정신을 차리긴 했지만 매일 좁은 공간을 몇 번이고 왕복하다 보니 뇌에 이상이라도 생긴 걸까 겁이 났다. 그 날부터 무엇이건 숫자를 세고 보는 버릇이 들었다. 정류장 하나를 지나칠 때마다 하나, 둘, 셋, ……열여섯, 스물 둘, 종점에서 담배 한 대. 두 번째 출발을 하면서 다시 정류장 하나, 둘, 셋 ……스물 둘, 또 담배 한 대. 한 바퀴를 도는데 걸리는 시간과 배차 횟수를 완전히 익힌 후에는 그날그날 승객의 숫자를 세기도 했다. 첫 번째 배차 때 24명, 두 번째 배차 때 15명…….
그렇게 세고 있으면 아무것도 잊지 않을 수 있을 것 같았다. 방금 전이 첫 번째였으니 이번은 두 번째구나. 지금이 두 번째라면 다음은 세 번째인 거야. 딴 생각을 하고 있자면 한 바퀴 두 바퀴 돌 때마다 심해지던 어지럼증과 울렁증도 잊혀졌다. 하루가 구획별로 정리되는 느낌이 들어 마음도 편했다.
 60일 동안 8번 치료를 받은 후 통증은 말끔히 사라졌다. 마지막 진료날 제과점에서 롤케이크를 하나 사서 그녀에게 건넸다.
 "이런 거 받으면 안 되는데……. 하하, 너무 감사해요. 제가 좀 훌륭한 의사긴 하죠. 하나도 안 아프셨죠? 아이, 농담이고요, 너무 잘 먹을게요. 안녕히 가세요, 치아 관리 잘 하시고요."
 예, 예, 고개를 거듭 주억거리면서 뒷걸음질쳐 병원을 나오는데, 그녀가 팔짝팔짝 뛰며 전화를 받는다.
 "어, 오빠! 밥은 먹었어? 우리 오늘 어디서 만나?"
 스르르 닫히는 유리문 사이로 무언가 육중한 것이 쿵, 내려앉는다. 선팅된 치과라는 커다란 글자에 가려 그녀의 눈이 보이지 않는다. 너무나 행복한 미소를 짓고 있는 입매만 보인다.
 회사로 복귀해 스물세 개의 정류장들을 도는 내내 그 입매가 뇌리에서 떠나질 않았다. 혹시나 그녀가 탈까 9시 이후 배차를 모두 내가 하겠다고 했다. 치과 치료는 끝나버렸고 그저 어떻게 해서든 다시 한 번 그녀를 보고 싶었다. 치료를 받던 두 달간 띄엄띄엄 보았던 그녀의 동선과 퇴근시간을 계산해 둘 걸 후회가 된다. 10시가 지나고 11시가 지나도 그녀의 모습은 보이지 않는다. 목이 바짝바짝 말라 계속 물을 들이켠다.

그녀를 처음 봤던 날이 생각난다. 봄인데도 올해 들어 가장 매서운 바람이 불었던 그날, 손님들이 유독 극성맞았다. 거스름돈이 덜 나왔다고 따지는 중년 아줌마, 알아듣지 못할 말들과 욕설을 섞어가며 고래고래 떠드는 중학생들, 자기는 기술자인데 십장이 막노동꾼 취급을 한다며 술에 취한 아저씨, 매일 버스에 태워달라고 조르는 동네 바보 녀석까지…….

그 녀석은 일단 버스에 타면 열 번도 돌고 스무 번도 돌았다. 집에 갇혀서 오죽 답답하겠나 하는 측은한 마음에 몇 번 태워준 것이 실수였다. 사람들의 내뿜는 공기와 히터기운에 둘러싸여 그 녀석이 쉴 새 없이 웅얼거리는 소리를 듣고 있자니 신경이 바늘 끝처럼 곤두섰다. 당장 내리라고 소리를 지르려는 순간, 그녀가 버스에 탔다.

살다보면 무언가에 사로, 잡히는 순간이 온다. 나는 그때 그녀의 노란색 바바리에 사로잡혔다. 개나리 색에 가까운 노란색이었는데, 함께 두른 연둣빛 스카프와 맞춤인 듯 어울렸다. 퀴퀴하고 혼란스러웠던 마을버스 안에 개나리가 활짝 피기라도 한 것처럼, 방금 전까지 잿빛 겨울이었던 내 인생에 순식간에 봄이 온 것처럼, 마음이 술렁이기 시작했다. 나도 모르게 그녀를 한참 바라보았다. 짙은 남색 정장 투피스를 입고 살색 스타킹에 앞코가 둥근 구두를 신었다. 덜컹, 과속방지턱을 넘을 때마다 개나리 색 바바리가 무릎 아래 가지런한 다리를 스쳤다.

그 몇 분의 시간이 어떻게 흘렀는지 모르겠다. 개나리 색에 정신이 팔려 얼굴을 제대로 볼 사이도 없이 그녀가 내려버렸다. 일곱 번째 정류장이었다. 그 뒤로 그녀를 다시 보지 못했다. 마치 얼굴이 없었던 사람처럼 이목구비가 전혀 기억이 나지 않는데다, 그 사로잡힘이 어찌나 순식간이었던지 그녀가 현실의 사람이 아니라고, 잠시 꿈을 꾼 것이라고 생각해 버릴 정도였다.

그런데 몇 달이 지나고 나서 우연히 찾아간 치과에서 그녀를 다시 만난 것이다. 얼굴을 기억할 순 없었지만, 그녀가 개나리 색 바바리의 그녀라는 것을 단박에 알 수 있었다. 치료가 끝나고 그녀가 마스크를 벗었을 때, 나도 모르게 '아! 개나리 색 바바리!'라고 말할 뻔했으니까. 치료도중 입 속을 들여다보느라고 그녀의 몸이 다가올 때면 온통 개나리로 둘러싸인 듯 가슴이 벅차오르곤 했는데……. 8번만에 치료가 끝나버린 것이 그렇게 아쉬울 수가 없다.

울 것 같은 얼굴로 마지막 배차를 도는데, 일곱 번째 정류장에 외제 차 한 대가 버티고 섰다. 경적을 누르며 짜증을 내는 순간, 조수석에서 누군가 내린다. 그녀다. 해사한 얼굴의 그녀가, 아쉬운 듯 창문 사이로 고개를 들이밀고 운전석의 누군가와 이야기를 나눈다. 핸들을 잡은 손과 액셀러레이터에 나도 모르게 힘이 들어가려 한다. 외제 차는 미끄러지듯 정류장을 떠나고 생글생글 웃으며 그녀가 손을 흔든다. 고개가 저절로 운전대를 파고든다.

그날 이후로 그녀의 흔적을 찾는 것이 하루의 목적이 되었다. 일주일간 아침 배차를 도맡아 뛰어봤으나 그녀를 찾을 수 없었다. 아무리 찾아도 보이질 않아 아침마다 그녀의 집 앞에 숨어서 지켜보았다. 매일 아침 8시 20~30분경 치과에서 보았던 간호사가 빨간 경차를 몰고 그녀의 집 앞으로 온다. 둘이 함께 출근하는 모양이다. 두 사람은 보통 8시 20분에서 5~7분 사이를 두고 만난다. 이렇게 되면 아침에는 그녀가 나의 차에 탈 확률이 거의 없다. 그래도 오며가며 멀리서라도 그녀를 볼 수는 있을 테니까 아침 배차를 8시 20분부터 맞춰야겠다고 생각했다.

밤에는 대체로 9시 20분경에 버스를 탄다. 매일 언제 퇴근할지 알 수가 없으니, 치과 진료가 끝나고 도착하는 시간을 계산해 9시 10분부터 계속 기다리는 수밖에 없었다. 108일간 정류장에 서 있는 그 외제 차를 5번 발견했다. 조수석에 그녀가 없어 정류장에 정차한 채 무작정 기다리고 있자면 승객들이 빨리 출발하지 않는다고 짜증을 내곤 했다. 아랑곳 않고 있다가 그녀를 보고서야 차를 출발시킬 때면, 무거운 형벌 같은 이 차를 내려놓고 그녀의 손을 잡고 어디론가 무작정 달렸으면 좋겠다는 생각이 들었다.

28일 전 막차 시간에는, 그녀가 술에 취해 버스에 올랐다. 자리에 앉자마자 졸기 시작하더니 다섯 번째 정류장을 지나고 여섯 번째 정류장을 출발하는 데도 깰 기미를 보이지 않는다. 드디어 그녀의 집 앞, 깨울까 잠시 망설이다가 그냥 지나친다. 그녀를 태우고 여덟 번째 정류장을 향해 출발하는 것은 처음이 아닌가, 가슴이 뛴다. 이대로 세상 끝까지라도 달릴 수 있을 것만 같다.

종점에 도착해 승객들이 모두 내리고 난 뒤, 그녀에게 다가갔다. 어떻게든 빨리 깨워야 한다고 생각하면서도 조금만 더 조금만 더 잠든 그녀의 모습을 지켜본다. 무표정할 때 슬픔을 머금은 것 같은 입매, 웃을 때 살짝 주름이 잡히던 콧날, 말할 때마다 사뿐히 치켜 올라가던 눈썹이 가지런하다. 마주 볼 때면 단번에 나를 관통해 등짝까지 박히는 것 같은 그녀의 눈빛이 보고 싶다.

"환승입니다."

소리에 소스라치게 놀라 털썩 그녀 쪽으로 넘어졌다. 좌석을 찾던 젊은 손님들이 괜찮으세요? 나를 부축한다. 막차 운행이 끝났는데, 출입문 닫아두는 것을 잊었다. 투덕거리는 소리에 그녀가 게슴츠레 눈을 떴다. 잠이 덜 깼는지 창밖을 두리번거리다가 손님들에게 양팔을 잡힌 채 허둥대는 나를 발견하고 눈을 치뜬다.

"윤, 윤 선생님, 종점이에요. 이게 막차니까 그냥 계속 타고 가셔서 집 앞에서 내리세요."

"아 예, 제가 깜빡 졸았나 봐요. 깨워주셔서 고맙습니다."

쓰레기를 줍는 척하며 일어서서 차 밖으로 나왔다. 셔터가 반쯤 내려진 종점 약국의 망가진 간판, '약'이라는 빨간 글자의 형광등 불이 꺼졌다 켜졌다 한 지 사흘째다. 술 깨는 약이라도 사다줄까, 괜히 부담스러워하는 건 아닌가 생각을 하며 담배를 피워 물었다.

"이는 좀 괜찮으세요? 문제가 있으면 애프터서비스 해드려야 하는데……. 하하."

어느새 뒤에 와 있는 그녀, 얼른 담배를 비벼 껐다.

"어, 계속 피우셔도 되는데……. 찬바람 좀 쐬려고요. 술이 깨야 집까지 제대로 찾아갈 거 아니에요. 막차니까 조금 더 기다렸다 가실 거죠?"

헤프게 웃으며 그녀가 살짝 휘청거린다. 허둥지둥 양 팔을 잡아주는데 그녀가 슬쩍 기댄다. 쿵쾅쿵쾅 심장 뛰는 소리에 귀가 따갑다.

"아 예, 저기…… 술 깨는 약이라도 좀 드시겠어요?"

"약국 문 벌써 닫은 거 같은데요? 어지럽고 속이 좀 부대끼긴 하는데……."

"잠시만 기다려보세요."

영업이 끝났다고 짜증스럽게 말하던 약사가 나를 알아보고 오늘은 웬일로 늘 오시던 시간이 아니네요? 반가운 체를 한다. 약을 사들고 나와 뚜껑을 따서 그녀에게 건넸다. 고맙습니다, 꾸벅 절을 하더니 꿀떡꿀떡 잘도 마신다.

"휴우우우우. 사는 게 다람쥐 쳇바퀴 도는 것 같네요."

"무슨 그런 말씀을, 훌륭한 의사 선생님께서 왜 그런 생각을 하고 그러세요."

"훌륭하긴요, 죽을 고생해서 의사가 됐는데, 매일매일 짐이 계속 늘어나기만 하는데요. 의사만 되고나면 모든 게 잘 풀릴 거다, 이 악물고 여기까지 왔는데 입 안에 무언가를 머금은 채, 뱉어버리지도 삼키지도 못하고 동동거리면서 사는 느낌이에요. 원래 사는 게 이런 건지……. 제가 너무 속상해서 좀 마셨어요."

"저는 매일 23개의 똑같은 정류장을 몇 번이고 계속 도는걸요. 그렇게 한참 돌다보면 내가 버스를 몰고 있는 건지, 버스가 나를 몰고 있는 건지 헷갈려요. 너무 지루할 때면 아무데나 세워놓고 도망가고 싶은데 그럴 수도 없고, 그럴 땐 이 마을버스가 짐이고 형벌인 것 같죠. 너무 좁은 동네만 왕복해서 그런가, 차라리 시내버스나 택시운전을 하는 게 낫지 않나 생각하기도 해요. 근데 또 생각해 보면 조금 멀리 떠나본다고 다르겠나 싶고……. 어느 누가 자기 인생에서 도망갈 수 있겠어요. 모두가 그런 짐을 하나씩 지고 살고 있는 거 아닌가 하는 생각이……. 아이쿠! 제가 주제넘게 말이 많았네요."

"아니에요, 아니에요, 너무 위로가 되네요. 저도 온종일 사람들 좁은 입 속만 들여다보고 있으면 이게 뭔가 싶고, 갑갑하고 미쳐 버릴 것 같은 순간 있거든요. 다들 그런가 봐요."

"이렇게 젊고 이쁘신데 행복해지셔야죠. 좋다고 생각하면 또 좋아지고 그런 거 아니겠어요. 제가 살아보니까……."

"아저씨! 빨리 출발안하고 뭐합니까?"

피둥피둥한 중년의 아줌마가 버스 창문을 열고 소리를 지른다. 아줌마들은 왜 다들 저모양일까. 배려를 모른다. 조금이라도 더 그녀와 이야기하고 싶었는데……. 그녀가 오늘 정말 고맙습니다, 인사를 하더니 버스에 탔다.

운전석에 올라 버스를 출발시킨다. 그새 술이 깼는지 그녀는 새치름한 표정으로 창밖을 보고 있다. 조금 전까지 많이 힘들어 하는 것 같더니, 내 말이 정말 위로가 된 걸까. 방금 전까지 그녀와 나눈 이야기들이 꿈만 같다. 피곤할 텐데 얼른 들어가 쉬게 해줘야지. 오늘따라 일곱 번째 정류장으로 향하는 발걸음이 가볍다. 도로 위를 날듯이 액셀러레이터를 밟는다.

김 형사의 하루

"상대에게 광적인 집착을 보이는 사람을 일컫는 말, 스토커. 그 스토커 문제가 도를 넘어선 것 같습니다. 지난달 신림동 다세대 주택에서 숨진 채 발견된 20대 여성이 스토커에 의해 살해된 것으로 밝혀졌습니다. 헤어진 애인이나 전남편의 스토킹에 의해 살해된 경우는 그 전에도 있었지만, 이번에는 범인이 피해자와 일면식도 없는 60대라는 점에서 충격을 주고 있습니다. 마을 버스 운전을 하는 예순일곱 살 김모 씨는 승객이었던 스물여섯 살 윤모 씨를 몇 달간 스토킹하다가……."

"세상에, 일흔이 코앞인 노인네가 기운도 좋지. 아무리 여자라도 팔팔한 20대를 어떻게……. 젊은 애가 싫다고 발버둥을 쳤으면 만만치 않았을 텐데. 에휴, 그저 사내놈들은 문지방 넘을 힘만 있으면……, 쯧쯧."

허여멀건 설렁탕을 무심히 내려놓으며 주인 여자가 혀를 찼다.

"나도 나중에 늙어서 꼴리는데 주는 사람 없으면 저렇게 되려나……. 정작 사체에서 성폭행 흔적은 안 나왔어요. 마음만 날뛰고 몸이 안 따라준 게죠, 호호."

설렁탕 국물을 제대로 삼키지도 않고 박 형사가 실실댄다.

"근데 말이야, 왜 뒤에서 목을 졸랐을까? 빨랫줄이랑 면장갑에 비닐장갑까지 준비하고 신발에도 비닐을 씌워서 들어갈 만큼 치밀하게 준비했으면서, 어이없게 체액을 남긴 것도 웃기고. 젊은 애 덮치러 가면서 위협할 칼이나 몽둥이도 없었다는 게 좀 이상하지 않아?"

"또, 또 김 선배 시작하신다. 젊은 여자 사건이라면 꼭 그렇게 쌍심지를 켜고……. 이상하긴 뭐가 이상해요. 그거야 개인의 성적 취향인 거고, 호호, 거시기는 늙어서 괄약근 조절할 힘이 없었나보죠. 아님 의욕이 앞서서 덮쳤다가 깜박 잊어버리고 나온 거예요. 치매도 올 나이 아니유. 한참 달아올랐다가 어, 내가 왜 여기 있지? 하면서 그냥 나온 게야."

"여자도 크게 반항한 흔적이 없다며. 자고 있는 채로 당한 것처럼……. 근데 정황상 분명 깨어 있었잖아. 아무리 여자라도 노인네 상대로 해 볼만 했을 텐데……."

"처음 빨랫줄로 졸릴 때 기절했나 보죠. 그럼 그때 덮쳤으면 되지 않았나……. 망할 노인네 혹시 시체 취향이었던 거야? 니미럴. 그냥 묻힐 평범한 사건을 두고, 범인이 노인네라고 언론에서도 어찌나 왈왈대는지……. 빨리 좆을 쳐야 내가 살겠다니까요. 아줌마, 여기 뜨끈한 국물 좀 더 줘요."

"현장에서 나왔다는 수첩에는 뭐가 좀 있었어?"

"그거 때문에 빼도박도 못하는 건데……. 이름이랑 연락처까지 적힌 수첩을 떨어뜨리고 가다니 정신을 얼마나 빼고 있었으면……. 쯔쯔. 무슨 일수 찍는 수첩 같아요. 숫자가 빼곡하게 적혀 있고 그걸 하나씩 지워가고……. 1부터 차근차근 지워서 168에서 멈춰 있더라고요. 그 뒤로 몇 페이지가 찢어져 있는데, 첫 심문 때 물어보니 깜짝 놀라면서 자기는 전혀 기억이 안 난다나? 그거에 충격을 받았는지 그때부터 술술 자백합니다. 자기가 운행하는 정류장 23개에 번호를 매겨놓고 소요시간을 적어놓은 것도 있고, 하루 승객수를 적어놓은 것도 있고……. 숫자가 너무 많아서 그거 보다 토할 뻔했다니까."

"숫자강박증 같은 게 있었구먼?"

"그렇겠죠? 지워놓은 168중에 69부터인가……. 시간이 두 개씩 하루도 빠짐없이 적혀 있는데 소름이 끼쳐요. 위에 있는 숫자는 8시 20분에서 30분대에 몰려 있고, 아래 숫자는 10시대, 11시대 들쭉날쭉인데 9시10분에서 30분대가 많고. 이게 뭐냐고 물어도 대답은 안 하는데, 아마 그 여자 출퇴근시간이었던 것 같아요. 으으, 그걸 서너 달 동안 매일 체크하고 있었다니……."

"범인이 피해자 스토킹했다는 건 어떻게 밝혀진 거야?"

"집 앞 슈퍼주인이 거의 매일 같은 시간대에 범인을 봤대요. 옆집 사람은, 한밤중에 그 집 문 앞에 앉아 있는 걸 몇 번이나 봤다는데, 노인네라 별로 경계를 안 했나 봐요. 피해자는 모르고 있었는지, 관할서에 신고 접수된 건 없더라고요. 아, 치과 치료 받으러 일부러 그 여자 병원까지 찾아간 것도 확인했습니다."
"피해자 가족들이랑 주변 인물들은? 뭐 나온 거 없어?"
"젊고 예쁜 여자가 험한 꼴 보고 죽었는데 약혼자라는 놈이나 어미라는 사람이나……. 말을 말아야지. 아줌마! 여기 깍두기 줘요, 깍두기!"
"약혼자가 있었어? 충격 좀 받았겠구먼."
"자기랑은 아무 상관없다고 펄펄 뜁디다. 아버지 빌딩 관리한답시고 외제 차 몰고 한량처럼 돌아다니는 자식들 있잖수. 간호사들 말로는 피해자가 올해 안에 결혼하고 싶다는 말을 밥 먹듯 했다던데……. 없는 집에서 치대 졸업하느라 사채 빚까지 있던 차에 부잣집 아들 만나니 애가 탔겠죠."
"그래? 그거, 기록 좀 다시 보자."
"한가해서 가스통 메고 에베레스트를 등반하시는구먼 아주. 김 선배 일 없어요? 그럴 정신 있으면 반장 몰래 내 거 하나 해주든가……. 형수랑 애들 보러 하루라도 더 들어가쇼."
국물까지 더 시켜 공기밥 두 그릇을 싹싹 비운 박 형사가 지갑을 꺼내며 일어선다. 이야기를 듣는 나는 반도 먹지 못했는데, 저 녀석은 얘기 다 하면서 언제 먹은 거야? 쩝, 이빨을 쑤시며 담배를 찾아 물었다. 아직 11월인데 바람이 뼛속까지 파고드는 것 같다. 이런 날일수록 속 든든하게 먹어줘야 하는 건데, 니미럴, 담배 연기를 깊숙이 들이마신다.

조서에 특별한 것은 없다. 범인은 범행 일체를 자백하고 입을 꾹 다물었다. 어떤 변명도 없었다. 자고 있는 줄 알고 들어갔는데 여자가 깨어 있었고, 반항하기에 빨랫줄로 목을 졸랐으나 힘에 부쳐 실패, 반 실신 상태의 그녀를 다시 뒤에서 목 졸라 죽인 후, 흥분한 나머지 현장에 체액을 남긴 줄도 모르고 현장을 떠났다. 범행 직후 집으로 돌아가 잠이 들었고 이튿날 찾아온 형사들에 의해 붙잡혔다. 이름과 전화번호가 적힌 수첩이 발견된 데다 체액까지 있었으니, 바로 쫑칠 사건이긴 하다.

"나이도 있으시고 해서, 처음엔 안 된다고 했죠. 채용 공고에도 쉰여덟 살로 제한해 나가는데……. 근데 어머님 옛 친구 분인데다 워낙 체격도 좋으시고 술도 안 하시고 해서 용돈 드리는 심정으로……. 2년 근무하시는 내내 성실하게 잘 해주셨는데, 이런 일이 생기니 저도 참 당황스럽습니다."

소파에 기대 있던 몸을 힘겹게 일으키며 사장이 마른세수를 한다. 자기회사 운전기사가 살인혐의를 받고 있으니 괴롭기도 하겠지. 또라이 취급을 받았던 터라 친한 동료들도 없었고, 퇴근하면 곧장 집으로 가곤 했던 사람이라 단서가 될 만한 것이 없었다. 종점에 있는 약국에서 피로회복제를 자주 사 마셨다는데, 약사는 그저 점잖고 성실한 사람인 줄로만 알았다며 고개를 저었다.

"시간이 칼 같던 양반이었어요. 아침근무건 저녁근무건 오전 10시 반에 와서 피로회복제를 사드셨죠. 그 시간을 안 지키면 하루가 불안하다나? 심지어 쉬는 날에도 그 시간에 와서 드시고 가셨는걸. 지난 1년 동안 문 닫은 후에 온 적이 딱 한 번 있었는데, 술 깨는 약을 사서 어떤 젊은 여자한테 건넵니다. 술은 입에도 안 대시고 감기약을 살 때도 제시간에만 오시던 분이라 이상해서 기억하고 있죠. 여자랑 꽤 친해 보이던데……."

강박증세가 심각했구먼. 그런데 그 지독한 강박증을 깨뜨린 여자는 누구였을까. 스토킹하던 피해자가 술에 취한 걸 보고 술 깨는 약을 사다준 건가. 두 사람이 꽤 친해보였다는데…….
"그게 언제였는지 기억하십니까?"
"잠시만요, 와이프 생일인데 기억 못했다가 죽도록 혼난 날이니까……, 9월 18일이네요."

피해자가 다니던 병원은 마을버스와 연결된 전철역에서 세 코스 떨어진 곳에 있었다. 자기가 운전하는 마을버스 정류장과 종점에도 이렇게 치과가 많은데, 굳이 거기까지 간 걸 보면 그녀를 보러 일부러 찾아간 것일까.
"윤 선생님이요? 환자들한테 잘했고, 실력도 있었고 좋은 의사였죠. 같이 출근하면서 친해졌는데, 정말 친동생처럼 잘해줬어요. 착하고 예쁘고 나무랄 데 없는 언닌데, 돈 문제 때문에 힘들어하는 게 너무 마음 아팠어요. 스토커요? 아니오, 몰랐어요. 범인 잡히고 저도 얼마나 놀랐다고요."
간호사의 말을 듣고 있는데, 말끔하게 생긴 원장이 시무룩한 표정으로 끼어든다.
"그래서 내가 윤 선생 많이 봐줬죠. 병원에 사채업자가 찾아와서 머리채까지 잡혔는데요. 월급 통째로 압류당하고 사정이 딱해서 그냥 다니게 해준 지 1년쯤 됩니다. 요즘 들어 부쩍 더 괴롭혀서 스트레스가 심한 것 같더니, 거 참 딱하게 됐습니다. 그럼 전 예약 환자가 있어서 이만……. 김 간호사도 진료 준비 해야죠? 아, 그리고 나 커피 부탁……."

원장이 진료실 문을 닫자마자, 간호사가 나지막이 욕설을 내뱉었다.

"개새끼, 입이라도 다물고 있을 것이지……."

"허허, 예쁜 아가씨 입에서 어째 그런 말이 나와요?"

"지가 윤 선생님을 봐줬다잖아요. 월급 압류당한 거 약점 잡아서 얼마나 협박을 했는데요. 약혼자까지 있는 사람을 진료 끝나고 수시로 불렀어요. 설마 병원에서 그러겠어? 정말 생각도 못했는데……. 짐승 같은 놈! 근데 원장도 벌 받았어요. 진료실에서 그짓하는 동영상까지 찍은 모양인데, 마누라한테 들켜서 난리도 아니었거든요. 지금 이혼 당하게 생겼어요. 이 병원 처가에서 열어 준건데."

"허허, 어쩌다 그걸 사모님께 들켜가지고……."

"그게 되게 웃겼어요. 원장이 직접 보낸 거 있죠? 미치지 않고서야……."

"원장이 직접 보낸 게 확실합니까? 언제 보냈는지 아세요?"

"네, 컴맹 주제에 범인 잡겠답시고 이것저것 알아본 모양인데, 여기 병원 진료실 컴퓨터로 보낸 걸로 나왔어요. 원장이 아주 미치고 팔짝 뛰려고 하더라고요. 보낸 날짜는 언니 죽은 그 날이던가……. 원장 사모가 확인한 날은 그 다음날이었고요."

이건 좀 냄새가 나는데……. 원장실로 들어가려는데 놀란 간호사가 붙잡고 늘어진다.

"어, 어디 가세요?"

"원장이 직접 찍은 거라면 그렇게 허겁지겁 수습하지 않았겠죠. 그렇다면 제3자나 피해자가 찍었다는 얘긴데……. 피해자도 동영상을 찍은 걸 알고 있었는지 물어봐야죠."
"형사님, 저 잘리는 꼴 보려고 그러세요? 언니는 죽기 며칠 전까지 약혼자랑 결혼할 생각에 들떠 있었어요. 동영상 존재를 알았다면 그렇게 태연했겠어요? 그리고 원장이 보낸 걸로 나왔다니까요? 제발 아무 말도 말아주세요, 네? 제발요."
"후우우우. 알겠습니다, 하나만 더 물어봅시다. 피의자가 치과에 처음 들른 게 5월 초, 두 달간 일주일에 2번씩 진료 받은 게 맞습니까?"
"예, 맞아요. 저는 차로 출퇴근해서 잘 몰랐는데, 우리 동네 마을버스 기사님이라고 첫날부터 언니랑 꽤 친했던 걸로 기억해요. 근데, 그 분이 치료 다 끝나던 날 고맙다고 롤케이크를 사오셨는데요. 환자분 나가자마자, 언니가 그걸 상자 째로 쓰레기통에 처박는 거예요. 그럴 사람이 아닌데, 이상하다 그러고 말았거든요. 그때 알아봤어야 했는데……."

치과를 나오자마자 구린 냄새가 코를 찌른다. 헐벗은 은행나무에 남은, 굵은 염주알만 한 은행들 냄새다. 요새는 먹고살기 좋아져서 은행도 안 털어가는 모양이군. 바닥에 함부로 널브러진 은행잎 위로 흙발 자국이 선명하다. 인상을 찌푸리며 담배를 피워 물었다.
피의자가 치과를 찾은 건 5월초, 그때부터 두 사람이 알고 있었단 말이지. 그런데 두 달 후 치료가 끝났을 때 피의자가 준 선물을 쓰레기통에 처박았다? 스토킹 당한다는 걸 알고 있었던 걸까? 그걸 다 알고도 9월 18일에는 약국 앞에서 피의자랑 친한 사이인 듯 이야기를 나눴다?

　동영상 파일은 누가 만들어서 보낸 걸까? 결혼에 연연했다는 피해자는 숨기기 급급했을 거고, 원장도 아닌 것 같은데……. 퍼즐을 다 맞췄는데 아주 조금 아귀가 안 맞는 느낌. 왠지 다 뜯어내고 처음부터 다시 맞춰야 할 것 같은, 이럴 때가 제일 지랄 맞고 똥줄이 탄다.

　피해자 모친 박명선, 거주지 불명? 박 형사가 따로 적어놓은 핸드폰 번호로 전화를 걸었다. 술에 취한 목소리가 전화를 받는가 싶더니 다짜고짜 소리부터 질러댄다.

　"먹고 죽으려고 해도 돈 없다니까 그래 이 새끼들아! 하나뿐인 자식 저 세상 보내고, 하루 종일 몸 놀려봐야 돈 백 벌기가 어려운데 날더러 어쩌라고오오오! 차라리 늙은이 데려다가 신장을 떼던지 간을 떼던지 니들 맘대로 해라. 이 개자식들아!"

　사채 빚이 있다더니 그것 때문인가. 노인네 목청도 좋네, 귀가 따갑다.

　"저, 저는 따님 사건 조사 중인 김 형사라고 합니다."

　"예? 형사님이세요? 아이쿠 죄송합니다. 이것들이 하도 전화질을 해대서 제가 악에 받혔지 뭡니까? 근데 무슨 일로……."

　"아, 예. 평소에 따님이 뭔가 사건을 암시하는 이야기들을 했나 해서요."

　"아이고! 그 갈아 마셔도 시원찮을 노인네가 왜 하필 우리 딸을! 형사님, 우리 애가 어떤 애인 줄 아세요? 벼랑 끝에 내몰려도 제 엄마 먼저 생각하던 세상에 없는 효녀예요. 제가 몇 번 재가하고 일 때문에 바빠서 자주 보지는 못했지만, 제 엄마 끔찍하게 생각하던 아이라고요. 그 어렵다는 의대 공부하면서, 아르바이트로 학비며 생활비며 다 벌고 간간이 용돈도 부쳐주던 애인데……. 이제 학교 졸업하고 직장 잡아, 곧 결혼하고 병원 개업해서 빚 갚고 엄마 호강시켜준다고 걱정 말라더니…….”

"상심이 크시겠습니다.”

"내가 너무 원통해서 자다가도 벌떡 일어난다니까요. 빚은 나날이 불어가고 기댈 언덕도 없고, 이 모진 세상 그냥 딸내미 따라서 가버리자 하루에도 열두 번씩 생각해요. 약혼자라는 놈은 우리 애 죽고 나니까 안면 싹 바꿔버리고……. 천하의 나쁜 놈! 저기, 근데요……. 혹시, 우리 딸 명의로 예금이나 보험 같은 거 발견된 거 없나요? 옛날에 종신보험인가 뭐가 하나 들어났다고 했는데.”

"예? 그건 잘 모르겠는데요, 제가 담당이 아니라…….”

"제가 그때 그 형사님께 부탁드렸는데. 혹시 그런 거 발견되면 연락 좀 주십사 하고. 그렇게 비명횡사를 했어도, 우리 애가 저한테 돈 한 푼 안남기고 갈 애가 아니라고요. 아시다시피 제가 이리저리 도망 다니는 처지라, 혹시라도 그런 돈 나오면 남들 모르게 꼭 좀 연락주세요 네? 꼭 좀 부탁드릴게요.”

전화를 끊고 나니 목 언저리가 갑갑하다. 추워질 거라고 아침에 마누라가 꺼내준 폴라티가 계속 거치적거린다. 니미럴, 무언가 짚이는 구석이 있긴 한데, 이빨 사이에 뭐가 끼인 것처럼 자꾸 신경이 흐트러진다. 약혼자는 뭘 좀 알고 있으려나.

"사망 사건 때문에 여쭤볼 것이 있어서 전화 드렸는데요. 시간 되실 때 잠깐 뵐 수 있을까요?”

"그 얘기 다 끝난 거 아닌가요? 범인도 잡혔잖아요! 저는 알리바이도 확실하고, 더 드릴 말씀도 없습니다. 할 말 있거든 변호사 통해서 얘기하세요."

"약혼자 죽음에 물론 상심이 크시겠지만……."

"누가 약혼자예요? 이것 봐요 형사님, 죽은 사람 두고 이런 말 하기 그렇지만, 그 여자 돈 보고 나한테 의도적으로 접근한 거예요. 치과의사라고는 해도 홀어머니에 집안도 변변찮고 사채 빚까지 있는 그런 여자, 결혼상대로 생각해 본 적 없습니다. 그냥 몇 달 만났을 뿐이고, 그 여자 죽은 건 헤어진 지 두 달도 더 지난 상태였다고요."

"두 달이요? 정확히 언제인가요? 그때 헤어진 후로는 만난 적 없습니까?"

"여름 끝 무렵 8월 말이었죠. 헤어지자고 한 날 화는 좀 냈지만, 그 후로는 질척거리지 않습니다. 자존심은 센 애였거든요. 나쁜 놈이라고 하시겠지만 저는 할 만큼 했습니다. 헤어질 때도 섭섭하지 않게 줬고, 죽고 나서 엄마라는 여자가 찾아왔을 때에도 옛정을 생각해서 요구하는 대로 줬다니까요."

아까 간호사는 피해자가 죽기 며칠 전까지 결혼 생각에 들떠 있었다고 했는데, 그 사이 다른 남자가 생겼던 걸까? 본인이 임신했다는 걸 몰랐을 리도 없고…….

"임신했다는 건 알고 계셨나요?"

"그걸로 결혼 엮으려고 합디다마는, 요즘이 어떤 시대인데……. 사실 저도 착잡합니다. 몇 달을 만나면서 좋아하는 마음이 왜 없었겠어요. 근데 그 엄마라는 여자가 한 푼이라도 더 뜯어내려고 어찌나 머리를 굴리던지……. 그 모친 행태를 보니 이 여자랑 더 깊이 엮이지 않은 게 얼마나 다행인가 싶고, 가슴 한 편에 남아 있던 애틋함까지 사라집니다. 그 여자 일이라면 다 잊고 싶으니까 제발 연락하지 말아주세요."

툭, 전화가 끊겼다. 애인과 8월 말에 헤어졌다면, 임신한 몸으로 원장 방에 계속 불려 다닌 이유가 있었군. 원장 아이라고 속일 생각이었나? 목돈이라도 뜯어내려고? 그렇다면 불려다닌 게 아니라 자발적으로 찾아갔다는 얘긴데? 그럼 동영상은 누가? 그걸로 협박하려고?

아무래도, 치과 원장한테 확인을 해야겠어.

"저 아까 찾아갔던 형삽니다. 여쭤볼 것이 있어서요. 혹시 동영상 파일의 존재를 피해자도 알고 있었습니까?"

"예? 무슨 말씀이신지……."

"다 알고 묻는 거니까 시끄러워지는 거 원치 않으면 솔직히 말씀하쇼."

"저, 그게……, 저는 그걸 언제 찍었는지도 모릅니다. 화면으로 봐서는 죽기 며칠 전에 윤 선생이 찍은 것 같습니다. 아마 메일 보낸 것도 윤 선생일 거예요. 제가 컴맹 수준이라 메일 관리를 거의 맡기다시피 했거든요. 돈 때문이었다면 저한테 말을 했을 텐데, 그것도 아니고……. 왜 그랬는지는 아무리 생각해도 모르겠습니다."

피해자가 직접 보냈다? 돈을 뜯어낼 생각도 아니었고? 원장 마누라가 알게 되면 해고될 게 뻔한데, 사채랑 뒷감당은 어떻게 하려고?

"어이 박, 난데? 그 신림동 피해자 부검에 임신 의견 있었잖아? 산부인과 의사 만나봤어?"

"김 선배 뭐하고 다니나 했더니 아직 그거예요? 미치겠구먼……. 약혼자 있었으니 그러려니 하고 안 가봤어요, 왜요?"

"어느 병원인지 좀 알아보고 전화 줘. 휴대폰 통화내역이나 이런 거 잡힐 거 아니야."

"아이는 당연히 포기해야 하고 암이 너무 많이 퍼져 있어서 수술을 해도 어떻게 될지 모르는 상태였어요. 결과를 말씀드린 후 병원에 오시질 않아서 걱정 많이 했습니다. 보호자에게 결과를 말씀드렸어야 했는데, 환자가 하도 사정사정하시고 상황이 너무 급박해서 그만……."

산부인과 의사가 말끝을 흐렸다. 그녀가 마지막으로 병원을 찾은 날이 9월 18일. 그녀로서는 사망 선고를 받은 거나 마찬가지……. 그런데 바로 그날 지긋지긋해하던 스토커와 친절하게 이야기를 나눴다. 그때부터 범행까지 근 한 달간, 멀쩡한 얼굴로 스토커가 운전하는 마을버스를 타고 출퇴근을 했다. 대체 그 여자는, 그 노인네는 무슨 생각을 한 건가.

젠장, 몽땅 다 맞췄는데, 기분이 이렇게 찝찝하다니……. 문득 볼에 찬 기운이 느껴진다. 고개를 들어보니 눈이 내린다. 마누라 말이 맞았다. 확실히 날이 추워졌다. 오소소 소름이 돋는다.

그녀의 27분

 '2년간 살면서 나도 몰랐던 우리집 계단의 개수를 아는 사람. 막차운전을 끝내고 매일 나의 집 앞에 와서 담배를 피우고 쌀과 자나 포도나 자두를 먹으며 첫차 시간까지 앉아 있던 사람. 내가 어떤 옷을 입고 무슨 색깔 구두를 신고 어떤 가방을 들고 출근했는지 기억하는 사람. 몇 시쯤 불을 끄고 잠들고 몇 시에 일어나서 출근 준비를 하는지 지켜보는 사람……'

 윽! 눈앞이 흐려지면서 숨이 막혀온다. 그가 두 눈을 질끈 감은 채, 양손에 엇갈리게 틀어쥔 빨랫줄을 위로 당기고 있다. 저것은 무언가 간절히 기원하는 모양새가 아닌가. 이렇게 된 마당에, 나의 극락왕생이라도 빌어줄 참인가? 그것이, 176일간 손바닥만 한 수첩에 나의 모든 것을 기록하고 있는 당신이, 내게 주는 마지막 선물인가.

컥! 근데, 당신이 눈을 감으면 안 되지. 짐승 울음 같은 외마디 비명을 질렀다.

깜짝 놀란 그가 반쯤 겨우 눈을 뜬다. 제 손에서 죽어가는 금붕어를 보는 아이의 눈. 그래, 내가 죽을 때 그 눈을 똑바로 쳐다봐! 죽는 날까지 단 하루도 그 눈빛을 잊지 마! 그 눈빛에 치를 떨며 고통 받다가 죽어! 그의 가슴에 칼을 꽂는 심정으로 쏘아본다.

그가 가까운 병원 다 놔두고 치과까지 찾아왔던 날이 생각난다. 병원 문을 들어서는 그를 보고 심장이 멎는 것 같았다. 매일 퇴근길에 마주치는 것도 끔찍한데, 직장까지 찾아오다니. 내가 이 병원에서 일하는 건 어떻게 알았을까? 설마 출근하는 나를 뒤따라 온 걸까?

두 달간 진료하는 내내 그 냄새나는 입을 들여다보고 있자면 살인 충동이 일었다. 하루라도 빨리 그 눈길에서 벗어나리라, 이를 악물고 배란일을 계산하고 데이트 약속을 잡았다. 임신만 하면 이 모든 것에서 벗어날 수 있을 줄 알았는데, 잔인한 운명이 암 말기라는 덫까지 놓았을 줄이야…….

임신 얘기를 하자 기다렸다는 듯 헤어지자던, 남자친구의 차운 얼굴이 떠오른다. 지독히 낯설던 얼굴. 정말 내가 사랑했던 그 사람이 맞나 싶던. 다음날 천 원짜리까지 탈탈 털어 쓰던 통장에 5000만 원이 들어와 있었다. 사채업자 눈을 피해 그가 만들어준 통장. 자존심 상해 받지 않는다고 해도 생각날 때마다 목돈을 넣어놓곤 했다. 자선단체 계좌로 5000만 원을 이체시켰다. 그의 이름으로 된 통장이니, 그의 이름으로 기부될 것이다. 이건 내 마지막 자존심이야. 처음에 돈 보고 접근한 건 사실이지만, 나는 창녀가 아니라고. 당신 아이는 내가 데려갈게. 우리 아이의 손을 잡고, 얼마나 잘난 여자 만나 잘 사는지 지켜보겠어.

미안해, 엄마. 저 돈 남겨봐야 사채업자가 한 입에 털어 넣을 거 아니야. 엄마한테 간다고 해도 며칠 사이에 도박이나 술값으로 날려버릴 테고……. 그러느니 힘든 애들 도와주고 나중에 복이라도 받는 게 낫잖아. 종신보험 수혜자도 동네 고아원 원장님으로 돌려놨어. 엄마는 평생 남한테 좋은 일 한 적 없으니, 이렇게라도 그 죄를 씻어요. 자식이 죽으면 부모는 가슴에 묻는다던데, 엄마는 어떤 표정을 지을지 궁금하네.

덩치가 좋아도 나이는 못 속이는 건가. 도저히 안 되겠는지 그는 이제 체중을 실어 빨랫줄을 당기려 한다.

"크억 컥! 컥! 크헉! 고…… 통…… 없이 죽, 게…… 해주…… 세요."

나는 환하게 웃고 있는데, 그는 엉엉 울고 있다. 자, 조금 더 세게! 아이를 달래듯이, 그러나 단호한 표정으로 그를 바라본다. 그가 고개를 끄덕인다. 그래 거의 끝나간다. 이 묘한 희열은 뭘까, 목이 졸리고 있는데 아픈 줄도 모르겠다.

오늘 새벽에 원장 진료실에서 마누라에게 동영상을 보냈다. 핸드백 속 렌즈를 의식하며 이 악물고 버틴 몇 분. 원장 얼굴이 잘 나왔는지 동영상을 돌려보는데, 그가 더듬던 감촉에 몸서리가 쳐졌다. 구역질나는 관계가 끝난 뒤 임신했다고 말한 건, 그의 마음을 확인하는 마지막 테스트 같은 거였다.

"어쩌 얼음공주가 오늘따라 이상하다 싶더라. 왜? 내가 너 내칠까봐? 순진하긴……. 걱정마라, 요새 수술이 얼마나 간단한데, 며칠 푹 쉬면 돼. 우선 이걸로 해결하고. 나중에 더 주마."

100만 원짜리 수표 두 장을 건네는 손이 가늘고 길다. 그건 내가 원하는 답이 아니야. 차라리 끝까지 사랑으로 속이지 그랬어. 그랬으면 그냥 속아 넘어갔을 텐데. 마지막 테스트에서 정답을 틀렸으니, 당신은 그동안 지은 죄의 벌을 받아야 할 거야.

아니, 아니다. 이렇게 된 건 변심한 애인도, 엄마도, 원장도, 사채 빚이나 암이라는 저승사자 때문도 아니다. 병원에서 검사결과를 듣고도, 치과로 돌아가 사채업자와 원장을 상대하고 돌아오던 퇴근길에도, 나는 그저 담담했다. 어떻게든 살아보겠다고 혁혁대며 지하철역 계단을 올라왔을 때, 떡 하니 앞을 막고 있는 마을버스와 마주치기 전까지는.

담배를 피우면서 나를 기다리고 있는 노인네. 그래, 어디 누가 이기나 보자, 30분을 지켜봤다. 사정사정해 다른 운전자 3명을 먼저 보내는 것 같더니, 여전히 나를 기다린다. 내가 마을버스를 탈 때까지 한 시간이고 두 시간이고 기다리겠지. 내가 마을버스를 타지 않는다고 해도, 막차 운행이 끝나면 집 앞으로 올 것이다. 우리 집 현관문을 응시하면서 담배를 피우고 무언가를 먹으면서, 무슨 소리가 들리는지 귀를 곤두세우겠지. 오늘도 내일도, 내가 여기, 아니 이 세상에 살고 있는 한 언제까지나…….

"최악의 경우긴 하지만, 남은 기간은 3개월 정돕니다."

온종일 실감나지 않던 의사의 말이 새삼 귓전을 울렸다. 참, 이제 나에겐 시간이 얼마 없지. 무거운 짐을 떠 맨 채 살아보려고 발버둥치던 지난날들이 다 소용없게 되었지. 그래, 다 놓고 가자. 차라리 잘되지 않았는가.

문득 억울했다, 모든 것들이. 누군가 가슴께에 못을 박는 것 같은 통증이 느껴졌다. 좁아터진 원룸 구석에서 시커멓게 타들어가며 비참하게 죽을 수는 없어. 날 이렇게 만든 모든 것들에게 마지막 인사를 해야지. 엄마, 옛날 애인, 원장 그리고 나와는 아무 상관도 없는 주제에 내 숨통을 조이고 있는 당신. 그래, 이제 알겠어. 왜 당신이 갑자기 내 인생에 끼어들었는지. 이 시나리오에서 어떤 배역을 맡았고 어떤 일을 할 것인지.

살다보면 인생의 모든 것이 납득, 되는 순간이 온다. 모든 등장인물이 불륜이나 이복남매나 여고시절 원수로 얽혀 있는 드라마처럼, 일이 이렇게 되려고 그랬던 거구나 모든 것을 체념하게 되는 순간. 나에겐 그 순간이 그랬다.

소주 한 병을 샀다. 입 안을 몇 번 헹구고, 손바닥에 따라 옷에도 묻혔다. 비틀거리며 마을버스에 오르자 그가 기다렸다는 듯 운전석에 올라 차를 출발시킨다. 종점에 도착해서는 아예 앞에 쭈그리고 앉아 대놓고 나를 바라보고 있다.

다른 승객들이 들어오는 소리에 놀란 노인네가 내려서 담배를 피우고 있다. 소주로 입을 헹군 것뿐인데, 정말 취하기라도 한 듯 정신이 몽롱하다. 두 뺨을 찰싹찰싹 때려본다. 어떻게든 정신을 바짝 차리고 이 마을버스에서 내려야 해. 다가가 말을 건넨다.

"이는 좀 괜찮으세요? 문제가 있으면 애프터서비스 해드려야 하는데……, 하하."
 휘청거리면서 그에게 기댄다. 고기를 잡으려면 미끼를 던져야 하는 법이다.

 풀썩, 줄이 스르르 풀린다. 정신없이 숨을 몰아쉬면서도 행여 그의 마음이 바뀔 새라 다급하게 장갑 낀 그의 손을 잡았다. 마지막 순간에 약해지면 곤란하다. 내가 이 모든 걸 어떻게 계획했는데…….
 "허억, 허헉……, 안 되겠어요, 손으로…… 이렇게 앞에 서서 목을 잡고……."
 "도, 도저히 못하겠어요, 아아, 선생님. 지금이라도 병원 가요."
 "어차피 죽을 목숨이니까 두 손 놓고 기다리란 거야!"
 나조차도 낯선 걸걸한 목소리가 방 안을 울렸다. 언성을 높이며 눈을 부릅뜨자 그가 놀란 토끼 눈으로 나를 본다. 너무 오래 울어서인지 그의 두 눈에 핏발이 잔뜩 섰다. 아니, 이런 때일수록 윽박지르면 안 돼, 살살 달래야 한다.
 "자, 이렇게 제 목을 잡으시고요. 이 상태에서 힘만 주시면 될 것 같아요. 제가 수십 번 말씀 드렸잖아요. 자살이라는 흔적이 남으면 안 돼요."
 "그, 그래도, 어떻게 제가 선생님을…… 죽, 죽일 수가…….."
 "죽이는 게 아니라 자유롭게 해주는 거라니까요. 우리는 지금 일곱 번째 정류장에 도착한 거예요. 이제 문을 열고 저 내려주세요. 저한테 그렇게 해 줄 사람, 이 세상에 한 분밖에 없잖아요. 제가 먼저 내려서 기다리고 있을 테니까 종점에 도착하시거든 감옥 같은 마을버스 세워두고 다시 오세요. 그때 다시 만나요, 우리."

눈물이 그렁그렁한 눈으로 그 인간이 뚫어져라 나를 본다. 울면서 빨랫줄을 당기느라 힘이 다 빠져버렸는지 숨을 몰아쉬는 낯빛이 벌겋다. 처음 살인을 제안했을 때에도 저런 얼굴이었지. 그를 설득하느라 얼마나 애를 먹었던가.

"아무리 생각해 봐도, 저는 못 하겠어요……"

듣는 귀가 없도록 우리는 늘 근린공원 벤치에서 만났다. 다섯 번째 만남이었다. 예상했던 거지만, 그는 좀처럼 결심을 하지 못하고 있었다. 나는 먼 곳을 바라보며 무덤덤하게 내뱉었다.

"제가 몇 번을 말씀드려요. 자살하면 보험금이 안 나와서 그런다니까요. 불쌍한 저희 엄마 사채 빚 갚으려면 그 돈이 꼭 필요해요. 저 하루하루가 너무 힘들어요. 돈 없어서 치료받을 길도 요원한데 통증은 갈수록 심해지고……. 도무지 빠져나갈 구멍이 안 보인다고요. 지금 내게 믿을 분은 선생님뿐이에요."

"그, 그래도, 어, 어떻게든 방법을 찾다보면……"

노인네가 다리를 후들거리며 주저앉았다. 구질구질하지만 이쯤에서 더 몰아세워야 한다.

"지금 이 끔찍한 절망을, 누구에게도 들키지 않고 끝내고 싶어요. 그때 저한테 그러셨죠? 어느 누가 자기 인생에서 도망갈 수 있겠느냐고……. 저 좀 도망가게 해주세요. 부탁이에요. 예? 제발 저 좀 도와주세요. 이런 부탁을 누구한테 하겠어요."

"아, 아무리 부탁하셔도, 어떻게 그, 그런 짓을…… 그냥 최선을 다해서 마지막까지 치료를……. 제가 가진 돈이 얼마 안 되지만 그, 그거라도……"

그의 두 눈에 눈물이 그렁그렁하다. 이럴 때 더 밀어붙여야 해, 동정심 유발 모드로 그를 달랜다.
"제가 의대 다녀서 아는데, 암 말기에는 고통이 정말 심해요. 고통 없이, 추잡한 모습 보이지 않고 조용히 가고 싶어서 그래요. 제발요. 제가 시키시는 대로만 하면 선생님은 절대 안전해요. 빨랫줄 같은 거 이용해서 조르면 지문 남을 일도 없고요. 불안하시면 비닐장갑이랑 면장갑 끼시면 돼요. 얼굴에 복면 쓰시고 신발에 비닐 씌우시면 발자국도 안 남고······. 정 못 하시겠으면 제가 다 할 테니 저 눕히고 문만 열어놓고 나가시면, 절대 들킬 염려 없을 거예요. 아무 걱정 말고 제가 시키는 대로 하시기만 하면 돼요."
나는 덥석 그의 손을 잡고 가슴에 고개를 파묻고 울기 시작했다. 홀아비 냄새가 진동을 한다. 역겨워서 토할 것 같지만, 숨을 꾹 참고 견딘다. 시간이 얼마 없다.
그렇게 얼마쯤 지났을까. 마침내 결심했다는 듯 그가 입을 열었다.
"선생님 원하는 대로 해드리는 거니까, 저는 무조건 기쁘게 생각할게요. 선생님 처음 뵙던 날이 생각나네요. 그날 입으셨던 개나리 색 바바리가 어찌나 화사하던지, 제 인생에 봄이 다시 온 것 같았죠. 그날부터였을 거예요, 제 주제에 감히 선생님을 마음에 담은 게······. 언젠가 그 개나리 색 바바리 입으신 모습을 꼭 한 번 더 보고 싶었는데 지난 176일 동안 한번도 본적이 없어서······."
그래, 됐다! 암, 그래야지. 근데 이 노인네가 뭐라는 건가? 내가 뭘 입었다고? 개나리…… 색 바바리? 참 나, 취향도 어찌나 촌스러우신지……. 정신이 오락가락하는 거 아니야? 나는 개나리 색 바바리는 평생 입은 적이 없어. 그런 튀는 색깔은 절대 내 취향이 아니라고. 뭐, 지금 그걸 따질 때는 아니지만.
"예, 예, 다음에요. 정말 결심하신 거 맞죠? 아아, 정말 고맙습니다. 이 은혜는 다음 세상에서 제가 꼭 갚을게요."
노인네 두 볼을 타고 눈물이 흘러내린다. 지금 그는 생각하겠지. '심장이 갈기갈기 찢어지는 것 같다. 정말 다른 방법은 없는가. 그녀가 원하는 대로 편히 쉴 수 있게 해주는 게 맞는가. 정말 지금의 그녀에게, 나밖에 없는가?'
이 스토커 영감은 그게 정말 사랑이라고 믿는 걸까. 대체 어쩌라는 건가, 절절하게 바라보는 저 눈은. 기막혀서 미쳐버리겠다, 정말.

마침내 작심한 듯 그가 손에 힘을 준다. 쿨럭쿨럭, 기침이 나면서 정신이 혼미해진다. 눈을 떠! 마지막 순간의 눈빛을 저 사람에게 보여줘야만 이 모든 계획이 완성되는 거야. 눈을 똑바로 뜨려고 안간힘을 쓰는데 몸이 말을 듣지 않는다. 부시럭부시럭 그의 비닐장갑이 내는 소리가 점점 멀어져간다.
"안…… 돼……. 제…… 발……."
목에서 풀리려는 그의 손을 황급히 잡아끈다. 목소리가 잘 나오지 않는다.
"컥컥…… 빨리……. 컥컥, 어서…… 끝…… 내, 줘."
그가 엉엉 울면서 다시 손에 힘을 준다. 내 눈을 보고는 도저히 못하겠다면서, 이젠 뒤에서 목을 조르고 있다. 젠장, 내 눈을 똑바로 보라고 말할 겨를이 없다. 자, 이제 끝이 보이네. 어서 내 목을 움켜쥔 그 손에 힘을 줘. 당신 손으로 기어코 나를 죽여. 이 지긋지긋한 생에서 나를 내리게 해 줄 사람, 그건 다른 누구도 아닌 당신이어야만 해.

희미하던 한줄기 빛이 스르르 사그라진다. 꿈결인 듯 잠결인 듯 희미하게 그의 말이 들린다.

"선생님, 일곱 번째 정류장에 도착했어요. 안녕히 가세요. 다음 생에도 제가 운전하는 버스를 타주세요. 저는 바라보는 것만으로도 행복했으니까요……."

창밖으로 감옥 같았던 마을버스가 보인다. 그래, 여기는 일곱 번째 정류장. 이제 다시는 저 버스를 타지 않아도 되는 것이다. 그의 수첩을 침대 밑으로 떨어뜨린다. 이제 끝이다. 마지막 인사를 하려는데, 저 수첩에 대문짝만 하게 적혀 있던 당신 이름이 생각나질 않네.

잘 있어 노인네, 나의 공범자. 나의, 마지막…… 보복.

피가 땅에서부터 호소하리니

한 이

1973년 출생. 장르를 넘나들며 9000권의 책을 읽었다. 노점상, 막노동, 시장 야간경비, 세차, 자동차 사이드 미러 세일즈맨, 영어 교재 판매원, 도장공, 논술 강사 등 다양한 직업을 거쳤다. 현재 한국 추리 작가 협회 회원, 한국 미스터리 작가 모임에서 활동하고 있다. 작품으로는 장편소설 「아스가르드」, 단편 「금연」, 「시리얼 킬러 만들기」, 「수면 아래에서는」, 「공모」, 「새로운 사업」, 「체류」 등이 있다.

"몇 개의 성을 도피성으로 선정하여 과실로 사람을 죽인 자가 피신할 수 있게 하라… 과실로 판명되면 그를 복수하려는 사람들에게서 구하여 그가 피신하였던 도피성으로 돌려보내라. 그는 대제사장이 죽을 때까지 거기서 살아야 한다."

— 광야 방랑기(민) 35:11,25. 현대인의 성경; 1985.

아브라힘은 이와 같은 방식으로 자신의 인생이 끝나게 될 것이라고는 예상 하지 못했다. 늘 블레셋과의 전투 중에 죽을 것이라고 생각했지 일 년에 한 달씩 윤번하는 의무 복무기간을 마치고 돌아온 고향 욕브하에서, 그것도 절친한 벗의 집 식탁에서 끝나게 될 것이라고는 짐작할 수도 없었다.

아브라힘은 손에 든 맷돌을 떨어뜨렸다.

맷돌이 탁자에 부딪히며 등잔대와 그릇이 와르르 쏟아졌다.

맷돌에는 피와 머리카락이 묻어 있었고 그 옆에 우리엘이 누워 있었다. 그의 관자놀이는 언제인가 보초 임무를 맡았던 므깃도의 골짜기처럼 움푹 들어가 있었다. 아브라힘의 집과는 달리 돌과 석회를 반죽하여 포장한 바닥으로 우리엘의 피가 스며들고 있었다.

아브라힘은 바닥의 골을 따라 서서히 퍼지는 피를 멍하니 바라보다가 갑자기 들려온 비명 소리에 퍼뜩 정신을 차렸다. 마아가가 비명을 지르고 있었다. 아브라힘은 탁자를 성큼 돌아가 그녀의 입을 틀어막았다. 그녀가 그의 손가락을 잘라버릴 듯 물어뜯었다. 그는 그녀의 머리를 더 힘껏 끌어안으며 속삭였다.

"고의가 아니었어. 고의가 아니었다고."

손가락 사이로 남편을 잃은 여자의 비통한 신음이 새어나왔다.

"왜 하필 선반 위에 올려놓은 맷돌이 떨어졌는지, 그리고 왜 하필 그것이 우리엘의 머리에 떨어졌는지……. 이건 우연한 사고야? 그렇지?"

그녀는 눈물이 범벅이 된 얼굴을 도리질했다.

"사고였어. 그렇지? 마아가?"

아브라힘은 그녀의 머리에 코를 파묻으며 속삭였다.

마아가가 마지못해 고개를 끄덕였다.

아브라힘은 입을 막았던 손을 풀었다. 중지에 그녀의 이빨 자국이 선명하게 새겨져 있었다. 그는 그녀의 볼에서 눈물을 닦아 올렸다. 그녀는 돌무화과를 찌르던 소녀 시절과 달라진 것이 없었다. 시간이 그녀의 눈가에 깊은 상처를 몇 군데 남겨 두었지만 부드럽고 장난기 많은 검은 눈동자는 그대로였다. 그의 손이 작은 떨림을 일으켰다. 어서 이곳을 빠져나가서 도피성으로 달려가야만 했다. 그곳에서만 그는 복수자의 손에서 안전할 수 있다. 지금이라도 누가 문을 열고 들이닥칠지 알 수 없었다. 그는 다시 한 번 그녀를 감싸 안았다.

축받이가 끼익 소리를 내며 출입문이 회전하는 소리가 들렸다.
"마아가? 안에 있어, 마아가?"
뚱뚱한 여자 특유의 씩씩거리는 숨소리와 함께 목소리가 들렸다.
곧 여자가 들이닥칠 것이다.
도로에서 뜰로 들어오는 문이 하나밖에는 없어서 그녀를 피하지 않고 나가는 방법은 없었다.
그는 눈으로 누군지 물었다.
"쇼발의 아내예요."
억눌린 목소리로 마아가가 대답했다.
"나는 도피성으로 갈 거야. 어떻게 해야 하는지 알고 있지?"
아브라힘은 우리엘의 시체를 펄쩍 뛰어넘어서 창밖을 살폈다. 피 묻은 맷돌을 들어 격자창을 향해 집어던졌다. 그는 등 뒤로 꽂히는 마아가의 시선을 느끼면서 소매로 부서진 창살을 대충 털어내고 창문 밖으로 몸을 내밀었다. 그가 '빵 굽는 자들의 거리'를 빠져나가 내달리고 있을 때 여자의 찢어지는 비명 소리가 울려 퍼졌다.

쇼발이 형의 죽음을 전했을 때 부리엘은 마구간에 있었다.

그는 그곳에서 이방인들과의 전쟁에서 쟁탈해 온 말의 털을 손질해 주고 있었다. 녀석은 윤기가 흐르는 갈색 털에 헤르몬 산의 녹지 않는 눈처럼 흰 갈기가 목덜미를 장식하고 있었다. 부리엘은 녀석의 갈기를 쓰다듬어 주었다.

쇼발은 빵 만드는 자들의 거리에 살면서 고리 모양의 핫초트나 하트 모양의 레이보트 등을 만드는 일을 했는데 그 무엇보다도 자신이 만드는 킥카르처럼 둥글둥글한 얼굴을 하고 있었다. 그는 복무 기간 중에는 부리엘의 직속 부하로 있었다. 달려오느라 그런지 쇼발의 얼굴은 먼지와 땀으로 범벅이 되어 있었다.

"그자는 어디로 간 건가?"

부리엘이 건조한 목소리로 물었다.

"네. 마아가, 아니, 천부장님의 형수이신 분에 따르면 사고였다고 하니, 아마도 도피성으로 달려간 듯합니다."

"자네라면 어느 쪽으로 갔겠는가?"

쇼발은 땀을 훔치며 잠시 생각에 잠겼다.

이스라엘에는 모두 여섯 군데의 도피성이 있었다. 요르단 강 동편에 세 곳, 서편에 세 곳.

"아마도 랍바를 거쳐 헤스본 산을 지나 베셀로 가지 않을까 생각됩니다. 그곳이 가장 가깝다는 이점뿐만 아니라, 욕브하에서 랍바까지만 가면 도피성으로 가는 도로가 제대로 정비되어 있어서 그리 어렵지 않게 갈 수 있기 때문입니다."

부리엘은 고개를 끄덕이며 시종을 불렀다.

"예렛! 군장을 준비해 주게."

안채에서 희미하게 대답하는 소리가 들렸다.

솔질이 멈추자 말이 볼을 비벼댔다. 부리엘은 멈추었던 손을 계속 움직였다. 녀석이 만족스러운 듯 투레질을 했다.

안채에서 예렛이 그의 군장을 준비해 왔다. 부리엘은 예렛이 내미는 대로 몸을 맡기고 군장을 챙겼다. 칼은 허리에 차고 방패는 쇼발이 들게 했다.

부리엘이 말의 귓등을 쓰다듬자 녀석은 더욱더 그에게 몸을 비벼댔다. 그가 슬며시 칼을 꺼낼 때에도 역시 그렇게 하고 있었다. 부리엘은 녀석의 뒤로 돌아가 날카로운 날을 휘둘러 오금줄을 그었다. 잠시 동안 아무런 일도 일어나지 않았다. 하지만 곧 녀석은 중심을 잡지 못하고 땅에 쓰러졌다. 녀석이 일어나려 버둥거렸지만 앞발만을 허우적거릴 뿐 일어나지 못했다. 비통한 울부짖음이 허공을 가르며 울려 퍼졌다.

"예렛, 병거와 함께 태워버리게."

부리엘이 명령하자 예렛이 조용히 몸을 굽혔다.

이스라엘은 율법에 의해 전쟁터에서 쟁탈한 군마는 오금줄을 잘라 다시는 뛰어다니지 못하도록 만들었다. 그것은 그 말이 전쟁에 다시 사용되는 일이 없도록 하기 위해서였다. 그 법은 적들 때문에 만들어진 것이 아니었다. 그것은 오히려 유대인들을 위한 법이었다. 이스라엘이 적들의 군마를 쟁탈하여 강성해져서 자신들이 승리하게 된 원인이 '야'의 뜻이 아니라 자신들의 힘 때문이라고 교만해지는 일이 없도록 하기 위한 것이었다.

부리엘은 그것이 회당에서 온갖 규칙들을 만들어대는 연로자들의 어리석은 법이라고 생각했다. 그것은 살이 잘리고 피가 튀는 전쟁터에 서보지 않은 서기관들이거나 아니면 전쟁터에 있었다고 하더라도 너무 오래전 일이라 기억도 나지 않는, 혹은 어린 시절의 무용담으로만 남은 노인들의 법이었다. 하지만 그는 연로자들의 화를 돋우어 자신의 지위를 위태롭게 할 생각도 없었고, 자신의 소유물에 대해 지나치게 자부심을 느끼지도 않았다. 그리고 무엇보다 오금줄을 끊는 일은 한가함을 잊기에는 그만이었다.

도망자는 부리엘이 쇼발과 함께 집을 떠나는 것을 확인하고 나서야 담장의 그늘진 곳에서 몸을 일으켰다. 누가 우리엘의 '고엘 핫담, 피의 복수자'가 될 것인지는 조금만 생각해 보면 알 수 있는 일이었다. 우리엘의 동생, 이스라엘 군대의 천부장, 오만한 부리엘이었다.

아브라힘은 겉옷으로 최대한 얼굴을 가리면서 담을 넘을 만한 곳이 없는지 살폈다. 5큐빗(약2미터)이나 되는 담장은 좋은 은신처가 되어주기도 했지만 도저히 넘을 수 없는 벽이 되었다.

그는 담장을 빙 돌아 뒷문으로 들어갔다. 이스라엘 대부분의 집은 출입문이 하나밖에는 없었는데 부리엘의 집은 뒷문이 있었다. 회전문을 밀고 들어가자 삐걱하는 소리가 울렸다. 아브라힘은 잠시 귀를 기울였다. 서늘한 공기가 느껴졌다. 집 안에서는 담장 밖의 소란스러움이 거의 들려오지 않았다.

마구간은 안채를 돌아 바깥에 있었다. 흰 갈기를 지닌 말 한 마리가 바닥에 쓰러져 있었다. 아직 버둥거리고 있긴 하지만 흘러내린 피로 인해 서서히 그 움직임도 잦아들어가고 있었다. 그제야 아브라힘은 담장 너머로 들려오던 소리가 무엇인지 깨달을 수 있었다.

부리엘의 시종 예렛이 물로 바닥을 씻어내고 있었다. 예렛이 물을 더 떠오기 위해 자리를 뜨자 재빨리 마구간으로 들어갔다.

살육 장면을 보아서인지 마구간에 매여 있는 일곱 두의 말들은 모두 극도의 흥분 상태 속에서 투레질을 하며 발길질을 하고 있었다. 도저히 말들의 흥분을 진정시켜서 데리고 나갈 수 없다는 생각이 들었다. 마구간 구석에서 짐바리용 나귀 한 마리를 찾아내었을 뿐이었다. 하지만 아브라힘을 태우고 달리기에는 무리가 있었다. 어쩌면 자신의 계획 전체가 모두 어리석은 일처럼 느껴졌다. 그는 결국 '고엘 핫담'의 손을 벗어나지 못할 것이다. 부리엘은 그를 붙잡을 것이고 그는 저 쓰러진 말처럼 비참하게 죽어가게 될 것이다.

아브라힘은 약해지려는 마음을 다잡았다. 지금은 나약한 감상에 젖을 때가 아니라 움직일 때였다.

그는 자신에게 과연 시간이 얼마나 있을 것인지 헤아려 보았다. 그리 많지 않았다.

그때 흥분한 녀석들의 뒤편에서 조용히 여물을 씹고 있는 비루먹은 말 한 마리를 찾아내었다. 그 녀석은 혈기왕성한 놈들이 흥분해서 발광하고 있을 때 그럴 힘도 없는 듯 여물을 우물거리고 있었다. 마치 세상사에 달관한 듯 보였다. 아브라힘은 녀석에게 마구를 대충 걸치고 올라탔다. 그리고 나귀의 고삐를 움켜쥐었다.

그때 누군가가 그의 허리를 쿡 찔렀다.

아브라힘은 전신의 피가 골짜기를 빠져나가는 급류처럼 다리로 빠져 나가는 것을 느꼈다. 모든 것은 실패로 돌아갔다. 그는 부리엘의 손에 죽게 될 것이다. 애초에 이곳으로 오는 것이 아니었다. 그의 복수자인 부리엘의 집에서 필요한 말을 훔쳐 간다는 생각이 언뜻 보기에는 거창하고 대담한 계획인 것 같았지만, 그것은 어리석은 생각이었던 것이다. 이제 그는 그 대가를 치러야만 할 것이다. 그는 천천히 고개를 돌렸다.
예렛이 말없이 물주머니를 내밀었다.
그가 멍하니 내려다보자 예렛이 물주머니를 흔들었다.
아브라힘은 예렛이 내미는 물주머니를 받아들고 안장에 묶었다. 그리고 가볍게 고개를 끄덕였다.
예렛은 손사래를 치더니, 핏자국을 씻어내는 일을 계속했다.
아브라힘은 나귀의 고삐를 채면서 부리엘의 집을 빠져나왔다.

우리엘의 집 안으로 들어가면서 부리엘은 그가 늘 맡아왔던 익숙한 냄새를 맡았다. 그것은 피 냄새, 그리고 그 피가 굳어가면서 느낄 수 있는 비릿한 냄새였다. 물론 전장에서는 더 많은 피가 흘러넘쳤지만 때로는 그것을 맡을 수 없었다. 수십, 수백의 피에 젖다보면 나중에는 피 냄새 따윈 느끼지도 못하게 되는 것이다. 오히려 따뜻한 오후의 햇살이 몰려들고 있는 형의 집에서 우리엘의 피 냄새는 이질적인 무엇인가를 형성하고 있었다. 부리엘은 형의 피가 복수를 호소하고 있다고 생각했다. 의로운 자 아벨의 피가 형 카인에 의해 땅에 흩뿌려졌을 때 그의 피가 호소했던 것처럼.
부리엘은 형의 시체 옆에 무릎을 꿇었다.
시체는 그가 전장에서 늘 보던 시신들과 다름이 없었다. 누워 있는 사람이 형이라는 것만 빼면. 형의 얼굴은 말발굽에 짓밟힌 것처럼 어그러져 있었다. 처음 전장에 나갔을 때에야 죽은 시체를 보고 토악질도 하고 헛구역질도 했지만, 지금은 그렇지 않았다. 한차례의 전투가 끝난 자리에서 빵을 뜯어먹기도 하고 많은 적을 죽인 것을 축하하며 양고기를 구워 먹기도 했다.

부리엘은 형수를 찾았다.

그녀는 자신의 방 침대에 걸터앉아 있었다.

"정말 사고였소?"

침대를 막고 있는 얇은 베일을 걷어내며 부리엘이 물었다.

마아가가 고개를 끄덕였다.

"형님이 국경 수비를 마치고 돌아온 아브라힘을 불렀어요. 그리고 함께 식사를 하기 위해서 탁자에 앉았는데 선반이 기울어지면서 맷돌이 떨어진 거예요. 그리고 그만……."

부리엘은 침대 위의 나무 상자를 들여다보았다. 안에는 블레셋과의 전투에서 승리한 전리품 가운데 고르고 골라 그가 선물한 팔찌, 가슴대, 귀고리, 머리띠, 장식품들이 들어 있었다. 형수는 이교도 여자들의 화려한 장신구는 정숙한 이스라엘 여인에게 어울리지 않는다며 그의 선물을 단 한 번도 사용하지 않았다.

"최근에 형님은 성전 문 앞의 연로자들을 찾아가려고 했소. 혹시 그것에 대해 아는 일이 있소?"

"없어요."

부리엘은 물끄러미 마아가를 내려다보았다.

달처럼 밝은 이마, 부드럽게 호를 그린 숱 많은 눈썹. 한 번도 손질하는 것을 보지 못했지만 그녀의 눈썹은 늘 완벽한 선을 그리고 있었다. 오늘은 그 눈썹이 살짝 찌푸려져 있었다.

"야밤.'"

부리엘이 마아가의 귀에 찰랑이는 귀고리 하나를 대어보면서 말했다.

야밤은 다른 말로 시숙 결혼인데, 죽은 형제가 가계를 이을 자손이 없이 사망했을 경우 형제 가운데 하나가 아들이 없는 과부와 결혼해야만 했다. 그렇게 얻은 맏아들은 죽은 형제의 이름을 이어서 형제의 가계가 지워지지 않게 해야만 했다. 그 의무를 받아들이지 않는 것은 수치스러운 일이었다.

마아가의 얼굴에 경멸의 표정이 스치고 지나갔다.

"당신은 지금 이 순간 그런 말이 나오나요? 아직 형님의 피가 채 마르지도 않았는데."

"놈은 곧 피의 대가를 치러야 할 거요."

"도련님에게는 미안하지만 시숙 결혼은 할 수 없어요. 전 형님의 아이를 가지고 있거든요."

부리엘의 얼굴이 일그러졌다.

"정말인가?"

마아가는 대답 대신 자신의 아랫배를 쓰다듬었다.

부리엘은 입술 아래로 내려온 자신의 수염을 잘근잘근 씹었다. 그는 여자의 표정이 마음에 들지 않았다. 더러운 오물을 뒤집어쓴 느낌이었다. 그는 여자의 얼굴에서 저 오만한 표정을 지워버리고 싶었다.

"그것 참, 다행인 일이로군. 형의 이름이 지워지지 않게 되었다니. 그럼 나는 고엘 핫담의 의무를 수행하러 가야겠소. 아마 쇼발이 준비를 마쳤을 것이오."

"모든 것이 '야'의 뜻대로 되길 빌어요."

마아가가 차갑게 말했다.

부리엘이 침대에서 나가면서 말했다.

"아, 참. 조심하시오, 형수. 요즘 어떤 여자들이 부주의하게 침대에서 굴러 떨어지거나 다른 사람의 싸움에 휘말렸다가 아이를 잃는 경우가 종종 있다고 하더군요. 그런 일이 일어나지 않도록 아주, 아주 조심하시오."

마아가의 표정이 차갑게 굳었다.

부리엘은 마아가에게 조만간 그런 일이 있을지도 모른다는 강한 확신이 들었다.

해가 지고 있었다. 아브라힘은 계속 말을 달렸다. 문제는 나귀 때문에 제대로 속도를 낼 수 없다는 것이었다. 그는 랍바로 내려가는 주도로에 도착하자 먼저 말에서 내려 자신의 짐을 나귀로 옮겼다. 그리고 자신의 여벌옷을 벗어서 주변에 있는 돌덩이를 단단히 감싸서 말의 등에 옮겼다. 이것으로 얼마나 시간을 벌 수 있을지 알 수는 없지만 아주 잠깐이라도 좋았다. 그는 그 잠깐이 생사를 가를 수도 있다는 것을 경험으로 알고 있었다.

준비를 마치자 말의 궁둥이를 때려서 엘르알레와 헤스본 방향으로 달려가도록 했다. 그리고 자신은 나귀의 고삐를 잡고 라못-길르앗으로 향했다. 정비된 도로로 가기 보다는 광야로 가는 방향을 택했다.

해가 졌다.

광야는 사람을 고독하게 만든다.

그는 부지런히 그리고 꾸준히 걸음을 옮겼다. 때로는 나귀의 등에 타기도 했고 때로는 고삐를 잡고 함께 걷기도 했다. 사위가 조용했다. 가끔 간간이 들리는 이리와 승냥이의 울음소리 정도가 고작이었다.

별이 떠올랐다.

점점 더 추위가 몰려왔다.

아브라힘은 잠자리를 찾아 주위를 두리번거렸지만 마땅한 곳이 눈에 띄지 않았다.

그는 자신이 준비한 모든 옷을 몸에 걸쳤다. 그리고 나귀의 짐을 적당히 덜어내 자신이 짊어졌다. 그렇게 움직이자 몸에서 조금 땀이 나기 시작했다. 하지만 지나치게 땀이 나면 체온을 모두 빼앗길 수 있기 때문에 조심해야 했다. 그렇게 얼마를 더 걸었을까, 항아리 모양의 오목하게 들어간 곳을 발견했다. 위에서는 아래를 내려다 볼 수 있지만 밑에서는 잘 보이지 않는 지형이었다.

그는 바위를 벽 삼아 앞에 불을 피우고 모로 누워 하늘을 바라보았다. 벽에 반사된 열기가 그의 굳은 몸을 풀어주었다. 어느새 하늘은 흐릿해졌고 별들도 사라지고 없었다. 그는 승냥이의 울음소리를 들으며 잠이 들었다.

부리엘은 허탈한 웃음을 지었다.

그의 눈앞에는 겉옷에 싸인 돌덩이를 짊어지고 있는 말이 한가롭게 풀을 뜯고 있었다. 랍바 도로에서 벗어난 메바앗 산이었다.

부리엘과 그 일행이 아브라힘의 흔적을 발견한 것은 랍바 근처였다. 그들은 당연히 베셀 도피성으로 향하는 곳으로 방향을 돌렸고 마침내 아벨-그라밈 근처에서 흔적을 발견할 수 있었다. 왜 주도로를 벗어나 그곳으로 향했는지는 의문이 갔지만 아마도 그들의 추적을 뿌리치기 위해서 수작을 부리는 것일 것이라고 추측했다.

부리엘은 놈의 겉옷을 챙겨 넣고 명령했다.

"메소밥, 자네는 북기, 요글리와 함께 헤스본을 거쳐 베셀에 가서 진을 치고 있게. 놈을 만나면 생포해서 내게 데려와."

메소밥이 그의 명령을 듣자 신속하게 달려갔다. 메소밥은 군복무가 없는 시기에는 도기를 만드는 사람이었는데, 신중해서 믿을 수 있었다.

"그리고 쇼발, 밉할, 하구바. 자네들은 나를 따라 가세. 오늘은 더 이상 놈의 흔적을 찾는 것이 힘이 들 테니 여기서 노숙을 하고 '해가 비치자마자' 떠나세."

부리엘은 몸속의 내달리는 흥분을 느꼈다. 사냥감이 교활하면 교활할수록 도전은 더 커지고 사냥의 흥분이 살아나는 법이 아니던가. 그는 입맛을 다시며 이 사냥이 좀 더 길어지기를 바랐다. 아무래도 이번 사냥감을 쫓기 위해서는 본격적인 준비가 필요할 것 같았다.

아브라힘은 눈을 가늘게 뜨고 앞을 바라보았다.

멀리 미스바의 성곽이 보였다.

그는 거의 다 비어버린 물통을 기울여 입 안을 헹구어 냈다.

미스바는 변한 것이 없었다. 일명 파수꾼의 도시라고 알려진 이곳은 거친 모래 바람 속에서 굳건하게 서 있었다. 그는 공동 샘물에서 나귀에게 물을 먹이고, 자신의 수통도 채웠다. 그리고 저잣거리에서 킥카르와 매운 향신료 몇 가지를 구입했다. 대부분의 주민들은 도피성으로 달려가는 살인자에 대해서 호의적이었다. 언제라도 자신 역시 고의가 아닌 살인을 저지를 수 있기 때문이었다. 하지만 조심해서 나쁠 것은 없다. 그는 서둘러 자신의 일을 마치고 성문으로 향했다.

성문 앞에서는 나이 지긋한 '자켄'들이 재판을 진행하고 있었다. 그들은 탁자 앞에서 저울을 속인 한 상인에 대한 판결과 어려운 형제에게 비싼 이자를 받은 한 여자에 대한 판결을 진행하고 있었다. 아이들을 비롯한 노인들과 남자들, 여인들이 그들을 둘러싸고 구경하고 있었다. 미스바의 대부분의 주민이 모두 모인 것 같았다. 아브라힘은 그들 가운데서 묘한 기대감과 흥분을 느낄 수 있었다. 그것은 젊은 남자와 여자의 차례가 되자 극에 달했다. 아브라힘은 나귀의 고삐를 움켜쥐고 자신도 모르게 인파에 섞였다.

매의 부리처럼 날카로운 코를 가진 노인이 젊은 남자에게 물었다.

"오말, 정녕 그대의 아내가 자네가 아닌 다른 남자와 간음하였는가?"

오말은 비통한 표정으로 말했다.

"그렇습니다. 아내는 처녀가 아니었습니다."

군중들 가운데서 가벼운 소란이 일었다.

"그대의 증언을 입증할 두 명의 증인이 있는가?"
"오홀리압과 하셈입니다."
이어서 남편 또래로 보이는 두 명의 증인이 여자의 부정에 대해서 증언했다. 그들은 여자가 결혼하기 전에 그곳에 머문 이방인 남자와 친밀하게 지내는 것을 목격했다고 말했다. 아브라힘이 보기에도 그것은 무엇보다도 명백해 보였다. 여자는 두꺼운 베일로도 가릴 수 없을 정도로 오들오들 떨고 있었고 아랫배는 임신이라는 사실을 알 수 있을 정도로 불룩해 보였다.
"미리암, 오말과 결혼하기 전 다른 남자와 정을 통하였는가?"
미리암은 대답하지 않았다. 그저 깊숙이 고개를 내리 숙인 채 덜덜 떨고 있을 뿐이었다.
주재자는 다른 연로자들을 불러내어 작은 목소리로 숙의를 거듭했다.
간음한 여자에게 주어지는 형벌이 무엇인지 잘 알고 있는 아브라힘은 마음을 졸인 채 자켄의 입술을 바라보았다. 자신도 모르게 마른침이 넘어가 기침을 토해냈다. 군중이 그에게 힐난의 눈빛을 보냈다.
마침내 매부리코 연로자의 입술이 열렸다.
"미리암, 그대는 오말과 정혼한 상태였음에도 불구하고 다른 남자와 관계를 가졌고, 그 이후에도 그 사실을 숨기려고 노력하였다. 이에 연로자의 회는 사형을 명한다. 오홀리압, 하셈. 시작하게."
오홀리압과 하셈은 땅에 떨어진 주먹만 한 돌멩이를 집어 들었다.

그들이 돌을 들기는 하였지만 서로의 얼굴을 바라보며 머뭇거리고 있자 노인이 단호한 목소리로 말했다.

"죄를 지은 자를 돌로 침에 있어서는 증인들이 먼저 손을 대어야 함을 잊었는가? 시작하게."

노인의 카랑한 목소리가 신호가 된 것인지 오홀리압의 팔이 뒤로 젖혀졌다가 앞으로 튕겨나갔다. 그의 손에서 날아간 돌은 여인의 어깨를 강타했다. 여자가 외마디 비명을 질렀다. 하셈 역시 잠시 머뭇거렸지만 노인의 날카로운 눈빛을 받고 돌을 날렸다. 날카로운 소리와 함께 날아간 돌은 여인의 아랫배를 가격했다. 여자는 필사적으로 아랫배를 감싸고 있었다. 여자의 몸이 반으로 접혀졌다. 그리고 연로자들 주변의 사람들이 하나둘씩 땅에서 돌을 주워들었다. 그리고 돌 세례가 이어졌다. 한동안 여인은 입술을 앙다물고 자신에게 날아오는 돌팔매를 견뎌냈다. 그러다가 누군가가 던진 돌이 여자의 이마를 찢고 지나갔다. 여자의 얼굴이 일그러졌다. 처참한 여자의 얼굴 위로 붉은 피가 흘러내렸다. 피를 보자 흥분한 군중들은 점점 더 세게, 더 강하게, 더 힘차게 돌을 던졌다. 여자는 얼마 버티지 못했다.

쓰러진 여자에게 돌무더기가 날아들었다.

아브라힘은 서둘러 그 자리를 벗어나고 싶었지만 다리가 땅에 못이 박힌 듯 움직이지 않았다.

한 어린아이가 그의 손을 잡고 흔들었다. 아브라힘이 내려다보자 소년은 천진하게 웃으며 돌을 쥐어주었다.

아브라힘은 돌을 떨어뜨리고 성문 쪽으로 달음질쳤다.

어느새 그에게 친밀해진 나귀가 그 뒤를 터벅거리며 쫓았다.

소년이 의아한 듯 그의 등을 바라보았다.

"잘 모르는 아저씨였어요. 나귀 한 마리하고 황급히 성문을 빠져나갔어요."
소년이 말했다.
부리엘은 소년에게 반 세겔을 삯으로 주었다.
"꼬마야, 여기에 사냥개를 파는 곳이 있느냐?"
"사냥개요?"
"그래."
"알긴 아는데 잘 기억이 안나요."
소년은 반 세겔이 올라 앉아 있는 손바닥을 내밀고 있었다.
부리엘은 혀를 차며 반 세겔을 더 얹었다.
"따라오세요."
부리엘은 소년을 따라서 골목길로 들어갔다.
"아빠! 손님 모시고 왔어요."

광야의 거친 바람이 불어왔다.
매캐한 흙먼지가 입 안으로 들어왔다. 그는 소매로 입을 가렸다. 하지만 입 안의 텁텁한 느낌은 가시지 않았다.
그의 시선이 닿는 곳에 잿빛을 띤 물줄기가 보였다. 실삼나무 숲을 치마처럼 두른 얍복 급류 골짜기였다. 얍복 급류 골짜기는 길르앗 방향으로 건너가는 직선 통로였다. 평소라면 돌아가는 길을 택했을지 모르지만 그에게는 선택의 여지가 많지 않았다.
그는 나귀가 물을 먹도록 내버려두고 자신도 손으로 물을 떠서 마셨다. 이상하게 비릿한 피 맛이 느껴졌다. 아무리 입 안을 헹구어도 그 느낌은 가시지 않았다.

그는 입 안에 있는 물을 뱉고 건널 만한 '와디' 즉 골짜기 여울목이 있는지 살펴보았다.

물살이 잔잔한 곳은 없었다.

아브라힘은 소매로 입을 훔치고 나귀의 고삐를 단단히 틀어쥐고, 풀리지 않도록 매듭을 묶었다.

그가 와디 안으로 들어가자 압만에서부터 내려온 차가운 물살이 그를 덮쳤다. 순간적으로 숨이 턱하고 막혀왔다. 나귀가 와디로 들어오지 않으려고 버둥댔다. 그가 고삐를 당기자 마지못해 물 속으로 들어왔다. 와디는 제법 깊어서 그의 허리까지 차올랐다. 어느새 나귀는 그의 옆에서 유유히 헤엄치고 있었다. 덕분에 아브라힘도 움직이기가 한결 수월해졌다. 차가운 물살을 헤치며 와디를 절반 정도 건넜을 무렵 대기를 찢는 날카로운 소음이 귓전을 스쳤다.

부리엘이 강기슭에서 활을 겨누고 있었다.

아브라힘은 양팔을 휘저어 급류를 헤치며 나아갔다.

발끝에 힘을 주었지만 빈 곳만이 디뎌졌다.

다시 공기를 찢어발기는 소리와 함께 화살이 날아들었다.

화살이 그의 얼굴을 스치고 지나갔다.

어떻게 이렇게 쉽게 찾았는지 이해할 수 없었다. 그때 시커먼 개들이 컹컹거리면서 짖는 소리가 들려왔다. 그는 그제야 자신의 종적이 이토록 쉽게 노출된 이유를 이해할 수 있었다.

갑자기 나귀의 고삐를 쥔 손이 휙 하고 딸려갔다. 강기슭에서 날린 화살 하나가 나귀의 엉덩이에 박혀 있었다. 녀석은 고통스러운 비명을 지르며 발버둥쳤다. 녀석의 움직임 때문에 아브라힘 역시 물속으로 곤두박질쳤다. 차가운 급류의 물이 입 안으로 마구 밀려들었다. 순간 가슴에 둔탁한 통증이 느껴졌다. 아마도 녀석의 발길질에 채인 듯했다. 아브라힘은 녀석을 놓아 주려고 버둥댔지만, 아까 강을 건너기 전에 단단히 매어둔 매듭이 문제였다. 폐는 고통스럽게 공기를 찾아 퍼덕거렸다. 아브라힘은 필사적으로 발을 버둥거렸지만 아무런 디딤돌도 없었다. 바닥을 찼다고 생각한 순간, 머리에 빛이 번쩍이면서 정신을 잃었다.

부리엘은 놈이 물속으로 빨려 들어가는 것을 보았다.
다시 놈이 떠오르면 녀석의 목줄을 향해 날리려고 시위를 재고 있었지만, 녀석은 나타나지 않았다.
궁둥이에 화살이 꽂힌 나귀만이 필사적으로 버둥거리고 있었다. 하지만 곧 그마저도 거센 급류의 물살에 의해 쏜살같이 사라져 갔다.
"쇼발. 이 급류를 건너려면 어디로 가야 하나?"
부리엘이 물었다.
"위쪽 게라사로 가는 길목에 있는 여울목이 비교적 건너기 쉽습니다. 지금은 물살이 거세서 이곳 하류에서는 건너기 힘듭니다."
"좋아. 가자."
그들은 말을 달려 위쪽으로 향했다.
곧 녀석의 숨통을 끊어 놓을 수 있을 것이다.

아브라힘은 욱신거리는 몸을 간신히 일으켰다.

아무래도 나귀의 발길질에 갈비뼈를 다친 것 같았다. 머리가 지끈거렸다. 누군가가 망치를 들고 계속 두들기고 있는 것 같았다. 나귀 녀석이 물을 빠져 나오면서 그 역시도 뭍에 올라올 수 있었던 것 같았다. 손에는 고삐 줄만이 남아 있었다.

그는 주변을 살폈다.

아직 저녁 어스름이 내리지 않은 것을 보니 정신을 잃고 그렇게 많은 시간이 흐르지는 않은 것 같았다. 하지만 더 이상 지체할 수는 없었다. 언제라도 부리엘의 무리가 그를 쫓아올지 알 수 없었다. 더군다나 그들에게는 사냥개들이 있었다. 그들에게 그의 흔적을 찾게 하는 것은 아무 일도 아닐 터였다.

아브라힘은 자신의 몸 상태를 살펴보았다. 움직인다는 것은 무리가 있었다. 허리춤을 뒤졌다. 다행히 미스바에서 산 몇 가지 물건은 그대로 있었다.

그는 자신의 겉옷을 벗어서 계피, 라브다넘, 소합향, 고춧가루 등의 몇 가지 향신료를 뿌려서 바위틈에 감추어 두었다. 그리고 울창한 실삼나무가 있는 곳으로 들어갔다. 멀리서 개가 컹컹거리며 짖는 소리가 들리기 시작했다. 그는 필사적으로 자신의 몸을 충분히 가릴만한 나무를 찾았다. 어떤 실삼나무는 높이가 80큐빗(약36미터)이 넘는 것도 있었다. 적당한 녀석을 발견하자 그는 나무를 오르기 시작했다. 그는 어렸을 때부터 나무에 오르는 일에는 자신이 있었다. 하지만 첫 번째 가지를 잡기도 전에 갈비뼈를 창으로 찌르는 통증이 느껴졌다. 그것은 마치 번개처럼 그의 온몸을 관통하고 지나갔다. 그는 잇새로 터져 나오려는 신음소리를 간신히 삼키고 다시 나무에 오르는 것에 집중했다. 다시 펄쩍 뛰어서 나무에 붙으려 노력했지만 실패였다.

놈들이 짖는 소리가 메마른 허공에 울려 퍼졌다.

그는 필사적으로 자신이 나무를 오르는데 도움이 될 만한 것을 찾았다. 얍복 골짜기 급류 옆에 부러진 가지가 있는 것이 보였다. 대략 6큐빗(2~3미터) 정도는 되어 보였고 가늘긴 했지만 그의 몸을 지탱할 수 있어보였다.

그는 구르듯 달려가 그 나무를 어깨에 둘러메었다. 바닥에 끌린 자국이 있으면 의심을 살 수도 있다. 나뭇가지를 자신이 올라가고자 하는 나무에 비스듬히 걸쳐 놓았다. 그는 밑에서부터 튀어나온 가지를 밟고 사다리를 오르듯 한단씩 올라갔다. 첫 번째 가지에 간신히 몸을 올릴 수 있었다. 그는 힘을 주어서 자신이 올라온 나무 가지를 끌어올렸다. 비스듬히 걸쳐놓는다면 의심을 사게 될 것이고, 던져버리면 소리가 날 것이다. 개들이 짖는 소리는 점점 더 가까워지고 있었다.

그는 자신이 가지고 온 나뭇가지를 실삼나무 가지에 겹쳐놓고 우둘투둘한 줄기를 잡고 나무를 올랐다. 밑의 가지들이 충분히 몸을 가려주어서 그의 모습이 보이지 않아야 한다. 아마도 해가 지고 있는 것이 그에게 도움이 되어줄 것이다. 머리에 심장이 하나 더 들어 있는 듯 계속해서 쿵쾅거렸다. 그에게 제발 휴식을 취하고 자신을 돌보아 달라고 호소하고 있었다.

아브라힘은 그 소리를 무시하며 계속 나무를 올랐다.

그가 나무에 올라서 자신의 몸을 보이지 않도록 최대한 감추었을 때 부리엘이 나타났다. 쇼발의 손에는 거품을 물고 있는 개들이 목줄에 감겨 있었고, 밉할과 하구바는 횃불을 들고 있었다. 개들이 킁킁거리면서 냄새를 맡았다.

놈들이 그가 있는 나무쪽으로 다가오고 있었다. 아무리 세심하게 숨었다고 하더라도 그리고 어둠이 내리기 시작했다고 하더라도 주의 깊이 올려다보면 그가 보일 것이다. 아브라힘은 가슴을 졸이며 그들이 지나가길 빌었다. 어느새 이마의 욱신거림조차도 느껴지지 않았다. 한기가 돌고 있었는데도 땀방울이 솟았다.

녀석들이 그가 올라앉은 나무 아래에서 컹컹거리며 짖었다.

밉할과 하구바가 횃불을 쳐들었다.

아브라힘은 횃불을 내려다보며 몸을 줄기에 더욱더 밀착시켰다. 낡은 옷이 녹색 잎들과 황갈색 구과의 색깔과 동화되기를, 그리고 자신이 충분한 높이로 올라온 것이기를 빌었다.

땀방울이 등을 타고 흘러내렸다.

다리 사이로 무엇인가가 스멀거리며 기어 올라왔다.

당장이라도 털어내고 싶었지만 움직이면 소리가 날 것이다. 곧이어 따끔거리는 감각과 함께 가려움이 찾아 들었다.

도저히 참을 수 없다고 느낄 때 사냥개들이 좀 더 강한 냄새를 맡은 듯 바위 무덤 속으로 달려갔다. 잠시 뒤 녀석들의 재채기 소리가 울려 퍼졌다. 개들이 날카롭게 짖으며 우왕좌왕하기 시작했다. 부리엘의 욕지거리가 들려왔다. 부리엘은 손에 들고 있던 아브라힘의 겉옷을 다시 개들에게 맡게 했다. 하지만 녀석들은 더 이상 쓸모가 없었다. 부리엘은 칼을 뽑아서 녀석들을 베어버렸다.

아브라힘은 그들이 사라지자 미친 듯이 다리를 긁어댔다. 가려움이 가시자 가슴을 줄기에 돌려 묶었다. 등에 거친 줄기가 박혔지만 아무래도 오늘밤은 나무 위에서 자는 것이 안전할 것 같았다. 단단히 묶고 매듭을 짓자 그런대로 떨어지지 않고 잠들 수 있을 것 같았다. 허리춤을 뒤져 킥카르를 꺼내었다. 둥근 빵의 형체는 하나도 남아 있지 않은 채 물에 젖어 곤죽이 되어 있었다. 그는 묽은 죽으로 변한 킥카르를 베어 물었다. 물고 씹고 할 것도 없었다. 그것은 그저 죽처럼 넘어갔다. 손가락에 묻은 킥카르까지 샅샅이 핥아 먹었다. 그제야 자신이 얼마나 허기지고 굶주렸는지 깨달을 수 있었다. 한 모금의 시원한 샘물을 갈망하며 하늘을 올려다보았다. 그는 둥근 잔가지 사이로 하늘을 보았다. 별들이 안온한 빛을 뿌리고 있었다.

혼몽 중에 다리에 쥐가 나서 잠을 깨었다.

그는 나귀를 매었던 줄을 풀어서 자신이 걸터앉은 나뭇가지에 한 바퀴 돌린 다음 등자처럼 고리를 만들어 아래로 내렸다. 고리 속으로 발을 집어넣자 한결 편해졌다.

아브라힘은 돌무화과를 찌르던 때를 떠올렸다. 돌무화과는 무화과나무보다 열매도 작고 질도 떨어지지만 못이나 날카로운 것으로 찔러주면 당도도 높아지고 세 배나 다섯 배까지 크게 자랐다. 돌무화과를 찌르는 일은 가난한 집안의 아이들에게 주어진 일이었다. 그의 집은 아주 가난하였고, 그의 아버지는 빚을 갚기 위해 7년 동안 노역을 하고 안식년이 되었을 때 간신히 풀려났다. 그의 어머니는 이웃의 밭에서 떨어진 이삭을 주워서 연명하고 있었다. 그는 키가 돌무화과 열매에 닿을 수 있을 정도로 자랐을 때부터 돌무화과 찌르는 일을 했다. 그것은 그가 그나마 가족에게 도움이 될 수 있는 유일한 방법이었다. 하지만 그곳에서 마아가를 만난 이후로 그것은 그렇게 지겨운 일만은 아니었다.

마아가의 머리 냄새를 생각했다. 그녀의 머리에서 나던 향기가 박하향이었는지 아니면 백향목 냄새였는지 잘 기억이 나지 않았다. 그는 손을 펴서 그녀가 물었던 손가락을 핥았다. 그녀의 선명한 이빨 자국이 느껴졌다. 그는 자신의 혀에 남겨진 그녀의 이빨 자국을 떠올렸다. 희미한 미소를 지으며 그는 잠이 들었다.

아브라힘은 추위에 떨며 온몸을 버둥거렸다. 하지만 그를 결박한 줄은 풀리지 않았다. 오히려 그것은 더욱더 강하게 그의 몸을 죄어들어왔다.

그는 블레셋의 사람들에게 포로로 잡혀 있었다. 온몸이 결박당한 채 묶여 있어서 아무리 버둥거려도 풀리지 않았다. 오히려 밧줄은 물이라도 먹인 것처럼 더욱더 죄어들어왔다. 그는 다른 포로들이 지르는 고통스러운 비명 소리를 듣지 않기 위해 귀를 막고 싶었지만 팔과 손이 결박되어 있어 그렇게 할 수 없었다.

블레셋 인들은 포로들의 눈을 빼고 혀를 뽑았다. 서로의 원한이 끊이지 않았다. 그들에게는 이스라엘 사람들이 자신들의 땅을 침략한 자들이었고, 이스라엘에서 보기에는 자신의 아이를 이교 신들에게 바치는 불경한 자들이었다. 세대를 이어온 싸움이 계속되고 있었다.

한쪽에서는 고통에 찬 비명이 하늘을 울렸고, 다른 쪽에서는 원한에 찬 외침이 끝을 모르고 계속되었다.

그날 밤, 숨겨두었던 칼로 결박을 끊고 포로 몇과 함께 필사의 탈출을 감행했다. 다가오는 추적을 피해 산과 바위로만 걸었고,

체력이 떨어진 약한 자들이나, 부상을 입은 자들이 하나 둘씩 낙오되어 갈 때에도 계속 움직였다. 낮이면 광야의 동굴에 숨고, 밤이면 고통스러운 행군을 계속했다. 마침내 그가 고향으로 돌아왔을 때, 그에게는 아무것도 남아 있지 않았다.

아브라힘은 혼신의 힘을 다해서 버둥거렸다. 새벽이었다. 강에서 피어오른 눅눅한 한기가 온몸을 감싸고 있었다. 이마를 더듬었다. 혹은 좀 가라앉았지만 아직 뜨끈한 열기가 느껴졌다. 줄기에 묶었던 끈을 풀고 뻑뻑한 관절을 움직여 보았다. 고정된 자세로 잠을 잔 탓인지 다리를 움직이기가 쉽지 않았다. 움직일 때마다 갈비뼈가 서로 맞추어지면서 신음이 새어나왔다.

그는 끈을 풀어 소중히 갈무리한 다음 나무를 기어 내려왔다. 올라갈 때와는 다르게 내려오는 것은 그렇게 어렵지 않았다.

그는 주변에 있는 적당한 나무의 가지를 쳐내고 지팡이로 삼았다. 라못 길르앗으로 가는 주도로를 피하고 광야와 산길로만 움직였다. 많이 걷다보니 요령이 생겨서 산으로 올라갈 때는 지팡이를 짧게 잡고 내려올 때는 길게 잡았다. 머리가 욱신거리고 갈비뼈에 통증이 일었다. 하지만 그는 끊임없이 북쪽을 향해 나아갔다. 어서 움직여야 한다는 생각뿐이었다. 주변의 풍경은 마음에 두지 않았다. 그의 옆으로 해가 지고, 다시 해가 떠올랐다. 햇볕이 너무 뜨거울 때는 바위 그늘에서 쉬고 좀 선선해 졌을 때에 움직였다. 메마른 바람이 입 안으로 들어왔다. 입술이 갈라지고 발에 물집이 잡혔다. 땀은 나지 않았지만 몸속의 수분이 점점 고갈되고 있다는 것을 느낄 수 있었다. 하지만 요르단 강 쪽으로 나아갈 엄두는 나지 않았다. 그저 움직일 뿐이었다. 갈라진 입술에서 비릿한 맛이 느껴졌다. 이윽고 그것마저도 느낄 수 없었다. 다리가 점점 무거워졌다. 이제는 더운지 시원한지도 알 수 없었다. 제대로 가고 있는지 다시 뒤로 돌아가고 있는지 알 수 없었다. 점점 체력이 바닥이 났다. 언제부터인가 암갈색 날개를 가진 물수리 한 놈이 그의 머리 위를 배회하고 있었다.

끓어오르는 지염의 아지랑이 속에서 마아가의 모습이 보였다.

"마아가, 당신은 이곳에 있으면 안 돼."

허옇게 갈라진 입술로 중얼거렸다.

아브라힘은 무엇인가 축축한 것이 입술을 핥는 것을 느끼며 정신을 잃었다.

부리엘은 붉은 바위 뒤에서 라못-길르앗 성을 노려보았다.

여섯 도피성 중 하나인 라못-길르앗은 말발굽을 세워 놓은 것 같은 ∩형의 성문 뒤로 네모난 상자를 어지럽게 쌓아 놓은 모양을 하고 있었다. 도피자들이 모두 성 안에서만 생활하는 것은 아니었다. 그들은 성 바깥 1000큐빗(약500미터)까지는 자유롭게 움직일 수 있었다. 하지만 그 경계를 벗어나면 피의 복수자의 손에 죽임을 당하더라도 그것은 정당한 일이 될 것이었다.

어차피 녀석이 질 수밖에 없는 상황이었다. 놈이 갈 곳은 정해져 있었다. 요르단 강을 건너서 세겜으로 가거나 라못-길르앗 성으로 가는 수밖에는 없었다. 개들의 후각이 모두 망가져서 녀석의 종적을 찾는 일에 실패했기 때문에 선택의 여지가 많지 않았다. 하지만 부리엘은 틀림없이 녀석이 이곳으로 온다는 확신이 있었다.

녀석은 결코 살아서 성 안으로 들어가지 못할 것이다.
부리엘은 자신의 활을 날카롭게 죄면서 도피성으로 가는 마지막 길목을 노려보고 있었다.

아브라함이 눈을 뜨자 나귀 녀석이 내려다보고 있었다. 그는 쓴웃음을 지으며 몸을 일으켰다. 머리가 쿵쾅거리면서 울렸다. 그는 서늘한 바위 그늘 아래 누워 있었고 해가 서서히 지면서 선선한 바람이 불었다.
그는 모든 것을 포기하고 싶었지만 억지로 몸을 일으켰다.
나귀 녀석의 엉덩이에는 아직도 부리엘이 날린 화살이 박혀 있었다. 아브라함은 녀석의 엉덩이에서 화살을 뽑아내었다. 녀석이 고통에 몸부림쳤다.
그는 나귀의 등에 겉옷을 얹고 그 위에 올라탔다. 자꾸 흐릿해지는 시야를 걷어내기 위해서 머리를 흔들었다. 머리 속에서 자갈들이 마구 굴러다니는 것 같았다. 미끄러지는 몸을 추스르며 나귀의 고삐를 잡았다. 녀석이 터벅거리며 움직였다.
드디어 라못-길르앗 성이 보였다. 저녁 무렵이라 한 두 줄기의 연기가 붉은 하늘을 가로질러 올라가고 있었다.
성으로 가는 길가에 포도주 색 터번을 한 노인이 마지막 햇살이라도 즐기려는 듯 앉아 있었다. 그는 나귀를 움직여 노인을 향해 다가갔다. 그는 노인과 5큐빗(약2미터) 정도 떨어진 곳에 나귀를 세우고 바닥에 내렸다.
"젊은이. 여긴 도피성일세. 이곳으로 들어올 이유가 있으신가?"
아브라함은 고개를 끄덕였다.

"그럼 어서 들어오게. 참, 얼마 전 좋은 소식을 들었다네. 아는 사람이 이번 축제에 예루살렘에 갔는데 대제사장 사독이 골골하다더구먼. 얼마 살지 못할 듯싶어. 자네는 그야말로 거저먹는 게지."

"어르신은 그곳으로 들어가신 지 얼마나 되셨습니까?"

아브라힘이 물었다.

"오늘이 17년 하고도 40일째 되는 날이라네. 어서 건너오게. 우선 상처부터 치료하고 연로자들에게 가야겠어."

아브라힘은 순간적으로 망설였다.

아무리 대제사장이 죽을 때가 되었다고 하더라도 지금 이 선을 넘어서면 다시 넘어오지 못할 것 같았다.

노인이 손을 내밀었다.

"어서 건너오라니까."

아브라힘은 자신이 남겨둔 서너 걸음을 쉽사리 떼어 놓을 수 없었다. 아브라힘은 나귀의 엉덩이를 쳐서 광야로 달려가게 쫓아버렸다. 녀석은 한 참을 머뭇거리더니 그가 지팡이를 들고 위협적으로 휘두르고 나서야 광야로 떠났다. 이윽고 그는 서서히 걸음을 떼었다.

한 순간, 그 한걸음이 마치 심장이 창으로 꿰뚫리는 것처럼 힘들어졌다…….

아브라힘은 자신의 가슴을 뚫고 삐죽이 튀어 나온 화살촉을 내려다보았다.

아무런 통증도 느껴지지 않았다.

그리고 앞으로 쓰러졌다.

입에서 피거품이 나왔다. 마른 흙먼지가 피거품과 함께 섞였다.

아브라힘은 몸을 일으켜 팔꿈치로 기었다.

건너편에서 노인이 손을 내밀고 그에게 재촉하고 있었다.

다시 등에 끔찍한 통증이 느껴졌다.

창이 그를 꿰뚫고 바닥에 꽂혔다.

아브라힘은 앞으로 나아가려고 발버둥을 쳤지만 창대만 흔들거릴 뿐 도무지 앞으로 나아가지지 않았다. 팔꿈치로 힘껏 몸을 앞으로 내밀자 창대가 뽑혔다.

아브라힘은 어릴 때 그렇게 했던 것처럼 바닥을 기었다.

한 번 몸을 굴릴 정도만 앞으로 나아가면 살 수 있었다.

그의 오금줄에 부리엘의 칼날이 스치고 지나갔다. 버둥거리기만 할 뿐 눈앞의 경계는 조금도 가까워지지 않았다. 아브라힘은 손바닥을 입으로 가져가 마아가에게 물린 자국을 다시 핥으려 했다. 혀에 아무런 감각도 느껴지지 않았다.

안개가 낀 듯 흐릿한 기억 속에서 아브라힘은 마아가의 머리 냄새를 맡았다.

그녀의 머리 냄새는 분명히 몰약과 사프란이 섞인 냄새였다.

그가 성전에서 분향할 때 맡았던 냄새.

분명히…….

마아가는 말을 타고 베셀 성의 경계 안으로 들어섰다. 그리고 과실치사로 남편을 죽인 자신이 베셀 성 안에 머물 수 있을 것인지 연로자들에게 물었다. 한 달 뒤에 욕브하의 연로자들이 도착하면 판결이 내려질 것이라고 말했다. 마아가는 연로자들의 설명을 들으며 살며시 아랫배를 만졌다. 그리고 한 남자를 떠올렸다.

오리엔트 히트
스푼 메이커스 다이아몬드

김재희

1973년 생. 연세대학교 졸업, 추계예술대 문화예술경영 대학원 영상 시나리오학과를 졸업하였다. 사단법인 한국 시나리오 작가 협회와 시나리오 작가 그룹(www.darakbang21.com)에 소속되어 있다. 제2회 엔키노 시놉시스 공모전 대상 수상 등 다수의 공모전 수상 경력 있으며, 드라마 방송 작가로도 활동하였다. 작품으로는 『훈민정음 암살사건』, 『백제결사단』 등이 있으며, 현재 장편소설 『색, 샤라쿠』를 준비하고 있다.

제1일

"안녕히 가십시오."

KE955 비행기에서 내리는 '한'에게 반짝반짝 빛나는 흡사 30캐럿도 넘는 다이아몬드 같은 눈을 지닌 스튜어디스가 말을 건넸다. 비즈니스 석에 앉은 한에게 관심을 가졌던지 연신 필요하신 것 없느냐고 묻던 여성이었다. 하지만 한은 12시간 정도 되는 비행시간 내내 입을 다문 채 그녀의 질문에 일일이 대꾸하지 않았다.

터키 이스탄불로 들어가는 관문인 아타튀르크 공항에서 맞는 밤하늘은 검디검었다. 한은 길게 흘러내린 앞머리를 고갯짓으로 넘기고, 공항 정문을 나와 택시를 잡아타는 곳으로 향했다. 하얀

색의 피부, 또렷한 이목구비, 갸름한 턱은 얼핏 보면 잘생긴 30대 중반의 미남자 같아 보였으나, 날카롭게 솟은 콧날은 약간은 신경질 적이고 예민한 그의 성격을 대변해 주고 있었다. 그리고 우수에 찬 두 눈은 30대 같지 않게 허망해 보이기 그지없었다.
 택시를 잡아타는 한에게 기사가 말을 건넸다.
 "웨어 투(어디 가세요)?"
 터키인의 투박한 영어를 듣자마자 한은 말없이 택시를 내렸다. 그리고 그 다음번 택시를 올라탔다. 덩치가 큰 터키인이 운전 하고 있었다. 검은색의 구레나룻을 길게 기른 터키인은 깊게 들어간 눈이 무척이나 인상적인 40대 후반의 사내였다.
 "디스 택시 캔낫 고우 애니웨어(이 택시는 어디에도 안 갑니다)."
 한은 말없이 뒷좌석을 지키고 앉아 있었다. 잠시 후 택시는 천천히 공항 앞 대로를 빠져 나가기 시작했다. 이스탄불의 시내 술탄 아흐멧 지구에 들어가기 직전에 택시 기사는 한을 내려주었다. 그리고 말없이 자료를 건넸다. 한은 자료를 받아들고 시내 한가운데 위치한 한인이 운영하는 '서울 호스텔'로 향했다.
 룸 203호로 들어간 한은 가볍게 한숨을 내쉰 후, 가방을 바닥에 내려두고 자료를 꺼냈다. 적절한 암호를 댄 택시 기사에게서 받은 자료에는 정우철의 사진과 그가 건네주려는 스푼 메이커스 다이아몬드의 상세 사진이 다른 여러 자료들과 함께 들어 있었다.
 한은 미국의 서비스 경호업체인 인터내셔널 시크리트 서비스(이하 시크리트 서비스로 호칭) 한국 지사에서 일하고 있었다. 시크리트 서비스 회사는 이라크 전에 상당한 수의 용병을 투입하여 막대한 매출을 올렸으며, 현재에도 아프리카나 중동 등지의 내전이나 격지전이 끊임없는 곳에 계약제 군인을 보내고 있었다. 이외 거물급 인사의 경호나, 특수 기관이 의뢰한 비밀 수사에도 요원을 내보냈다. 한은 한국에서 특전사로 근무하다 퇴역 후 시크리트 서비스에서 다년간 용병으로 일하다 최근에는 비밀 작전에만 투입되는 일급 요원이 되었다.

"스푼 메이커스 다이아몬드라……."

다이아몬드를 발견한 어부가 그 값어치를 알지 못하고 나무로 만든 스푼 몇 개만 받고 팔았다 해서 이 거대한 다이아몬드 이름이 '스푼 메이커스 다이아몬드'로 정해졌다는 것을 한은 이미 알고 있었다. 이 다이아몬드는 세계에서 다섯 번째로 큰 86캐럿짜리 물방울 다이아몬드로서 현재 도난당한 지 26일째를 맞고 있었다. 터키의 자랑이자 술탄들의 손에서 대대로 물려져 내려오던 이 다이아몬드는 최근 영국의 한 시립 박물관에 대여중이라고 공표해 둔 상태였다.

"왜 저에게 이 일을 맡기는 겁니까?"

한의 질문에 상사 '조'는 이렇게 답해 줬다.

"다이아몬드가 손 안에 있다고 연락해 온 정우철 박사는 미국 시민권자이지만 국적은 한국이지. 어찌된 연유로 그의 손 안에 들어가 있는지는 모르겠으나, 그는 미국에 본사를 둔 소프트웨어 회사에서 근무하고 있던 박사로 지금은 은신해 있네. 다만 특수한 인터넷 계정을 통한 연락으로 본인은 자수하겠으며, 다이아몬드를 터키 정부도 인터폴 수사관에게도 아닌, 믿을 만한 사람에게 건네주겠다고 약속했네."

한은 더 이상은 묻지 않았다. 그리고 바로 지금 그의 손에 정우철의 사진과 그가 연락한다는 인터넷 계정, 그리고 그 인터넷 계정을 열 수 있는 호스텔 옆의 인터넷 카페 주소, 한의 비밀 신분증 등이 들려 있었다. 만약에 정우철이 만날 약속과 시간을 이메일 계정으로 보내온다면 즉시 한의 로밍 서비스된 휴대폰에 문자 서비스가 들어오고, 한편으로 바로 호스텔 옆의 인터넷 카페로 들어가서 메일을 확인해야 했다.

하지만 연락이 오지 않는다면 몇날 며칠이고 방 안에 갇혀 지내야 할지 몰랐다.

제2일

한은 아침 일찍 잠을 깼다. 이슬람교를 믿는 무슬림들에게 기도드리는 시간을 알리는 방송이 크게 흘러나왔다. 알라신을 찬양하고 경배하는 말로 시작되는 방송은 한의 귓가를 날카롭게 비집고 들어왔다. 한은 방의 창문을 열어젖혔다. 아직 어스름이 깔린 초겨울 아침 터키의 날씨는 제법 쌀쌀 맞았다. 오전 6시 반이었다.

아직까지 한의 휴대폰에는 문자 메시지가 도착하지 않았다. 한은 방 안에서 기다리기 보다는 정보를 캐러 나가기로 마음먹었다. 한은 특전사로 근무할 때에도 정보계통의 장교로 근무했었고, 용병으로 투입돼서도 실전보다는 뒤에서 작전 공격을 구상하고 계획하는 브레인 역을 맡았다. 따라서 정보는 가장 큰 힘이었고, 한

편으로 잘못된 정보는 일개 군단의 목숨을 앗아갈 수도 있었다. 그러나 그의 상사 조는 항상 한의 정보 캐는 능력이 오히려 자신에게 화를 부를 수 있다고 평가했다.

"섣불리 정보를 캐러 다니거나 그 정보를 이용하려 들지 마. 정보는 자네의 목숨을 단칼에 날릴 수도 있지. 차라리 몰랐더라면 오히려 목숨을 부지할걸."

하지만 한은 몸이 근질거려 가만히 있을 수가 없었다. 호스텔을 빠져나가서 술탄 아흐멧 지구의 한가운데인 거대한 아야 소피아 성당과 블루 모스크 사잇길을 지나 이스탄불의 가장 대중적 교통인 트램(전차)을 이용하려 표를 끊었다. 트램에 올라탄 한의 눈에 소피아 성당의 허름하면서도 웅장한 위용이 들어왔다. 그리고 그 반대편에 서 있는 화려한 블루 모스크도 눈에 들어왔다.

터키에 온 게 처음은 아니었다. 예전에 용병 생활에 환멸을 느끼고 나서 정처 없이 유럽의 거의 모든 국가를 배낭을 걸머쥐고 다닐 때, 이미 소피아 성당과 블루 모스크 이슬람 사원을 보았다. 사람들은 아름답고 화려한 블루 모스크가 더 호감이 간다고 평했으나, 한은 우중충하고 투박한 아야 소피아가 훨씬 더 마음에 와 닿았다. 그리고 그 안에 들어가 세례 요한과 예수가 그려진 금박 모자이크를 보았을 때는 경이로움을 느꼈다. 소피아 성당은 기독교도들에게서 무슬림들에게 넘어갔을 때 이미 이슬람 사원으로 바뀌었지만 예수가 그려진 위대한 벽화는 살아남았다. 무슬림들이 회벽으로 만들었어도, 다시금 회벽이 벗겨지고 보존되고 복원되었다.

한은 잠시나마 자신의 처지가 소피아 성당과 비슷하다고 여겼다. 언제나 명령을 내리는 주체가 바뀌었다. 한편으로 그에 따라 목적도 당위성도 없는 인간에 대한 공격을 감행해야 했다. 자신의 손에 직접 피를 묻힌 적은 적었다 하더라도 더 큰 살상을 뒤에서 계획했던 자신이었다. 한의 뜻은 중요하지 않았다. 오로지 명령만이 그리고 그 이면에는 피해 받아서 괴로워하는 소수 민족들이 있었다. 한은 소피아 성당의 벽화를 보고 뒤돌아서서 눈시울을 붉혔다. 그리고 두 손바닥을 펼쳐 자세히 보았다. 앞으로 무슨 일을 해도 자신이 저지른 죗값을 씻을 수 없다는 생각이 들었다. 이후 한은 유럽 여행에서 돌아와 전쟁터 보다는 정보 계통에서 근무할 것을 강력하게 요청했다. 하지만 때로는 불법적이고, 무력을 써서 일을 완수해야 하는 정보계에서도 크고 작은 살상은 종종 일어났다.

어느덧 트램은 카팔르 차르시 역에 도착했다. 세계에서 제일 크다는 재래시장 그랜드 바자르가 근접해 있었다. 한은 천천히 바자르 입구로 향했다. 술탄에 의해 시장의 천장이 씌워졌다는 안내문이 적힌 거대한 갈색의 문을 지나 안으로 들어가니 수천의 가게들이 벌집처럼 밀집한 그랜드 바자르가 나타났다.

터키의 전통 차, 커피를 파는 곳, 은제품을 파는 곳, 터키 전통 의상을 파는 곳을 지나가 보면 중앙에 거대한 보석상 거리가 나왔다. 영국 여왕도 쇼핑을 하러 온다는 그랜드 바자르의 보석상은 엄지손톱만 한 크기의 보석들은 정말 흔하디흔한 물건으로써 세계에서 거래되는 중에 가장 캐럿이 큰 다이아들이 완벽하게 흠집 하나 없는 모습으로 진열되어 있었다.

한은 유창한 영어로 큰 보석상 몇 군데를 돌면서 소더비(세계

2대 경매 회사)에서 나온 직원 신분증을 보여주어 다이아몬드 정보를 캤으나, 그들은 한결같이 다른 다이아몬드를 비밀 금고에서 빼내서 보여주거나 카탈로그에서 또 다른 보석들을 가리켰다. 아직까지는 스푼 메이커스 다이아몬드가 도난당했다는 정보가 새 나간 것 같지는 않았다. 한은 문득 자신이 헛다리를 짚고 있다는 느낌이 들었다. 이곳이 아니었다. 은밀하고 비밀스러운 술탄의 거대한 다이아몬드가 거래될 곳, 그리고 그 위치가 짐작될 만한 곳은 더욱 구식인 전통 재래시장 이집션 바자르에서 찾아야 했다.

  1000여 년 전부터 시장이 형성됐으며, 술탄이 이집트에서 받아들이던 공물을 풀게 해서 거대한 상단의 규모가 형성된 이집션 바자르. 주말이라서 인산인해를 이루었다. 터키 현지인들과 어깨와 어깨를 마주치면서 걸어가는 한의 눈에 수백 종은 됨직한 여러 가지 견과류와 향신료들이 눈에 들어왔고, 코끼리의 상아로 만든 듯해 보이는 각종 기이한 장식품들이 보였다. 심지어 코브라를 가져다 놓고 특이한 동식물 등을 파는 약물 가게 주인도 보였다.

  이때, 한은 느꼈다. 자신을 뒤따라 붙은 검은 점퍼의 사내를. 날카로운 눈매에 깡마른 체구의 터키인이었다. 그는 매우 날렵한 몸집을 지녔으며, 광대뼈가 도드라지게 나왔고, 머리는 곱슬거려 위에 올라붙어 있었다. 이십대 후반쯤 되었을까?

  한은 남자를 의식하며 걸었다. 수많은 사람들이 한과 몸을 부닥치며 걷고 있었으나, 오로지 검은 점퍼의 터키인만이 한을 미행했다.

  '나에게 위협적인 상대인가?'

한은 남자를 유인해 보기로 했다. 검은 점퍼 남자는 한을 집요하게 뒤따랐다. 한은 옆으로 난 골목을 통해 보석상들이 밀집한 거리로 들어섰다. 이때였다. 검은 점퍼의 손이 한의 옆구리를 살짝 스쳤다. 한은 히트(암살 공격)가 들어왔다고 판단했다. 얼른 손을 내뻗어 남자의 손목을 잡아 틀어서 꺾었다. 남자의 비명이 들렸다. 잠시 후 사람들이 이 둘에게서 비켜났다.

검은 점퍼의 손에 들려 있던 것은 한의 뒷주머니에서 넣어둔 300예니 터키 리라 정도 되는 돈이었다. 혹시라도 암살에 의해 죽었을 때 신분이 드러나는 걸 방지하기 위해 지갑을 가지고 다니지 않는 한은 뒷주머니에 항시 쓸 돈을 꽂아놓고 다녔다. 단순한 소매치기였다.

"쏘리, 썰."

터키인은 서투른 영어로 얘기하고 고개를 굽실거렸다. 한은 경찰에 넘길 생각이 없었다. 돈을 돌려받고 그를 보내주었다. 터키인들이 운집한 이 시장 거리에서 어쩌면 유일한 동양인인 자신은 소매치기들의 표적이 될 만도 했다. 한은 즉석에서 무슬림들이 쓰는 동그랗고 자그마한 터키 전통 모자 페즈와 이슬람 패턴 문양이 들어간 조끼를 샀다. 이제 뒷모습만 보면 동양인인지 터키인인지 잘 구별이 안 될 터였다.

반나절의 시간이 지난 후, 한은 이집션 바자르 보석상 거리 한가운데의 자그마한 전통 커피숍에 들어앉아 터키 카페(커피)를 마시고 있었다. 인도 남부 지역 사람들과 터키인들이 주로 마신다는 필터를 거르지 않은 채 마시는 진한 터키 카페는 한의 정신을 맑게 일깨워 주었다. 이집션 바자르에서도 별 소득이 없었다. 그리고 휴대폰의 메시지는 들어오지 않았다.

정우철이 그냥 잠적하려는 걸까? 한은 왠지 예감이 좋지 않았다.

이때였다. 저만치 위치한 보석상 가게에서 배가 엄청나게 나오고 머리가 반쯤은 벗겨진 뚱뚱한 터키인이 문을 잠그고 나오자마자 아까 그 검은 점퍼 녀석이 뒤에 따라붙는 게 보였다. 부유한 보석상 주인을 털려는 게 분명했다. 그냥 모른 척할까?

한은 잠깐 갈등했다. 하지만 이미 커피는 식어 있었기에 자리에서 일어섰다.

검은 점퍼는 보석상 주인을 집요하게 따라 붙었다. 그의 눈은 뚱뚱한 상인의 불룩한 옆구리 안쪽을 향해 있었다. 검은 점퍼는 보석상 주인이 인적이 드문 시장 끄트머리에 도착했을 때, 다짜고짜 그의 옆구리를 치고 들어갔다. 보석상 주인이 소매치기를 눈치채고, 큰 눈을 부라리자, 검은 점퍼는 뒷주머니에서 잭나이프를 하나 꺼내들고 그를 위협했다. 검은 점퍼가 잭나이프를 상인의 옆구리를 향해 내질렀다. 상인의 옷자락에 붉게 피가 배어나오며 그가 뒤로 넘어졌다.

돈을 내놓으라는 투의 거친 터키어가 점퍼의 입에서 터져 나왔을 때, 한이 뒤에서 검은 점퍼의 두 손을 휘어잡고 꺾어 버렸다.

"고우 투 헬!"

한은 소매치기의 손목을 분지르기 직전까지 꺾어 버리고는 신음 하며 도망가려는 그를 놓아주었다.

"아유 오케이?"

한은 뚱뚱한 몸집의 상인을 일으켜 주었다. 다행히 옆구리를 살짝 스쳤을 뿐, 중상은 아닌 듯했다.

"라 일라하 일라 알라 무함마드 라술 알라(알라 이외에는 신이 없고 무함마드는 신의 사자이다.)……."

상인은 기도문을 낮은 목소리로 읊조린 후 메카 방향을 향해 몸을 낮게 숙여 절했다. 잠시 후 일어난 상인은 한의 두 손을 붙잡고 고마움을 표했다. 상인은 유창한 영어로 말했다.

"오, 자비롭고 자애로우신 알라신께서 당신을 내게 보내주셨습니다. 부디 저와 같이 가시어 제가 대접할 수 있도록 해주십시오."

한은 상인이 데리고 간 터키 전통 음식점에서 성대한 만찬을 대접받았다. 이집션 바자르의 한가운데에 있는 레스토랑에서 진흙에 구운 양고기 케밥과 고기와 야채를 다져서 포도잎에 싸서 쪄내온 전통 요리와 다양한 홍차를 맛볼 수 있었다. 식사를 마친 후 레몬수로 손을 닦아내면서 상인이 말했다.

"선생의 얼굴에 드리워진 나쁜 기운을 보았습니다. 저를 도운 선행으로 그 기운이 가시어지길 바라며 만약에 혹시라도 위급한 때가 오시면 저한테 바로 연락을 주십시오."

상인은 명함을 한에게 정중하게 건넸다. 그의 이름은 이브라힘이었다.

"선생이 아니었다면 저는 죽었을 것입니다. 이 모든 게 알라신께서 행하신 기적입니다. 오, 알라."

한은 명함을 받아들고 스푼 메이커스 다이아몬드에 관해 물어보려다 그만 두었다. 정보를 시장에서 찾지 못할 거란 예감이 들었다. 이브라힘은 지니고 다니던 코란을 빼들고 한에게 읽어주었다. 아랍어로 읽고서는 바로 영어로 통역해 주었다.

"자비로우시고 자애로우신 알라의 이름으로,
어두워지는 밤을 두고 맹세하고,
빛을 비치는 낮을 두고 맹세하고,
진리를 증거하는 자에게
알라께서 축복으로 가는 길을 열어줄 터이고,
진리를 거스르는 자 알라께서 불행으로 가는 길을 열어 주리니……."

한은 이집션 바자르를 빠져나왔다. 벌써 해가 지고 있었다. 초저녁의 어스름이 다가왔고, 블루 모스크의 높디높은 첨탑에서 기도 시간을 알리는 방송이 큰소리로 흘러나왔다. 하지만 시내 곳곳 어디에서도 땅바닥에 양탄자를 깔고서 기도를 올리는 무슬림들은 보이지 않았다. 이미 이스탄불은 공공장소에서 베일을 쓰는 여성들을 금지할 정도로 국제도시가 되었다.

바로 그때였다. 휴대폰에 메일이 왔다는 메시지가 떴다.

한은 인터넷 카페에서 이메일을 확인했다. 내일 오전 10시에 이집션 바자르 근처의 예니 잠이라는 이슬람 사원에서 만나자는 정우철의 이메일이었다. 한은 답장을 보낼 필요가 없었다. 내일 약속 장소에 나가면 되었다.

제3일

어김없이 해가 뜰 때, 기도 시간을 알리는 방송이 시작되었다.

한은 눈을 떴다. 기도문 중간 중간에 나오는 '알라' 라는 단어가 낯설지 않게 다가왔다. 이브라힘의 기도 덕일까? 왠지 오늘은 일이 잘 풀릴 것 같다는 예감이 들었다.

하지만 오전 11시, 아직도 정우철은 오지 않았다. 한은 손바닥으로 얼굴을 쓸어 내렸다.

오지 않는 걸까? 허탕을 친 것일까? 만약 오지 않는다면 후일을 기약하기도 어려웠다.

한은 명령을 되새겼다. 떠나기 직전 상사 조는 마지막 명령을 내렸다.

"스푼을 되찾고 나서 반드시 포맷하고 올 것."

스푼은 스푼 메이커스 다이아몬드를 말하는 것이었고, 포맷은 히트, 즉 암살을 말하는 암호였다.

정우철의 죽음은 공식 명령은 아니었으나, 때로는 문서 명령보다 더욱 강한 마지막 구두 명령이었다. 한은 비행기를 타고 오는 내내 이 문제로 갈등했다. 이미 비공식적 루트로 미국 CIA를 통해 미국 시민권자 정우철의 암살 용인을 받아냈다고 했다. 미국 정부는 미국 시민이 외국에서 살해될 경우 FBI를 보내서 수사를 직접 진행하기 때문에 그것을 막기 위해서라도 CIA가 직접 책임진다는 약속이 있어야 했다. 또한 터키 정부의 용인을 받아냈다고 조는 덧붙였다. 사실 각국 정부의 묵인 하에 자행되는 암살은 생각보다 많았다. 다만 암살의 원인과 결과를 영원히 심연 속에 묻어버리면 아무도 다치지 않고, 일반에 알려지지 않은 채 조용히 일을 덮을 수 있었다. 문제는 한이었다.

정우철은 왜 죽어야만 하는가? 정말 죽어야 될 정도로 나쁜

짓을 한 것일까?

이 문제가 한을 괴롭히고 있었다. 어쩌면 특전사에 발을 디디고 나서부터 끊임없이 자신에게 해대고 있는 질문일지도 몰랐다.

깊은 생각 속에 잠겨 있던 한의 발치에 비둘기 수백 마리가 바닥을 종종걸음치면서 먹이를 먹고 있었다. 오스만 투르크 제국의 마지막 사원으로서 '새로운 사원'이라는 뜻의 이름을 가진 예니 잠은 거대한 석조 건물로 사원 안에 다수의 무슬림들이 엎드려 기도 올리고 있었다. 사원 안에도 정우철은 없었다. 한은 밖으로 나왔다. 새 먹이를 파는 상인 덕에 관광객들이 뿌린 곡식을 먹으러 날라든 비둘기들이 수십, 수백을 이루며 사원 안과 밖을 가득 메우고 있었다.

한은 사원 앞에 드넓게 펼쳐진 보스포루스 해협을 바라보았다. 아시아 대륙과 유럽 대륙 사이를 가르는 해협은 거센 물결이 연달아 치받고 있었다. 이때였다. 한의 어깨를 툭 치며 다가오는 거지 차림의 터키인이 있었다.

뭐라고 터키어로 중얼거리며 두 손을 모아 동냥을 하는 거지는 한에게 집요하게 들러붙었다.

"뒤를 돌아보지 마시고 저의 이야기만 들으십시오."

한은 스치듯 짧고 작게 한국어를 내뱉는 거지의 얼굴을 그제야 유심히 보았다. 그는 정우철이었다. 하지만 초라한 행색과 깊이 눌러쓴 모자는 그를 어김없이 노숙자 행색의 터키인으로 보이게 만들었다.

"물건을 넘겨주고 싶습니다. 하지만 물건은 이곳에 없습니다. 저를 5미터 간격을 두고 따라 오십시오."

정우철은 빠른 걸음으로 비둘기들을 헤치고 항구 쪽으로 향했다. 비둘기들이 정우철의 잰걸음을 피해 하늘로 푸드덕 날아올랐다.

정우철은 예니 잠 사원 밑의 지하 계단으로 들어갔다. 일요일을 맞아 구경나온 사람들이 지하도 안을 가득 메웠다. 훌라춤을 추는 인형 등의 싸구려 장난감, 각종 색상의 합성섬유 스웨터 등을 파는 지하도 안의 인파를 헤치며 한은 정우철을 따라갔다. 계단을 올라오자, 보스포루스 해협을 건널 수 있는 페리가 줄지어 늘어선 에미뇌뉘 항구가 나왔다. 정우철은 배를 타려는 듯했다. 하지만 선착장으로 향하던 정우철을 놓쳐버렸다. 유람선에 싸게 태워 주겠다고 실랑이를 벌여온 호객꾼에 의해서였다. 가까스로 그를 물리치고 정우철이 간 방향을 급히 쫓아가서 간신히 그를 찾아냈다. 그는 표를 사기 위해 줄 서 있었다. 하지만 그를 향해 다가가려는 순간, 운동모자를 깊게 눌러쓰고 마스크를 쓴 덩치 큰 사내가 정우철을 향해 달려들었다. 한은 위기를 직감했다. 그를 구해야만 했다.

"슈슝!"

사내가 총을 꺼내 쏘았다. 소음 제거기를 비집고 나온 총알이 정우철 곁의 한 터키 남자를 맞혔다. 사람이 총에 맞고 쓰러지자 주위가 아수라장이 되었고, 한은 그 새를 틈타 정우철을 데리고 급히 트램을 타는 에미뇌뉘 역으로 뛰었다. 다행히 암살범은 주변 사람들의 시선을 느끼곤 총을 주머니 속으로 감추었고, 이내 다른 곳으로 사라졌다.

한은 정우철과 함께 트램 표도 끊지 않고 개찰구 바를 뛰어 넘어 막 도착한 트램의 문이 열리자마자 올라탔다.

총기가 허용된 터키에서 사람 하나를 죽이는 일은 어렵지 않았다. 몇 백 달러를 마피아에게 건네주면 바로 살인 청부가 가능하다. 물론 지하 세계에 깊게 몸 담구고 있는 사람들 사이에서나 벌어지는 일이긴 하지만.

한은 이제 사태가 걷잡을 수 없이 흘러간다는 것을 깨달았다. 정보업계에서 이미 무력을 쓰는 상태가 오면 계획은 97퍼센트 틀어졌다는 것을 의미한다. 최상의 상태는 무력을 쓰지 않고도 정보를 얻거나 목적물을 획득하는 것이었으며, 무력을 쓴 다음부터는 여러 사람이 죽어나가는 건 시간 문제였다. 한은 상사 조가 절대 다른 조직의 공격은 없을 거라고 말했던 게 생각났다. 그래서 터키 현지에 와서 총기를 따로 조달받지 않았다. 하지만 얼른 조에게 연락을 취해 봐야겠다고 생각했다.

"설마 당신마저 저를 죽이려 하지는 않겠죠?"

정우철은 사지에 몰린 연약한 짐승의 눈빛을 한에게 던지며 물었다.

"물건은 어디에서 받을 수 있는 겁니까?"

"지혜의 성전 안에 감춰뒀습니다."

지혜의 성전? 뜻을 되새기던 한은 어렴풋이 어디로 가는지 짐작이 갔다.

'아야 소피아'는 바로 '성스런 지혜'라는 뜻이었다. 지혜의 성전은 아야 소피아 성당을 가리켰다.

이때였다. 트램 다른 칸에서 덩치 두 명이 이쪽 칸으로 옮겨 타려고 문을 비집고 들어서고 있었다. 한은 즉시 트램 문 옆에 붙여진 안내문을 살폈다. 비상시에 수동으로 문 여는 방법을 숙지한 한은 즉시 문 옆의 유리판을 주먹으로 깼다. 그러고 나서 손을 넣어 비상 버튼을 누르고 그 밑의 레버를 돌려서 수동으로 트램 문을 열었다.

문이 열리고 달리는 트램 안에서 한이 정우철을 이끌며 소리쳤다.

"어서 뛰어내렷!"

정우철은 한과 함께 트램에서 뛰어 내렸다. 다행히 속도가 빠르지 않아서 안전하게 착지했고, 반대편에서 오는 트램을 아슬아슬하게 피해서 거리로 빠져나갈 수 있었다.

"어서 갑시다. 지혜의 성전으로!"

정우철이 다급하게 한을 이끌어 갔다.

아야 소피아 성당 앞에서는 폭탄 테러를 감안하여 무기나 폭발물을 검사하는 엑스레이 검사대가 있었다. 한이 가지고 있던 자그마한 삼단 철제봉이 문제가 되었다. 권총을 휴대하고 다니지 않을 때 한이 가지고 다니던 호신 무기였다. 경비원이 내놓고 가라고 종용했으나 정우철이 능숙한 터키어로 무언가 둘러대자 경비원은 미소를 지으며 들여보냈다.

"여기 터키에서는 아직 인정이라는 게 남아 있죠. 말만 잘 통하면 그 어떤 상황도 헤쳐 나갈 수 있습니다. 당신이 한국에서 사설 경비원으로 일하고 있다고 말하고 항상 휴대하던 물건이라 없으면 불안할 거라 말했더니, 이심전심인지 그냥 가라더군요."

"여기에 물건이 있습니까? 물건을 내놓아야 안전할 겁니다. 정 선생."

정우철은 빙그레 미소를 지으며 한을 쳐다보았다.

"당신도 나를 해치치 않는다는 보장이 있소? 난 이 물건을 들고 잠적하고 나서부터 수차례 죽을 위기에 처했소. 처음에는 도저히 감당할 수 없어서 물건을 내놓으려 자수했으나, 터키 경찰서 내의 구류실에서 또 한번 죽을 위기에 처했소. 간신히 구류실에 감금된 터키인 마피아에게 돈을 주고 내 목숨을 사고 나왔고, 도리어 그 암살하려던 녀석이 구류실에 남았지. 그러고 나서 아무도 믿을 수 없게 되자, 오로지 한국인에게 이 물건을 넘기겠다고 했소. 물론 아무 대가도 없이 내 목숨만 보장받고서."

한은 정우철에게서 물건을 건네받고 그를 놓아줄 생각을 했다. 물건만 없다면 그는 아무런 효용 가치가 없었다. 따라서 잠적해서 살면 아무 해도 끼치지 않을 터였다. 명령 불복종에 대한 결과가 잠시나마 갈등을 하게 했으나, 이내 정우철을 살려주기로 마음먹었다.

"반드시 당신이 안전하게 도피할 수 있도록 돕겠소. 물건만 넘겨주시오."

한은 분명한 어조로 말했다. 정우철은 한의 눈을 뚫어져라 쳐다보고는 입매를 굳게 다물었다가 풀면서 말을 뱉었다.

"믿겠소."

정우철은 커다란 샹들리에가 불빛을 훤하게 밝힌 성당 일층 본당 안을 천천히 걸었다. 정우철은 자신과 한을 감시하는 또 다른 이가 없는지 면밀하게 파악하고 있는 듯 보였다. 다른 미행자가 없다는 것을 확인한 정우철은 북쪽 예배당 앞에 서 있는 거대한 대리석 기둥 앞에 한을 이끌었다.

"이 기둥 속 구멍에 엄지손가락을 넣고 한바퀴 빙 돌리면 소원이 이뤄진다는 속설을 아시오?"

기둥 가운데의 둥그런 구멍 앞에는 관광객들이 저마다 손을 넣고 빙 돌려보기 위해 줄지어 서 있었다. '기적의 기둥'으로 불리는 이 대리석 기둥에는 주먹보다는 약간 큰 구멍이 있는데 그곳에 손가락을 넣고 360도 회전할 수 있으면 소원이 이뤄진다는 이야기는 어디서 들은 듯도 했다. 관광객들 중에 요령껏 손을 회전한 이들은 환호를 지르고 있었고, 구멍 안에 막 손을 집어넣은 관광객은 눈을 감고 소원을 빌고 나서는 손을 돌리려 애를 쓰고 있었다.

정우철이 나지막한 소리로 한에게 말을 건넸다.

"사람들은 소원을 이뤄주는 것이 보이지 않는 곳에 있다는 것을 간과하지."

정우철은 관광객들을 헤치고 기둥 뒤쪽에 위치한 거대한 대리석 항아리가 있는 곳으로 한을 안내했다.

"손을 넣어보게. 기적의 기둥에는 너도나도 줄서서 손을 넣지만 아무도 이 구석진 곳에 있는 대리석 항아리에 올 생각조차 안 하지. 그 안에 소원을 이뤄줄 진실된 값어치가 있다는 것을 모르면서."

한은 손을 항아리 안에 깊숙이 밀어 넣었다. 하지만 만져지는 것은 매끈매끈한 대리석 표면 외에 아무것도 없었다. 한은 손을 더 더욱 깊숙이 넣었으나 아무것도 없었다. 포기하고 손을 대리석 항아리에서 빼내려는 그 순간, 무언가 항아리 내벽 안쪽에 달린 줄 같은 게 잡혔다. 한은 손을 얼른 잡아 뺐다. 줄에 달린 작은 주머니가 올라왔다.

한은 주머니를 주먹으로 둥글게 움켜쥐어 봤다. 아기의 주먹보다 약간 큰 무언가가 잡혔다. 스푼 몇 개를 받고 팔았다는 그 값진 물건임이 틀림없었다.

"자, 이제부터 당신이 내 목숨을 보호해 줘야 합니다."

정우철의 말이 끝남과 동시에 성당 입구 저편에서 검은 재킷을 걸친 터키인 두 명이 정우철을 가리키며 재빠르게 다가오는 게 한의 두 눈에 들어왔다.

"6시 방향에 두 명이 있습니다. 어서 2층으로 올라갑시다."

한은 정우철과 함께 관광객들을 헤치고 2층으로 난 투박한 돌계단을 뛰어 올랐다. 꼬불꼬불 미로같이 난 돌계단은 끊임없이 이어졌고, 2층에 도착한 그들은 직원들이 사용하는 비상 출구를 향해 달려갔다. 2층 갤러리 쪽으로 나가는 출구에 있는 예수와 세례 요한, 그리고 아기 예수를 안은 성모 마리아 모자이크 벽화가 한의 눈에 들어왔다. 예수의 가없이 성스런 눈과 한의 눈동자가 마주쳤을 때, 갤러리 안쪽에서 총을 빼들고 저격하는 또 다른 검은 양복의 남자가 나타났다. 첫 번째 총알은 빗나갔으나 남자는 저돌적으로 달려들어 한의 얼굴에 권총을 겨눴다. 순간 한은 몸을 날린 것과 동시에 삼단철제봉을 빼들어서 남자의 얼굴을 후려쳤다.

"슈숭!"

총알은 빗나갔고 계단을 올라온 다른 남자가 권총을 빼들고 달려오자 한은 외쳤다.

"뛰엇!"
한은 지체 없이 벽 쪽으로 난 창문을 주먹으로 깨뜨리고 나서 정우철을 거의 밀듯이 아래로 내보냈다. 그러고 나서 남자의 저격을 피해 자신도 성당 바깥으로 뛰어나갔다. 한은 커다란 등나무를 타고 내려오다 성당 밖 정원에 안전하게 착지했으나 정우철은 나무를 놓치고 바닥에 떨어져 버렸다. 한은 다리를 다쳐 절룩거리는 정우철을 부축하고 나서는 소피아 성당 뒷골목을 파고들었다. 검은 양복을 입은 남자와 또 다른 남자 두 명이 뒤늦게 깨진 2층 창문을 통해 뛰어 내렸으나 이미 한과 정우철은 사라지고 없었다.

"모든 게 노출되었습니다."
좁고 음습한 흙벽으로 된 방 안에는 오래되어 보이는 페르시안 킬림(카페트)들이 가득 쌓여 있었다. 한은 적재된 킬림 위에 누운 정우철의 다리에 붕대를 감아주며 말을 건넸다. 정우철이 콜록콜록 기침을 심하게 했다. 한은 그의 겉옷을 재빠르게 들춰보았다. 총알이 옆구리를 관통한 상처가 있다. 한은 구석에 놓인 터키 전통주의 마개를 빼곤 정우철의 다친 옆구리를 소독했다. 그러고 나서 꼼꼼하게 붕대를 감아주었다.
"몇 시간 정도는 괜찮지만, 병원에서 치료를 받아야 합니다."
이곳에 당도하기 직전 쫓길 때 한은 소피아 성당 뒷골목의 한 전통 킬림 가게 안에 뛰어들어 전화를 썼다. 이미 휴대폰을 소피아 성당 정원에 버리고 온 지 오래였다. 휴대폰을 통해 자신의 위치가 노출되는 것이 틀림없었다. 내부에서 정보를 빼내서 다른 조직에 팔아넘기는 밀고자들은 누굴까?

한은 상사 조에게 연락을 취하려다 어제 만난 터키인 보석상 이브라힘에게 전화를 걸었다. 작전지에서는 현지 조력자들이 최고의 도움이 되곤 했다. 이브라힘은 즉시 자신의 친한 친구의 친구의 친구를 통해 소피아 성당 근방에 위치한 아라스타 바자르의 한 상인에게 한을 도우라고 부탁했다. 정을 중요시하는 터키인들은 친구들 간의 유대관계가 끈끈했으며, 아울러 상인들끼리는 서로간의 치부까지 묵과해 줄 정도의 친목이 있었다. 게다가 사악한 자들에게 쫓기는 피신자들을 가족같이 대하라는 코란의 계시를 받들어 한과 정우철은 상인의 킬림을 비치해 두는 광 안에 안전하게 피신해 있을 수 있었다.

한은 가죽 주머니 안에서 물건을 빼내어 보려고 했다. 그의 손을 정우철이 부여잡고 말렸다.

"보지 않고도 성스런 지혜를 느낄 수 있을 것이오. 날 믿으시오."

한은 고개를 끄덕였다. 입가에 살포시 미소를 지은 정우철은 잠시 후 혼절했다. 몇 시간 후, 이브라힘이 불법으로 시술해 주는 의사를 불러왔다. 터키 전통 의복을 착용하고 긴 파이프 담배를 입에 물고 들어온 의사는 얼굴 곳곳에 깊게 파인 주름으로 보아 80세 내지 90세는 됨직해 보였다. 그는 붕대를 풀어보고 관통상을 헤집어 보고는 고개를 저었다. 이브라힘이 걱정스런 얼굴 표정으로 말을 건넸다.

"상황이 위급하다는군요. 어서 큰 병원에 가서 수술을 받아야 된다고 합니다."

제4일

진통제로 보이는 물약을 정우철의 입에 대롱을 통해 넣어주는 것으로 처방은 끝났고, 한은 정신이 혼미한 정우철을 일으켜 창고를 나왔다.

"차가 준비되어 있습니다."

유럽에서 가장 흔한 차인 은색 파사트가 가게 앞에 정차하고 있었다.

이브라힘은 한에게 20센티미터 정도 되는 작은 단검을 건넸다. 칼집 가장자리에 작은 사파이어 보석이 촘촘히 박혀 있고, 칼자루에는 커다란 루비가 박힌, 한눈에 봐도 고급스런 보석 단검이었다.

"지난번에 이걸 다른 상인에게 넘기러 가다가 죽을 뻔했던 걸 당신이 구해주었죠. 그후 곰곰이 생각해 봤습니다만, 아무래도 이 검의 주인은 당신인 것 같습니다. 부디 이 검이 당신 목숨을 안전하게 지켜주길 바라며 드리겠습니다."

한은 사양하다 이브라힘의 진심을 알고는 건네받았다. 이브라힘은 한과 정우철을 조심스럽게 차에 태운 후 운전사에게 무어라고 터키어를 건넸다. 이브라힘은 알라신 이름을 낮게 읊조리며 그들이 탄 차를 보냈다. 젊은 이십대의 운전사는 입에는 담배를 문 채 빠르게 차를 골목골목 사이로 몰았다.

새벽이었다. 또다시 기도 시간을 알리는 방송이 거리 곳곳에 흘러 퍼졌다.

"알라 후 아크바르 아슈하두 안 라 일라하 일랄라(알라는 위대하시도다 나는 알라 이외에 신이 없음을 증언하노라)……."이라는 기도문이 낭송되는 그 시간, 운전사는 담배를 문 채 기도문을 입으로 따라 읊조리면서 전속력으로 고갯길을 내려가고 있었다. 새벽 시내에는 검은 개들과 고양이들이 간간이 보일 뿐 사람의 흔적은 그다지 많지 않았다.

"오 시트! 유 해브 어 테일(오 제기랄! 미행자가 따라붙었어)!"

한은 고개를 돌려 뒤를 보았다. 검은색 벤츠 차량이 가까이 따라 붙고 있었다.

"오 알라!"

운전사는 액셀러레이터를 거세게 밟았다. 파사트는 엄청나게 빠른 속도로 우회전을 틀어 대로변으로 나갔다. 한은 깨달았다. 자신의 신발에 부착된 시크리트 서비스 회사에서 위치를 파악하는 위성 송신기를 깜박 잊었다. 한은 차창 문을 열고 신발을 내버리려 하는데, 운전사가 말렸다. 자신이 가지고 다니다 다른 데다 버리겠으니, 어서 차에서 내려서 택시라도 잡아타고 병원으로 가란 말을 손짓 발짓을 섞어서 영어로 표현했다. 다행히 10분 거리에 병원이 있다고 했다.

한은 의식을 잃은 정우철을 안고 차를 내렸다. 한의 발에는 운전사가 건네준 슬리퍼가 신겨져 있었다. 붕대를 감은 정우철의 몸통에서 다량의 피가 흘러나온 듯, 한의 두 손과 겉옷에 피가 흥건히 묻어 있었다. 길가에 정우철을 눕히고 택시를 잡으려 하였으나, 새벽이라 차량이 눈에 띄지 않았다. 히치하이킹을 하려 했으나 그것도 용의치 않았다. 그러던 중 정우철이 잠시 의식이 돌아왔다. 그는 희미해져 가는 목소리로 한을 불렀다.

"이미 늦었…… 네."

정우철은 꺼져가는 불빛처럼 사그라지는 눈동자로 한을 바라보았다.

"보여지...... 지 않는 지혜...... 가 참 지혜...... 이지. 자네...... 에게 알라신의 가호...... 가 있길......"

정우철의 눈동자가 회색으로 바뀌면서 동공이 풀려나갔다. 한은 정우철의 목울대 옆의 맥박이 뛰는 곳을 손가락으로 만져 보았다. 맥박은 더 이상 뛰지 않았다. 한은 정우철의 눈동자를 감겨 주었다. 몇 분 후, 택시가 섰고, 한은 정우철을 종합병원 응급실에 데려다 놓고는 병원을 나섰다. 물건이 손에 들어온 이상 정우철에 이어 목숨을 악마에게 저당 잡힌 한으로서는 가는 자에 대한 최대한의 배려였다.

제5일

이브라힘이 정오 기도 시간에 맞춰 메카를 향하는 성스런 방향을 향해 기도를 올리고 있을 때, 덩치가 크고 검은 가죽 점퍼를 입은 세 명의 터키인들이 가게를 박차고 들어섰다. 그들 뒤로 들어온 이는 술탄처럼 머리에 비단으로 된 터번을 쓰고 고급 양복을 입고 있었으며 덩치는 산만 했다. 그는 커다란 시가를 입에 물고, 양손에는 30캐럿은 족히 넘어 보이는 다이아몬드 반지를 두 개씩 낀 채 무게를 잡고 있었다. 터키 암흑가의 대부 압둘이었다. 그의 눈짓에 맨 앞에 선 가장 덩치 큰 사내가 무언가를 툭 내던졌다. 피 묻은 한의 신발이었다.

"하산이 몰던 차에서 나온 거야."
"오, 하산, 내 아들!"
가게 일 봐주는 종업원이지만, 아들같이 여기던 하산이 먼 이 방에서 온 손님을 돕다 변을 당한 것이었다.
"이브라힘, 내가 이 바자르, 아니 이스탄불 전체를 뒤집어 놓더라도 그 녀석을 꼭 찾아내리라는 것을 누구보다 잘 알겠지. 하산을 살리고 싶으면 그 녀석에 대한 정보를 건네."
이브라힘은 이미 일이 걷잡을 수 없이 커져서 자신의 손을 벗어났다는 것을 알아차렸다. 터키 마피아의 보스이자 술탄임을 자칭하며 수없이 많은 처를 거느리고, 다양한 불법적 행각을 통해 막대한 자산을 일군 압둘에게 저항을 해선 살아남기가 희박했다. 이브라힘은 알고 있는 사실을 들려주었으나, 현재로서 그 남자의 행적을 모르겠다고 했다. 압둘은 부하들을 가게 밖으로 물리고 나서 이브라힘의 귓가에 속삭이듯 말을 건넸다.
"이건 내 권한 밖의 일이야. 더 큰 힘이 작용하고 있다고. 나조차 위험에 처해 있단 말이야. 다시는 이 일에 끼어들지 않는 게 신상에 좋을 거야."
압둘은 마지막 말을 남기곤 진열장 위에 두었던 시가를 다시 입에 물고 가게를 빠져 나갔다. 이브라힘은 이제 알라신만이 그 이방인을 도울 수 있다는 것을 직감했다.
"그에게 자비를 내려주옵소서. 오, 알라신이시여."

한은 전통 모자를 쓰고 검은색의 길게 내려오는 재킷을 걸쳤다. 그 안으로는 하얀색의 하늘하늘하면서도 때가 절어 오래되어 보이는 와이셔츠를 입고 있었다. 동그란 선글라스를 낀 그의 모습은 터키의 시골 마을에 주저앉아 물담배를 피고 있을 듯한 남루한 행색이었다. 하지만 언제든 잘 뛸 수 있도록 검은색 운동화를 신고 있었다. 지나가던 터키 할아버지에게 돈을 주고 옷을 바꿔 입었으며 일부러 머리카락을 흩뜨려 고수머리처럼 보이게 했다. 호스텔에는 돌아갈 수 없었다. 다행히 여권과 비행기 표, 그리고 500만 원에 가까운 비상금은 달러, 터키 리라로 나누어 가지고 있었다. 무엇보다 목적물을 품안에 지니고 있었다. 그리고 터키 친구가 건네준 호의의 선물, 보석 단검까지 있어 든든했다. 이제 물건을 획득했으니 돌아갈 길만 확인하면 되었다. 택시 회사에 전화를 걸어 공항까지 가달라는 어리석은 짓은 하지 않았다. 분명히 그 순간부터 미행이 따라 붙을 게 뻔했다.

한은 터키인으로 변장하고 나서 이집션 바자르 근처의 에미뇌뉘 항에서 페리에 올라타 카라쾨이 항에 도착해서 공항으로 가는 버스를 탈 예정이었다. 그것만이 안전한 탈출구였다. 보스포루스 해협의 바닷물은 엄청난 파도를 일으키며 출렁거렸다. 30킬로미터 정도 되는 이 해협을 가로지르는 갈라타 교에서는 낚싯줄을 길게 드리운 사람들이 가득했다. 한 편에는 흔들리는 고깃배에서 고등어를 구워 바게트 빵에 끼워 파는 고등어 케밥 장수들의 배가 포진해 있었다. 한은 어제 저녁부터 아무것도 먹지 못한 것을 깨닫고 고등어 케밥을 하나 사서 입에 물었다. 잠시 후 한은 갈라타 다리와 페리를 비교했다.

어느 쪽이 안전한가?

다리는 40여 분 정도 투자해 걸어가면 해협을 건널 수 있었다.

그리고 페리는 10분 가량에 해협을 가로지를 수 있게 해줬다. 단, 페리는 한정된 공간이어서 위험하기 그지없었고, 갈라타 교는 그나마 사람들이 많아서 숨어서 건너기에는 안성맞춤이었다. 한은 갈라타 교 방향으로 발걸음을 옮겼다. 갈라타 교를 중간 지점까지 걸어가는데 뒤에서 누군가 미행하는 듯한 직감이 들었다. 그 동안의 경력을 통해 한은 직감이란 게 정보보다 더 중요한, 목숨을 살려주는 유일한 녀석이라는 걸 깨닫고 있었다. 한은 슬며시 옆을 보는 척하며 눈을 돌려 뒤를 설핏 보았다.

그 녀석이었다.

며칠 전 검은 점퍼를 입고 지갑을 훔치려던 녀석, 그 녀석이 동료 두 명을 데리고 한을 미행하고 있었다.

복수를 하려는 걸까?

한은 고개를 저었다. 이미 이쪽 터키 마피아들 산하 소매치기 조직에도 자신을 잡으라는 명령이 내려진 게 분명했다. 한은 갈라타 다리를 전속력으로 달려 나갔다. 그제야 소매치기 조직원들도 낚시꾼들을 밀치며 한을 따라잡으러 뛰었다. 한은 갈라타 교 중앙 지점에서 난간에 올라섰다. 그러고 나서 서슴없이 물결이 거세게 치는 바닷물을 향해 뛰어 들었다. 한이 두 손으로 온몸을 감싸고 두 발을 끌어당겨 몸을 둥글게 말아서 보스포루스 해협에 가라앉는 순간, 소매치기 조직원들은 휴대폰을 들어 어디론가 전화를 걸었다.

한은 바닷물 속 깊숙이 잠수해 들어갔다. 심연까지 들어가 검푸른 해협을 거슬러 헤엄치다가 저만치 오는 페리 호를 발견했다. 한은 페리의 스크루가 달린 뒷부분을 향해 온힘을 다해 헤엄쳐

갔다. 다행히 옷 속에 붕대로 단단히 동여맨, 아이 주먹만 한 물건은 한의 두근거리는 심장 박동과 함께 살포시 오르락내리락 하고 있었다.

위이잉, 강하게 페리의 스크루가 주변의 거친 물살을 헤치고, 한은 미니 사다리에 접근했다. 그러나 스크루 곁에서 흘러나오는 강한 물살에 사다리를 놓치고 떠내려 갔다. 한은 물살을 헤치며 수영해 갔으나 이미 페리는 저만치 멀어져 갔다. 한의 몸은 강한 물살에 자꾸 떠밀려 갔다. 이때였다. 페리 갑판에서 승선 요원으로 보이는 사내가 튜브를 한을 향해 던져 주었다. 우연히 한을 발견한 승객의 요구에 의해서였다. 한은 튜브를 붙잡고 헤엄쳐서 배에 접근했다.

미니 사다리를 타고 올라가자 뚱뚱한 승선 요원이 다가와 터키어로 욕을 하며 강하게 항의했다. 한은 말없이 100예니 터키 리라를 그의 손에 건네주었고, 그제야 그는 환하게 웃으며 길을 비켜주었다. 승선 요금의 80배는 넘는 돈이었다. 승선 요원은 배 안에서 파는 따끈한 홍차를 한에게 가져다주었다. 한은 젖은 겉옷을 벗고 차의 온기를 맡으며 초조하게 페리가 카라쾨이 항에 도착하기만을 기다렸다. 홍차 한 잔을 다 마실 무렵, 한의 눈에 페리 1층과 2층을 넘나들며 누군가를 요란하게 찾는 젊은 터키 남자들이 눈에 들어왔다. 이미 그들이 모든 페리 호에 나눠 타고 있는 게 분명했다. 한은 일어나서 배의 앞쪽 화장실로 이동했다. 화장실 안에서 출렁거리는 물살을 따라 흔들리는 벽을 발로 버티고 서서는 그대로 페리가 도착하기만 기다렸다.

이때였다. 노크 소리가 들렸다.

한은 조용히 있었다. 1,2초 후 거센 욕설이 들렸다.

"오르스푸츠주(개자식)!"하는 욕설과 함께 권총이 장전되는 딸깍하는 소리가 들렸다. 한은 말없이 발로 화장실 문을 박차고 나왔다. 그에게 권총을 들이대는 긴 구레나룻의 남자를 주먹으로 갈겼다. 공항에서 택시를 탔을 때 정보를 건네준 녀석이었다. 남자가 쓰러지고 그의 동료가 한의 얼굴을 머리로 들이 받았다. 한이 잠깐 주춤거리며 배 갑판을 등 뒤로 하고 선 사이에 머리를 들이박은 녀석이 한의 배에 주먹을 날렸다. 한의 몸이 바다로 떨어질 듯 위태롭게 서 있었고, 그 사이에 일어선 구레나룻 남자가 한의 얼굴에 권총을 겨누고는 동료에게 눈짓을 했다. 동료는 한의 몸을 더듬다가 옷 속으로 손을 쑥 집어넣어 붕대 속의 다이아몬드 주머니를 빼내었다. 그 순간 철컥하는 소리와 함께 권총이 발사되었다. 하지만 한은 총이 발사되긴 직전에 머리를 낮추곤 팔꿈치로 구레나룻 남자의 가슴을 쳐서 그를 웅크리게 만들었다. 그리고 곧바로 허리춤의 단검을 빼내어 옆에서 치고 들어오는 남자의 가슴에 날렸다. 남자는 가슴에 단도를 맞곤 비틀거렸고, 한은 그의 손에서 다이아몬드가 든 주머니를 뺏고 발길질로 남자를 바다 속으로 떨어지도록 만들었다. 곧이어 구레나룻 남자도 바다 속으로 떠다밀었다.

'항구가 가까워 헤엄치기만 하면 목숨을 건지리라.'

배는 2분 후에 항구에 도착했고, 한은 채 마르지 못한 옷을 입고 배에서 내렸다.

제6일

한은 나리타 공항행 비행기를 타는 출국 게이트 앞에 줄 서 있었다. 한 일본인 관광객의 가방 안에서 훔쳐낸 여권과 비행기 티켓 덕에 나리타 공항행 비행기 좌석을 얻을 수 있었다. 대신 그의 가방에는 무기명으로 된, 언제든 한국으로 되돌아 갈 수 있는 대한항공 일등석 티켓을 넣어두었다. 한의 머리카락은 짧아지고 붉게 염색되어 있었다. 그리고 사각테 안경을 쓰고, 굵은 은색 금속 고리들이 가득 달린 가죽 재킷을 걸치고 있었다. 언뜻 보기에는 일본 유흥가 지역 하라주쿠나 시부야 지역에 돌아다니는 탈선 청소년 같아 보였고, 열 살 이상 나이가 어려 보였다. 30대 중반의 한이 20대 초반으로 까지 보였다. 한은 일본어를 낮게 무어라고 중얼거렸다.

해골이 그려진 가죽 재킷과 징이 박힌 티셔츠 옷, 그리고 허리띠까지 풀었음에도 출국장의 금속 탐지기가 삐익 하고 울려왔다. 직원의 권유로 한은 허리춤에 찼던 보석 단검도 내놓아야 했다. 단검은 즉시 세관에 압수되었다. 한은 일본어로 거세게 항의하다가 이내 풀이 죽어 어쩔 수 없다는 듯 걸어 나갔다. 이번에도 금속 탐지기가 울렸다. 한은 일본어투가 가미된 서툰 영어로 지껄였다.

"팬티에도 금속 장식이 달려 있어. 이 사람들아!"

직원은 희미하게 웃으며 한을 내보내 주었다. 한의 목에 걸린 커다란 다이아몬드가 진짜라고 믿는 사람은 없어 보였다.

한은 유유히 싸구려 옷가지들로 가득 채운 캐리어 가방을 엑스레이 검사대에서 내리고는 비행기 탑승 게이트를 향해 걸어갔다.

제7일

"한의 위치가 파악되고 있지 않아……."

조는 낮은 목소리로 중얼거렸다. 조는 집무실 책상에 앉아서 개인용 퍼스널 컴퓨터로 한의 위치를 알리는 계기판을 뚫어져라 쳐다보았다. 그의 위치가 잡히는 휴대폰과 위성 송수신기가 보내는 신호는 이미 일정한 장소에서 멈춰 있은 지 오래였다. 게다가 한의 입국을 공항에 수소문해 보았으나 행방이 묘연하다고 했다. 한마디로 그의 행방이 오리무중이었다. 조는 책상 위를 정리하고 주차장으로 내려갔다. 신분증을 갖다대어야만 열리는 문은 둔탁한 소리를 내며 양옆으로 열렸다. 시크리트 서비스 한국 지사는 구역과 구역 사이를 오가는데 모두 신분증이 필요했으며, 엄격한 시스템에 의한 자체 경비가 되어 있었다. 오피러스 승용차에 올라타서 주차장을 빠져 나온 조는 한숨을 짧게 내쉬었다.

"예감이 좋지 않아."

이때 뒤에서 숨소리가 들리며 인기척이 났다. 조는 운전대를 한손으로 잡고 다른 손으로 허리춤의 권총을 잡으려 했으나, 이미 총구가 뒤통수를 겨냥하고 있었다.

철컥!

"예감을 믿으시죠. 조 팀장님."

한이었다. 한은 자신과 엇비슷하게 생긴 동료 정보원의 신분증을 어렵사리 구해서 건물 내로 들어왔고, 조의 차에서 한 시간째 대기 중이었다. 머리카락은 이미 검은색으로 되돌아와 있었다.

"물건은 찾았나, 한?"

"후후, 포맷되어야 할 건 정우철이 아니라 제가 맞겠죠? 팀장님. 차를 한강 둔치 쪽으로 모시죠."

잠실과 삼성동 사이 근방에 위치한 한강 둔치에서 길고 무성하게 자란 갈대숲을 뒤로 하고 한과 조가 대치해 섰다.

"난 차 안에 있는 버튼을 이미 눌러 두었네. 따라서 본사에서 사람을 이쪽으로 급파할 거야."

"그럴 수 없다는 걸 잘 아시잖습니까? 애당초 이 명령에는 시크리트 서비스의 명령 따위는 없었습니다. 단지 조 팀장, 당신의 개인적인 명령이었을 뿐."

"……모든 걸 알았나?"

서로 생명의 은인이자 더없이 친한 동료에게 얻은 정보로 한은 이번 임무의 명령 체계가 조 팀장 직권 하에 실행되었다는 것을 알게 되었다.

"어찌된 것인지 알고 싶습니다. 첫눈에 알았죠. 이 스푼 메이커스 다이아몬드가 가짜라는 것을."

한은 품속에서 자두만 한 86캐럿이나 되는 스푼 메이커스 다이아몬드를 빼들어 움켜쥐었다.

"세관에서도 그냥 통과시켜 줄 정도의 가짜였습니다. 그리고 홈페이지조차 없는 영국의 작은 시립 미술관에서 술탄의 보석들을 전시하고 있다는 것도 알아보았죠. 술탄의 다이아몬드는 바로 거기에 있었단 말입니다!"

한은 말을 마치고 가짜 다이아몬드를 쥔 손을 거칠게 움켜쥐었다.

"제발, 제발 부탁이네. 그걸 나에게 넘겨줘!"

조는 거의 애원에 가까운 탄식 음을 내며 한에게 다가갔다.
"알아야겠습니다. 어째서 이 가짜 유리조각 덩어리에 여러 사람이 목숨을 잃었는지!"
한은 크디큰 유리알을 들고 한강 쪽으로 몸을 틀었다.
"말씀해 주시지 않는다면 이 유리알 덩어리는 바로 한강에 던져질 겁니다."
"한, 지금은 말할 수 없네. 단지 그 물건을 나에게 건네줘. 부탁이네."
그러나 한은 커다란 고함소리를 내고는 유리알을 한강에 던져버렸다. 풍덩 소리가 들렸고, 조는 다급하게 외쳤다.
"안 돼!"
조는 고개를 세차게 내저으며 다급하게 갈대밭을 헤치고 한강으로 투신하였다. 물살을 헤치며 한강 중앙으로 헤엄쳐 나가면서, 조는 여기저기서 스푼 메이커스 다이아몬드의 흔적을, 아니 유리알의 자취를 찾아 헤맸다.
"이걸 찾으시려는 겁니까?"
한은 조를 향해 크게 외쳤다. 하늘을 향해 높이 들린 한의 손 안에는 반짝 빛나는 그 무언가가 보였다. 조가 물살을 헤치고 갈대숲에 다시 발을 디뎠다.
"그, 그걸 이리로 줘, 달란 말이야!"
조는 한에게 다가갔다. 허리춤을 만졌으나, 이미 차 속에서 무장해제된 후라 무기가 될 만한 것은 아무것도 없었다.
"금속 탐지기를 통과할 때 온몸, 심지어 허리띠의 버클까지 제거하고 들어섰는데도 가죽으로 매달아 목에 건 다이아몬드 목걸이에서 항상 부저가 울리더군요. 저는 그때 알았죠. 이 유리알 속에 작은 거울이 들어 있어서 밖에서는 보이지 않는 빈 공간이 있었고 그 사이에 무언가가 들어있다. 전 빈 공간에서 칩을 빼냈고 그 안의 프로그램을 해독해 보았습니다."

"그, 그건 미국 맥크로 소프트 회사에 만든 국방 관련 컴퓨터 운영체제를 무력화시키는 위험한 물건이야."

"정확히 말하자면 차기 저고도 레이더 미사일을 조종하는 소프트웨어를 해독한 프로그램이죠. 정우철 박사는 이 칩 안에 유언장을 같이 저장해 두었습니다. 맥크로 소프트 터키 지사에서 일했지만 쿠르드 반군이 살상당하는 무기를 조종하는 소프트웨어를 만든다는 죄책감에 이 비상 프로그램을 빼돌린 것이죠. 당신이 이 프로그램을 넘겨줄 때에 미국 맥크로 소프트 회사에서 지급받게 될 액수가 궁금해지는군요."

"반을 떼어 주지. 정말이야. 너는 상상도 할 수 없는 금액일걸! 부디 부탁이니 어서 그걸 나에게 넘겨!"

한은 칩을 주먹 안에서 일그러뜨렸다.

"이 개자식!"

조는 한을 향해 몸을 날렸다. 한은 갈대밭 속으로 쓰러졌고, 조의 주먹질이 한의 얼굴로 날아들었다.

"내가 그 일을 위해 얼마나 큰 희생을 감수했는지 알아? 난 조용히 은퇴하려 했단 말이다! 안기부, 국정원, 그리고 지금의 시크리트 서비스까지 내가 한 일은 아무것도 없어. 모든 게 남들이 전혀 몰라야만 되는 일들이었고 죽어서도 무덤까지 가지고 가는 일들이더군. 윗대가리들은 동네방네 얼굴 내놓고 다니며 잘난 척하는 동안 그 밑의 우리 같은 직원들은 자식들에게조차 하는 일을 제대로 말할 수 없었단 말이야. 난 조용히 은퇴를 하려 했다고!"

한은 조의 주먹을 팔로 받아쳤다. 그리고 조의 멱살을 잡고 몸에 반동을 실어 힘주어 그를 바닥에 엎어뜨렸다.

"바보 같은 자식! 너는 최소한 네 앞에서 동료들이, 죄 없는 어린아이들이, 여자들이, 노인들이 무의미하게 죽어가는 처참한 상황은 보지 않았을 것 아냐! 그걸 알아? 비록 내 두 손에 피는 묻히지 않았지만, 그들을 죽게 만든 장본인은 결국 나라는 것을! 난 매일 머릿속이 '뻥'하고 터져 버린다고, 아주 돌아버리겠단 말이야! 밤마다 죄 없이 죽은 그들의 눈동자가 방 천장에서 나를 지켜보며 울어, 울어버린다고!"

조는 한의 움켜진 주먹을 향해 손가락을 펴 보이려 애썼다. 하지만 한은 그럴수록 주먹을 피가 날 정도로 굳세게 움켜쥐었다. 몇 번의 드센 실랑이 끝에 조는 포기하면서 갈대밭에 편하게 드러누웠다. 잠시 후 조가 정신을 수습하고 담배를 한 대 피워 물고는 한에게 건넸다. 한도 담배 한 개비를 태웠다. 조와 한의 온몸은 진흙으로 더러워져 있었다.

"그걸 견디지 못하면서 왜 여기 일에 종사한 거냐?"

조가 허심탄회하게 물었다.

"배운 게 이것밖에 없다고 속으로 수없이 자책하지만, 제 마음 깊은 저 속에서는 더 강한 위험과 긴장을 만끽하고 싶고, 무언가 '뻥'하고 터뜨려 줘야만 되는 억눌린 그 무엇이 있습니다. 그걸 제어하는 길은 단 한 가지, 억눌린 것을 잊어버릴 정도로 위험한 직종에 종사하는 것밖에는 없더군요."

"앞으로 어떻게 할 건가?"

조는 일어섰다. 조가 한에게 잡혀서 엉망이 되어버린 넥타이를 단정하게 매면서 물었다.

"떠나겠습니다."

한은 엉망이 되어버린 칩을 갈대숲에 버렸다. 조는 안타까운 듯 버려진 칩을 내려다 봤다.

"어차피 저것도 빈껍데기입니다. 정우철이 살아갈 시간을 늘리느라 만들어낸 허상일 뿐. 정우철의 연구 홈페이지 하단에 개인 비밀 자료실이 있는데 그곳에 프로그램을 비밀 암호 하나만 쓰면 누구나 다운 받을 수 있도록 해놓았더군요. 물건을 건네주러 나오기 직전에 해놓았습니다. 암호는 스푼이더군요."

"지금쯤은 미국 맥크로 소프트 사에서 홈페이지 폐쇄와 함께 이미 프로그램도 닫아 버렸겠군. 위험 수당쯤은 쳐주는 건가?"

"당신의 무모한 작전 수행 덕에 정우철을 비롯한 현지인들이 죽었습니다."

조는 회한에 빠진 허무에 가득 찬 눈동자를 한에게 보내며 말했다.

"이미 그걸 따지기에 내 나이는 너무나도 많아. 나 같은 쓰레기가 되기 전에 속히 떠나게."

조는 담배 한대를 더 태우며 차로 향했다. 온통 물에 젖고 흙투성이가 된 조의 등은 한에게 보이는 마지막 그의 모습이 될 터였다.

조의 차가 떠나고 한은 갈대숲에 서서 해가 지는 강물을 바라보았다. 마음이 후련했다. 그리고 처음으로 일몰이 아름답다고 여겨졌다. 살아오면서 그동안 또 다른 하루가 시작되는 일출을 의식적으로 외면했고, 하루 일을 마감하는 일몰을 죽음처럼 여겼지만, 더 이상 그렇게 여겨지지 않을 것 같았다. 한국이 아닌 제3국에서 살아갈 터전을 물색해 보리라 마음먹었다. 선진국보다는 개발도상국에서, 도시보다는 시골에서 노동을 원천으로 할 수 있는 일을 모색해 보리라 결심했다. 한은 잠깐 생각해 보았다. 거대한 다이아몬드 원석은 어쩌면 어부에게는 몇 개의 나무 스푼보다도 쓸모없는 물건일지도 모른다고. 여생은 스푼처럼 사람들의 삶에 유용한 도구가 되는 것으로 마감하자고 한은 생각해 보았다.

*기도문은 손주영 지음, 『이슬람 교리 사상 역사』, 일조각, 2005년의 번역문을 참조했습니다.

한국 추리, 스릴러 소설의 계보

박광규 (추리소설 평론가)

1984년 발간한 『한국 우수 추리 단편 모음집』의 서문에, 당시 한국 추리 작가 협회 이가형(李佳炯) 회장은 다음과 같이 썼다.

"한국 신문학(新文學)의 역사에 비하면 추리소설의 역사는 너무나 짧다. 김내성(혹은 김래성) 이래 오늘에 이르기까지 활동한 추리작가의 수는 더구나 적다. 그러나 10년 주기로 나타나 활동한 작가들의 면모를 살펴보면 그 끈질긴 생명력에는 감탄하지 않을 수 없다."

이 말 그대로 현대 한국 추리소설의 역사는 영미권이나 일본에 비해 짧으며 작가의 숫자는 외국과 비교하면 미미한 수준에 불과하지만, 인기와 작품성을 가진 작가, 작품이 없었던 것은 아니다.

추리소설을 범죄 해결이라는 관점에서 정의한다면 우리나라의 추리소설 역사는 꽤 오래 전으로 거슬러 올라가게 되는데, 고대소설 중에서 '공안소설(公案小說)' 혹은 '송사소설(訟事小說)'로 일컫는 형태를 찾아볼 수 있다. 개인의 힘으로 해결할 수 없는 억울한 일을 관청(혹은 절대자)에 호소해 해결하는 것이 일반적인 줄거리로, 설화 수준까지 포함한다면 고조선까지 거슬러 올라갈 만큼 오랜 역사를 가지고 있다. 그러나 구체적인 형태를 갖춘 것은 조선 중기 이후부터인데, 소재는 실화인 경우도 있고 허구인 경우도 있다. 가장 유명한 것은 암행어사 박문수(朴文秀, 1691~1756)를 주인공으로 한 설화. 그에 대해서는 여러 문헌으로도 전해질 뿐 아니라 구전설화가 전국적으로 넓게 분포되어 있으며, 그 중에서 억울하게 범죄자의 누명을 쓴 사람을 구해 주고 진범을 찾아내는 명탐정과도 같은 활약상을 확인할 수 있다. 하지만 그의 수많은 무용담 전체가 그의 실제 행적으로 보기는 어려운데, 그가 워낙 암행어사로서 잘 알려진 인물이었기 때문에 다른 암행어사의 일화마저 그의 이야기로 변화된 것으로 보인다. 한편 개화기에는 『박문수전』(작자 미상)이 나왔으며, 비슷한 시기에 나온 『삼쾌정(三快亭)』(작자 미상)은 박성수라는 암행어사가 세 가지 사건을 해결한 뒤 그것을 기념하기 위해 '삼쾌정'이라는 정자를 세운다는 줄거리인데, 박문수 설화에서도 『삼쾌정』의 세 사건과 비슷한 사건을 볼 수 있다.

이외에 살인사건이 나와 관가에서 해결되는 작품으로 조선시대에 『정수경전(鄭壽景傳)』(작자·연대미상)과 『장화홍련전(薔花紅蓮傳)』(작자·연대미상)등이 있다.

한국 소설은 개화기 이전(1894)의 고대소설, 개화기(1894~1917)의 신소설, 개화기 이후(1918~)의 현대소설로 발전 단계를 거치는데, 개화기에 활동한 이해조(李海朝)는 추리소설의 선구자로 볼 수 있다. 그는 1908년 《제국신문》에 『쌍옥적(雙玉笛)』을 연재했고, 1912년 《매일신문》의 연재를 통해 『구의산(九疑山)』을 발표했다. 줄 베르느(Jule Verne)의 『인도 왕녀의 5억 프랑(Les Cinq Cents Millions de la Begum)』가 일본에 『철세계(鐵世界)』라는 제목으로 번안되자 다시 우리말로 번안해 발표할 정도로 서구 소설에 관심을 가졌던 이해조는 『쌍옥적』에 '정탐소설(偵探小說)'이라는 명칭을 붙였을 정도로 추리소설임을 표방했는데, 전기적(傳奇的)인 면이 있고 구성에도 미흡한 점이 있어 '송사소설'과 차이가 없다고 여기는 쪽이 있는가 하면, 범죄-사건수사-해결이라는 추리소설적인 구성을 갖추고 있어 한국 최초의 추리소설로 보기도 한다.

이로부터 몇 년 후 해외의 추리소설이 우리나라 독자들과 만나기 시작했다. 첫 작품은 1918년 《태서문예신보》에 아서 코난 도일의 단편 「충복」으로, 번역이 아니라 번안(飜案)이었다(이 무렵 우리나라에 도입된 외국 추리소설은 번안물이 적지 않았는데, 이것은 초기 일본 추리 문학계에서 지대한 활약을 보인 구로이와 루이코(黑岩淚香)의 영향이 크다. 그가 일본어로 번안한 소설은 원작보다 더 재미있다고 할 정도로 인기를 끌었으며, 그의 번안물이 우리나라를 배경으로 다시 번안될 정도였다.). 당시 한국에 소개된 작가로는 아서 코난 도일을 비롯하여 에드거 앨런 포, 모리스 르블랑, 반 다인 등이 있으며, 번역자로는 방정환(方定煥), 양주동(梁柱東), 김유

정(金裕貞) 등 순문학계에서 활동했던 사람들이 눈에 띈다.

번역·번안 일색이었던 국내 추리소설계에 창작물이 다시 등장한 것은 이해조의 등장 이후 10여 년이 지난 1920년대 중반부터였다. 1926년 박병호(朴秉鎬)가 『혈가사(血袈裟)』를 울산 인쇄소를 통해 출간했는데, 연재가 아닌 단행본으로 발표했다는 것이 특색이었지만 출간 즉시 경찰에 압수당하는 바람에 세상에 알려지지 않은 채 묻혀지고 말았다. 최독견(崔獨鵑)은 『사형수』를 1931년 《신민》에, 김운정(金雲汀)은 1933년 《중앙》에 '대중 소설'이라는 명칭 아래 『괴인(怪人)』을, 채만식(蔡萬植)은 '서동산(徐東山)'이라는 필명으로 1935년 조선일보에 연재한 『염마(艶魔)』를 연재했다. 한편 여기서 주목해야 할 사람은 아동 문학가 방정환이다. 그는 비록 아동물이었지만 『동생을 찾으러』(1925), 『칠칠단의 비밀』(1926)등을 발표했으며, '북극성'이라는 필명으로 외국 작품을 번역했다.

진정한 국내 최초의 전문 추리소설가로 인정받는 사람은 김내성(金來成)이다. 와세다(早稻田)대학에 유학중이던 그는 한때 매일 자살을 생각할 정도의 염세적인 청년이었으나 1934년 가을, 헌책방에서 일본의 탐정 소설 전문지 《프로필》을 몇 권 구입해 읽은 뒤 현상 모집 소설에 단편 「타원형 거울」과 「탐정소설가의 살인」을 투고해 당선된다(모두 일본어 작품). 이 작품은 이듬해인 1936년 3월과 12월호에 각각 수록되었으며 같은 해 유불란(劉不亂)이라는 필명(이 이름은 그의 작품 주인공의 이름이기도 하다.)으로 잡지 《모던 일본》에 「연문기담(戀文奇譚)」을 응모해 입선, 작가로서 순조롭게 출발했다. 일본에 머무르던 시절 에도가와 란포(江戶川

亂步)와도 교류가 있었던 그는 1936년 대학을 졸업하자마자 고국으로 돌아와 본격적인 추리소설 집필을 시작해『백가면(白假面)』(1937),『마인(魔人)』(1938),『광상시인(狂想詩人)』(1938)등을 발표하면서 한국 추리 문학계의 개척자가 되었으나, '통속성과 대중성을 엄격히 구분해야 한다'는 신념 아래 1944년부터 순수소설 쪽으로 관심을 돌려『인생화보』(1947),『청춘극장』(1952)등 추리소설과는 다소 거리가 있는 작품을 발표했다. 한때 일곱 개 지면에 소설을 연재할 정도로 많은 집필량에 시달렸던 김내성은 1957년 과로 끝에 48세라는 아까운 나이로 세상을 떠나고 말았다.

김내성의 존재에 가려지긴 했지만, 그보다 10년 정도 연상이었던 방인근(方仁根)을 빼놓을 수 없다. 그는 애정소설 작가로서 유명했지만 일찌감치 추리소설에 대한 매력을 가졌던 듯 해방 이전 외국 작품(르블랑의『813의 비밀』등)을 번역했으며 장비호(張飛虎) 탐정 시리즈를 비롯해 10여 편의 작품을 남겼다. 대개 치정관계로 인한 원한 등 소재가 빈약했고 독창성도 부족한 편이었으나 뛰어난 스토리 전개로 그 약점을 상쇄한 방인근은 50년대 중반까지 띄엄띄엄 작품을 발표했다.

거의 홀로 활약하다시피 한 김내성이 작고한 50년대 후반부터 70년대 초반까지 국내 창작 추리소설계는 소강 상태에 접어들었다. 하지만 흥미롭게도 이 동면기에 순문학 작가들이 산발적으로 추리소설을 발표했다. 당시 나온 작품으로는 곽학송(郭鶴松)의『백색의 공포』(1963), 조풍연(趙豊衍)의『심연(深淵)의 안테나』(1966), 송상옥(宋相玉)의『죽어서 말하는 여자'('환상살인'으로 개제)』(1971) 등을 들 수 있다. 그러나 이들의 추리소설에 대한 관심은 잠깐의 외도에 그쳤을 뿐 순문학으로 데뷔한 작가 중에는 오직 현재훈(玄在勳)만이 김내성에 이어 순문학과 추리소설을 병행해 집필하면서 고군분투했다. 그는 추리 작가로 자부하면서 《현대문학》 등에 작품을 발표했으며, 1977년에 그의 장편 『뜨거운 빙하』와 『흐르는 표적』이 한국 작가로는 유일하게 「하서 추리선서」에 수록되었다.

1960년대에 등장한 허문녕(許文寧)은 길지 않은 동안 전문 추리작가로서 활동했다. 김내성과 일본 추리소설의 영향을 많이 받은 그는 1963년 《야담춘추》에 「암행어사 박문수」라는 단편 시리즈를 연재했으며, 역사추리 『백설령(白雪嶺)』, 에로틱한 하드보일드 (『번개의 철권』), 스릴러(『너를 노린다』) 등 다양한 분야에서 집필을 시도했다. 짧은 기간 동안 왕성한 집필로 약 200편에 이르는 장·단편소설을 발표했지만 현재 그의 이름을 서점에서 찾는 것은 불가능하다.

동면상태였던 추리소설을 녹이고 언더그라운드에서 끌어 올린 공로자는 김성종이다. 1969년 조선일보 신춘문예에 「경찰관」으로 당선된 그는 1974년 민족의 비극 6·25를 배경으로 삼은 『최후의 증인』으로 한국일보 창간 20주년 현상모집에 당선되며 본격적인 추리작가로서 활동을 시작한다. 1970년대 후반부터 전성기를 맞이한 그는 20년이 넘는 세월 동안 정력적인 집필 활동을 하며 한국 추리소설의 외로운 선두주자로 달렸으며, 1992년에는 부산에 세계 최초의 추리 문학 전문 도서관이라고 할 수 있는 추리 문학

관을 설립해 운영하고 있다. 그의 작풍(作風)은 김내성이나 현재훈 등 그보다 앞선 추리작가들이 추구해 온 이른바 '정통추리'와는 궤를 달리 하는 국내 스릴러의 개척자로서 『제5열』을 비롯해 『라인 X』, 『Z의 비밀』, 『한국 국민에게 고함』 등 국제적 모략을 다룬 작품을 다수 발표했다.

한편 해외 추리소설에 관심을 가진 대학 교수들이 주축이 되어 1971년 미스터리 클럽을 창설했는데, 이가형 초대 회장을 비롯한 회원들이 외국 작품을 번역 소개하며 추리소설의 보급에 나섰다. '훗날 한국 추리 작가 협회'의 모태가 되는 '미스터리 클럽'은 1984년 한 차례에 그쳤지만 신인 추리 문학상을 제정, 정건섭의 『덫』을 수상자로 결정했다. 정건섭은 『덫』을 비롯해 초기에는 알리바이 트릭 등 고전적 형태의 작품을 발표했으나 80년대 후반부터 『죽음의 천사』 등의 스릴러를 내놓았다.

경제적으로 차츰 안정되면서 문화적 갈증이 시작되던 1980년대부터 한국 추리소설계는 상승기류를 타기 시작했다. 이 무렵 한국 추리소설 발전을 가져오는 두 가지 계기가 마련되는데, 하나는 한국 추리 작가 협회의 창설이며 다른 하나는 신인들을 발굴한 현상공모전이다.

학자 출신 애호가들의 모임에 가까웠던 미스터리 클럽은 차츰 문호를 개방해 작가도 회원으로 가입하게 되었으며, 추리소설이 국내에서 차츰 인기를 얻게 되자 아마추어적인 모임으로는 한국 추리 문학의 발전을 바라볼 수 없다고 판단, 미스터리 클럽을 발전적으로 해체한 후 1983년 2월 한국 추리 작가 협회가 창설되었다. 한국 추리 작가 협회는 추리 문학 연구와 적극적 창작 활동을 통해 한국 추리 문학의 질적 향상과 추리 작가의 권익 보호를 목적으로 하는 모임으로, 미스터리 클럽의 이가형 회장이 초대 회장을 맡았다. 한국 추리 작가 협회는 1984년 처음으로 『한국 우수 추리 단편 모음집』을 발간한 이후 지금까지 해마다 추리소설 단편집을 발간하고 있으며, 1985년에는 추리 문학상을 제정해 대상(大賞)과 신인상(1993년부터 신예상으로 변경)을 시상하고 있다. 수상 첫해인 1985년에는 대상에 현재훈의 『절벽』, 신인상은 정규웅의 『그림자 놀이』가 차지했다. 이후 김성종, 이상우, 노원, 이원두, 한대희, 강형원, 유우제, 이수광, 이경재, 백휴, 김용상 등이 대상을 수상했으며 신인상 수상자로는 정현웅, 김상헌, 안광수, 장세연, 이태영, 강종필, 장근양, 황세연, 최철영, 최상규, 최혁곤 등이 있다.

본격적인 추리소설 현상공모는 장편소설부터 먼저 시작되었다. 문예지인 《소설 문학》은 김성종의 추리소설을 연재하는 한편 1983년 '본격 추리소설 부정기 간행물'인 《미스터리》를 두 차례 발간했으며 장편 추리소설을 공모, 유우제(『죽음의 세레나데』), 강형원(『증권 살인사건』) 등을 배출했다. 추리 문학사는 1987년부터 김내성 추리 문학상을 제정, 권경희(『저린 손끝』), 이승영(『미스코리아 살인사건』), 임사라(『사랑할 때, 그리고 죽을 때』) 등이 수상자가 되었다.

또한 올림픽과 프로스포츠 등으로 성장해 오던 스포츠 신문들은 일반 매체에서 거의 다루지 않던 추리소설들을 독자들에게 꾸준히 소개했다. 국내 최초의 스포츠 신문인 《일간 스포츠》는 1970년대부터 김성종, 노원 등의 추리소설을 연재했으며, 후발 주자인 《스포츠 서울》은 추리소설 연재뿐만 아니라 창간 이듬해인 1986년부터 추리소설 신춘문예를 통해 신진 작가를 배출했다. 그리고 1990년대 후반 창간한 《스포츠 투데이》 역시 마찬가지였다. 당시 한국 추리 작가 협회의 이상우 회장은 여러 스포츠 신문의 대표 등 중진으로 활동하면서 후진 발굴 및 양성에 힘썼다. 류성희, 서미애, 정석화, 김상윤, 정가일, 이은 등이 신문의 신춘문예를 통해 등단한 작가들이다.

김성종, 이상우 등의 작품이 베스트셀러 목록에 오르자 명지사, 현대추리사, 추리 문학사, 남도출판사 등 추리소설을 전문적으로 내는 출판사들도 등장했으며 단행본뿐만 아니라 《계간 추리 문학》(1988년 창간), 《미스터리 매거진》(1994년 창간) 등 추리 전문 잡지가 창간될 정도였다.

1990년대 초반에는 이인화의 『영원한 제국』, 다른 하나는 김진명의 『무궁화 꽃이 피었습니다』가 대형 베스트셀러의 자리에 오르는데, 이들은 각각 역사 추리소설과 '애국적' 스릴러의 시발점이 된다. 공교롭게도 이들 두 작품이 히트한 해는 1993년으로, 마침 국내의 정치적·사회적 상황과 맞물려 독자들의 구매 욕구를 자극했다.

그러나 1990년대 중반을 고비로 추리소설 시장은 내리막길에 접어든다. IMF 등으로 위축된 국내 출판계에서 창작 추리소설은 설 자리가 줄어들고 말았다. 우선 장편 공모전이 사라졌으며 2000년대 접어들면서는 스포츠 신문의 단편 공모마저 폐지되었다(현재는 유일한 추리 문학 전문 잡지인 《계간 미스터리》에서 작품을 공모하고 있을 뿐이다.). 또한 2000년대 이전까지만 해도 양대

PC 통신망(천리안/하이텔)을 작품의 발표 매체로 삼는 젊은 작가들이 있었지만 인터넷 확산을 통한 발표 지면 분산 등으로 과거와 같은 폭발적 인기를 끄는 작품은 사라졌다. 또한 국내 영화 시장의 확대, 인터넷의 대중화로 인해 추리소설은 차츰 매력을 상실하기 시작했다. 게다가 고급 문화를 지향하는 우리나라에서 추리소설은 통속 소설의 위치를 전혀 벗어나지 못하고 있었던 탓에 국내 창작 추리소설이 1년에 채 열 권도 나오지 않는 암흑기를 맞이하고 만 것이다.

그렇지만 최근 몇 년 사이 희망적인 조짐이 보이고 있다. 적어도 추리소설을 읽기 시작한 독자층이 늘어난 것은 확실해 보인다. 2006년~2007년 사이 약 350여 종(재간 및 단편집 포함)의 추리소설이 나온 것에서 볼 수 있듯 독자와 출판계는 다시 추리소설에 관심을 갖기 시작했다. 과연 최근의 추리소설 출간 붐이 일과성이 될 것인지 아니면 단단히 뿌리를 내릴 것인지 조금 더 기다려 보아야 판단할 수 있겠지만, 잠재적인 독자의 수가 적지 않음에도 불구하고 우리나라 추리소설의 미래가 장밋빛깔이라고 장담하긴 어렵다. 그 2년간 출간된 작품 중, 국내 창작물은 10%에도 채 미치지 못하는데다가 추리소설에 매진하는 작가의 수도 극소수에 불과하기 때문이다. 뛰어난 외국 작품들과의 경쟁 및 눈이 높아진 독자들을 만족시켜야만 하는 과제는 호락호락하지 않다.

한국 추리 문학계의 약점이라면, 어떤 작가나 작품이 성공을 거두더라도 그것이 곧 추리 문학계의 성공으로 이어지지는 않았으며, 미국의 '하드보일드'나 일본의 '사회파' 혹은 '신본격(新本

格)' 등과 같은 자체적인 새로운 형태 창조가 없었다는 점이다.

추리소설이 발전하기 위해서는 무엇보다 추리소설에 대한 일반 독자나 문인 자신의 선입견이 달라져야 한다는 의견도 있다. 현재훈은 우리나라에서 그 동안 추리소설이 발전하지 못했던 까닭은 '순수문학 작품이 아니면 문학이 아니다.'는 것이 통념처럼 되어 작가들이 의식적으로 추리소설을 기피했다고 주장했다. 이런 분위기는 지금도 별다른 차이가 없다. '추리기법'을 사용하는 작가는 얼마든지 있지만 추리작가 이외에 '추리소설'을 쓴다고 밝히는 작가는 찾아보기 어렵다.

21세기 한국 추리소설 시장의 특징이라면 '지적(知的)' 추리소설의 표방이다. 속물적인 지적 허영심의 발로일까. 한때 순수한 오락물 내지는 범죄의 시발점으로까지 천대를 받았던 추리소설은 갑작스럽게 지성, 예술성을 간판으로 내걸고 뭔가 그럴듯하게 보이는 것을 읽고 싶어 하는 독자를 유혹하고 있다. 과연 이러한 이중성이 과연 한국 추리소설계를 발전시킬 수 있을 것인지 의구심이 든다.

1945년 이후 약 10년 단위로 반짝 활기를 보이곤 했지만 확고한 위치를 차지하지 못한 국내 추리소설 시장은 21세기에 들어 들어와 미약하지만 소생의 움직임을 보이고 있다. 한국 추리소설이 과거의 크지 않았던 영광을 다시 되찾을 수 있을까. 아직 갈 길은 멀고 험난하지만 젊은 작가들의 넘치는 의욕, 그것이 기폭제가 되길 기대한다.

세계적인 장르의 추세 속에 등장한
한국 추리 스릴러 단편선

김성곤(서울대 영문과 교수·문학 평론가)

왜 지금 추리소설이 부상하고 있는가? 사회학자들은 현대 사회에 지능범죄와 흉악범죄가 만연해 있기 때문이라고 말한다. 그러나 문학자들은 현대가 선과 악, 선인과 악인, 또는 탐정과 범인 사이의 명확한 구분이 사라진 시대이기 때문이라고 말한다. 또 우리의 삶이나 현실이 명확하고 질서정연한 것이 아니라, 마치 추리소설처럼 불가사의하고 불확실하기 때문이라고 대답한다. 그리고 이제는 재미없는 소설은 아무도 읽지 않는 시대가 되었기 때문에, 지적 흥미를 유발하는 추리소설이 부상하고 있다고 설명한다.

과연 애거서 크리스티는 이미 오래 전에 『애크로이드의 살인사건』이나 『쥐덫』 같은 작품에서 외견상 선해 보이는 사람도 사실은 악할 수도 있다는 사실을 우리에게 깨우쳐 주었으며, 가깝게는 제프 런제이의 「덱스터 시리즈」도 법이 처리하지 못하는 범법자를 사적으로 응징하는 경찰을 통해 선인과 악인의 경계를 해체하고 있다. 영화 「터미네이터 2」 역시 경찰 제복을 입은 악한 사이보그와 모터사이클 갱 복장을 한 선한 사이보그의 대립을 통해 선악의 관습적인 경계를 무너뜨리고 있다(1930년대까지만 해도 할리우드 영화에서 경찰을 악한으로 묘사하는 것은 금기였다.). 사실 추리소설은 그 장르가 발명된 초기부터 그러한 가능성을 이미 내포하고 있었다. 예컨대 추리소설의 원조인 에드거 앨런 포는 『도둑맞은 편지』에서 범인과 사고방식을 일치시킴으로써 사건을 해결하는 뒤팽 탐정을 통해 탐정과 범인이 본질적으로 얼마나 비슷한가를 시사해 주고 있다. 더 나아가, 포는 뒤팽 탐정과 범인인 D 장관의 이름을 똑같이 D로 설정함으로써 두 사람의 유사성을 암시하고 있다.

우리의 삶이 불확실해졌고, 현실과 허구의 경계가 모호해졌기 때문에 추리소설이 부상하고 있다는 진단 또한 맞는 말이다. 리얼리티가 고정되고 확실한 것이 아니라, 사실은 유동적이며 가변적일 수도 있다는 인식은 추리소설뿐 아니라 판타지의 부상도 불러왔다. 사람들은 이제 현실과 환상이 뒤바뀔 수도 있듯이, 탐정과 범인도 자리바꿈 할 수도 있다는 사실을 깨닫게 되었다. 그리고 1960년대부터 시작된 난해한 예술소설·순수소설의 죽음은 많은 작가들로 하여금 추리소설 기법 또는 역사 추리소설 기법을 자신들의 작품에 차용하도록 해주었다. 예컨대 토머스 핀천의 『브이를 찾아서』나 『제49호 품목의 경매』, 움베르토 에코의 『장미의 이름』이나 『푸코의 추』, 매튜 펄의 『단테 클럽』이나 『포의 그림자』, 댄 브라운의 『천사와 악마』나 『다빈치 코드』, 오르한 파묵의 『내 이름은 빨강』, 또는 한국 작가 김탁환의 『방각본 살인사건』 같은 것들은 그 대표적 예라고 할 수 있을 것이다.

추리소설은 나라별로 특성이 있다. 예컨대 유럽의 추리소설과 미국의 추리소설은 상당히 다르다. 유럽의 탐정들이 주로 추리를 위주로 활동하는 두뇌형이라면, 미국의 탐정들은 행동하는 터프 가이들이다. 코난 도일의 셜록 홈즈는 비록 권투도 할 줄 알고 간혹 피스톨을 들고 출동하기도 하지만, 주로 실내에서 기호를 읽고 해석하거나 추론을 통해 사건을 해결하는 논리적인 탐정이다. G.K. 체스터튼의 브라운 신부 역시 왜소한 체격에 액션은 전혀 없지만, 『청 십자가』에서처럼 거구의 범인을 꼼짝 못하게 만들기도 하고, 놀라운 추리력으로 사건을 해결해내기도 한다. 애거서 크리스트의 에르퀼 푸아로 또한 '헤라클레스'라는 별명과는 달리 왜소한 체격이지만, 뛰어난 '회색 세포'(두뇌의 세포는 회색임)를 이용해 사건을 해결하는 사색형 탐정이다. 프랑스의 경우 모리스 르블랑이 창조한 뤼팽은 탐정이자 범인이며, 경찰관이자 범법자로서 둘 사이의 경계를 자유롭게 넘나들며 늘 액션에 개입하기는 하지만, 괴도신사답게 폭력은 언제나 부하들의 몫이고 자신은 재치와 유머와 추리를 주 무기로 활동한다. 독일의 소년 탐정인 에밀과 그 친구들 역시 추리와 논리에 근거해 활동하는 탐정들이다.

그러나 미국의 탐정들은 다르다. 에드거 앨런 포의 탐정 오귀스트 뒤팽은 프랑스인이니까 추리와 이성적 추론으로 사건을 해결하지만, 그의 후배 작가들은 주로 하드보일드 크라임 픽션을 쓰면서 범죄를 해결하는 터프가이 탐정들을 만들어냈다. 미국 추리 작가의 전통을 창시한 엘러리 퀸, 얼 스탠리 가드너, 대실 해미트, 그리고 레이먼드 챈들러가 만들어낸 탐정들은 모두 자신들이 체포하는 범인들만큼이나 강하고 거친 탐정들을 창조해 냈다. 레이먼드 챈들러의 탐정 필립 말로가 그 대표적인 예지만, 그들은 마치 갱처럼 고독하고 냉철하며, 거친 행동으로 범인을 제압하고 사건을 해결한다. 그들은 도덕과 윤리에 얽매이지 않으며, 언제나 총을 쏠 준비가 되어 있는 터프가이들이다. 심지어는 미국 50개 주들의 각기 다른 법에 대한 해박한 지식으로 사건을 해결하는 변호사 탐정 페리 메이슨(얼 스탠리 가드너가 창조한 유명한 법률가 탐정)조차도 자주 총과 주먹을 휘두르는 강인한 사내로 등장한다. 경제 공황기였던 1930년대에 등장해 화제가 되었던 또 하나의 크라임 픽션이 바로 제임스 케인의 『포스트 맨은 벨을 두 번 울린다』(1934)였다. 강하고 터프한 떠돌이 사내가 방랑 중에 만난 여자와 공모해 그녀의 남편을 살해한 후, 완전범죄를 꾸미려다 실패한 이 작품은 그러한 유형의 범죄를 다룬 최초의 소설로 각광받았고, 오늘날 그 분야의 고전으로 남아 있다.

   미국 탐정들의 이와 같은 특성은 아마도, 법보다 총과 주먹이 가까웠던 서부 개척 시대의 전통과, 갱단이 기승을 부렸던 20세기 초 금주령 시대 및 경제 공황 시대라는 시대적 상황이 크게 작용했을 것이다. 당시 독자들은 무력한 정부와 부패한 경찰, 그리고 암울한 현실에 대한 불만에서 특히 터프가이 탐정들을 좋아했던 것처럼 보인다.

영화에서는 대실 해미트의 동명의 소설을 원작으로 한 영화 「말타의 매」에 출연했던 험프리 보가트가 고독한 표정과 강인한 행동으로 '필름 느와르' 시대였던 당시의 터프가이 탐정 역을 가장 잘 표출해 낸 배우라는 평가를 받았다.

1940년대를 풍미했던 레이먼드 챈들러는 『빅 슬립』(1939)으로 유명해지면서 『여동생』(1949), 『롱 굿바이』(1953) 등을 통해, 남부 캘리포니아를 무대로 활동하는 터프가이 탐정 필립 말로를 창조해 냈다. 1950년대부터 1970년대까지는 존 맥도널드가 챈들러를 계승해 류 아처라는 탐정을 창조해 냈으며, 이후 로버트 파커는 스펜서가 등장하는 스펜서 시리즈를 발표해서 각광을 받았다. 그 외에도 히치콕의 영화 『새』의 시나리오를 써서 유명해진 『경찰 혐오자』와 『세 마리의 눈먼 쥐』의 작가 에드 맥베인 등 여러 작가들이 있다.

일본 추리소설의 경우는 다니자키 준이치로나 에도가와 란포로부터 시작해 현재에 이르기 까지, 심미주의적·심리소설적 요소와 사회비판적 특성의 혼합으로 발전해나간 것처럼 보인다. 예컨대 기리노 나쓰오의 엽기적 소설 『아웃』은 산업사회로 접어든 일본 사회의 고독한 아웃사이더들·소외계층 사람들의 일탈행위와, 고독한 인간들의 심리적 갈등을 긴밀하게 연결시킴으로써 추리소설에 뛰어난 심미적 효과를 부여하면서 동시에 강력한 사회비판을 성취하고 있다. 과연 도시락 공장에서 밤일을 하거나, 도박장과 매춘업소를 경영하거나, 사채업을 하는 이 작품의 주인공들은 모두 주류에서 소외된 외롭고 고독한 존재들이다. 브라질에서 온 혼혈 노동자 가즈오 또한 철저한 아웃사이더로서, 이성의 따뜻한 포옹을 그리워하는 사람이다. 그들의 소박한 바람이 이루어지지 않을 때, 살인사건은 일어난다.

한편, 스피드 있게 전개되어 한 번 집어 들면 다 읽기 전에는 책을 놓기 어려운 다카노 가즈아키의 『그레이브 디거』에서도 일본정계의 부패와 거기에 줄을 대고 있는 경찰조직의 문제점에 대한 비판이 시도된다. 과거의 잘못을 속죄하기 위해 골수이식을 자청한 야가미처럼 다카노의 주인공들은 인간적이고 따뜻한 심성의 소유자들이다. 비인간적인 것은 피의자가 아니라, 오히려 정치인들과 경찰관들이다. 『13계단』에서도 전직 간수 난고와 전과자 준이치의 따뜻한 인간관계는 결국, 일본 형법제도에 대한 통렬한 비판으로 확대된다. 요코야마 히데오의 『루팡의 소식』 역시 1975년부터 1990년까지 고속성장을 위해 다른 소중한 것들을 포기하고 상실했던 일본사회에 대한 예리한 비판으로 읽힌다. 급속도의 경제 발전과 산업화가 이루어지던 그 시절, 학교생활에서 낙오되고 소외된 고등학생들 사이에 생긴 그릇된 욕심과 탐욕으로 인해 벌어지는 살인사건을 통해 작가는 그 당시 일본사회를 신랄하게 비판하고 있다.

한국의 경우, 현대 추리 문학의 뿌리는 한국 대중 문학의 시효라고 할 수 있는 김내성 씨의 번안 추리소설이라고 할 수 있으며 (그는 뤼팽이 등장하는 르블랑의 소설들도 배경과 등장인물들을 한국화해서 번안했다), 이후 '한국 추리 작가 협회'와 '한국 추리 문학 연구회'가 결성되어 비교적 활발한 활동을 해왔다. 그럼에도 불구하고, 한국 문단에서 추리소설은 언제나 주변부에 위치한 하위 장르로서 제대로 대접받지 못해 온 것이 부인할 수 없는 사실이다. 이번에 황금가지에서 『한국 추리 스릴러 단편선』을 발간하는 것은 그런 면에서 대단히 고무적이고 반가운 일이다. 이 책이 한국에도 본격적인 추리 문학 시대를 여는 한 이정표가 될 수 있기 때문이다.

이 책에 수록된 작품들은 추리 스릴러의 일반적인 형태를 띠는 작품 외에도 스파이 스릴러, 일본식 일상 추리 소설, 밀실 추리 소설(역사상 최초의 밀실 추리 소설은 에드거 앨런 포의 『모르그가의 살인사건』이며, 최초의 지문 수사 추리소설은 마크 트웨인의 『바보 윌슨』이라고 볼 수 있다.), 그리고 제주 4.3 사건과 고구려를 배경으로 하는 역사 추리소설로 구성되어 있다. 고무적인 것은 각 작품들이 모두 재미있고 재치 있게 잘 쓰여졌다는 점이다. 반면 진지한 문학적 주제의식이 부족하다는 점이 아쉬움으로 남는다. 우리 작가들이 세련된 기교와 탄탄한 문장력은 있으나, 정교한 심리묘사나 강력한 사회 비판 같은 중후한 주제를 작품에 부여하는 데에 있어서는 다소 약하다는 느낌이 든다는 것이다. 그것은 비단 추리소설뿐 아니라, 한국의 판타지 소설과 같은 장르 소설이나 영화에서도 마찬가지로 일어나는 현상이다.

(*이하 본 단편선의 스포일러를 담고 있습니다.)

「불의 살인」은 고구려 시대, 시장에서 일어난 방화로 불에 타 죽은 두 노부부의 살인사건에 대한 역사 추리소설이다. 이 단편은 우연으로 점철된 인생의 아이러니를 잘 보여주고 있다. 시장의 좋은 자리를 차지하고 있는 노부부의 가게를 쫓아내기 위해 주인 내외가 문을 잠그고 외출한 줄 알고 불을 지른 방화범과, 가게 물건을 지켜주려고 밖에서 문을 잠금으로써 은인인 노부부를 불에 타 죽게 만든 소년의 이야기는 인간의 탐욕이 초래하는 불행과 더불어, 좋은 의도도 얼마든지 나쁜 결과를 초래할 수 있다는 삶의 패러독스를 잘 보여주고 있다. 그러나 배경이 왜 하필 고구려인지는 확실하지 않다. 에코가 『장미의 이름』의 배경을 14세기 말 이태리를 배경으로 한 것은 당시 극에 달했던 바티칸의 분열, 종교재판관의 횡포, 그리고 교단의 극한 대립 때문이었다. 그렇다면 당대 고구려가 시장 화재 사건과 어떤 필연적 연관이 있는지가 작품에 좀 더 선명하게 드러났더라면 금상첨화였지 않을까?

또 다른 역사 추리소설 「암살」은 재미있게 읽힌다. 이 단편이 의도하는 바는 아마도 제주 4.3 사태 당시, 주둔군 지휘관 암살사건의 수사를 통한 '역사 다시 읽기'인데, 그것이 진보적인 역사 인식과 맞물리면서 분단 한국의 비극적 상황을 성찰하고 비판하는 좋은 계기를 제공해 주고 있다. 이 단편은 꼭 추리소설 장르에만 국한되지는 않기 때문에, 그냥 보통 소설로 발표해도 별 무리가 없을 작품이다.

「피가 땅에서부터 호소하리니」는 고대 유대에서 살인자가 도망쳐 가서 목숨을 부지할 수 있는 '도피처'에 대한 긴박감 넘치는 스릴러다. 전장에서 돌아온 아브라힘은 우연히(혹은 고의적으로) 자기 아이를 잉태하고 있는 정부의 집에서 정부의 남편을 죽게 만들고 도피처로 도망친다. 곧 추격대가 따라붙고, 그때부터 도망자와 추적자 간의 필사적인 힘겨루기가 시작된다. 추격자들에게 쫓기던 그는 겨우 도피처에 도달하지만, 도피처를 바로 코앞에 두고 추적자의 칼을 맞는다. 이 작품은 궁극적으로 세상에서 도피할 수 있는 곳이란 애초부터 존재하지 않는다는 의미심장한 메시지를 던진다.

「알리바바의 알리바이, 불가사의한 불가사리」의 기본 틀은 밀실 추리소설이지만, 그보다 한걸음 더 나아가 잡지가 제시한 사건을 독자가 추리하는 형태를 띠고 있다. '문제편'에서 제시되는 사건은 이렇다. 어느 폭풍우 치는 날, 한 남자의 아내가 밀실에서 살해당한다. 밀봉된 방에서는 남자의 웅얼거림과 비명소리 같은 것이 들려온다. 경찰들이 도착해 문을 부수고 들어가 보니, 범인은 어디론가 증발하고 없으며 방 안에는 여자의 시체만 놓여 있다. 두 형사가 수사하는 밀실 살인사건은 미궁에 빠진다. 이어 '해결편'에서 독자들로부터 공모한 사건 해결 방안이 소개된다. 하나는 남편이 범인이라고 주장하고, 구체적인 증거를 설득력 있게 제시하며 미스터리를 밝혀나간다. 그러나 바로 그 순간, 남편이 범인이 아니라는 두 번째 독자의 견해가 제시되면서, 사실처럼 느껴졌던 첫 번째 독자의 주장을 가볍게 해체한다. 이 세상에 절대적 진리란 없을 수도 있다는 것, 그러므로 또 다른 시각으로 사물을 바라보면 새롭게 드러나는 것에 주목하라 말한다. 과연 이 작품은 결말 부문에 정답을 제시해 주지 않고, 대신 두 가지 가능성만을 제시해 줌으로써, 그와 같은 주제를 잘 드러내주고 있다.

「안녕, 나의 별」은 전학생 지혜가 티렉스라는 가수를 우상으로 여기는 불량 학생 미미를 교화시키는 과정을 그렸다. 특히 인기가수라는 우상의 진실을 파헤침으로써, 절대적 진리라고 생각하고 우상처럼 숭배하는 많은 것들이 사실은 얼마나 허위이고 부질

없으며 타락한 것인지를 깨닫게 해준다는 점에서 중요한 의미를 갖는다.

「거짓말」 역시 추리소설이라기보다는 스릴러에 해당하는 작품처럼 보인다. 미옥은 사채 빚이 많은 여자다. 남편도 은행 융자를 얻으려다가 만나 결혼하게 된 융자담당 은행직원이다. 채무자들의 고발로 미옥은 아파트라도 지키기 위해 남편과 합의 이혼한다. 그리고 그녀를 찾아온 폭력적인 수금원에게 에프킬라가 든 콜라를 마시게 하여 살인을 모의하지만 그만 남편까지 그 콜라를 마시게 만들며 사태는 걷잡을 수 없이 흘러간다. 미옥의 남편과 미옥의 시점이 교차하면서 진행되는 이 단편은 마지막에 드러나는 예상외의 반전이 돋보인다.

「오리엔트 히트」는 일종의 스파이 소설이다. 미국 작가 톰 클랜시나 영국작가 프레드릭 포사이트의 스파이 소설을 연상시키는 이 단편은 이라크에서 사용될 살상용 레이더 미사일 조종 소프트웨어를 손에 넣기 위해 터키를 무대로 벌어지는 스파이 스릴러인데, 사람의 목숨마저 하찮게 여기는 인간의 물질적 탐욕을 비판하면서 스파이 세계의 코드와 윤리적 문제를 다루고 있다. 이런 소설들은 우리도 클랜시의 『레인보우 식스』나 포사이트의 『어벤저』 같은 좋은 스릴러가 한국에서도 나올 수 있다는 자신감을 준다.

「일곱 번째 정류장」은 젊은 치과 여의사를 스토킹하는 60대 마을버스 기사의 이야기다. 노인, 형사, 여의사의 세 가지 관점에서 이야기를 순차적으로 풀어나가는 방식이며, 결말에 이르러 남자친구에게 버림받고, 병원장에게 농락당하며, 아이를 임신한 채

암 말기 진단을 받은 여의사가 자신이 끔찍이도 싫어하는 노인 기사를 이용하여 모두에게 복수한다는 내용이다. 잘 맞물려 전개되는 소설 구조와 마지막 반전이 돋보이는 작품이다.

「싱크홀」은 로버트 해리스의『양들의 침묵』, 로버트 블록의『사이코』같은 분위기의 심리 스릴러 소설이다. 떠나버린 남편을 아직도 잊지 못하고 청각 장애아인 아들 석현과 둘이서 살고 있는 혜원은 폭우 속에서 자동차 사고로 죽을 뻔한 위기를 겪는다. 그러나 성욱의 도움으로 가까스로 아들과 함께 목숨을 구하지만, 그는 모자를 납치해 자신의 집에 감금하고 살인을 계획한다.

이 작품에서 비오는 날, 혜원이 겪은 끔찍한 악몽은 그녀가 기다리는 낭만적 꿈의 실체를 상징하고 있는 것처럼 보인다. 그래서 그날 눈뜸의 과정을 겪은 이후, 혜원은 어머니와 화해하고 더 이상 남편을 기다리지 않는다. 그러나 성욱은 집념을 버리지 않고, 그들의 뒤를 밟는다. 작품의 초반부에 보면, 성욱은 이미 그 여자를 죽여서 시체 처리를 하고 있는 것처럼 보인다. 그러나 퇴근하지 않겠느냐는 조수의 말로 미루어보면 그의 직업은 합법적인 시체분장사처럼 보이기도 한다. 그렇다면 이 모든 것 또한 그의 상상 속에서 일어난 환상살인이었을까? 「싱크홀」은 포기할 줄 모르는 사람들의 집념이 어떻게 끔찍한 강박관념으로 변해가는가를 상징적으로 그려낸 심리소설이다.

「푸코의 일생」 또한 마지막에 반전이 오는 스릴러 소설에 가깝다. 재일교포 가네다를 죽여 달라는 청부를 맡은 청부살인업자인 '나'는 가고시마로 건너가 미스코시 백화점 화장실에서 가네다를 죽이고 귀국하지만, 부산 입국심사장에 도착해서야 비로소 여권이 없어졌다는 사실을 발견하고 경악한다. 소매치기 솜씨가 뛰어난 가네다가 죽기 전 '나'의 여권을 몰래 빼감으로써 복수를 감행했고, 그것은 마지막에 멋진 반전을 불러온다. 작품은 여기서 그치지 않고 시간이 경과된 후의 '나'를 다시 등장시킨다. 지난번 부산 입국장에서 망신한 후로 일감도 안 들어오고 주식투자도 실패한 '나'는 돈이 궁해지자, 앞서 청부살인을 부탁한 박 회장을 협박해 돈을 뜯어낸다. 그러던 중 새 살인 청부 의뢰를 받고 '나'는 휴양지로 유명한 야오모리에 도착한다. 그러나 그곳에서 알게 된 한국 여성의 권유로 호수가로 놀러간 '나'는 그만 그 청부 살인 업자인 여자에게 살해당한다. '나'는 고객을 협박해 돈을 갈취했다는 이유로 제거된 것이었다.

『한국 추리 스릴러 단편선』을 읽노라면, 이제는 우리 추리 문학도 다양해졌고, 본격적인 궤도에 올라섰으며, 상당한 수준에 이르렀다는 느낌을 갖게 된다. 작가들의 재능 또한 뛰어나다. 다만 아쉬운 것은, 우리의 추리 문학 작품들에 진지하고 중후한 문학적 주제가 다소 결여되었다는 느낌을 준다는 점이다. 사실, 추리 문학도 얼마든지 높은 수준의 예술적 향기를 지닐 수 있는데 우리가 그렇게 하지 못하고 있다면, 그것은 참으로 유감스러운 일이 아닐 수 없다. 중후하고 진지한 문학적 주제, 정교한 내러티브 기법과 장치, 그리고 탄탄한 구성에 담아내는데 성공하기만 한다면, 한국 추리 문학은 재미와 유익을 동시에 갖춘 문학 장르로서 앞으로 크게 각광받는 것은 물론, 세계 유수의 추리 문학과도 어깨를 나란히 할 수 있게 될 것이다.

한국 추리 스릴러 단편선

1판 1쇄 펴냄 2008년 5월 16일
1판 6쇄 펴냄 2021년 3월 12일

지은이 | 최혁곤 외 9인
발행인 | 박근섭
편집인 | 김준혁
펴낸곳 | 황금가지

출판등록 | 2009. 10. 8 (제2009-000273호)
주소 | 06027 서울 강남구 도산대로 1길 62 강남출판문화센터 5층
전화 | 영업부 515-2000 편집부 3446-8774 팩시밀리 515-2007
홈페이지 | www.goldenbough.co.kr

도서 파본 등의 이유로 반송이 필요할 경우에는 구매처에서 교환하시고
출판사 교환이 필요할 경우에는 아래 주소로 반송 사유를 적어 도서와 함께 보내주세요.
06027 서울 강남구 도산대로 1길 62 강남출판문화센터 6층 민음인 마케팅부

ⓒ ㈜민음인, 2008. Printed in Seoul, Korea
ISBN 978-89-6017-155-8 03810

㈜민음인은 민음사 출판 그룹의 자회사입니다.
황금가지는 ㈜민음인의 픽션 전문 출간 브랜드입니다.